致书友：

以书藏之

何日忘之

[illegible]

我當道士那些年

仐三——著

【叁】下

高寶書版集團

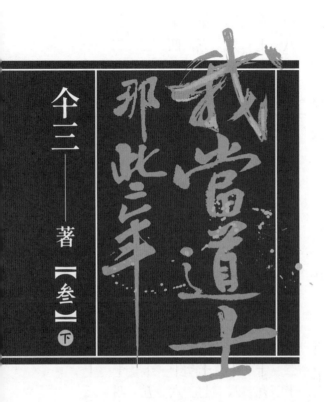

第一章　決戰

高寧收了骨針，很是小心地一根一根地把它們放回了所在的盒子裡，凌如雪看著這一切，忽然說道：「裡面的藥劑已經沒有了，這套骨針從某方面來說，已經是廢物了，你何必留著。」

頭一次，高寧說話沒有帶著他特有的狡黠，他很平靜地說道：「奶奶的遺物，哪怕是一跟破線頭，也是珍貴的。」

凌如雪忽然就沉默了，看著高寧的眼神稍微有了一絲不那麼抗拒的情緒。

我此刻在平靜地扣著襯衫的扣子，聽聞高寧的話，手停了一下，忽然想起師傅，接著我又繼續扣我的扣子，忽然說了一句：「高寧，我以為你只有目的，沒有感情的。不過，你完了，這種人對誰有感情的話，那就比誰都深。」

高寧呵呵一笑，毫不在乎地說道：「我早就完了，除了我奶奶，我對很多人都有這樣的深情呢。所以……我早就完了。」

我回頭問道：「很多人是誰？」

「你不用知道。」高寧依舊低著頭，擺弄他的骨針，那樣子像是對待珍愛的情人。

我不問什麼了，此時我已經扣好了扣子，披上外套，掛上背包，就準備出發。

也就在這時，慧根兒也醒了，他打著呵欠，圓腦袋在我腰上蹭了蹭，說道：「哥，再（咱）接下來要幹啥？」

我笑呵呵地摸著他的圓腦袋，說道：「不用幹啥，你跟著我，記得緊緊地站在我身邊就行了。」

「嗯。」慧根兒乖巧地點點頭。

這個小傢伙，初見時他只有我腿那麼高，現在已經長到腰以上了，還會繼續成長的。

再一次跨進蟲室，吃驚是凌如雪。蟲人、母蟲底下乾癟的屍體以及母蟲腹下躺著的老怪物都不是她吃驚的理由，唯一讓她覺得吃驚的是母蟲。

她喃喃地說了一句：「這惡魔之蟲已經進化到了如此地步了嗎？竟然有雙臂一樣的東西了。」

我安慰地說道：「牠不會存在太久了。」

我的話還沒說完，慧根兒就說道：「這蟲子讓額覺得不舒服，牠不是好東西。」

我笑了笑，說道：「哥哥知道。」

此時，我們站在蟲室的邊緣，高寧說了只要靠近五米之內，所有的攻擊就會開始，我對高寧說道：「引雷的術法需要很多的準備時間，這之前你幫我擋著。如果如雪和慧根兒出了一點點事情，我都不會配合你，你知道的。」

高寧苦笑道：「怕是我一個人擋不完，你不知道牠們動作有多快，這位小師傅幫幫我吧。」

慧根兒拍拍胸膛，說道：「哥，你放心吧。」

沒有辦法，我們並不是什麼裝備精良的大部隊，也只能如此了。

簡單的商量時我們觀察了一下，在母蟲躺的平臺前，有一大塊空地，側邊的部分靠著石牆，我說道：「就那裡吧，我們跑到石牆那裡，也在五米的範圍內了，靠著石牆，免得腹背受敵。」

高寧和慧根兒點點頭，而如雪則再次拔下了頭上的髮釵，那根烏黑的大辮子再次垂了下來，她用行動表示，在這種時刻，她絕對不是閒人。

我深吸了一口氣，說道：「那就開始吧！」

每個人都很緊張，我也是如此，高寧固執地以為我會引雷，可他哪裡知道，引雷是大法，哪有那麼簡單，要知道元懿功力深厚，都只能燃燒靈魂力，動用本源功力來引雷。

而我有過一次引雷的經歷，那是在師傅的雷火大陣配合下，才得以成功，這一次我沒有退路，只有賭。但願，我比元懿幸運。我內心苦澀，可是這一切絕對不能告訴在場的任何人。

第一個走動的是我，距離是一個很神奇的東西，特別是在特定的環境下，我一步一步地朝著目標的方向走去，卻覺得自己的每一步都好像踩在自己的心口上，每落一步下去，自己的心跳就快上那麼一分。

終於，我進入了五米的範圍內，我一直盯著蟲人的眼睛，看見了可怕的一幕，我看見那些包裹在蠶繭裡的蟲人忽然睜開了眼睛。

他們的眼睛很奇怪也很恐怖，見過死人的眼睛嗎？乾澀的，沒有了眼球的球形，只是平平的在眼眶裡，更沒有任何的感情，只要被這樣的眼睛盯上一眼，整個人都會不自覺地起雞皮疙瘩。

是啊，被活著的死人盯上一眼，我現在就是這種感覺。

彷彿是嫌棄我的心理負擔不夠大，大腦感覺不夠恐怖似的，其中一個蟲人竟然張大了嘴，露出了因為牙床萎縮而顯得分外猙獰的牙齒，對我嚎叫了一聲。

那種嚎叫的聲音，只要聽過一次，你一輩子都不可能忘記，因為那嚎叫根本就不像是聲帶在起作用，倒像是喉嚨的肌肉在摩擦。

而且，那些蟲人的肌肉和骨骼，彷彿已經脫離了人體生物學的範疇，進入了一個不可思議的境界，因為它的嘴張大的弧度，根本不是人類可以做到的，幾乎快到了耳根。蟲人們真的是很敏感，這才剛剛踏入五米的範圍內啊，其中一隻已經開始劇烈的掙扎，就快要破繭而出了。

「快，跑起來！」我大喝到，如果沒有及時地跑到石牆那裡，我們被一群蟲人包圍在中央，那後果不言而喻。

小小的蟲室，不到二米的距離就會到石牆，這樣說起來壓力不是太大，我邁步就跑，石牆就近在眼前，可也就在這時，一團陰影撲向了我。我只來得及抬頭一看，就看見一張分外恐怖的臉，是蟲人！

我幾乎不敢相信，它們的動作怎麼會那麼快，我離石牆只有兩米，它們至少是四米以上的距離，怎麼會？我腦子裡一團亂麻，面對忽然撲來的蟲人，幾乎做不出什麼反應的動作，腦子裡就只剩下三個字，怎麼會？

可也就在這時，一條黑影狠狠地抽向了蟲人，那蟲人慘嚎了一聲，由於重心不穩跌倒在一邊，是如雪的辮子抽開了蟲人。

「你小心，快去施法。」如雪狠狠地推了我一把，把我推向了石牆。

我撞到了石牆才停下，這時轉身一看，四周的蟲人都已經甦醒，而且我終於發現了蟲人是怎麼撲到我面前的，它們的行動方式根本就不像人類了，而更像野獸，它們是四肢著地，然後猛烈地彈跳。

估計是因為身體都乾癟，而分外輕盈或者是別的什麼原因，這些蟲人的彈跳力驚人，剛才那隻蟲人是離這裡最近的一隻，因為我在石牆的不遠處看見一個殘破的繭，然後在一跳之下，就跳到了我的面前。

我還沒來得及喘一口氣，又一隻蟲人向我跳來，而高寧等三人各自都應接不暇，我也不可能只依靠他們，我狠狠地一拳砸向這隻蟲人，它怪叫著歪在了一旁。我又一腳狠狠地朝它踹去，竟然把它踹得很遠。媽的，不要以為哥是軟柿子，哥可是會功夫的。

我狠狠地啐了一口那蟲人，心裡感覺奇怪，這蟲人踹上去很有韌性的，而且輕飄飄的。我不知道怎麼比喻這個感覺，只能說一個大家都明白的人物，就是說如果蟲人長得可愛些，戴個草帽，我會把它當成橡膠人魯夫的。

這個紫色的蟲子貌似有一種特殊的能力，改造人的肌體，我忽然想起了波切大巫那張光滑的臉，心裡一陣兒惡寒。

然後我緊貼著石牆，對另外三人大聲喊道：「朝著我靠攏，我要開始施法了！快！」

這一場決戰，終於是開始了，我以為不會很困難，一切會朝著高寧安排的走，哪知一切都比我們想像的艱難得多……

我不知道是因為這些年我功力深厚一些的原因，還是因為高寧的興奮藥劑起了作用，我再一次動用下茅之術的時候，順暢無比。當熟悉的冰冷感遍布全身，一股陌生的精神力量充斥在我的腦海時，那股熟悉的毀滅與暴戾的感覺也同樣到來。

這一次請到的靈比第一次的厲害很多，我能感受得到。但是，由於心境的成熟，那股毀滅與暴戾的感覺，比起第一次，我已經能很好的壓制。

當我睜開雙眼的時候，看見慧根兒很狼狽，如雪很吃力，連高寧也氣喘吁吁，這些蟲人原本就打不死，何況一身肌肉骨骼已經被改造得很有韌性。

那就引雷吧，我想也不想的，就要開始掐動雷訣，可是雷訣需要行步罡，這狹小的範圍內，如何能行步罡難道衝到蟲人堆裡去行步罡嗎？而且行步罡，在這種封閉之地，接引星辰之力的效果並不好，如果不是必要的情況，步罡一般都會選擇在開闊的野外踏行的啊。

如果接引之力不好，我如何引雷？另外，我想到一個十分嚴峻的問題，這是是封閉之地，就算天雷集中在這一片劈下，如何能劈到這個密室？

想到這裡，我的冷汗瞬間流下，對高寧大喊道：「引雷之法不可行。不能踏步罡，雷也劈不進來啊。」

高寧卻不慌不忙，轉頭問我一個不太相干的問題：「你已經準備好了嗎？」

難道他有辦法？我這樣一想，下意識地就回答道：「準備好了。」

「你等一分鐘，然後只管引雷踏步罡，我有辦法。」說話間，高寧回頭對凌如雪和慧根兒說道：「掩護我一下。」

既然話已至此，我們也算臨時的戰友，我沒理由不相信他。既然高寧要求掩護，我立即加入了和如雪，慧根兒一起對抗蟲人的隊伍。

這時的高寧從他那大背包裡取出了一個骨杖，然後閉上了眼睛，表情神聖中帶有一絲說不出的詭異，閉眼沉默了幾秒以後，他陡然睜開眼睛，竟然開始手舞足蹈起來。

應付那些討厭的蟲人之餘，我也抽空看了一眼高寧，發現這種手舞足蹈不是人們或我之前以為的那樣，是抽搐般的發瘋，而是暗含了一種我也不能理解的韻律在步伐間。

然後高寧開始吟唱，和道家的咒言不同，道家的行咒，一般都是低調而內斂的，就算需要大聲吼出來的咒語，也是極為快速而嚴肅，不像高寧的吟唱，表情、肢體語言和音調都到了一個誇張的地步，讓人看見就覺得這個人已經全情投入了一種你說不清楚的世界裡。

高寧在全力行術，凌如雪卻在我身邊平靜地說了一句：「原來他會巫術，而且很精通。」

我絲毫不懷疑高寧會巫術，但是如何去判斷他精通與否我卻不知道，所以如雪說他精通巫術，倒是讓我震驚了一下，怪不得他會穿一身波切大巫的服裝來到這裡。

怪不得他會給我們解釋，身上的骨鏈、骨環、臉上的圖騰，都含有靈魂的力量，原來這身行頭可以輔助行法。

蟲人的進攻越來越激烈，幾乎是一次次被打倒，一次次又怪叫著衝上來，而且隨著時間的流逝，我發現它們的身體越來越靈活，彷彿使用一件東西越來越順手一般。

這樣的結果，就是導致我們的防禦越來越吃力。

也就在這時，高寧終於停止了他的手舞足蹈，用一種詭異的角度望著密室的頂部，然後忽然大喊道：「出現，來，來……出現……來，來……」

什麼東西？我兀自驚疑不定，高寧是要叫什麼出現，什麼來？可是下一秒答案就出來了，高寧骨杖所指之處，一股震動陡然出現，密室的頂部晃動不止，像整個密室都在地震一般。

到底是什麼東西？這樣的震動很奇異的讓蟲人有些東倒西歪，它們原本就不是正常的行走而是跳躍，震動之下，它們當然不能跳躍，沒想到這些蟲人沒有任何的平衡能力，一旦不能跳躍，就連站也站不好？

密室的上方，是泥土的頂部，因為這本就是挖在山腹中的一個密室。

我不知道這頂部距離地面有多深，只是感覺到震動之下，泥土簌簌地往下掉，我在想，高寧該不會是憑著這震動在牽制蟲人吧？如果這般，我也是無法踏步罡的啊，因為步罡精確地要求了每一步，甚至是每一步的距離。

這種震動之下，我如何敢踏步罡？況且步罡這種東西，失之毫釐，差之千里，是最容易走火入魔的一種術法。

「高寧，你這樣我沒辦法踏步罡，而且我快控制不住了。」高寧讓我等他一分鐘，但是他施法足足花了快兩分鐘。

對於動用了下茅之術請鬼上身，壓抑了力量在身的我而言，這兩分鐘是分外痛苦的，先不說下茅之術，請鬼神的力量是有時間限制的，就是光壓制這股力量，也是不小的消耗。

如果不是興奮劑的作用，按先前虛弱的我來說，根本壓制不了這力量兩分鐘。

這是很危險的事情，不能自主的解術請走鬼神，是極其容易被反噬的，反噬的後果就算最輕的一條，都是神志不清，在力量沒動用完之前，根本不知道自己在做什麼。

我可不想一睜開眼，發現如雪啊、慧根兒啊、高寧啊都被我弄殘了。

高寧面對我的著急，只是神經兮兮地豎起了食指，在嘴邊比了一個「噓」的手勢，然後用沉迷的表情說道：「它來了。」

狗日的，誰來了？我簡直無法忍受高寧這個樣子，幾乎暴走，要知道那力量中所帶的負面情緒，也會使我受到影響，至少我會比平日裡暴躁好幾倍。

這時，是如雪拉住了我，她說道：「你忍耐一下，行巫術之時，情緒會受很大的影響，特別是請靈之術，心神會和所請之靈相連，帶有一絲所請之靈的特徵。」

對於巫術，如雪比我瞭解得多，她這樣說，我的心裡的焦躁總算好了一些，但同時望著震動越來越大的頂部，心裡多了一絲好奇，外加罵娘的心情。

我倒要看看，所請之靈是什麼，力量竟然如此的大。我的腦中不可避免地勾勒了一副畫面，一頭壯碩的肥豬，拿著一柄槌子，在搥這個密室的頂部，我想看看高寧是不是請來了一頭肥豬。

同時，罵娘是我忍耐不住的，我真他媽想看看，是什麼肥豬如此神經兮兮，讓高寧也變成了一個詭異的神經病。

頂部的泥土越掉越多，那劇烈的震動，讓我們三人都站不住了，我很佩服那檯子上的母蟲和老怪物，在如此的震動下，他們竟然還能如此的安詳……

看來不靠近三米之內，你們是不會動的。但也好，請你們繼續安詳下去吧，我實在不想這亂七八糟的局面下，你們忽然醒來攪局，最好他媽的安詳一輩子。

我對我自己也比較無語，一邊抱怨高寧神經兮兮的同時，我自己的心理活動何嘗又不是神經兮兮的。媽的，搞請神請靈的道士和巫師傷不起。

不多時，泥土落下的已經很多了，我、慧根兒、如雪無疑成了泥人，那一臉興奮渴望之色的高寧也好不了多少，可也在這時，我有了一個驚奇的發現，整個密室竟然在一棵樹底下。

為什麼要那麼說？因為隨著表層的泥土脫落，我看見密室的頂部，竟然出現了大量的樹根，蜿蜒交錯在這密室的頂部，而且我還發現一個問題，這樹根的顏色，竟然也帶上了一絲詭異的紫色。

這是什麼樹？我有一種迫不及待，想爬上去一看的衝動，可也就在這時，隨著巨大「轟」的一聲，我看見頂部龜裂了好幾條裂縫。

接下來，是連綿不斷的「轟」、「轟」的聲音，終於，那可憐的龜裂之處崩潰了，大塊的泥土落下，甚至砸到了安詳二怪組身上，然後我吃驚地看見一個腦袋鑽了進來。

看著這個腦袋，我實在是忍不住，罵了一句：「我日！」

不僅是我忍不住爆粗口，連同慧根兒也跟著罵了一句陝西的方言，不過我沒聽清楚，因為注意力全部被那個大腦袋吸引住了。

而更激動的是凌如雪，她一隻手抓著我的手臂，抓得我都生疼，她喃喃地說道：「竟然能請來這個。」

是的，這個腦袋其實我是熟悉的，因為我見過，但是有些東西不是說你見過一次，第二次見的時候就不震撼，因為這是一條蛇靈！蛇類，只能成長到了某種地步，才能被稱之為蛇靈！高寧竟然請來了一條蛇靈！我原本以為他請來的應該是一種靈體，怎麼會是蛇靈？

蛇靈神經兮兮的嗎？我原來以為的豬拿槌子呢？豬拿槌子呢？不帶這樣玩的！

和我見過的那條蛇靈不同，這條蛇靈的腦袋是詭異的烏黑色，一雙碧綠的眼眸帶著一種殘忍暴虐，甚至有些無奈的情緒，蛇靈的眼眸是有情緒的，這一點我早就知道了。

不過，我下意識就認為，這條蛇靈可不是什麼好招惹之物，至少比我以前見過的那條難惹，因為上一條的眼神冰冷是冰冷，可那是一種慵懶的，抗拒人的冰冷，不像這一條，充滿了暴虐。

只是驚鴻一瞥，那蛇靈的大腦袋「呼」的一下就伸了下來，這個畫面是震撼的，也是讓人恐懼，無論怎麼樣，形體巨大所帶來的心理壓力都是不可避免的。

蛇頭在高寧的面前停住了，帶著詭異的目光上上下下地打量了高寧幾眼，而高寧則充滿了興奮的與之對視。這時，我承認了，這條蛇靈是有些神經兮兮。

就這樣，對視了好幾秒，彷彿交流了什麼資訊一般，那條蛇靈忽然動了，牠詭異地揚起身子，然後重重地落下一掃，那些東倒西歪的蟲人竟然就被牠聚攏來了，然後牠的身子一繞，那些蟲人就被牠緊緊地纏了起來。

高寧轉頭對我說道：「這是我奶奶留下的東西，可好？」

我日，他奶奶給他留下一條大蛇？我震驚於這一家人奇怪的遺物，卻不想高寧下一刻話鋒一轉，對我吼道：「蛇靈不能把這些蟲人帶出去，否則母蟲和老怪就會醒來！我最多能召喚讓牠聽命我五分鐘，你快一些。」

蛇靈捲著那一堆蟲人，直接到了角落，給我空出了一塊地兒來，而高寧則拿出一個竹筒，竹筒裡也不知道裝的是什麼東西的血液，呈一種詭異的紅色。

他隨手往不遠處的地上一灑，然後告訴我：「不要超過這裡。」

我懂他的意思，過了那裡，就是三米警戒線，但這樣的範圍已經夠我踏步罡了。

手上掐訣，我的心理壓力陡然的增大，如果引不來雷，我是否也要像元懿那樣動用祕術？引來了雷，怎麼到這密室？這裡是被砸出了一個洞口，但這洞口已經被蛇靈的身子堵上了。

我不知道這條蛇靈有多大，反正牠的身子進來的只是一部分，剩下的，在那個被砸出來的洞裡，至於洞有多深，洞外還有牠多少身體，不在我的考慮範圍之內。

腦子裡充滿亂七八糟的想法，根本不適合做法，我深吸了一口氣，默念了三遍凝神靜氣清心的口訣，然後才開始掐訣行咒，踏起步罡來。

一旦行法，我整個人就進入了一種奇妙的狀態，外面發生什麼我就算看見，也不會有半分其他的想法和半分的情緒波動了。

步罡踏行之間，大腦存思，功力按照既定的路線沖上靈台，我腦中清晰的只是北斗七星，我能感覺每一顆星辰之上暗含的天道法則，它們冰冷的星光，沐浴在我身之上。

而高寧的身影，在我身邊亂竄，我也無力去思考他在做些什麼。

我只是冰冷地看著，看著他從背包裡拿出一個塑膠壺，然後在一定的範圍內，把塑膠壺的液體灑在地上，然後我看見他拿出一個金屬杆子，是收縮型的金屬杆子，他撐開杆子，然後把杆子一面插在地面，一面插在頂部。

那水沒有什麼異味，應該就是清水，那杆子的作用，我不用思考也知道，只有一個——引雷。樹導電，這個密室在樹下，金屬導電，而且可以把電集中起來導入這裡。地面上全是水，這裡被高寧簡單地布置成了一個雷電場。這還不算完，到最後，高寧還從他的大背包裡拿出一疊折疊好的鐵絲網展開，細細密密地鋪在地面。

我無法思考，也努力地壓制著心裡產生的異樣情緒，只是凌如雪在一旁輕聲說了一句：「你真是步步為營，為這一天準備了很久吧。」

是啊，這一切真的是精心準備，算無遺策。

高寧卻沒正面地回答凌如雪的問題，只是說道：「我還試過，普通的雷電沒有用，只有道家的天雷才有用。我不懂有什麼不同，反正道術與簡單的科技結合威力會更大。姑娘，當妳從出生起就專注一件事兒，到現在幾十年了，妳會比我更步步為營的。」

凌如雪沒有說話了，而此時我的步罡已經行完，開始退到一定的位置，手掐五雷訣之天雷訣，口中行雷咒，正式開始引天雷。

這個過程艱難無比，我能感覺周圍的氣場和狂躁的雷電，可是把它們聚攏是如此的困難，以至於我掐訣的時候，都感覺氣息流動得晦澀艱難。

我感覺自己如同要脫力一般地支撐著，當年在荒村口與人鬥法的感覺又再度出現，那一次我也要引動雷訣，同樣也感覺艱難無比，只是憑藉一股暴戾的情緒在支撐，後果如何不敢想像。

而這一次，我前行得更遠，雷訣幾乎就要掐成，可是我的雙腿已經在顫抖，在靈覺的世界裡，我已經有了一種似有還無的感覺，在一層阻隔之下，雷點已經聚合完畢，蓄勢待發，就等我引動雷電，狠狠地穿破那層阻隔落下來。

我牽引著雷電，一次一次地撞擊著那層阻隔，可是它總是不碎，就如我現在掐動的雷訣，最後一根手指總是無法落下，閉合，形成完整的雷訣。我是看不到自己的樣子，可是一口氣息在我的胸腔吐也不能吐，我感覺脖子很脹，臉發紅，雙腿雙手都在顫抖。

我聽見高寧急躁，焦慮地喊道：「行還是不行啊？」

我聽見如雪說道：「承一，你不要勉強！」

是勉強嗎？我為何一開始要保守地使用下茅之術，我為什麼不……我有些懊惱，心中的情緒翻騰不已，這是很不好的現象，一不小心就會遭反噬。我已經感覺我牽引的那股雷電，隱隱有不受控制的跡象，就要潰散而去。不，不能這樣，如果雷電引不下來，我們都得死，我輸不起如雪，輸不起慧根兒，也輸不起自己的命。

我狂吼一聲，很乾脆地暫停掐訣，一手伸進背包，一根金針入手，下一刻，我一翻手，金針扎進了我的後頸接近腦幹之處，然後腦子一個激靈，感覺思維前所未有的集中，那種集中如同腦中填滿了貨物，快要炸開一般，脹痛得我腦袋幾乎爆開。

也就在這時，我重新掐動雷訣，開始快速地再次行咒，這一次，我感覺到了，很多股雷電，擰成一股粗大的雷電，狠狠地撞擊在了那層障壁之下。

「轟」的一聲，在我腦中轟鳴，障壁破碎，雷電如同洪水一般地傾瀉而出！

我成功了，成功地引出了天雷，但於此同時，我的喉頭一甜，一口鮮血忍不住噴了出來，鼻子也癢癢的，我估計是流鼻血了。意識有些模糊，可我還必須牽引天雷，否則雷電是散亂的。

在模糊中，我彷彿又看見了我的師傅，他拿著一根金針對我說：「承一啊，這金針刺穴之法，可不能亂用，特別我們不是醫字脈的。如果穴位沒扎準，扎到了腦幹，人可是會死的。」

「那幹嘛有這個祕術，傻子才用嘛。」我不屑地說道。

「穴位的神奇哪是你能領會到的，我也是一知半解。但我知道，我們山字脈行法，行術，一切晦澀的力量，不管是精神力，還是靈魂力都要依賴大腦。而大腦在危險之下，會爆發出你不能解釋很神奇的潛能，也會在壓力之下高度集中，思維在那種時刻也比平日裡運行快了很多倍。這個穴位靠近最危險的腦幹之處，其實就是給大腦造成一個危險的錯覺，然後激發潛能，但是這種假的危險警報解除後，人就會陷入虛弱，道理很簡單的，提前預支集中了腦力，之後……之後死一堆腦細胞。」

「師傅，你扯淡吧……」師傅，我的心中默念了一聲。

第二章 蟲醒，驚變

我不知道這個山腹距離地面有多遠，可是隨著牽引天雷的成功，我終於聽見了外面的電閃雷鳴之聲，有些模糊，可是卻讓我感覺驕傲又親切。

和大自然中高高在上，偶爾隨地落下的雷不同，天雷是道道都會落下，而且跟隨著指定的目標，當然這個指定的目標不能離牽引人太遠，否則是沒有效果的。

畢竟這不是神話，什麼飛劍千里取人首級，現實是不會上演天雷千里劈死仇人的。

我吃力地牽引著天雷，只是在腦中存思，我們頭頂上的那棵大樹！天雷準備落了下來，神奇的一幕發生了，我看見密室頂上的樹根竟然開始簌簌地顫動，這是天雷劈上樹幹的效果。

然後我親眼看見了金黃色的雷電，我很吃驚，不明白這樹根為什麼能捕捉雷電的形態，讓我能看見一條條的金色小電流從樹根上流過，要知道，這是金屬物質才能做到的啊。

而且，人眼也不是相機，不能用高速連拍捕捉到的啊。

可更神奇的事情還在後面，我分明看見雷電所過之處，那樹根上的紫色就淡去一層，然後了尾部，變成一種紫中帶黑的液體落下，然後落在地上的電網，蒸發不見。

高寧盯著這液體若有所思地沉默了一下，然後下一刻他指揮著蛇靈把一眾蟲人甩到了電網上，此時雷電已經極快地沿著那根金屬杆竄流而下，當蟲人一接觸電網，立刻爆出了一陣陣的電火花。

而蛇靈在甩出了這些蟲子後就退了出去，彷彿牠也挺畏懼這天雷之威的，牠退去以後，我們的頭頂留下了一個洞口，外面的天空展露了出來，可是什麼也看不見，以為被細細密密的枝葉擋住了。我只能偶爾看見，一道道雷電在那些枝葉間閃過，估算著這山腹夠深的，加上密室的高度，離地面起碼有十米！

隨著雷電的威力，蟲人開始痛苦地嘶吼，整個密室發出一種異常難聞的焦糊味兒，蟲人根本掙扎不出電網，只是亂動了不到兩秒，一個個就無力地趴下。

噁心又詭異的一幕發生了，每一個蟲人的肚子都開始鼓脹了起來，形成了一個個看似在不停吞吐的大包，其實是有什麼東西，想破肚而出。

接下來，一隻隻鋒利的紫色蟲爪就劃破了蟲人的肚皮，從裡面爬出，這蟲子跟母蟲有一點點相似，但是更像是蠍子，長了翅膀的蠍子，不過只是大體像，具體的形象還是差別滿大的。

隨著蟲子的一隻隻爬出，那些蟲人的肚皮完全地翻了開來，露出了詭異的黑色肌肉。我牽引天雷，意識已處於比較模糊的階段，只是瞥了一眼就覺得心驚肉跳，差點沒吐出來，

那些蟲人的肚子裡沒有了所謂的內臟，反而是一種比內臟更噁心的黑色濃稠液體，在液體中間，有些說不清道不明的纖維，像是內臟留下的痕跡。我都如此，小慧根兒更是直接吐了。

這些幼蟲爬出以後，就開始直接地飛行，看樣子是想儘快地飛出電網。同時，這些蟲子像有一種詭異的影響力，牠們一飛出來，牠們身上的情緒氣場就能影響你一般，我很奇怪的能夠體會牠們的情緒。慌張、憤怒，一種威嚴被觸犯的感覺！

我忍不住在心裡罵了一句，什麼玩意兒，不就是蟲嗎？還觸犯你的威嚴了！可同時我也開始擔心，擔心這些蟲子會飛出雷電的範圍。

但是我的擔心是多餘的，這些雷電彷彿是蟲子天生的剋星，另外我很奇異地感覺到，這些雷

電好像挺針對這些蟲子的。

牠們只要一飛起來，總有一道細小的電雷會被牠們牽引，然後劈在牠們的身上！

這蟲子是什麼構成的啊？該不會是一個完全導電體吧？要那外國人富蘭克林早點發現了你，就用你去捕捉閃電好了，保準一捉一個的準。面對這一幕，高寧露出了得意且瞭然的表情，這些蟲子在雷電的打擊下，很快也不能動了，只是一個個抽搐地趴在電網上。

我身心都感覺到了一種說不出的疲憊，卻還在咬牙堅持著。這一次，我引了二十七道天雷，必須引導完畢，否則雷電會衝自身而來，這也算是引雷術的一個代價。再說這些蟲子也沒有完全的死絕，我必須繼續。

雷一道道地落下，然後被引入這間密室，這些蟲子彷彿也知道到了末路，忽然間都發出了一種奇異的鳴叫聲，那鳴叫聲我再熟悉不過了，是每晚在寨子裡我都會聽見了鳴叫聲。

謎底已經揭開，原來這鳴叫聲就是這些蟲子發出來的啊，可是又有那麼一點點區別，因為聲音雖然相同，卻少了一點兒氣勢。對的，就是那種氣勢，我說不上來的氣勢。

隨著蟲子發出鳴叫聲，高寧的臉色一下子變了，變得非常複雜，興奮、緊張、害怕、期待……用文字根本就不足以形容他此刻的表情。

同時，隨著蟲子的鳴叫聲響起，如雪一下子捂著腹部，非常痛苦地跌坐在了地上，慧根兒非常懂事地在旁邊扶著如雪。

接下來，我不願意看見的一幕發生了，趴在平臺上的安詳二怪組有了動靜。

確切地說，是那隻母蟲有了動靜，牠先是動了動，只是微弱地動了動，然後很是詭異的搧動了一下翅膀，我終於看見了在牠的翅膀下，全是乾屍，不，有的屍體是一半是乾屍，一半竟然成了骷髏，這是如何一幕的詭異。

我的心情緊張，無奈不能分神，還有六道天雷沒有落下，我擔心如雪，擔心慧根兒，這個時候，高寧的詭異讓我覺得我已經不能相信他了，我不敢把如雪和慧根兒的命交到他的手上。

那隻母蟲只是那麼搧動了一下翅膀，卻像是有無窮的力量一般，那些乾屍紛紛地從牠翅膀底下飛出，滾落撞到牆壁上，然後散落一地。

而正好有一些乾屍的碎片，就碎在了我的腳邊，其中有一個是頭顱，那乾澀的眼睛到死都沒有閉上，但因為死亡，已經看不出任何的情緒，我只是看見一個驚恐、不甘、怨恨的表情永遠地凝固在了它的臉上。這個表情，讓我心驚肉跳。

隨著母蟲搧動翅膀，高寧站了起來，緩慢地走了過去，我在心裡狂罵，不是說不能靠近三米的範圍內嗎？也不是說不靠近三米的範圍內，那隻母蟲就不會醒來嗎？

現在這一切要怎麼解釋？高寧還是騙了我！

我憤怒地盯著高寧，咬著牙繼續指揮著天雷，那些幼蟲到了此時，已經不能再發出嗚叫聲了，一個個的變成了一小塊一小塊的焦炭，牠們終於死去了。

可也就在這時，這隻母蟲「嗖」地一下站了起來，那些蟲足支撐牠龐大的身體，讓牠有一種可怕的，外加一種說不出的氣勢在裡面。我從內心感覺到恐懼。

而高寧如同癡迷了一般的，繼續朝著蟲子走去，在這時，我發現一幕恐怖得讓我說不出話的場景，我看見母蟲的腹下有一根吸管，連接在牠和那個躺在牠腹下的老怪物之間，牠一站起來，帶動那個老怪物的身體也跟著被提了起來。

與蟲共生嗎？我還發現那個老怪物的身體是如此的光潔。

我無法開口阻止高寧，而母蟲站起來之後，也開始發出了一陣陣的鳴叫聲，這鳴叫聲才是每晚我熟悉的那種鳴叫聲。可是，第一次近距離的感覺，我發現是那麼的可怕，我的腦子像是被巨槌搥過，被人逮著晃動了一千次一樣，我快撐不住了，我想吐，我感覺我的整個胸腔都在翻騰。而如雪此刻已經虛弱得全身都在發顫。

終於，最後一道天雷被我指揮著落下，化為了無數的電火花盛開，然後湮滅，蟲室中終於迎來了熱鬧以後的沉靜。打鬥聲、呼喝聲、驚叫聲，一切都已不在，連母蟲也停止了鳴叫，安靜得只剩下高寧一步一步的腳步聲，和他激動的喘息聲。

我的力氣像是被抽空，只是無力地望了一眼如雪，然後不由自主地重重跪在了地上，如雪面色蒼白，只是咬著下嘴唇顫抖著，努力地忍耐著，看來剛才的疼痛並沒有隨著母蟲的安靜而消逝……接下來，接下來會是怎樣，我根本不知道，連思考的力氣都沒有，就趴在了地上，望著高寧，其實我也不知道望著他做什麼，他現在就算要做什麼，我也無力阻止。

高寧看也不看我們一眼，只是保持著怪異的神情走向母蟲，這個時候我還能看見他的側臉，從他的側臉我看見了渴望。

母蟲彷彿很戒備高寧一般，隨著高寧的一步步走進，牠的翅膀張成了一個奇異的角度，兩隻類似人手臂的蟲爪伸出，我懷疑我是不是產生了幻覺，我分明就看見牠的蟲爪長有三個分岔，看起來像三根指頭。

高寧就跟沒有看見母蟲的抗拒一般，繼續地走進著，母蟲的腹部開始劇烈地收縮，我不知道這隻母蟲要幹嘛，卻看見一個分外恐怖的場景，母蟲連接著的那個老怪物忽然就睜開了雙眼。

他睜眼的一剎那，原本在我趴著的這個角度並不容易看見，但他的眼睛就像是有吸引力一般，偏偏就讓我看見了。我一點都不否認在那一瞬間，我的心陡然就收緊了，接著連呼吸我都無法控制，開始忍不住「吭哧」「吭哧」地喘息，我很緊張，也很害怕。

因為那雙眼睛的光彩不是正常人的光彩，有誰見過正常人的眼睛能爍爍閃光，帶著紫芒？

接下來，我們的命運是什麼？我更沒有底氣了！我只是在狂罵高寧，他是瘋子，絕對是個瘋子，明明這母蟲和老妖怪就如潘朵拉的盒子一般邪惡，讓人心驚膽顫，他卻能獰笑著打開！

當那老妖怪張開雙眼以後，他的神情先是流露出了一絲疑惑，接下來，他一隻光滑卻枯瘦的手在第一時間就握住了那根與蟲相連的吸管，然後用一種不容抗拒的聲音對高寧說道：「停下來，然後自己了斷吧。」

接著，他的腦袋轉了一個詭異的角度，然後望了我一眼，再望了凌如雪和慧根兒一眼，接著說了一句話：「不管你們是誰，也自我了斷吧。」

我趴在地上哼哼地冷笑了兩聲，使出吃奶的力氣一把拔出了頸後的金針，然後深吸了一口氣，對著那老怪物狂吼了一句：「放你媽的屁！」

我道家之人，何時要為妖魔鬼怪折腰了？你竟然敢要求我自我了斷？

「就是，放你娘的屁。」回應我的是慧根兒，同理，身為佛門之人也豈能為妖魔鬼怪折腰？

面對我和慧根兒的囂張，那老怪物哼了一聲，手握那根吸管就要拔出來，於此同時，母蟲發出了一聲痛苦的哀鳴聲。

這蟲子真的很奇怪，一舉一動，都能讓人感覺牠的情緒，哪怕是蟲鳴聲，也是這般，這一次的蟲鳴聲，除了痛苦的哀鳴，竟然還有一種無奈的憤怒。

那老妖怪看樣子像是要收拾我們，但無論如何，我是要和慧根兒、如雪在一起的。

此時，除了慧根兒稍微有些力氣，能勉強站立以外，我和如雪都分外的狼狽，我咬著牙，幾乎是以蠕動的速度爬向慧根兒和如雪，無論發生了什麼事兒，我都要擋在他們身前，我一隻手支撐著自己的爬動，而另外一隻手，已經悄悄伸進了包裡，那裡有一顆藥丸……

也就在這時，我忽然聽見了一陣囂張的狂笑聲，是高寧的聲音，然後我聽見他喊道：「你沒有機會拔出那根管子了……」

我回頭一看，高寧此時已經走到了母蟲跟前，而母蟲全身後退，做出了一副哺乳動物才會有的後退，然後準備前撲的姿勢，非常怪異。因為蟲子怎麼會有這種動作？

可我有一種奇怪的感覺，這母蟲只是虛張聲勢，牠彷彿有極大的負擔一樣，我覺得牠好像不太能反抗的樣子。這種蟲子難道在隱忍什麼嗎？

但現在根本不是想這個的時候，我感覺到有一隻手抓住了我的手腕，我抬頭一看，是如雪，也不知道什麼時候她由慧根兒扶持著，半爬半挪地到了我的跟前。

我苦笑了一聲，這一路跑來，我們三人竟然狼狽成了這個樣子，如雪在慧根兒的幫助下，吃力地把我扶了起來，我半靠在如雪的膝頭，慧根兒倚在如雪的旁邊，一時間三人竟然有了一種相依為命的感覺。可在這時，我們三人彷彿成了無足輕重的配角，主角是高寧和那個老妖怪。

面對高寧威脅一般的語言，那老妖怪發出了不屑的哼聲，然後開始念動奇怪的咒語，並且手上用力地開始拔動吸管，他的表情很是憤怒，那種憤怒很深，如同刻骨銘心。

我想這應該並不是單純的因為高寧的挑釁，說不定有其他的原因，但具體我根本猜不出來。

隨著那個老怪物念動咒語，那隻母蟲也開始掙扎嘶鳴起來，甚至翅膀也開始不停地搧動，特別是那根吸管樣的東西，在不停收縮，彷彿是要配合那個老怪物抽出吸管。

小小的蟲室，那麼大的蟲子在掙扎，動靜非常的大，「轟隆，轟隆」的聲音不絕於耳，我忽然有些擔心，難道黑岩苗寨的人真以為我們進了蟲室，就萬事大吉，然後對於蟲室裡的一切就熟視無睹了嗎？

我一邊抓緊時間恢復著，一邊思考著這些亂七八糟的東西，趁這時，一片混亂的時候，我已經悄悄地塞了一顆藥丸在嘴裡，也給慧根兒塞了一顆。

那是珍貴的養神靜心的藥丸，我第一次吃它，就是師傅忽然給我塞進嘴裡的，想起來已經好久了，那是我第一次遇見蛇靈的時候吧……

如今的情況比遇見蛇靈時，危險了一百倍，可是那個為我塞藥在嘴裡的人卻已不在身邊。

我們就這樣在兩方爭鬥的縫隙中，抓緊著時間恢復，而在那邊，高寧已經徹底的神經了，他竟然伸出一隻手，有些「深情」地摸過了母蟲的一隻蟲爪，然後柔聲的安慰道：「小乖乖，別鬧，你很快就會得到解脫！」

然後他也是同樣憤怒的看了那個老妖怪一眼，憤怒地大喝道：「你竟然還用祕術通知他人，但你沒機會了！」

什麼沒機會了？雖然這一切都在我眼前上演，可是我根本這一切背後的真相到底是什麼，特別是高寧對母蟲如此深情，可我看那蟲子根本不領高寧的情，反而有一種特別的煩躁與狂躁，而且還有一種不屑的鄙視。

他媽的，在老子面前上演人蟲情深，苦戀不得，蟲子拒絕了人類一番深情的戲碼嗎？我忽然就起了一身雞皮疙瘩。

但高寧不可能知道我的內心的想法，他此刻像個瘋子一半的，掏出一個又一個的小瓷罐子，然後極快地打開，全部潑灑在了蟲子的身上。那罐子裡裝的全部是鮮紅色的液體，當第一個罐子被打開的時候，整個蟲室就充斥著一股強烈刺鼻的血腥味，聞之欲嘔，可是高寧根本不在乎，只是一罐一罐地朝著蟲子身上噴灑著那血紅色的液體。

那液體到了蟲子身上以後，竟然詭異地浸入了蟲子的身體，蟲子身上的紫色越發的明亮了！

而高寧的動作，彷彿刺激到了老怪物，他的眼神中流露了出驚恐與憤怒兩種情緒，可他嘴上卻並沒有示弱，只是狂喝道：「你死定了，你絕對要付出代價，我要拿你活祭，用最殘忍的辦法活祭給最可怕的魔鬼！」

高寧手上的動作不停，面對老妖怪的瘋狂叫囂，他只是爆了一句粗口：「獻你媽！」

事實證明高寧爆粗口是有底氣的，因為他所做的事情正在發生奇妙的效用，吸入了那腥味刺鼻的紅色液體之後的母蟲，竟然不那麼劇烈地掙扎了，反而是越發地安寧下來，只不過這種安寧伴隨著一種異樣的猙獰。

之所以這麼說，是因為我感覺到這蟲子到了此刻才是真正的甦醒，看牠的那雙蟲眼越來越有神，彷彿充滿了人性化的情緒，而那粗大的口器也開始一張一合地動起來，發出「唠嚓」「唠嚓」的聲音。我毫不懷疑，那口器可以輕易地折斷一根手臂粗的木材。

這蟲子是在恢復一種清醒的狀態吧，那樣子比起剛才，猙獰了不知多少倍，而那眼睛我已經不敢再盯著看，因為一看就要陷入其中似的。我趕緊扭開了頭，避開蟲子的眼睛，心裡莫名地感覺到一種說不出的壓力，而眼前發生的一切，我卻不能錯過。

隨著高寧的動作，老妖怪瘋狂了，他幾乎是控制不住地狂吼了一句：「精血，我聞到了精血的味道！你不能那麼做，你這個瘋子！」

的東西。

高寧只是「呵呵」地狀若瘋狂地笑著，根本不理會那個老妖怪的叫囂，繼續潑灑著他罐子裡

這時，我看見連接著老妖怪和蟲子之間的那根吸管開始陡然地脹大，而母蟲和那老怪物，一個再次開始痛苦地嘶鳴，一個則露出了異樣痛苦的神色和憤怒的眼神。

面對高寧的動作，那老怪物彷彿也瘋狂了，我看見他忽然朝著自己的手心噴出了一口鮮血，然後在自己的額頭上塗抹了起來，畫的是什麼，由於角度的問題我根本看不見。

接下來，那老怪物開始又急又快地念動一段類似於禱詞的咒語，隨著咒語的念動，那老怪物的精神開始急劇地強大起來，這是一種奇妙卻又具體的體會，體會到一個人的精神氣場。

我估計那老妖怪是用了什麼祕術，招來了什麼，然後一下子強大了自身，看他舉重若輕的樣子，我忽然感慨活了很久的老怪物就是不一樣。

面對老妖怪的舉動，高寧的神色也鄭重了起來，他倒完最後一個罐子的血，然後把他手上的骨杖往地上一杵，又拿出一包粉末握在手裡，然後開始跳大神般的圍繞著骨杖，一邊拋灑著粉末，一邊念念有詞。

高寧的舉動讓老怪物大驚失色，他開始重新念起第一次念動的咒語，那蟲子在這一次咒語的催動下，再次掙扎起來，卻時而又隨著高寧的咒語安靜下來。

我不懂他們是在搞什麼，想問凌如雪，卻感覺她身體顫抖得厲害，因為是那蟲子的原因，我握住凌如雪有些冰涼的手，決定什麼也不問了，不管這兩個人是在搞什麼，我們都是可憐到只想在夾縫中求得一絲生存機會的人。

可能是痛苦無力的原因，凌如雪這一次並沒有掙脫我的手，而是任由我握著，我感覺就是這

算相牽的手，讓彼此的力量在傳遞給對方。

高寧和老妖怪的爭鬥仍在繼續，但幾分鐘過去以後，仍舊看不出什麼結果，只是覺得他們兩人的聲音都越來越大，神態也越來越激動。

彷彿是覺得時間拖延太久，對自己不利，高寧的眼中閃過一絲狠色，同時我也看見疲憊已經爬上了他的臉龐，和老怪物鬥巫術哪裡是那麼容易？

高寧停止了念咒，神色有些不捨，有些傷感地從背包裡拿出了一樣東西，那樣東西是一個看似如同骨製的髮釵，他撫摸著髮釵，眼神中流露出我不解的感情。

而那老怪物閉著雙眼，只是加緊著念動咒語，隨著他咒語的念動，我看見母蟲的掙扎越來越劇烈，那截管子一樣的東西，已經從牠的肚子上拔出了一小截，那一小截呈詭異的嫩粉紅色，如同初生嬰兒的皮膚。

隨著那截吸管的拔出，老怪物臉上浮現出劇烈的痛苦，可是他依舊咬著牙不停地念動咒語。

於此同時，高寧的臉上閃過一絲決絕，他一下子狠狠地摔碎了他手中的骨釵，然後用一把小刀劃破自己的眉心，用那把小刀接住了那滴眉心血，灑在了摔碎的骨釵上。

萬事萬物都有陰陽之分，中指血、舌尖血陽氣最重，而眉心血無疑就是靈氣最重的血，靈之力量都是陰性力量，眉心血也就是陰血，而且用特殊的方法可以取出眉心精血，那是陰之精血。

高寧的臉上出現痛苦的神色，我不知道是因為痛心那個骨釵，還是他自己取出了自己的一滴精血，因為他手上握著的那把小刀很是古怪，上面畫著奇怪的符紋，和道家的符紋有些像，但我確定又不是。

那滴血灑在骨釵上面以後，高寧開始跪在地上，全身顫抖地扭動著，對著骨釵跪拜起來，他臉上有傷感，有真誠，還有一種說不出的狂熱。正常人不能理解瘋子的思維，我發現我越是接觸高寧這一切，越是覺得他太可怕，我不瞭解他。

這彷彿是一種儀式，持續了沒有多久，我就感覺到那骨釵彷彿釋放出來了一股力量，或者說是一種精神，這是我靈覺強大的微妙感覺，我有一種猜測，無奈現在的我根本沒有能力開天眼，所以無法證實我的猜測。

那就是高寧從骨釵裡釋放出來了一個靈體，或者說是一個靈體的力量。

靈體分魂魄，在陽世的時候，魂主思維，魄主行動。當失去陽身以後，魂包記憶，魄存力量，有高人可以生魂去投胎，留下充滿力量的魄與後人。

但這是大術，也屬於道家的祕術，很難做到，高寧難道會這種祕術？不，不可能，高寧做不到。相比起留魄，完全地拘束於一隻鬼魂倒要簡單得多了，我寧願相信高寧只是拘住了一隻鬼魂。可他這個時候放出鬼魂來做什麼？高人鬥法，一隻鬼魂太過弱小，簡直是笑話般的存在！

隨著那股力量的放出，高寧的眼中閃過了一絲緬懷傷感的眼神，我看他的嘴唇喃喃動了動，卻沒發出任何聲音，可是我仔細地觀察了他的嘴型，發現了一個令我震驚得喘不過氣來的結果。

他分明是喊了一聲奶奶！

在下一刻，他扭頭，帶著一種不為人理解的仇恨，狠狠地瞪了那個老妖怪一眼，然後毫不猶豫在靈台處比了一個奇怪的手訣，然後，他張嘴，如同吸氣一般地深呼吸了起來。

這個呼吸很怪，我是眼見著高寧的肚皮凹了下去，像是非常努力在吸進去什麼東西。

做為一個道家人，結合他的手勢來看，我忽然明白他在做什麼了，他在吞鬼入體，手勢表示是放開靈台，靈台全開的一種功法，表示全身放開地容納鬼魂。

而吸氣則是給迷茫的鬼魂指引一個方向，陽身的大門，讓鬼魂擇門而入。

在鬼魂沒有全部進來之前，他是不能停止吸氣這個動作的。

這樣做太危險，一不小心，陽身就會被鬼魂所佔領，就算不佔領，你不能完全壓制鬼魂的話，你們也會在你的身體起形成一場爭奪大戰。

如果不是特殊情況，根本不會有人選擇這樣一個方法。除非……除非是吸入純粹的魄力。

我瞪大了眼睛，想要知道了一個結果，同時也更加證明了道法巫術之間的聯繫，雖然施法細節不同，但是很多地方，大方向竟然一樣！

而高寧在吸氣了足足半分鐘，給我證明了他肺活量不錯之後，終於停止了這門術法。

與此同時，我看見連接蟲子和那個老妖怪之間的吸管已經拔出來更多了，我感覺彷彿再只要一小點點，那老妖怪就可以擺脫蟲子站起來了。

而在這時，我聽見了非常模糊的，很多人的呼喝聲，是黑岩苗寨新一批的追兵來了嗎？

因為高寧在此之前，曾經說過，老怪物用特殊的方法通知了別人，而我也聽高寧提過，這可不是唯一的蟲室，這樣的蟲室還有幾間，老妖怪也還有一些，如果是那樣的話……

此時的高寧已經睜開了眼睛，面對著蟲子和老妖怪，面對著這樣的高寧，我幾乎是和老妖怪同時大喊道：「怎麼可能？」

第三章　最後關頭

我不知道那個老妖怪為什麼會嚷怎麼可能，但我嚷怎麼可能的含義，卻是我真的很吃驚。

高寧此刻眼色清明，神智也很清楚，連片刻的迷茫都沒有，只能說明一個問題，那就是他剛才利用的是很純粹的魄力，而包含記憶、情感，一個人本質性格那一方面的魂是已經散去了，才沒有和軀體產生衝突。

魄力就是靈魂力，這樣方法很好，本身沒有問題，有問題的只有一點，這是我道家的不傳祕術，非大功力者施展不能，高寧是如何可以的，難道是他奶奶？

我想到這個可能性，但也覺得不可能，就算道術發展自巫術，道家獨有的法門就是獨有的，這一點我很清楚，除非……我忽然想到了自己的祖師爺——老李，一絲苦笑浮現在臉上。

祖師爺啊，祖師爺，他才是真正謎一樣的人物，身上背負了太多的謎題，而很有可能是他當年隨手做的一件事情，竟然讓我這個徒孫遇見了，這也就是所謂的緣分嗎？

在我腦子裡瞬間閃過了很多念頭的時候，那老怪物也喊出了一句讓人更加震驚的話：「補花，怎麼可能是你？你身上有補花的氣息！」

補花是誰？在下一刻我就反應過來，補花應該就是高寧的奶奶。

高寧面對老怪物的吃驚，只是帶著詭異的笑容不回答，但讓我震驚的是，高寧他奶奶究竟背負了什麼祕密，能讓老怪物連咒語都不念了，就這樣失聲喊了出來。

莫非高寧他奶奶在這個寨子裡，還是一個無比重要的人物？

吸管已經拔出了不少，這時的老妖怪明顯有些慌亂了，我看得出來他是強行鎮定地繼續念動咒語，然後自己也在用力地強行拔出吸管。這根吸管背後到底有什麼祕密，為什麼拔出來會那麼困難？

看著眼前詭異的局面，我是越看疑問越多，可是更神奇的一幕發生了，高寧在吞入了他奶奶的靈魂力以後，只是伸出手去安撫了一下蟲子，那蟲子竟然安靜下來，甚至是很吃力地抵抗著那老妖怪的咒語，不再配合了。

那老妖怪畢竟是活了無數年的老妖怪，面對這種情況，一連噴出了好幾口鮮血，然後在臉上畫出了怪異的圖騰，開始重新地驅動咒語，蟲子的行動彷彿又是不由自主……

高寧卻不再理會那個老妖怪，而是繼續剛才那沒有做完的巫術，一邊灑起粉末一邊又開始踏著奇特的節奏手舞足蹈起來。

這個時候，我看得出來老妖怪越來越吃力了，而高寧的巫術產生了很神奇的效果，那個蟲子停留的石台竟然吹起一陣一陣的陰風，然後吹起之後接觸到高寧灑出的粉末就散去了。

我雖然不能開天眼，但是憑藉經驗卻知道，這個石臺上絕對鎖著什麼邪惡的靈體，然後高寧用特殊的巫術釋放了它們，並且毀去了它們。

這些靈體是用來幹嘛的？我不知道，可我隱約覺得高寧在做一件非常危險的事情……

隨著石臺上陰風越吹越快，散去的越來越多，那個老妖怪終於停止了念咒，他望著高寧，表情分外地猙獰，他大喝道：「你不能這樣，你在釋放魔鬼，你住手，停止！」

這個時候，外面的嘈雜聲已經漸漸清晰，我覺得黑岩苗寨的援兵離我們不遠了，可我根本不知道這兩方誰是所謂對我們有利的一方，接下來的局面又會怎麼樣，我要不要趁亂……

在思考間，我的手已經把那顆藥丸握在了手裡，我一直有一張底牌沒掀開，那是師傅離開這三年，我偶爾的一次發現，很詭異的發現……

不過，現在時機未到，想到要動用那一招，我自己也很緊張，握住凌如雪的手不禁用力了一些，凌如雪這一次終究沒猜到我的心思，只是在我耳邊小聲地說了一句：「放心，他被我下了蠱，大不了魚死網破。」

我點點頭，可在心裡卻沒有把握，隨著高寧底牌一張張地翻開，凌如雪的蠱能控制住他嗎？可能如雪也沒有把握，所以一直沒有什麼行動，可能也是想等到最後，賭一把吧！

我們三人的小心思，已經不是高寧在意的事情，他的巫術好像已經行進到了最關鍵的時刻，他的臉上浮現出一種興奮且壓抑不住的笑容，他的咒語越發地急促，腳步越發地快了起來。與之呼應的，是那老妖怪的嚎叫聲越來越大，詛咒高寧的話越來越惡毒，可此時已經沒有人在意他了，我有一種感覺，就算他是累積了很多年功力的老妖怪，在沒拔出那根管子之前，都是沒辦法行動的。

而那根管子，好像不是能輕易拔出的吧，具體的祕密，我還思考不出來，我只是希望他們能快點，在追兵到來之前能有一個結果，我才好找到一絲生機給我們三個人。

也就在這時，石臺上吹起了一陣最大的陰風，伴隨著令人感覺恐怖的呼號聲，那呼號聲像是一個女人不甘地、憤怒地咆哮，帶著說不清楚的壓力，盤旋在在場每個人的心中。

「祖靈，你不能毀掉祖靈，毀掉之後就徹底沒有壓制了！」那個老妖怪大驚失色地喊道。

而那陣陰風也不像別的陰風那樣，輕易地吹開了去，而是兀自地在石臺上盤旋不去，而此時高寧已經唸完了最後一個音節的咒語，他還是帶著那絲詭笑，一下子拔出了骨杖，一個揮舞，狠狠地朝著那陣陰風打去。

在這個時候，我才注意到蟲子，那蟲子的眼中閃動著一股說不出來的詭異，其實算不上是詭異，因為這樣的眼神放在人的眼睛裡很正常，放在蟲子的眼睛裡，就是詭異。

那是什麼？那是很充分的情緒，只有人類才可能有的興奮，是那麼的明顯。

這個時候，我有一個想法，壓都壓抑不住，我覺得這隻蟲子好像被高寧放開了束縛，徹底地清醒過來，牠不再是蟲子了，牠是……牠是什麼，我不知道，我不可能承認牠是人的。

在高寧骨杖打下去的時候，那蟲子也動了，牠猛烈地搧動了一下翅膀，彷彿是在配合高寧，然後牠的口器狠狠地摩擦了幾下，像是在咬什麼東西。接下來，那陣陰風竟然詭異地安靜了下來。

那老妖怪發出了一聲絕望的呼號，然後徹底地安靜了下來，一雙眼睛流出了死灰般的絕望，他動也不動了，彷彿在等待命運的審判。

還要發生什麼？我的心一下子提到了嗓子眼兒，從鬥巫術來看，那老怪物徹底失敗了，高寧要做什麼，此刻是要揭曉了。

我的手緊緊地捏著那顆藥丸，手心都快捏出汗了，但眼前發生的一幕，卻讓我不太敢相信自己的眼睛，高寧在和蟲子對視，表情緊張。

而那蟲子也在看著高寧，我彷彿感覺到是一個魔鬼帶著意味不明的笑容，在盯著眼前那個把牠釋放出來的人，居高臨下。

我不是當事人，沒有和那隻蟲子對視，就衝那蟲子長得很詭異的，類似於哺乳動物的眼睛，我就不想和牠對視，我會覺得牠媽是和動物交配後，才生下的牠，這感覺會讓人起雞皮疙瘩。

所以，我只是猜，都能猜到高寧此時頂住了多大的壓力！

下一刻，那蟲子忽然動了，一下子高高地站起，這一次，牠的節肢終於把牠完全地支撐了起來，一下子地站起，讓所有人都心驚肉跳了一下。

接下來，很恐怖的一幕發生了，那蟲子的吸管在不停地蠕動，彷彿在吸入什麼東西，然後我看見那老妖怪以肉眼可見的速度，開始衰老下去。

先是皮膚起了皺褶，接著開始臉上開始失去生命的光澤，接著他越來越乾瘦，越來越腐朽，感覺就像是一塊充滿了彈性了橡皮，開始變得乾硬起來……最後，那老妖怪的一些皮膚都開始消失，剩下裸露的骨頭，原本新鮮的骨頭又以肉眼可見的速度，變得灰白而化石化起來。隨著一聲「啪」的聲音，老妖怪裂開了，變成一塊又一塊不明物體，就這麼四散裂開了……

看著眼前的一切，我有些無法接受的感覺，換成是誰，都無法接受剛才還活生生的一個人在自己眼前變成一堆不明物體，四散落開，然後只剩下一件袍子證明他曾經存在過。

我的臉色很難看，如雪乾脆別過了頭，然後用手捂住了慧根兒的眼睛，慧根兒卻若無其事地撥開了如雪的手，很是淡然地說道：「軀體有何好留戀的，不過皮囊一具，在我眼裡沒什麼好可怕的。唯一可怕的不過是這個人連靈魂都沒逃出去，被那蟲子吸進去了。」

聽到慧根兒這句話，我倒吸了一口涼氣，我沒開天眼，看不到具體的情形，但料想慧根兒也不會騙我，這到底是什麼蟲子，連人的魂魄都可以吸收？這簡直超出了我的認知！

這根本不是一句可怕可以形容的事情了。

也就在這時，高寧忽然轉過頭幽幽地說道：「很可憐嗎？他早幾十年前就該是一堆枯骨，也就是現在這副模樣了，多活了將近百年，付出靈魂的代價又算什麼？」

我無言以對，這就好比和魔鬼做交易的人，得到的東西固然讓人眼紅，付出的代價也足以讓人崩潰。

這隻蟲子處理完那個老妖怪，終於露出了那根吸管，原來那根吸管就長在蟲子的腹部，當老妖怪的屍身四分五裂掉下來的時候，牠一下子詭異地把那根吸管收進了身體裡面。

這一幕，讓我想起蟑螂有兩個腦袋的事情，難道這蟲子也是兩個腦袋，一個在屁股上嗎？那吸管是牠的另外一個口器？要知道，蟑螂從生物學來說，算是一個神奇的異類和典型的優秀的……嗯，優秀的適應身體吧，這個蟲子也進化到了如此的地步？

師傅一直說玄學要和科學相互印證，真正的玄學大師往往也是飽學之士，我也一直很注重這方面的知識，可這時，我才發現，相比於這個世界的神奇，我瞭解的太少太少。

當蟲子收好牠的吸管以後，竟然不再理會高寧，而是詭異的，試探般地邁出了一隻蟲足，那隻蟲足超出了那個石台的範圍外，牠彷彿是不敢相信般地把蟲足踏了出去。

蟲足重重地落地了，我從那蟲子的眼中竟然看見了一股張狂的興奮，接著牠開始快速地爬出石台，在四處打轉，忽然又振翅高飛，一下子竄到了蟲室的頂部。

面對著這一切，我的壓力分外的大，我原本就是不太接受蟲子的人，看著那麼大一隻蟲子，在自己面前又跑又飛的，總覺得全身不停地在起雞皮疙瘩。

當這蟲子在蟲室頂部飛了一圈以後，忽然就停了下來，然後一下子衝到了高寧面前，帶著一種戲謔的，惡狠狠的目光盯著高寧。這就是惡魔的本性嗎？在我看來，貌似是高寧釋放了牠，給了牠自由啊，牠要收拾高寧嗎？接下來就是我們嗎？

我覺得我不能再等待了，我拿起手中的藥丸，就準備塞在嘴裡去，可在這時，高寧忽然笑了，他拿出了一個怪異的哨子，放在了嘴裡，吹起了一首怪異的曲調。

聽著這曲調，蟲子的眼中竟然閃出有些迷茫的神色，更讓我感覺不可思議的是，那蟲子竟然伸出了那隻類似於手臂的蟲爪，用那三個分岔般的東西摸上了高寧的臉。

高寧的眼中閃爍著異樣興奮的神光他剛才雖然是笑著的，可我能感覺他很緊張，很緊張，這時，連慧根兒都看出來了高寧的放鬆，忽然說了一句：「他是拿到考試的好成績了嗎？」

這形容很確切，高寧就真的像是一場重要的考試拿到了好成績一般。

隨著曲調的進行，蟲子越來越安靜，彷彿對高寧依賴起來，高寧一邊吹奏著曲調，一邊拿出那把骨刀，在自己的手臂上劃了一刀，然後把沾上了他鮮血的骨刀，遞到了蟲子那張猙獰的大蟲臉面前，放在了那個可能是鼻子的器官前。

那蟲子更加的安順平靜了，這時，高寧閉上了眼睛，拿下了那個哨子，然後喉頭滾動，發出一種怪異的聲音，似乎是在交流，似乎是在表達。

其實這倒不是高寧在說什麼怪異的語言，而是在存思的交流中，不自覺的表現。

這個不是什麼神奇的事情，就像我因為靈覺強大，小時候不是就嘗試過和蛇靈交流嗎？這道理是一樣的，只是太過投入的話，就會不自覺的以為自己在說話，而事實上又沒有說話，才發生了這種現象。很像裝神弄鬼。

我這個時候不好打斷高寧，但我已經下定決心，等一下我要高寧一個回答，那藥丸我不敢輕易地吃下，畢竟連續兩次的刺激靈魂，後果是非常嚴重的。所以我就安靜地等待著，我早就知道了這蟲子不是普通之物，能和高寧存思交流，我也抱著見怪不怪的想法了。

隨著高寧和蟲子的交流，那蟲子竟然重新爬上了石台，一副安順的樣子，可我總是感覺不對勁，蟲子沒有表情，更不會說話，可我總是覺得自己恍然看見一個人，對著高寧，帶著一種捉摸不定的微笑。

這是靈覺強大在作怪，還是我對這蟲子原本就有些抗拒，才產生的錯覺，我自己也分不清楚，而這一幕到底代表了什麼，我更不清楚，所以也就懶得細想了。

當蟲子爬上了那個平臺以後，高寧睜開了眼睛，與此同時，更加怪異的一幕發生了，那蟲子竟然收攏了所有的蟲腿，也收攏了翅膀，然後再次閉上了眼睛。

這原本是很平和的畫面，我卻感覺那蟲子很吃力一樣，彷彿在做什麼大事，高寧的表情也證實了我的猜測，他開始非常非常地緊張起來。這種緊張和剛才那種緊張不一樣，剛才那種緊張是游離於生死之間，這種緊張，我很怪異的想，真像在等待妻子生孩子的男人那種緊張。

我為自己這個怪異的想法起了一身的雞皮疙瘩，但是我不會忘了正事，我開口對高寧吼道：「你說的，帶我們出去的話還算不算？」

說話的時候，我握住藥丸的手，已經到了胸口，隨時準備把這藥丸塞進嘴巴裡。

高寧很快地側過頭，神經兮兮地對我比了一個小聲點兒的手勢，然後說道：「我早就說過，我只想拿回自己的東西，從來沒有想過害你，說過的話當然算數。」

我指著那個洞口說道：「這裡真的可以出去？」

高寧說道：「當然是真的，不過你現在還不能出去，你真正的作用還沒發揮出來，你如果現在要出去，我會想盡辦法阻止你的。」

這話是什麼意思？我腦子一下子反應不過來，可是我身後的如雪卻按捺不住了，正準備說話，我卻一把拉住了如雪，關係到我的安危，我總覺得這女孩子什麼都敢說，什麼都敢做。

我對高寧說道：「可你得先想辦法解決一下外面的事情。」

是的，外面已經傳來了腳步聲，我想過不了多久，已經就會有人走到外面的小廳裡，我不敢打賭他們不會走到蟲室裡面來。

而我之所以不願意和高寧起衝突是因為高寧的手段層出不窮，天知道那大蟲子會不會幫他戰鬥之類的，況且我們跑出去之後是茫茫的大山，還要面對追兵，我想保持一點兒體力。

「外面？」高寧忽然不屑地笑了，然後手在那個石臺上摸索起來，最後他好像找到了地方，觸動了一個機關，然後那個石台竟然詭異的「哢嚓」了一聲，然後高寧竟然推動了石台的一面牆，然後露出了裡面的東西。

看著裡面的東西，高寧呵呵地笑道：「那些老怪物不會來的，他們也不敢怎麼樣！」

在這個時候，我也看見了裡面的東西，一看之下我就頭皮發麻，這裡面竟然密密麻麻地爬滿了血線蛾，非常幼小的血線蛾，估計只有指甲蓋兒大小。除了這個以外，裡面還有一些蟲卵，有大有小，密密麻麻地排成幾排，同樣看得我頭皮發麻，恨不得全部給它擠破了了事。

可這些血線蛾和蟲卵憑什麼會成為高寧的依仗？我想不通！

不過我此刻沒有問高寧，高寧也沒心思給我解釋什麼，在石台下仔細地尋找，終於找到了幾個與眾不同的蟲卵，這些蟲卵和其他蟲卵一樣呈白色，個頭稍微大一些，唯一不同的就是這蟲卵上竟然有絲絲的紫色纏繞。

這樣的蟲卵不多，總共也就五、六個，高寧握在手裡，嘿嘿一笑，對我說道：「你知道的，這是母蟲，可是不是所有幼蟲都會是那種神奇的蟲子，大多蟲卵孵化出來只是血線蛾，再厲害點兒的，也不過……這幾個蟲卵對他們珍惜之極，倒是可以拖住他們一會兒的。」

說話間，高寧劃破了自己的中指，擠了幾滴血在蟲卵之下，然後開始閉眼施展一個巫術，這個巫術凌如雪認得，她小聲告訴我，這是苗寨巫師的一種喚靈術，就是召喚自己養的靈體，諸如貓靈、犬靈之類的……

我無疑知道高寧召喚的是什麼靈體，就如我現在也無意去探究高寧的祕密，我知道憑我一人之力，根本拿這個寨子無可奈何，我只想帶著如雪和慧根兒早些逃出去。

當高寧施展完了巫術，我沒什麼感覺，倒是慧根兒忽然說了一句：「一條蛇來了。」

原來高寧召喚的是一條蛇靈，不過此蛇靈非彼蛇靈，他是召喚了一條蛇的靈體而已。

做完這一切，高寧竟然拿著蟲卵大剌剌地出去了，站在了蟲室的門口，而石臺上的母蟲還是非常的安靜，我瞥了一眼母蟲，總有一種怪異的感覺，感覺這隻蟲子的生命力在慢慢地流逝。

這一刻，蟲室安靜，只剩下我、如雪和慧根兒，我也終於有機會問如雪：「妳的身體感覺怎麼樣了？」

如雪對我說道：「其實，我不知道黑岩苗寨的這種惡魔蟲子，具體是什麼，可牠好像凌駕於世間萬蟲之上一般，牠無論有什麼樣的動靜，總是惹得我的本命蠱狂躁，害怕不已。我原本一直奇怪，為什麼黑岩苗寨的人會放棄各種厲害的蠱虫，本命蠱只是靈或者血線蛾，但如今看來，多半是和這蟲子有關係的。」

我表示認同地說道：「是啊，不然能怎麼辦？妳發作起來都如此了得，黑岩苗寨的人肯定也不能例外。看來也只有血線蛾和靈體能避免這種痛苦。」

「這樣說來，這麼多年以來，我們嫁給黑苗人的白苗眾多姐妹可就苦了，到了這個寨子，有本命蠱的人，只能拔除本命蠱，否則根本不可能生存。本命蠱如此狂躁，我都是勉強壓下，多一些時日，本命蠱在狂躁之下，反噬也不是什麼奇怪的事情。」凌如雪微微皺著眉頭說道。

本命蠱在我的認為裡，原本就是蟲子，不論苗疆養本命蠱的術法是如何的神奇，它也總不能讓一隻蟲子有了人的喜怒哀樂，就算做到像小狗那樣對主人有依戀，有感情都不可能。所以，玩蠱也如同是在走鋼絲，反噬也是常有的事，如雪的說法並不奇怪。

只是這本命蠱死掉或者拔出之後有什麼後果，我就不知道了，聽聞如雪的話，我只是下意識地說道：「既然如此，妳這次跟隨我逃出去之後，就不要再來這裡了，更不要嫁給補周了，好嗎？」

「是因為你怕我被拔出本命蠱嗎？」如雪望著我，忽然問道。

我心裡一急，是因為我喜歡妳就要脫口而出，卻聽見外面來了很多人的樣子。

此時，如雪輕輕地放開了我的手，說道：「你在這裡，我去看看，我聽見了補周的聲音。」說完，她就站了起來，徑直走向蠱室的門口，站在了高寧的背後。

外面是來了很多人叫囂不已，中間又屬補周的聲音最大，我也聽見了的。其實，我何嘗不想去看看，可一想，我的出現可能會刺激到他們，反倒是好好待在蠱室要好一些。

畢竟知道我逃跑和看見我跑到這裡，是兩回事兒。

我安靜地坐著，抓緊時間恢復著，那凝神靜氣的藥丸原本就所剩不多，一轉眼，我已經放了第二顆在嘴裡。這種藥丸好是好，在我靈魂虛弱的情況下，多吃也不見得是什麼好事兒，反倒是有些揠苗助長的恢復了，畢竟要進補，也要看進補之人能不能承受。

可我的預感不是那麼的好，也不敢把一切賭在高寧身上，在此刻能恢復一些是一些，總好過我要在力量空虛的情況下去吃透支潛力的丹藥，那樣透支的不止是潛力，還有生命力和元氣了。

也就在這時，我聽見一個熟悉的聲音，是那個波切老頭兒在說：「你們逃不了了，束手就擒吧。最好我們的老祖宗沒事，否則你們的下場一定很難看。」

波切老頭兒的話剛落音，我就聽見補周熟悉的聲音，他說道：「大巫，其他人你要怎麼處理，我不管。那凌如雪是我的人，我總是要帶走的。雖然我們寨子是以你們巫苗和蠱苗為重，但普通族人你們也不是能不顧的。」

聽聞這些話語，我冷笑了一聲，這補周倒真是對凌如雪念念不忘啊，我早前曾聽說過，這些普通寨子的人又自成一股力量，表面是服從巫蠱，事實上已有些蠢蠢欲動，畢竟某些待遇，普通人也眼熱之極，不是嗎？這補周為了凌如雪，連這個都威脅上了，果然是一往情深。

那波切老頭兒冷哼了一聲，說道：「這個女人於我們不是太過重要，拔出了本命蠱之後，也就是沒牙的小貓，交與你就是。不過，你的話可別亂說，否則我會對烈周施壓，廢除你繼承人的身分。」

波切老頭兒威脅過後，補周果然不說話了，那波切老頭兒也是一副懶得囉嗦的樣子，直接說道：「把他們幾個抓走，順便進蟲室搜搜那個小子在不在。竟然打擾到老祖宗，並且隨意進入我們幾十年都不敢隨意踏足的禁地，你們該死。」

波切老頭一說完這話，我就聽見人群的喧鬧聲，估計就要上前逮捕在蟲室門口的高寧，因為隔著一個拐角，我也看不清楚具體的情形，只不過高寧不是說可以拖住這些人的嗎？怎麼還不見行動？

也就在這時，我忽然聽見波切老頭兒憤怒的吼聲，他大喊道：「你拿著我族的聖物做什麼？」

我終於聽見了高寧的聲音，他連聲地冷笑，對波切老頭說道：「你再仔細看看，是什麼東西盤繞著這所謂的聖物！」

過了些許時間之後，那波切老頭兒才用大驚失色的聲音說道：「你竟然用如此惡毒的蛇靈繞著這些聖物，快快拿開，你個賊子，你竟然要自毀自己族人的根基，你罪不可恕！」

面對著波切老頭兒的氣急敗壞，高寧卻吊兒郎當地說道：「自毀根基什麼的我不知道，我只知道，我也需要一些壽元，我自己會和老祖宗商量的，為了避免你們來壞事，我需要一點兒時間，就一點時間。我知道一條小小的蛇靈困不住你們，可你們也知道，蛇靈是和我心血相連的，它會在你們動手之前，呵呵，就不用我多說了吧……」

高寧說完之後，人群果然安靜了下來，接著，我也不知道高寧做了什麼，就只看見他和凌如雪同時回來了，難道這樣就制住了黑岩苗寨的人嗎？

第四章　蟲卵與談判

高寧回到蟲室以後，先是緊張地盯了一眼母蟲，然後才對我說道：「那波切是一定有辦法驅除蛇靈的，在不傷害到蟲卵的情況下。大不了就是費些手腳罷了，所以那些蟲卵也拖延不了多久，最多二十分鐘。」

我恢復了一些氣力，已經可以站起來了，我無所謂地笑了一聲，然後走到高寧的面前說道：「所以，你要做什麼，就儘快做吧。」

我剛說完這話，在我和高寧身邊的母蟲忽然掙扎了一下，很是吃力的樣子，這一動吸引了我的注意，我繞著母蟲仔細觀察了一下，忽然發現這母蟲原來在吃力的產卵，那個卵呈詭異的紫色，此時已經露出了一小半的樣子。

看到這裡，我的心底生出一絲疑惑，難道高寧要當個接生婆，為母蟲接生？這個想法當然很無稽，我猜想高寧一定有更大的目的。

果然，母蟲的掙扎引起了高寧的緊張，他皺了皺眉頭，對我說道：「我的計畫需要你，第一是因為需要道家的引雷術，第二就是為了這母蟲的進化。我高寧自問不是什麼大惡之人，也不是想害你陳承一的命，所以在這之前，我也做了一些努力，但是從現在的情形來看，是不行的。我直說吧，我需要你的精血。」

這母蟲不是在產卵，是在進化？我一下子也皺緊了眉頭！這樣邪惡的蟲子，高寧竟然還要讓牠進化，高寧的目的何在？

需要精血？想到這裡，我苦笑了一聲，原來高寧和黑岩苗寨這些人的目的沒什麼不同。我他媽是唐僧嗎？個個都想要我的血肉？

我緊皺著眉頭，還沒來得及說什麼，一個人已經走到了我的身前，用異常堅定的語氣對高寧說道：「不行，我絕對不同意。精血對於一個人來說，意味著什麼，你不知道嗎？你原來千辛萬苦地把陳承一帶來這裡，也是為了害死他？」

面對凌如雪，高寧苦笑了一聲，用一種罕有的真誠語氣對凌如雪說道：「我知道妳在我身上下了蟲，我無所謂，真的。而且，妳要相信，我絕對有辦法暫時壓制這個蟲蟲！姑娘，我不管妳怎麼想，我要說的是，我精心謀劃了幾十年的計畫，可不能因此功虧一簣，我要陳承一的精血，但不會害他的命，只需要一點點就可以。妳以為我剛才在蟲子身上灑的是什麼？」

說話間，高寧彎腰從地上撿起一件兒東西，是一個碎片，這個碎片是用來盛那個血腥味十足的東西的碎片，那老妖怪也曾嚷過裡面裝的是精血。

然後高寧把碎片遞到凌如雪的跟前，說道：「妳身為蠱苗，不可能不認識這東西，妳仔細看看吧。」

凌如雪皺著眉頭，仔細地聞了聞碎片上殘餘的液體，然後又沾了一點兒在手上，搓開之後，又仔細聞了聞，然後說道：「是人的精血，加入了一點兒苗寨特有的藥物，保存下來的精血。可這又如何？」

高寧說道：「這些精血是我這幾年以來精心收集的，我承認我是一個殺人犯，不過在這個寨子，殺人與不殺人也不是多大一件事。我高寧是一個自私的人，我也只想達到自己的目的，可不想與天下為敵，也沒那個野心，我殺的也是該殺之人。多的我不想說了，只想說，以前我沒有成功地把陳承一騙進寨子，所以只能收集一些代替的精血，不過效果不是那麼好。」說話間，高寧竟然滿含感情地摸了摸蟲子那猙獰的腦袋，像是給蟲子鼓勁一般。

這樣做了之後，他才說道：「效果不好，不是沒有效果。所以，我只需要再一點點陳承一的精血，我就可以徹底地實現我謀劃了幾十年的事情，真的，就只要一點點。」

說到最後，高寧的目光中已經閃爍著一股瘋狂的神色，他盯著凌如雪，幾乎是情不自禁地抓著凌如雪的雙肩說道：「妳不明白我的計畫，雖然我只是為我自己，但說不定就是帶領人類走向一個新世紀的偉人。妳不能阻礙這個計畫，知道嗎？妳不能阻礙！」

看到這裡我忍不住了，一把拉過凌如雪到我的身後，然後大聲地對高寧說道：「好了，不就是一點精血嗎？我給你就是，但我只是想知道，為什麼非得我的精血不可，有什麼不同嗎？」

高寧忽然就笑了，說道：「你難道不知道你與常人有什麼不同嗎？你那強大的靈覺都讓你腦後生了個胎記，難道還不能說明問題嗎？不然你以為你小小年紀就能動用下茅之術？你去問問你師傅，他是累積了多少年的功力，吃了多少藥丸，才能使用下茅之術的？別拿現在和以前比，以前的天材地寶可比現在多多了，就算如此，你師傅在這方面拍馬也趕不上你，你明白沒有？」

明白什麼？我的眉頭皺得更緊了，師傅只是提及過我學習一些術法會特別輕鬆，而這三年我也驗證了這件事，有了一張非常祕密的底牌，可這證明了什麼，需要我明白什麼？

高寧乾脆很直接地對我說道：「你的靈覺強大，也就是靈性強大，你的精血中包含了靈性，靈性是這世界上越來越稀少的東西了，因為人們彷彿越活越蠢，很多人已經蒙蔽了靈性，這靈性之血已經越來越難找了。可這蟲子的進化……」

說到這裡，高寧的眼中又閃現出了瘋狂，取出了骨刀揮舞著，對我狂喊道：「快點，時間已經不多了，讓我取一些精血。」

可這蟲子的進化，偏偏需要靈性之血，不是嗎？高寧沒說完的話，在我的心中已經有了答案，現在這個情況我們已經沒得選擇，除非我們和高寧拚命。

就算以我們三個現在的狀態，能拚得贏高寧，但外面那群虎視眈眈的人呢？藥丸只有一顆，我一點都不抱希望，我憑藉一個藥丸，能拚贏這裡所有的人。

望著如雪和慧根兒，我的心反而坦然了，對著他們微微一笑之後，我說道：「你取血吧。」

凌如雪忽然擋在我身前，只是對我搖頭，而慧根兒則對高寧說道：「不能取額的血嗎？」

高寧用一種可惜的眼神看著慧根兒，說道：「你也是一個靈性十足的小子啊，可惜的是，道佛終不同，佛家的血與那個地方的蟲子可沒什麼關係，呵呵，那個地方……」

那個地方是什麼地方？我隱隱覺得這和我師祖有一定的聯繫，但高寧應該不會告訴我的，我輕輕地把凌如雪拉到我背後，對她說道：「不要這樣，我相信我死不了的，只要死不了，什麼都可以再來。而且，這裡是三個人的命，再退一步，就算你和我不要命了，慧根兒還小。」

凌如雪動了動嘴唇，終究沒有說話，倒是慧根兒這小傢伙很義氣地說道：「額也可以不要命。」

我只是呵呵笑了一聲，摸了摸慧根兒的圓腦袋，沒有說話。

在取血之前，我問了高寧一個問題，那是我一直想問的：「高寧，你為什麼知道我們那麼多情況，你憑什麼知道的，你很早之前的那套說辭，是對我說謊了吧？」

高寧聽聞我這個問題，眼中竟然出現一絲罕有的畏懼，但過後，瘋狂又重新浮現在他臉上，他大聲吼道：「你不需要知道那麼多，知道了對你半分好處也沒有。你只需要知道，老子是孤注一擲就行了，老子天不怕，地不怕，得罪的神仙再多也就那麼一回事兒了。」

我不懂高寧話裡的意思，就在我凝神思考的時候，高寧的那把骨刀一揮，已經到了我的眉心，下一刻，他開始念動起了咒語……

他首先取的是我眉心的精血，如他所願，一滴鮮紅的精血流動到了他的骨刀上，而我的感覺很奇妙，流血是多普通的感覺，卻不想流逝一滴精血的感覺，就像流逝了一段生命。

高寧小心翼翼地呵護著那滴精血，讓後把那滴精血滴在了蟲子的眉心處。

當我的精血滴到蟲子的額頭上之後，很順利地就被蟲子吸收了，當蟲子吸收了我的精血以後，在場的所有人都看見，蟲子明顯精神了很多，而牠原本正在排卵，那顆紫色的卵幾乎以肉眼可見的速度，又滑出了很大一部分。就是這樣，母蟲都還猶有餘力。

高寧的眼中閃爍著瘋狂的光芒，臉上帶著奇異的滿足，緊緊地拽著我的胳膊，看我的眼神，就像在看什麼絕世奇珍一般。

流逝精血以後的感覺，不是陡然的虛弱，而是慢慢的虛弱，只是一小會兒，我就覺得自己很想躺下來，躺下好好睡一覺，因為我連站著都那麼吃力。

高寧只是盯著母蟲，凌如雪冷淡地看了一眼高寧，把他拽著我的手拿開了，然後親自扶著我，慧根兒這小子原本也沒恢復，只是情況比我好很多，他也懂事地過來扶著我。

我實在太虛弱，一米八幾的個子，一百四十多斤的體重幾乎就全部壓在凌如雪的身上，出於男性的自尊，我很想站著的，可惜那一陣陣的眩暈感讓我無能為力。

「很重，是不是？」望著神色平靜，只是微微有些喘息的凌如雪，我心疼而虛弱地問了一句。

「還好，我們一定會活著出去的。」凌如雪的眼中閃爍著無比堅定的光芒，也不知道她那股自信哪兒來的。

回答完我的話，凌如雪立刻就問高寧：「你要陳承一的精血也要到了，你的目的也達成了，我們可以走了嗎？」

高寧連連搖頭，說道：「不不不，姑娘，妳太心急了。我的蛇靈還可以拖延一段時間的，母蟲化卵沒成功之前，我無論如何也不會讓陳承一離開的。」

凌如雪的目光一寒，盯著高寧，冷淡地說道：「我不會讓你再取走陳承一一滴精血的。」

高寧的臉一下子變得猙獰，低沉地說道：「那可由不得妳，如果母蟲化卵沒成功，我們就同歸於盡！」

凌如雪還想說什麼，卻被我勉強伸出手去拉住了，我有些喘息不寧，虛弱地說道：「讓他取，一點點精血還能補得回來，如果他需要的話。妳，聽話。」

凌如雪望了我一眼，眼神中流露出一絲心疼，終究是咬著下唇不說話了。

時間一分一秒地過去，那個紫色的卵已經排出了大半個，母蟲卻撐不住，再次虛弱了下來，連生命的氣息都很微弱。高寧無言地拿出骨刀，我無所謂地笑笑，任他取吧。

這一次，高寧毫不留情，在我眉心再次取了一滴精血，接著又在心口取了一滴。

我感覺凌如雪的身子顫抖得厲害，我忍著那種虛弱到想要嘔吐的感覺，顫抖著握住了凌如雪冰涼的手，輕聲在她耳邊非常吃力地說了一句：「為了活著，忍著。」

當我的兩滴精血，滴在母蟲的額頭上以後，母蟲發出了一陣興奮的嘶鳴，接著那個紫色的卵終於成功地排出了，只是在那個卵和母蟲之間，很神奇地連著一根管子，類似於牠和那個已經化成碎片兒的老妖怪連著的那根管子。

我的視線已經開始模糊，只覺得眼前一陣陣的發黑，我不是醫字脈，也不懂人一生該有多少的精血，但我知道，一次性取出如此多的精血，我還沒有昏倒，要感謝師傅從小精心進補。

我原本出生時，就因為靈覺強大，陰氣太重，引得百鬼纏身，失去了至陽至靈的精血，我感覺身體變得很冷很冷，這是陰氣入體，又快陽不關陰的表現。

而且，我感覺我被一股股的殘留的負面氣場纏住了，這間蟲室的怨氣會少嗎？多種的壓力與虛弱，讓我再也站不住，我一下子單腿跪在了地上，帶得凌如雪和慧根兒也趔趄了一下。

「你怎麼了？」凌如雪很是擔心地問道。

我不想她擔心，只是開玩笑般地說道：「妳覺不覺得得那蟲子連著蟲卵的管子，像人的臍帶啊？」可是剛說完這句，我的眼前一黑，一陣抵抗不了的眩暈，讓我連跪都跪不住了。

凌如雪從背後抱著我，撐著我，然後用力地抓緊我胸前的衣襟，小聲地對我說道：「陳承一，你不會死的，你要撐住，我們會活著出去的。」

我已經無力說話，只是虛弱地點頭，正好瞥見慧根兒用一種奇特的，平靜的目光望著高寧。我想問，但沒有力氣說話，卻看見慧根兒轉頭對我一笑，說道：「哥，再（咱）佛祖不叫再佛門弟子生氣，所以額不生氣。但佛祖說，萬事皆有因果報應，他有報應的。莫有（沒有）的話，額以後就是他的報應。」

這小子，我無力地笑笑，他口口聲聲說著佛祖不讓生氣，其實我知道，他這次是真的生氣了。

「報應，呵呵呵，報應只是給無能的人。還有誰能報應神仙？呵呵呵……」高寧顯然聽見了慧根兒的話，他不停地獰笑，不停地笑，根本不在意慧根兒對他直接的針對，可我能感覺這個人已經偏激到了一定的程度，無法扭轉了。

蟲室安靜，只剩下一種奇異類似於吮吸的聲音，那是連接著卵和母蟲那根管子中發出的怪異聲音。

我的視線已經不是很清楚，幾乎是半閉著眼睛，可我憑靈覺能感覺到，母蟲的生命，不止生命，應該是母蟲的一切都在以一種極快的速度流逝著，而那個紫色的卵竟然開始發出微微的螢光。這個時候，那個卵才讓人感覺有了奇異的生命力。

多麼熟悉啊，紫色，螢光，這些惡魔們擁有著高貴的顏色，它們——很高貴吧？隨意地玩弄著，改變著人們的生命。

相比於蟲室的安靜，外面的聲音則很嘈雜，在母蟲發出興奮的嘶鳴時，外面就開始如此熱鬧了，當然，他們不是光顧著熱鬧的，還在行動著。

身體的虛弱，反而在某種程度上釋放了我的靈覺，儘管到此時，我的靈覺因為靈魂力虛弱，也很虛弱，只不過少了身體的限制，它更敏銳了一些。我之所以認定他們在行動，是因為我感覺到那蛇靈越來越虛弱，撐不了多久了，我的心有些忐忑。

也就在這時，我聽見了一聲沉悶「轟」的一聲，接著是高寧的狂笑聲，我吃力地轉頭，看見母蟲已經毫無生氣地趴在了石臺上，沒有了氣勢，沒有了那猙獰的神態，此時怕是一個傻子來都能看出，這個母蟲只剩下一具怪異的軀殼了。

當牠死亡的一瞬，牠身上那奇異的紫色開始快速地褪去，那蟲卵上的紫色反倒是越來越明亮。母蟲變成了一種奇怪的灰白色，趴在石臺上的屍體給人的感覺很腐朽，怕是輕輕一碰，就會碎去的感覺。

紫色褪去，灰白色在快速的蔓延，最終蔓延到那個管子上，母蟲的全身終於被那灰白色覆蓋完畢了，隨著幾聲輕微的碎裂聲，那管子竟然片片碎掉了。

那個卵發出前所未有的螢光，就靜靜地待在石臺上，充滿了一種奇異的生命力。

死亡和生命的對比，看在眼中，是如此的刺眼，高寧瘋狂地笑著，走過去，小心翼翼地抱起那個蟲卵，然後把蟲卵輕輕地放在了隨身的背包裡，最後才轉頭對我說道：「看見了吧，死亡時如此可怕，因為死亡，我覺得我的生命如此的沒有意義，我只是努力地把它變得有意義而已。不過，說了你們也不懂。我要走了，你們也可以走了，哈哈哈……」

說完，高寧頭也不回地爬進了那個洞裡，在他看來，這也算是做到承諾了，他畢竟把我們帶到了逃生的洞口。但走，我們要怎麼走？我已經虛弱得連動也動不了，這要怎麼走？

「你們走，我有精血。」我幾乎是用盡全身力氣說出了這句話，我相信我的意思凌如雪一定懂，意思就是讓他們先走，因為我有精血的緣故，這個寨子不會輕易地殺死我。

可是，凌如雪只是平靜地看了我一眼，輕輕地，卻堅定地說了一句：「不。」

第五章　逃出生天

面對凌如雪的堅定，我心裡大急，可是卻連一句話也說不出來，只得動也不動地任由凌如雪有些吃力地把我扶到石床旁邊去靠著，看著她吩咐慧根兒把我扶著。

原本石床下有著很多的蟲卵和血線蛾，很神奇的是，在高寧抱著那顆詭異的蟲卵離開後，全部都死掉了，也呈現一種怪異的灰白色。

我不知道我怎麼還有心情看這些，總是覺得看著眼前的女子，忽然有一種生死與共的安心，甚至在想，和她一起死了又如何，只要讓慧根兒活著，我也就沒什麼遺憾的了。

所以，在這種安心下，我還有心情看一看蟲卵。是的，我怕死，可是和普通人比起來要好得多，畢竟神神鬼鬼的事情看多了，對自身的生死總是要淡然一些的。

我靜靜地看著凌如雪解開她的頭帶，解開她的腰帶，把兩根繩子連在一起，然後吩咐著慧根兒幫忙，一起把我吃力地扶起來，最後用繩子把我結結實實地綁在了她的背上。

我一個大男人，此時竟然被一個女人背在了背上，我忽然就有一種感動到想哭的感覺，要知道，每一個男人這一生中，總會趴在一個女人的背上，也是這樣被繫著，可那個人只可能是自己的母親。沒想到，有一天，我陳承一會再次被一個女人背起來。

我的個子比她大太多，所以，我的腳被她仔細地蜷起來，綁在了她的腰間。

在她背著我站起來的那一刻，我感覺到這個女人的身體都在顫抖，可下一刻，她就穩穩地站住了，然後對我說道：「陳承一，你一定要撐住。」

我的淚水無聲地流下來，面對這樣堅持著不願放棄我的如雪，我有什麼理由不撐住？

「慧根兒，你先進去。」如雪帶著喘息吩咐道，慧根兒此時非常聽話地鑽進了洞裡，而如雪就這樣背著我，也一步一步走到了那個洞口。

洞口離地大概有半米多高的樣子，如雪非常吃力地也跟著鑽進了洞裡，一進洞裡，我們才看見，這是一個斜斜向上的洞，那高度和斜度根本不能讓人站著走，只能爬著出去。

更讓人毛骨悚然的是，這個洞裡，莫名其妙地堆滿了人骨和一些動物的骨頭，爬在裡面的感覺一定非常難受。

這個洞總共也就十幾米的樣子，於山腹來說，夠深。於人來說，距離卻不算長，十幾米外就是明亮的洞口，此刻在我們眼裡，猶如天堂一般，身後則是地獄，我們能跨越這個距離嗎？

高寧在我們艱難掙扎的時候，早已爬出了這個洞口，不知去向，我們成功地成為了他計畫裡的墊腳石，他達到了他的目的，還有什麼理由管我們的死活。

慧根兒趴在洞中，回身伸出手來，想拉凌如雪一把，卻被凌如雪拒絕了，她說道：「你先出去，三個人在洞裡掙扎反而慢些。」

她和我的想法是如此的一致，慧根兒還是個孩子，無論如何，要先保住他。

慧根兒是個懂事的孩子，無論他能不能理解我們此刻的想法，可他明白不能添亂，所以我看著這小子眼淚汪汪地看了我們一眼，就開始向前爬去。

如雪也開始艱難地爬動了，她的重量加在我的重量，她的生命加上我的生命，如此沉重地爬動著，每一寸都是如此艱難。

我說不上此刻什麼心情，心疼、擔心、安然。生死與共的決絕，都在虛弱的強勢下，一點都表達不出來，只能木然地任由如雪馱著我這樣前行。

可也就在這個時候，我感覺到了，蛇靈完蛋了。我的心中大急，卻一句話也說不出口，那股心火憋在心裡，梗在喉頭，竟然讓我在一急之下，吐出了一口血。

血噴在了如雪的肩膀上，她感覺到了，也看見了，因為鮮紅的血噴在雪白的衣服是那麼的刺目，她沒回頭，用一如既往平靜卻堅定的聲音對我說道：「你不會死的。」

我不知道怎麼回應她，如果我沒記錯，這是這個女人第二次背負我的生命了。如果可以，我多希望，此刻是我背負著她的生命，在艱難中前行，我不會像她如此平靜，我只是會對她說一句：「如雪，放心，我死也不會放開妳。」

嘈雜的人聲在蟲室中響起，接著怒吼和驚呼聲不斷，想必蟲室中如此「淒慘」的一幕，已經讓這些苗人們瘋狂了吧。

慧根兒在這個時候，已經爬出了洞口，蹲在洞口，眼淚鼻涕糊了一臉，可憐兮兮地望著我們，顯得無助又不能承受我們出任何事的樣子。

我們沒有催促慧根兒快走，如果我和如雪真的逃不掉，我會選擇用身體堵住這個洞口，為慧根兒爭取逃命的時間吧。

我聽見了人聲，相信如雪也聽見了，這個洞口是如此的明顯，我相信那些苗人在下一刻就會看見。果然，在洞口的那一頭，已經響起了喝呼聲，馬上就要有人追上來了。

如雪停了下來，我看不見她的表情，可是我聽見她低低地在重複一句我聽不懂的話，通過她身體的顫抖，我感覺到她在做一件很吃力的事。

在下一刻，一隻奇怪的蟲子竟然從如雪的嘴裡飛了出來，那是一隻潔白的蟲子，全身肉呼呼的，像一隻蠶，可是比起蠶，牠更潔白，還有一層薄薄的，卻顯得異樣堅硬的殼子。

另外，牠有一對翅膀。

這條蠱子，讓我想起了補周那條五顏六色的蠱，莫非這也是金蠶蠱的一種？

但無論這隻蠱子是什麼，可我都知道，這蠱子是如雪的本命蠱了，只有本命蠱才會與主人同生，也才會從主人的嘴裡鑽出來。不會蠱，不懂蠱的人也許無法想像，可見識過的人，卻知道這很平常，但也很不平常！

放出本命蠱，那就是準備拚命了。

那隻蠱子從如雪的口中飛出以後，在如雪的頭上親熱地盤旋起來，如雪輕聲說道：「我的金蠶蠱是最厲害的一種金蠶蠱，惡魔蟲死了，其他的蠱蟲，包括靈都休想輕易克制牠。牠會為我們爭取時間的，你安心地撐住吧。」

我哪裡是不安心生死？我是不安心妳曾經說過的，本命蠱一旦死掉，主人也有很嚴重的後果，可我依然沒有力氣說話。

面對飛舞的本命蠱，如雪輕聲的，帶著一種不捨又悲傷的感情，說了一聲：「去吧。」然後就不再回頭的，繼續背負著我前行了，彷彿在時候，一切都已經不重要，重要的只是要到達那個洞口。

本命蠱早就和主人共生，就算用最複雜的意念控蠱，也不會有吃力的感覺，而且在正常的情況下，牠會完美地執行主人的命令，哪怕……哪怕是去死。

也許如雪很多次都想動用本命蠱了，但有那惡魔之蟲的壓制，她還是理智的沒有衝動，如今沒有了蟲王的壓制，她毫不猶豫地動用了本命蠱。她，根本沒有考慮過自己。

蟲蟲忠實地執行著如雪的命令，一個盤旋，然後飛了下去，只是過了幾秒，我就聽見了洞口有人開始慘嚎起來，然後聽見波切老頭兒驚怒交加的怒喝，還有補周恨恨的聲音：「這是她的本命蠱，你們不要傷到。」

「放出蟲蟲，馬上殺了這隻蟲。」回應補周的是波切老頭兒憤怒的聲音。

可是，如雪至始至終沒有回頭，只是背負著我向上爬著，我相信如雪的本命蠱很厲害，可是我知道這隻蟲子到如今也只是起到拖延的作用。

隨著如雪地向上爬，那些嘈雜的聲音我漸漸地聽不清楚了，洞口就在我們眼前了，我聽到她大聲的喘息，我看見她已經翻起來，泛出血痕的手指。

終於到了洞口，看著我們爬出來了，慧根兒忽然就咧嘴開始傻笑，他伸出了手，這一次如雪沒有拒絕。

但也就在這一刻，一口鮮血從如雪的口中噴出，是本命蠱出事了嗎？

面對如雪的鮮血，慧根兒這個剛剛破涕為笑的小子，眼淚又掉了下來，可是如雪什麼也沒說，只是拉住慧根兒的手，用盡力氣，最終背著我爬出了這個洞口。

趴在地上，如雪還未來得及喘口氣，就想站起來，可在這時，她又是一口鮮血噴了出來，而在洞底，我看見已經有人準備爬上來了。

如雪顯然也看見了這個情況，我在她背後，看不清楚她什麼表情，可我看見了一道快若閃電的白色東西飛入了洞裡，然後狠狠地朝著那個已經準備爬上來的人臉上咬去。

洞內昏暗不清，具體的情況我也看不清楚，只是再次聽見了一聲慘嚎，接著，那道閃電飛竄了出來，停在了如雪的肩膀上。

我終於能看清楚如雪肩上這隻本命蠱了，白色的蟲子，是那麼好看，一點也不猙獰可怕，就如牠的主人，讓人一見之下，就難免喜愛。

但此時的這隻白蟲子，身上的那層硬殼已經殘破，滲出帶一點點淺粉紅的透明血跡，翅膀聳拉著，樣子是如此的淒慘狼狽。

白蟲子趴在如雪的肩膀上，一動不動，我看見如雪的側臉有一滴淚水劃過，從來都如此堅強平靜的她，這是我第一次看見她流淚。隨著那滴眼淚的落下，白蟲子也跟著一起落下，然後整個身體失去了生命的韌性，變得僵硬。

一隻手，輕輕地撿起那隻白蟲子，是如雪，接著她竟然開始大口大口地吐血，噴濺出來的血液也染紅了她的手掌，染紅了她手中那隻白色的本命蠱。

可也只是幾秒鐘，她仍要掙扎著站起來，背著我走，而慧根兒也忙不迭地過來扶著她。

天空中烏雲密布，大風已經陣陣地吹起，遠處的天空被閃電撕裂，雷鳴聲悶悶的傳來，一滴雨水落了下來，接著大雨跟著傾盆而下，淋濕了我們三人。在這茫茫的雨幕中，難道就沒有我們的希望嗎？

不，不能這樣，我心中滾動著巨大的不甘、憤怒與心疼，我彷彿聽見了靈魂深處的虎吼，一股鬱結之氣從丹田處直衝到喉頭，我強忍著喉頭的甜血，當努力嚥下之後，我發現自己竟然有力氣說話了。

「慧根兒，包……包裡的藥餵我，快……」我努力的，幾乎是用盡全身力氣地說出了這句話，虛弱得差點被雷聲淹沒，可慧根兒耳聰目明，終究是聽見了我的吩咐，哪兒敢怠慢，一伸手，開始在我包裡翻動起來。

那顆藥丸，由於我之前一直握在手裡，所以在包裡最顯眼的位置，慧根兒一下子就發現了它，拿在手裡問我是嗎？我忙不迭地點頭，從出洞到現在，我們已經耽誤了快兩分鐘。

那金蠶蠱用最後的生命，幫我們再拖延了一小會兒，但現在肯定已經有追兵上來了，那個洞，正常人爬上來，最多需要五、六分鐘而已，我不能再耽誤了。

慧根兒把藥丸塞進了我的嘴裡，我努力地嚥了下去，藥丸隨著唾沫化開，流入胃裡，轟然爆開，這藥丸是師傅的珍藏，藥力自然不凡，師傅說它最是能壓榨人的潛力，包括靈魂的潛力，事實證明師傅都如此評價的藥丸果然帶給我驚喜。

我感覺自己苦修多年的一些東西，被強行地抽走，我感覺自己身體裡一種類似於元氣，類似於壽元的東西像是被什麼碾壓過，然後擠出了一絲絲的精華，瞬間就在全身爆發。

我有力氣了，而且在快速地恢復，連靈魂都不再虛弱！

毫不猶豫的，我扯掉了如雪綁在我身上的帶子，然後跳了下來，幾乎是情不自禁地我摸了摸如雪的臉，然後對她說道：「妳休息吧，接下來交給我。」

這時，我才看見如雪的一張臉慘白無比，她望著我微微一笑，連漫天的風雨都彷彿退去，我的心一顫，看著她昏倒在我的懷裡。

我把如雪交給慧根兒，然後大踏步地朝著洞口走去，在藥力的激發下，我幾乎比全盛時候還要有力量！但是我損失掉了什麼，那就是不可細算的東西了。

洞口處有一塊大石，想必是以前用來堵住洞口的東西，不知道被高寧用什麼手段給移開了，只要把那塊石頭重新用來堵上洞口，我們就會暫時安全了，畢竟和地道相比，從寨子趕到這裡，是要翻山越嶺的。

但我需要時間去移動這塊大石，站在洞口，望著滿天的雷雨，我毫不猶豫地再次掐起了雷訣，靈魂中幾乎滿溢到要爆發出來的靈魂力，讓我的雷訣齊掐動得無比順利，而漫天的雷電，也省去了我聚雷的吃力，過程無比順利，一道又一道的天雷，被我成功地接引了下來，然後一道一道地劈在了洞口。

看著金蛇狂舞的洞口，我的內心不免有一種張狂的驕傲，相比起來，還是我道家的藥丸更加厲害。在雷電的封鎖下，那個洞口一時間竟然成為了一個禁區，要知道，雷電有破除一些邪妄的威能，什麼靈，什麼蟲，都不能飛過來。

雷電炸得土石四射，出洞的洞口被我炸得幾乎快被土石掩蓋，不成形狀了，當最後一道天雷落下後，洞口幾乎快被掩埋住了。

但這樣還不夠，因為土石是很容易被清理出來的，我長吁了一口氣，然後忍著靈魂上再次傳來的疲乏，開始推動洞口那塊大石。

雨水讓泥土變得濕滑，加上大石下的泥土也被我炸飛了不少，推動起來竟然沒有想像的費力，慧根兒看見了這一幕，也來幫忙。

我沒有拒絕，在這種時候，能多一分力量，就是多一分力量，大石在我和慧根兒的推動下，開始緩緩移動，濕滑的泥土，和泥土被炸飛後較低的地勢也幫了我們，隨著一聲沉悶的轟鳴聲，洞口終於被我們堵上了。

在洞口被堵上的一瞬間，我聽見了那個波切老頭兒一聲絕望的「不」，覺得內心無比痛快，忍不住放聲大笑起來，只不過由於對自身壓榨得太過分，那一口原先被我勉強壓制住的喉頭血，終於是噴了出來。

慧根兒看見了這一幕，忍不住用他的小手緊緊抓住了我，擔心的神情流露無疑，我微笑著摸了摸慧根兒的圓腦袋，對他說道：「哥沒事兒。」

然後牽著慧根兒的小手，徑直走向了如雪，望著那個躺在地上的女人，我心疼地撫去了她臉上的雨水，然後一把背起了她，我不知道她能不能聽見，可是我還是輕聲對她說道：「如雪，我們都能活著，這次妳要撐住。等妳醒來，我就陪妳一輩子。」

沒有任何的聲音回應我，可是也不需要什麼回應，這只是我對如雪的承諾，她聽不聽見都無所謂。

雨繼續在下，茫茫的雨幕中，望著連綿的群山，我選定了一個方向，開始一步一步地前行。如雪趴在我的背上，慧根兒拉著我的衣襟，我不知道藥力能支撐多久，可是在這之前，我要儘量選擇一個安全的地方安置我們。

幾個小時之後，雨已經漸漸地停下了，陽光掙脫了烏雲，溫暖地照在我們的身上，我越來越虛弱，深一腳淺一腳地踩在根本無路的山道上，我低聲地吩咐著慧根兒一些事情。

撐到了如此地步，我快撐不住了，在天色快進黃昏之時，我終於看見了一塊大石，在那大石的背後，應該能夠勉強過夜，我背著如雪，拉著慧根兒，撐著最後的力氣，走到了那塊大石背後。

輕輕地放下如雪，我摸著慧根兒的腦袋，對他說道：「記得哥哥吩咐你的話。」然後我再也支撐不住，拉著如雪的手，一閉眼昏迷了過去。

接下來會怎麼樣我不知道，但手中的那隻手，我不想再放開。

這是一個很長的，無夢的睡眠，我彷彿已經疲憊了一千年，只是沉沉地睡著，不想醒來。

我感覺身體所在的地方很溫暖，很安全，只是想睡，不過心中總覺得牽掛著什麼，又努力地想醒來。

記不得是第幾次了，我感覺自己口中被灌入了一種味道奇怪的藥汁，而這一次我的意識稍微清醒了一些，我想起了我們在逃出的路上，難道是又被抓進黑岩苗寨了，他們在給我灌什麼奇怪的藥？

想到這裡，我下意識地抗拒喝藥，可架不住別人往我嘴裡灌，所以一下子就被嗆到，開始劇烈地咳嗽起來，或許是咳嗽牽動了全身的神經，我原本模糊的意識越加地清醒，我在哪裡？如雪呢？慧根兒呢？

我一下子想起了所有的事情，強烈的緊張感讓我努力地想睜開眼睛，接著我感覺有人在給我拍背，在這個動作的幫助之下，我終於睜開了眼睛。

首先，我看見了我身上蓋著柔軟的被子，接著我看見了一個熟悉，一時間又想不起的屋頂，再接下來，我聞見了一股隱隱的藥香，這裡……我忽然想起來了，我怎麼會在這裡？

這裡是我曾經待過一些日子的地方，難怪我這麼熟悉。在意識逐漸清醒以後，我已經肯定我是在哪裡了，我在杭州那個城郊的小院，我在二師兄這裡。

彷彿是為了證明我的猜測，一張溫潤的臉杵在了我的眼前，幾乎碰到了我的鼻尖兒，此刻這張臉的主人正帶著一種說不清，道不明的目光看著我。

雖然這張臉是放大了很多，在我眼前，可我還是一眼就認出來了，這是承心哥。

我沒有離男人的臉那麼近的習慣，下意識地就伸手要推開他，可一抬手，卻發現自己虛弱無比，又只能軟軟地靠回了床上。

承心哥幽幽地歎息了一聲，站起來身來，取下了他那高鼻樑上掛著的眼鏡，無比溫和地對我說道：「承一吶，你就別白費力氣了，把自己壓榨得這麼狠，你不躺上個十天半月的，休想起來走動。」

說完，他從褲兜裡摸出一張手帕，溫和地幫我擦去嘴角的藥汁，一邊擦一邊用一種溫柔到嚇人的語氣對我說道：「承一吶，我們商量一件事情吧？你呢，就不要和如雪好了，我保證也不挖你的牆角，大不了師兄陪你一輩子，行嗎？」

這話什麼意思？我幹嘛要你一大男人陪我一輩子？如雪怎麼了？我根本不理會承心哥那神經兮兮的話，很吃力地問了一句：「如雪呢？」

承心哥忽然就怒了，一巴掌拍在虛弱的我腦袋上，拍得我暈乎乎的，他才站起來，雙手插袋，無比瀟灑地說道：「如雪幾天前就被她們寨子的人接走了，你個臭小子，把人家害得不淺吶。如雪是什麼人？是我都感歎一輩子追不上的女人！你和別人好，就這樣害別人啊！所以，我叫你別和她好了，我是見不得你禍害人家，知道嗎？」

是啊，有一種男人就是那種發脾氣也發得風度翩翩，溫而文雅，讓人不能同樣也對他發脾氣那種人，而且他的聲音還彷彿有魔力，讓你覺得都是你錯，他說的都是對的。

承心哥，顯然就是這種人。一時間，種種的事情都浮現於我腦海，我還真覺得是我害了如雪，更加地牽掛想念她，卻都不能說出口。

就在我默然的時候，房間的門被推開了，一下子進來好幾個人，我看見了慧根兒，看見幾個師叔，還有師兄師妹。

走在最前面的是李師叔，他依舊是那副腰板挺直的樣子，只是看人，忽然覺得李師叔已經蒼老了很多，看著我醒來，他的臉上流露出一絲喜色，接著又是很嚴肅的神色望著我，他只對我說了一句話：「那麼大的行動，你出發之前，怎麼不想辦法通知我們？難道打一通電話也很難？」

看著他們，我有一種莫名的喜悅，有了一種回家的感覺，除了牽掛如雪的讓我難受，我發現劫後餘生的感覺是那麼的好。

從和他們的交談中，我知道了之後的事情，那一天我昏倒之後，就一直是小小的慧根兒在照顧我和如雪，因為我們兩人都是昏迷不醒的。

他按照我的吩咐，艱難地生火，幫我們烤乾衣服，又想盡辦法地取水給我們喝，慧根兒沒有細說，我也沒辦法想像這其中的細節有多艱難。

就是這樣熬過一夜之後，我和如雪還沒有醒來，慧根兒一個小孩子拖不動我們兩個，卻也不敢叫醒昏迷中的我們兩人，只得守著我們哭了好半天。

因為害怕追兵來，慧根兒哭完之後，去找了一些樹枝草葉什麼的，把我和如雪藏了起來，然後把昨天生火的痕跡也給仔細消除了，然後自己一個小孩子孤身上路了。

他具體也不知道該找誰幫忙，但總是明白只要走到鎮上找到公安局，公安總是會幫忙的想法，他決定就這樣一個人走到鎮上去。

湘西的大山綿綿密密而且險惡，慧根兒怕把我們弄丟了，就一路走，一路做著記號，可是他根本不知道怎麼樣才能走到鎮上，又累又餓走了一天的他，竟然迷路了。

荒山野嶺，一個小孩子，那是如何的無助，走來走去都看不見人煙，又怕遇見黑岩苗寨的人的慧根兒在夜晚來臨的時候，終於忍不住一個人在一棵樹下大哭了起來。

可也就是這樣，他的哭聲竟然引來了人，這些人無疑就是我的師叔和師兄師妹們。

接下來，就是慧根兒帶著他們找到了被藏起來的我和如雪，很幸運的是，慧根兒把我們藏在這裡，還沒有被什麼野獸發現。

之後，我們就這樣被他們帶出了大山，回到了鎮上。用陳師叔的話來說，那就是他幫我和如雪切了脈，我們的情況都十分的糟糕，一個透支生命到嚴重的程度，一個是心神大損，起碼缺失了一小半的精血。

缺失了一半精血的人不是我，是如雪，因為本命蠱原本就是她用精血蘊養，本命蠱中包含她的精血，本命蠱死掉了，她當然是精血大損。

聽到這裡，我的心一陣顫抖，怪不得承心哥會說我把如雪折磨成那個樣子。

我連失兩滴精血，就已經虛弱得連說話的力氣都沒有了，如雪是如何還能勉強撐住的？我想起了在雨中的那一幕，她用手撿起自己的本命蠱，然後顫抖著，還想繼續背我前行……

總之，我們的情況很糟糕，可也就在這時，月堰苗寨來人了，態度很是強硬地接走了如雪，畢竟師叔他們出發之前，通知了月堰苗寨的人，他們在那時也趕到了鎮上。

他們接走如雪也是有理由的，他們說本命蠱死亡的傷勢自有他們的辦法，這不是不瞭解蠱的人能治療的，面對這個理由，加上如雪本身又是他們的人，師叔他們也沒有藉口不放人。

再說，凌青奶奶並沒有回來。

這就是事情的全部經過，至於我的師叔們為什麼會出現在那裡，全都是因為承清哥的卜算之術，他動用了卜算之術，算到了該往哪裡走，才能順利地找到我們。

我和承清哥本是同門，其實是禁忌相算的，更不用說這一次不是模糊的算一個未來，而是要算出時間地點安危等一切細節，就算是算出模糊的大方向都不行。

為了我，承清哥不惜動用了祕術，才得出了卜算的結果。怪不得這一次，我看見承清哥原本花白的頭髮，竟然白了一大半，整個人看起來，更加的清瘦。面對我的感動，他只是說：「本是同門，以後遇見同樣的事，你也會這樣待我的。」

但為什麼不是李師叔出手，卻沒有人告訴我，只是王師叔提及了一句，在接到沁淮的消息後，原本他們是想直接去黑岩苗寨要人的，哪怕施加壓力。

是李師叔一個下午沒有出門，出門以後，就告訴大家，不用去黑岩苗寨要人，而是要承清哥動用卜算之術的。

這就是事情的全部經過。

我把黑岩苗寨的一切都告訴了幾個師叔，包括我為什麼不通知他們的無奈，因為酥肉和沁淮的狀況等不起，我還告訴了師叔們那神祕的信，告訴他們寨子裡有奸細，以至於我不敢輕舉妄動地通知他們，誰知道奸細是誰？

李師叔是皺著眉頭聽我說完這一切的，待我說完以後，他一言不發地換好正裝出門了。我不解李師叔這是在做什麼，承清哥卻告訴我，應該是黑岩苗寨的一切已經超出了有關部門的掌控，李師叔要去彙報情況。面對這樣一個寨子，只能動用國家的力量了。

至於黑岩苗寨在外埋伏的「定時炸彈」，那卻不是我能操心的事兒了。

最終，我留在了北京，住在我和師傅以前住的四合院裡，還有專人保護，師叔們神神祕祕的，也不知道在忙些什麼，我開始見到很多人，大多是在找我問詢情況的，這些人以山字脈的道士居多。我感覺到一股山雨欲來風滿樓的情況，卻不知道這背後到底出了什麼嚴重的事情。

直到有一天，元希和靜宜嫂子上門了。

幾年時間不見，元希已經出落成了一個水靈靈的大姑娘，在學道之餘課業也沒耽誤，竟然和我大姐就讀同一個學校，中間固然有一些照顧元希的意思，但更多的是她的成績也拿得出手。

我聽承真師妹說過元希的情況，這妹子不論做什麼都很好強，很努力，無奈在山字一脈上天賦一般，可是其餘幾脈卻充滿了天賦，特別是醫字脈。

雖說她自己最想的是學好山字脈，能繼承父親爺爺的一身本事，但這種事情隨著學習的深入，她也知道天分重要，強求不得，倒也慢慢淡了下來。

至於靜宜嫂子，這些年的日子過得倒也很平靜，她和晟哥的孩子是個男孩兒，已經兩歲多了，六分像晟哥，四分像靜宜嫂子，很是機靈可愛，我也很疼他。只是常常看著這小傢伙的眉眼，就會想起晟哥，莫名地有些傷感，這些年了，也不知道晟哥還好不好？

時間從來都是最無情的東西，我常常有些恍惚，總覺得還是在那段歲月，我們一起待在荒村，靜宜嫂子和晟哥恩恩愛愛，而我常跟著他們蹭吃蹭喝……

一切就真的再也回不來嗎？

元希和靜宜嫂子的關係很好，這一天連袂上門，也是正常的事兒。這些年來，通過固定的人脈網，兩個同樣堅強的女人，成為朋友是再正常不過的事情了。

可是這一天，她們上門來，靜宜嫂子告訴我的第一句話，卻讓我非常吃驚，她對我說道：「承一，我又被監控起來了，包括存念上個幼稚園，也有人監視著。」

存念是靜宜嫂子和晟哥的孩子，取名「存念」，是存著對晟哥的思念，和堅信晟哥一定會回來的信念的意思。

我之所以吃驚，是因為晟哥的事情已經發生了那麼久，按說監控應該越來越放鬆，怎麼忽然又緊張了起來？

我不知道這一切是為什麼，只得柔聲安慰了靜宜嫂子，然後再問元希一些元懿哥的情況，元希有些失望地告訴我，元懿的情況沒有任何的改變，和兩年多以前差不多。

意思是元懿的自主意識還是沒有醒過來，靈魂依然虛弱。

我的心情很沉重，我在以前給自己定了一個五年的時限，如果五年的時間過去，元懿的情況還是沒有任何改變，我是決定要給元懿施展祕術的，哪怕反噬自身，讓自己付出代價。

這些都不是關鍵的問題，關鍵的問題在於她們提前給我帶來了一個消息，那就是有關部門決定把我家人全部弄到北京來。兩個姐姐、姐夫的工作會調動，而父母則由專人接到北京來。

一聽到這個消息，我的心情一下子就沉重了起來，原本我該高興的，可以和家人相聚，但在這種局勢下，我要怎麼高興？有關部門這麼做的原因，無非就是兩點。

第一，是我的家人安全有問題。

第二，是怕我受到什麼要脅，而我彷彿很重要似的。

我想再仔細詢問一些什麼，可靜宜嫂子和元希也只是偶然聽我承清師兄說起，並不知道背後的原因，我問了也只是白問。

這件事情讓我感覺很不好，就像是我雖然逃出了黑岩苗寨，但是依舊沒有逃出這張網。

而這件事情也讓我感覺有必要出門一次了，這段日子因為對如雪的牽掛與思念，讓我待在四合院，並不願意出門，彷彿只有待在我和師傅曾經在一起的地方，我的心情才能寧靜一點。

當喜歡上一個人的時候，心思總是特別多，我難免胡思亂想，卻始終不能動身親自去月堰苗寨找如雪，原因很簡單，我沒有了行動的自由，始終只能在北京活動。

就這樣帶著有些鬱悶的心情，我決定要出門一次了，當站在衛生間的鏡子前，我差點有些認不出自己，這個長了滿臉絡腮鬍子，頭髮蓬亂，形容憔悴的人，是我嗎？

是沁淮和酥肉開車來接我出門的，當他看見衣著形象整潔的我出現在他們面前時，沁淮忍不住吹了一聲口哨，說道：「承一，是準備讓哥兒帶著你去釣妹子嗎？沒啥好說的，上車昂，我們這就出發。」

酥肉也很激動，下車之後，一把就拉住我，說道：「三娃兒，你終於想通了，不要為一棵樹放棄一片森林。凌如雪再好，不是你的媳婦兒，你想了也是白想。」

沁淮和酥肉都是那種機靈的人，只不過沁淮在說話上始終油滑一些，酥肉要直接一些，當酥肉說到如雪的時候，沁淮不停對酥肉使眼色，可惜酥肉沒有看見，很直接地就說出來了。

弄得沁淮直接跳下車來，直接就捂住了酥肉的嘴，嚷著：「你瞎咧咧啥啊？」

他們始終是關心我的，也是最瞭解我的人，他們知道我這麼憔悴，茶飯不思的樣子，是因為什麼？

我和如雪在寨子裡的事情，他們也是清楚的，他們同樣也為如雪所感動，可是在他們看來，苗寨的蠱女不可能靠譜，因為他們在寨子裡也生活過兩年，知道蠱女有諸多的禁忌，另外以他們對如雪的瞭解，也知道如雪把整個寨子看得有多重。

而且如雪自始至終沒有鬆口對我說過一聲喜歡，跟我走。

我這種情況在他們眼裡，根本就是無結果的單戀、苦戀。作為最好的兄弟，他們不太贊成，而且我這段時間的頹廢他們看在眼裡，急在心裡，所以也就有了以上那一番動作和言論。

我的心裡流淌著淡淡的感動，只是拉開了沁淮和酥肉，說道：「沒那麼嚴重，你們不用這樣。沁淮，帶我去趟承清哥那裡吧，我有些話想問承清哥。」

沁淮和酥肉同時鬆了口氣，趕緊讓我上車了。

在車上，得知了是什麼事兒的沁淮一邊開著車，一邊對我說道：「承一啊，其實你也別太擔心了，有些保護是一件好事兒啊。像我和酥肉不也被保護監控著嗎？」

酥肉也寬慰地說道：「就是，承一，我也覺得沒啥大不了的，還很光榮呢。我從來沒想到我一個農村娃兒，有一天還能得到國家的保護，說出去我爸媽都有面子，哈哈哈……」

酥肉的話弄得我微微一笑，在面對生活的態度上，我自覺不如我這兩個哥們，他們比我樂觀開朗得多，有他們在身邊，我總覺得再絕望，也不會絕望到谷底。

車子很快到了李師叔的住處，照例，我那幾個神神祕祕的師叔是不在的，只有承清哥在，我很順利地找到了他，見到我，承清哥微微一笑，說道：「想開一些了？捨得精精神神地出門了？」

我苦笑了一聲，說道：「出門是指什麼？就是在這大北京的範圍內轉悠？我想去雲南，可以嗎？」

承清哥沒料到我會這樣說，輕輕咳了一聲，乾脆沉默著站起來拿了茶葉，開始專注地泡起茶來，說起來，承清哥對於茶道很有一手，特別是一手功夫茶，泡得尤其好。

他靜靜地泡茶，我就只有在一旁乾等著，但在旁人看來，承清哥行雲流水，如藝術般的泡茶動作，卻讓我是那麼不耐，我終於忍耐不住了，直接開口問道：「大師弟，直接說吧，為什麼要監控靜宜嫂子，為什麼又要把我的家人接到北京來？這可不是一般人能得到的待遇啊！」

承清哥手上的動作一頓，茶壺裡的茶竟然不受控制地倒了出來，這可是一個愚蠢的失誤，可見他的心緒也很不平靜。

只是愣了一下，承清哥就放下了茶壺，然後苦笑著遞了一杯茶過來，說道：「既然都喊我做師弟了，那麼這件事兒，你就是用大師兄的身分來壓人了，我說也得說，不說也得說了？」

「你覺得呢？」我握著茶杯，眉毛一揚，淡淡地反問道。

承清哥苦笑著搖了搖頭，放下手裡的茶壺，說道：「原本也就沒打算瞞你，但你沒問什麼，我也就不可能主動給你說了，免得你擔心太多。這個事情師傅已經上報了國家，我們查到了一些蛛絲馬跡，很嚴重。」

聽到承清哥這樣說，我一下子握緊了手中的茶杯。

承清哥說很嚴重，我就不能不緊張，因為這關係到我的家人和我親密的朋友，其實事到如今，我個人已經被折磨出了一種光棍精神，自己已經無所謂了，我只擔心他們出事。

承清哥不菸不酒，唯一好茶，他神色嚴肅，輕輕抿了一口茶，剛放下茶杯，想說什麼，又不自覺地端起茶杯，再抿了一口，他的心情也不平靜。

我不太懂茶，也沒有耐心品茶，乾脆一口喝乾了杯中的茶，耐心等待著，直到連抿了三口茶，承清哥這才對我說道：「你還記得楊晟嗎？」

「記得。」我沉聲說道，心裡已經模模糊糊有了答案。

「初步調查，是帶走楊晟那個組織插手了這次黑岩苗寨的事情，他們之間具體有什麼交易，我不知道。不過這次黑岩苗寨這麼囂張的舉動，就是因為有他們的支持。」承清哥也不囉嗦，一口氣說出了答案。

我的喉頭有些發緊，如果是那個組織的話，黑岩苗寨確實有囂張的本錢，我想起了在荒村的那一夜，師傅和我語焉不詳的談話，彷彿那個組織有著廣大的人脈，雄厚的經濟實力，甚至他們還有一大批會各種術法的人。我想起了那個囂張的年輕人和我鬥法的事情。

見我沉默不語，承清哥說道：「你也不用太過擔心，這裡是哪裡？是北京！在這裡他們不敢太過囂張的。」承清哥話裡的意思很明白，讓我不用太過擔心我的家人朋友。

是的，我也很相信師傅所在部門的能力，我也相信我的家人和朋友到了北京不會出事，可是有一個人我不得不擔心她，如雪！

他們會不會對如雪不利？他們會不會逼如雪嫁給補周？

我想到這些非常痛苦，無奈我和如雪的事雖然只是隱晦地表達了一下，我的幾個師叔也明顯地不贊成，原因我卻不知道。這讓我更加地難受，總覺得自己什麼都不能做。

而且承心哥在回杭州之前給我說過一句話：「你把如雪拖累成這樣，怕是月堰苗寨的人也不是很歡迎你了。可憐我以後也會成為不受歡迎的人吧。」

事到如今，我只想等到師傅回來，我也只希望月堰苗寨能好好保護如雪。

家人們確定兩天以後就會來到北京，這算是一個比較好的消息，但我的心情也並沒有因此放開多少。

我感慨，這個世界上並沒有任何一種感情能輕鬆，除非你從來不沾染。情之一字是我的劫，如雪的出現，讓我的牽掛多了一處，以前是從北京到四川，這一次是從北京到雲南。

我一直都在勉強克制自己不去雲南找如雪，我不想因為個人的衝動再節外生枝，特別是在知道盯上我們的是那個神祕的組織之後，我更不能輕舉妄動。

望著四合院外的天空，我有一種深深的無力感，我一個人，是沒能力對抗那個組織的吧，師傅，你到底在哪裡？是不是一定要等到夏日到來的時候我才能再次見到你？

想到這裡，我習慣性地摸了摸衣兜，那是師傅臨走之前給我的留信，在最苦悶的時候，我常常會掏出來看看，信已經被我折疊得有些破舊了，可此時它卻是我最珍貴的寶物。

不知道慧大爺給慧根兒留下什麼沒有，比起我來，慧根兒這小子倒是開朗許多，在北京的新學校也算如魚得水，很是廝混得開，我有時會好笑地想，現在的孩子那麼早熟，會不會有清秀的小姑娘就看上慧根兒了，這小子會不會破戒。

很是珍惜地再次把信放回衣兜，我內心的苦悶並沒有因此消滅多少，長歎了一口氣，我準備出去走走。此時，是春天的黃昏，氣候已經回暖，大北京的街上燈紅酒綠，時不時地就會看見一對對情侶幸福地走過。

路過一家電影院，門口貼著很多電影海報，我雙手插兜地看著，不自覺地就發了一會兒呆，我想起我和如雪的對話。

她說她沒有看過電影，說在外面學習都來不及，怎麼會有時間看電影，末了，卻忍不住問我，電影好看嗎？

我長吁了一口氣，有些木然地看著電影院大門口，一對對情侶笑著進進出出，其實電影很好看，我很想牽著妳的手來看一次電影，這於常人來說是最平凡不過的幸福，於我和妳來說，為什麼如此奢侈？想到這裡，我自己也不知道為什麼，莫名其妙地就去買了一張電影票，然後又自己莫名其妙地一人去看電影。

電影具體演了一些什麼，我不知道，只模糊地知道是一齣悲劇，放映廳裡女孩子的哭聲此起彼伏，男孩子們柔聲安慰，而我跟個神經病似的一個人流了滿面的眼淚。

螢幕上放映的是電影，我腦海裡放映的是如雪背著我爬出蟲洞的那一幕……

電影終於放映完畢了，有些刺目的燈光亮起，人們紛紛離去，我呆呆地坐在位置上，等著人們離去，覺得自己一個大男人臉上的眼淚太好笑，又抬手用袖子擦去了眼淚。

卻在這個時候，我的鄰座響起了一個男聲，他說道：「只有內心有些孤僻的人，才會避開人群，獨自離去。」

那聲音有些耳熟，不，只是一點點耳熟，我想不起是誰。可我的內心卻猛然緊了一下，轉頭一看，看見一個長相好看，卻有些陰沉的男人正帶著一絲意味不明的笑容對著我。

這個時候，他正往臉上戴著墨鏡，看見我還殘留著眼淚的臉，他說道：「想不到你還是個如此多愁善感的人，看這樣的片子也能比小姑娘還哭得慘啊。」

儘管他此時已經戴上了墨鏡，我還是認出了他，我慢慢擦乾臉上的眼淚，也帶著一絲微笑望著他，說道：「你不服氣是嗎？莫非你想在電影院和我鬥法？」

他摸了摸自己的鼻子，說道：「鬥法？我沒興趣。不知道去喝一杯，你有興趣沒有？」說到這裡，他頓了一下，說道：「或者你不敢？」

我沉默了一下，說實話，我是怕他有什麼陰謀，經過了如此多的事情，我早過了衝動的年紀，我不會一下子熱血上腦，就跟隨他去喝什麼酒。

他貌似也知道了我的心思，站起來，整理了一下身上很是時尚的衣服，說道：「×××地兒，××酒吧，我會在那裡等你，你如果不放心，可以安排好一切再來找我。」

說完這句話，他的臉一下子很靠近我地說道：「我和你，這一輩子恐怕也只有一次喝酒的機會。我這個人擁有的很多，所以對於只有一次的東西，會特別珍惜。」

我推開他，也站了起來，對他說道：「有些東西，我情願一次也不要有。不過，對於手下敗將，我是該保持一下風度，對嗎？你去吧，我會來的。」

他聽到我的回答以後，張狂地笑了幾聲，然後轉身走出了放映廳，頭也不回大聲地說道：「笑到最後的人，才是勝利者，你知道嗎？」

我轉身走向另外一個方向，也大聲地回道：「是嗎？我好像只看見失敗者的可憐，勝利者可是不會鬼鬼祟祟地跟著別人，然後莫名其妙地坐在別人身邊看一場電影，觀察別人一舉一動的，你說對嗎？」

我的身後沒有回應，我回頭，卻看見他對我比了一個瞄準的手勢，我沒理會，轉身走了，心裡罵道，這人是傻B嗎？以為自己在演電影，還是黑社會老大那種？

走出影院，我深吸了一口氣，沒想到我還會見到那個人，那個與我在那個恐怖之村村口鬥法的囂張年輕人，我不會忘記那一天，晟哥上飛機，頭也不回的背影。所以，我也不會忘記這個年輕人。

北京是整個中國最前衛的幾個城市之一，而這裡的酒吧文化也特別發達，九三年，中國的許多城市還沒有所謂的酒吧時，在北京這個地方，酒吧已經遍地開花了。雖然在北京生活了幾年，我卻不是一個追趕潮流的人，或者我根本骨子裡就是一個很土的人，這是我第一次踏入酒吧。

昏暗的燈光，有些曖昧的音樂，看不太清楚的紅男綠女，酒吧裡特有的味道，這一切對於我來說，都是那麼的陌生，我甚至有些暈乎乎的感覺。

站在酒吧門口，我一眼就看見了那個男人，他也一眼就看見了我，正舉著一杯紅酒，對我做出一個乾杯的姿勢。修道之人，自身氣場是區別於常人的，我們能一眼看見對方，也是正常的事。

深吸了一口氣，我走向了那個人，他很逍遙地坐在角落，指著旁邊的沙發對我說道：「坐。」

我毫不客氣地坐下，一時間也不知道和他說什麼，剛想摸菸出來，他卻遞過一枝雪茄，和一把很奇怪的剪子對我說道：「來一枝吧？或者，你需要我幫你剪好這雪茄？」

我推開他的手，拿出自己的香菸，點了一枝，對他說道：「沒抽過，估計也抽不習慣，更不知道怎麼剪這玩意兒。」

說這話的時候，我想起了我那師傅，喜歡蹲在田間地頭，喜歡叼著旱菸杆子的師傅……或許，我也更喜歡那樣。

想到這裡的時候，我的臉上浮現出一絲笑意。

卻不想這個時候，那個男人又給我倒上了一杯紅酒，亮紅的酒液掛在晶瑩的杯上，有一種很獨特的美，可惜的是，我和師傅一起喝習慣了火辣辣的白酒，聞習慣了那獨特的酒香，這紅酒，我頂多覺得它漂亮，卻沒有什麼想喝的欲望。

「這瓶酒是我存在這裡的，這個酒吧沒有這樣的好貨。八二年的，嗯……你嘗嘗？」說到這裡，他又笑了，一如既往的邪氣，對我說道：「莫非你也懂紅酒？要我給你介紹是哪個酒莊的嗎？」

我沒有去動那杯酒，只是吐了一口香菸，然後對他說道：「抱歉，紅酒我也不懂。不過你的雪茄，在我眼裡，或許不如一枝紅塔山讓我抽得順口；你的紅酒，在我眼裡，或許也不如一杯大麯酒來得痛快。今天你約我來這裡，如果只是介紹什麼紅酒和雪茄，那麼我就告辭了。」

說完之後，我就真的準備走，卻不想那個男人叫住了我，他說道：「看出區別了嗎？後人與後人之間的區別？」

這話是什麼意思？我一揚眉，反而不走了，重新坐下，靜待著，聽他到底要說些什麼。

這個男人看我不走了，再次很得意地笑了，說道：「我叫肖承乾，你看，也是承字輩的，巧不巧？還很巧的，我也是山字脈的。」

我的心裡一下子不太平靜了，山字脈，字輩和我一樣，難道他和我們這一脈有什麼聯繫嗎？可是我的臉上卻很平靜，很是平淡地問他：「然後呢？」

「然後？呵呵……然後我也承認老李，就是你們那個師祖是一個很有本事的人，可惜他的後人和我過的卻是毫不一樣的生活。知道我是什麼生活嗎？你幾乎可以稱呼我為貴族，我可以穿最好的衣服，吃最好的食物，喝最好的酒水，要最漂亮的女人，重要的是，我也不缺什麼修煉的資源。可你呢？你有什麼？和你師傅過的日子也是捉襟見肘吧？而修煉於你，還可以繼續多久？這才是毀了道業。」肖承乾有些激動地對我說道。

可是我卻很平靜地望著他，沒有搭腔，任由他繼續說下去。

「修道之人本就不同，修成以後的道人是什麼？是神仙！這滿天神佛的前身不也就是修者嗎？所以，修者原本就是高人一等的存在，就是貴族！我們的目的是什麼？就只有一個，那就是形而上，終究成仙，其餘的都不重要，知道嗎？都不重要！」肖承乾的眼中有一絲瘋狂。

我問道：「都不重要？包括什麼手段也不重要？就是『我』這個字最重要。」

他喝了一口紅酒，有些得意地叼著雪茄，望著我：「你身為那個又臭又硬的老李的徒孫，莫非也有明悟的時候？懂得了『我』之道？本心就是本我，本我的意志就是一切，大道三千，小道無數，本我就是我的道，不論道途是怎麼走過的，終點是一樣的就是目的。這中間需要在乎什麼手段嗎？連宇宙不也是一個『我』，它的規則即是天道，不就是這樣嗎？」

我掐滅了香菸，露出了一絲笑容，然後說道：「莫非你的意思是，你如果成仙成神，嗯，成了最厲害的仙神，甚至達到了宇宙的程度，你就是天道了？」

他瞇著眼睛說道：「你也可以這麼理解。」

「你好像很想說服我，然後認可你的道一般。」我靠著沙發背說道。

「說服老李，是我師祖一直很想做的事情，他沒有做到，我很想做到說服他的徒孫。我只是想對你說，修者依照本心，本心沒有拘束，你不要一身的酸腐氣，那不是道家，是儒家。只要你點頭，你願意，你也可以過上貴族般的生活，擁有想要的修煉資源，你可以本心純淨地活著。」肖承乾的臉上滿是狂妄。

我忽然笑了，然後一口氣喝乾了桌上的紅酒，接著又搶過了他的雪茄，狠狠地吸了兩口，又重新塞回了他的手上，接著才說道：「紅酒我喝了，雪茄我也抽了，很抱歉，我一點兒也不覺得這樣貴族的生活方式有什麼值得我羨慕的。就算你擁有全世界的修煉資源又怎麼樣？修成的不過是具臭皮囊，或者，你認為的形而上就像……嗯，這樣說吧，就是你身上那堆肉飛上天去嗎？就如你愚蠢的認為，所謂本心就是囂張地活著？」

面對我的這番話，肖承乾臉上的笑容忽然凝固了，他再次露出了那種陰沉的笑容，望著我說道：「陳承一，對吧？你想跟我證明，你就如你的師祖那樣又臭又硬嗎？知道這個世界上的人為什麼不相信神仙了嗎？是因為他們沒看見，另外就是屬於神仙的力量被其他的力量所壓制了，就如什麼科學，但科學是什麼？它只配給玄學提鞋，它只是輔助的工具！只有不擇手段地證明了神仙的存在，追尋到了玄學的奧祕，才於人類是大功一件，手段重要嗎？道途上，什麼時候禁止了血腥？你不要成為那個大道上擋路的石頭！」

「你都說過大道三千，小道不計其數，你否定科學做什麼？你斷出高低又有何意義？我真的不想和你爭論，因為我不知道你是要修道，還是已經成魔。我只想簡單地告訴你，這個世界上的人們，包括我，沒看見所謂的神仙，不過是還不能到看見的程度，這不是一件可恥的，阻礙大道的事情，這只是必要的磨練。你也要記住，一個人重要的，永遠不是身體，而是靈魂，是本心。而本心，已經快變成瘋子的你，永遠理解不了。子非魚，焉知魚之樂，我不懂你的極端，你也不用懂我的堅持。你的貴族生活我過不來，你的手段我也承認不了，神不神仙，我不會去想太多，我只知道，這條道途上，我只要安然地走下去，就終究會有我想要的道。」

說完，這番話，我再也不理會肖承乾，站起來就準備走出酒吧。

肖承乾卻在我身後喊道：「陳承一，終有一天，你會被我打得趴在腳下，說你錯了。」

「那只是在你的夢中。」我頭也不回，在那一瞬間，我終於知道了，我面對的是一個什麼樣的瘋子組織。

第六章　師傅

肖承乾這個人的出現彷彿只是一場夢，當五分鐘以後，承清哥帶著有關人員再去酒吧找肖承乾的時候，卻怎麼也找不到了。

我問承清哥：「為什麼一開始不行動？」

承清哥苦笑一聲，對我說道：「有阻力，你信嗎？而且就算這次我找到他，也最多只是能談一下，你以為還能把他怎麼樣嗎？」

聽到這話，我有些頭疼，想起了師傅說的，微妙而又錯綜複雜的關係，讓某些組織動不得，至少現在動不得，倒是真的啊。

怪不得肖承乾能那麼囂張地來北京找我，他是狂，可怎麼看也不像是傻子，傻到自投羅網。所以面對承清哥的無奈，我也挺無奈地說道：「是啊，動個什麼『貴族』，從古至今都挺費勁兒的。」

已經知道我和他一些談話內容的承清哥歎息一聲，說道：「好像什麼事兒，都和我們那個祖師爺有關，偏偏我們那個祖師爺長了一張『問號臉』，我們除了知道有他那麼一個人，他的一切都彷彿是個謎。」

承清哥說到這裡，我和他都忍不住開始苦笑，連同肖承乾這個人的出現都讓人覺得不真實。

是兩個姐姐帶著父母一起來的，同時來的還有顯得有些忐忑不安的姐夫，和對北京環境有些不熟悉的兩個侄兒。

又是兩年多沒見，我那大侄兒見到我有些陌生了，怯生生地躲在我大姐身後。

至於我那小侄兒，從出生起就沒見過我，一雙大眼睛只是好奇又膽怯地盯著我這個陌生的舅舅，他們這樣的表現弄得我有幾分傷感。

我算個什麼兒子，什麼弟弟啊，父母不能常侍身邊，連姐姐生了孩子，我都不知道。

當看著我的親人從專車上下來，我就忍不住這樣心酸地想到，可是就當我站在那裡，還沒來得及走過去時，我媽已經跑了過來，我還沒有開口叫聲媽，她的手就已經撫上了我的臉頰。

說道：「瘦了，瘦了，兒子啊，你什麼都別說，媽都知道。」

我握著我媽的手，千言萬語也不知道從何說起，我媽都知道一些什麼？

接著是我爸，背著個手走到了我的面前，我爸挺愛保持父親的威嚴的，同樣是我還沒來得及說話，我爸已經很是雄赳赳，氣昂昂地在我面前說了：「三娃兒，為國家做事，就不用擔心多餘的事情，我們家人更是要無條件地支持。」

說這話的時候，我爸的神色中都是驕傲，彷彿我已經是個戰鬥英雄了一般，我有些好笑，但更多的卻是感動，但這裡顯然不是說話的地方，我趕緊招呼著家人，把他們帶到了我的四合院。

這四合院是我和師傅同住的地方，對於我們師徒倆來說，簡直太過寬敞了，用來安置我的家人卻再合適不過，但師傅說過，我這人招事，連累家人，所以我不能和他們同住，他們來了，我就只能搬出去住，住處沁淮早就幫我搞定了，倒也不用擔心。

關於這事兒，我在路上就和家人說了，爸媽姐自然是知道其中的忌諱，很是理解，兩個姐夫多少也知道一點這個小舅子身上的事兒神神祕祕的，也沒多問。

一頓飯吃下來，我把這兩年的經歷挑挑揀揀地告訴了家人，也當是一個交代。

畢竟爸媽被接到北京，姐姐姐夫們的工作也被強制性地暫時調動，我總是要說一個原因的。事情雖然是挑挑揀揀地說，可有些感情，酒上心頭，又是面對家人，我隱瞞不了，終於還是吐露了心事。

「如雪那個姑娘那麼好，你帶回來給媽看看啊。只要你喜歡的，媽就不會反對。」我媽面有喜色，一聽是兒子中意的人，恨不得讓我馬上就娶進門來。

畢竟我都二十六歲了，婚事還是沒一個著落，我媽哪能不著急。

而我爸則顯得要穩重許多，但語氣裡還是掩飾不住的著急，他說道：「三娃兒，是不是人家姑娘看不上你？你從小就是一個馬大哈，也不細心，對待姑娘家，要耐心，要體貼，萬事不能急，不然爸去見見那姑娘，幫你說說？」

呵呵，我爸竟然教我怎麼追姑娘？還要幫我追姑娘？我一下子就笑了，我還沒來得及說什麼，我的姐姐姐夫又紛紛獻策，我真的很想忍住的，可是眼眶一下子就紅了。

普通的閒話家常，再正常不過的關心，愛情受挫，在家人這裡得到的安慰，各種情緒一下子湧上心頭，讓再三告訴自己不要哭的我，還是忍不住了。

我趕緊回頭，假裝左右看什麼一樣的，趕緊擦了一把眼睛，然後覺得自己話多，趕緊安慰家人說道：「你們就別擔心了，這事兒我心裡有數，這姑娘我有空一定帶給你們看看。」

接下來的日子，是我比較平靜的一段日子，有空就陪陪爸媽，逗逗兩個侄兒，原本有些焦躁的心情，竟然也平復了許多。只是，我總有一種山雨欲來的預感，不過我深深地把這感覺藏在了心底，並沒有對誰說出來。

時間在親情的陪伴下流逝得很快，轉眼春去夏來，師傅離去後的第三個夏季很快就來到了。

從入夏的那天開始，我每一天都過得很忐忑，我很想看見那個熟悉的身影，又怕整個夏天過去以後，我都看不見那個熟悉的身影，或是再也看不見那個熟悉的身影，在這種複雜的情緒中，我的心情又開始焦躁。

每一天早上醒來的時候，是希望。每一夜睡去的時候，卻是失落。

在這樣的心情中，天氣越來越熱，轉眼已是盛夏。

這一天的黃昏，我待在四合院裡，依舊是陪著爸爸喝茶，順便聽兩個侄兒爭先恐後地給我背兒歌，眼睛卻心不在焉地看著門口，我總是希望那大門能忽然打開，然後我師傅就出現在我面前。可一直待到了日頭落下，一彎月牙兒爬上了天空，我還是沒有等到盼望中的場景。

又是失落的一天。

回去的時候，爸爸堅持要陪我走一段路，在月光下，在夏天特有的燥熱氣息中，沉默了很久的爸爸開口了：「三娃兒，你這段日子有些心緒不寧啊？」

「爸，你別操心了，我哪有？」

「你是在等姜師傅回來吧？」

我沉默。

「姜師傅是一個一諾千金的人，爸爸就是想告訴你這個。」爸爸望著天空，忽然這樣對我講道。

我心裡有些感動，兒子的心事無論大小，在我爸那裡都是大事兒，難為他一直以來那麼「粗心」的性格，還特意安慰我，來和我說這番話。

我重重地點點頭，「嗯」了一聲。

由於爸爸的安慰，這一次我踏著月色回家的心情好了很多，腳步也輕快了許多。

沁淮給我安排的住處是一個筒子樓，當我走到樓下，習慣性掏出鑰匙準備開門回家的時候，腦袋卻忽然不輕不重地挨了一下。我還沒來得及問是誰，就聽見一個非常熟悉的聲音在我耳邊響起，然後腦袋一下一下地被敲。

「我怎麼交代你的？讓你這三年好好磨練自己，你幹什麼去了？」

「抓騙子？和人鬥氣？」

「惹上了那個神經病寨子？」

「還去泡別人月堰苗寨的蠱女？」

「三年你的功力增長了多少？卻給老子弄到一個虛弱不堪，現在都沒恢復？」

這番話連珠炮似地響起，都不容我插一句嘴，說到最後的時候，我屁股上重重挨了一腳，一下子就被踹得趴在了地上，可在那一瞬間，我的眼淚卻忍不住一顆接著一顆往下掉。

還能是誰？是我師傅，他終於回來了。

這情緒我忍不住，索性埋頭趴在地上大哭了起來，彷彿一個在外面受盡了委屈的小孩子，終於找到了可以依靠的人，這情緒還怎麼克制得住？

可也就在這時，一雙大手一把就把我拉了起來，恨恨地說道：「泡蠱女，如雪那小丫頭是吧？也就算了，可惡的是，你竟然還沒有泡到，去，給老子把她追到手去，誰說不能談戀愛了？」

「額說這談戀愛有什莫好玩的，有啥師傅，就有啥徒弟。」又一個熟悉的聲音飄進了我的耳朵，我一聽就知道這是誰，是慧大爺，他也回來了。

這個時候，我已經擦乾了眼淚，望著眼前熟悉，卻彷彿瘦了一些的身影，千言萬語都化作了一句話：「師傅。」

師傅面無表情地點點頭，轉身走在了前面，頭也不回地說道：「啥都不用多說了，師傅什麼都知道！我收拾你可以，外人欺負了，就不行。回去慢慢說吧。」

這時，慧大爺也走過來了，我也才注意到，跟著他身後的，還有一個小尾巴慧根兒，慧大爺走到我面前，上上下下地打量了一番我，然後才說道：「你受欺負就算了，還帶我徒弟也去受欺負，這不是讓額也要去幫徒弟找場子嗎？果然和你師傅一樣混蛋。」

我笑了，這個慧大爺，就算慧根兒沒受欺負，你也會去幫我找回場子吧？

三年的時間並沒有讓我和師傅有多生疏，到了我臨時的住處以後，我就開始習慣性地燒水，泡茶，然後給慧大爺和師傅一人端上了一杯茶。然後老老實實地和慧根兒坐在旁邊。

我那租住的房子不大，也就兩室一廳，以當時的生活條件來說，更不可能有空調之類的東西，一架風扇根本趕不走夏日的酷熱，慧大爺抿了一口茶之後，一撇嘴說道：「這生活品質不行咧，額說還不如在那竹林裡當野人，這茶是什麼茶啊，難喝。」

師傅也喝了一口茶，然後斜著眼睛盯著我，說道：「三娃兒，我留下的那些茶葉呢？你小子該不會是因為沒錢，把老子留給你的東西，包括茶葉也賣了吧？」

這就是我的師傅，損起我來不遺餘力，好在我習慣了，無奈地解釋道：「你留給我的東西，哪怕是一個線頭，我都收拾好，放回四川，讓我爸媽保管著的，茶葉也在那邊。」

師傅訕訕的，估計是因為沒能成功打擊我，愣了半天才說道：「別給老子找理由，三年了，你還喝這茶？你就沒本事保持老子優良的生活品質，買點好茶？」

我很無語，你喝的那些茶葉，怕是有錢都難買，還優秀的生活品質呢？你蹭吃蹭喝的樣子我又不是沒見過，不過和師傅爭這些，吃虧的總歸是我，我也懶得爭辯，慧大爺很是得意地瞄了我一眼，然後得意地指揮慧根兒：「去，給額煮兩個雞蛋去？」

慧根兒很小心地問道：「師傅，額可以吃兩個不？」

慧大爺大手一揮，一副很大方的樣子：「那你就吃兩個吧。」

我在心裡欲哭無淚，剛才是誰抱怨我生活品質差的？是誰，一轉頭又用我的雞蛋裝大方？不過，這話當面我可是不敢說出口的。

幾分鐘以後，我和同樣苦逼的慧根兒都被趕到了廚房，慧根兒煮雞蛋，在沒有外人的情況下，我又是一個悲劇的做飯人。一個小時以後，我頂著滿頭的大汗做好了一桌子菜，然後恭恭敬敬地給師傅倒了一杯酒，破天荒地，慧大爺也要了一杯。

我一愣，問道：「慧大爺，你一個大和尚，咋也要喝酒？」

慧大爺抿了一口酒，然後說道：「額是死過一回的人了，有些小細節就不用太在意了。從額當和尚開始，到現在幾十年了，額最想的就是喝酒。」

我覺得好笑又有些心酸，夾了一片肉問慧大爺：「那你吃肉不？」

慧大爺脖子一硬，眼睛一鼓，然後說道：「三娃兒，你敢消遣額？」

我把肉夾到師傅的碗裡，然後很認真地對慧大爺說道：「不，我真不敢。其實這三年來，我很擔心你，擔心你的傷是不是完全好了，我很想師傅，也很想你。」

慧大爺愣住了，眼中閃過一絲感動，但很快，他就把酒杯一放，一巴掌打在了我腦袋上，大聲說道：「你欺負額不會抒情是不是？不要給額來肉麻兮兮的這一套。」

我莫名其妙挨了一巴掌，嚇得旁邊正在吃雞蛋的慧根兒脖子一縮，卻一不小心被雞蛋哽到了，然後就一直咳嗽，我捏著慧根兒的臉蛋兒說：「慢點兒，明天哥給你買蛋糕啊。」

慧大爺又一副火大的樣子，對我吼道：「你就不給額買？」

師傅「哧溜」一聲喝了一口酒，很淡定地對我說道：「我要吃那種啊，新型奶油的，入口即化的那種啊。買不到，你就等著挨揍吧。」

我無語，我誰都惹不起，只得把雙手舉過頭頂，一副求饒的樣子，說道：「買，買，買，都買……」

是夜，慧根兒已經安睡了，因為慧大爺才回來的原因，這小子一定要跟著師傅睡，所以樓頂上就我和師傅兩個人。

夏夜總是燥熱的，我喜歡在樓頂上灑上水，鋪張涼席乘涼，不同的是，今天有師傅在身邊了，我很安心。

天空中只有寥落的幾顆星星，不像我們在竹林小築的日子，總是能看見滿天的星星，可是有師傅在，哪裡不是一樣？

我和師傅坐上涼席，沉默了一陣子，我摸出一根香菸遞給師傅，說道：「師傅，我看見你沒帶旱菸杆子，不然抽根香菸？」

「這種菸葉子沒勁兒，不地道，不抽。」師傅毫不猶豫地拒絕了我，頓了一下，然後對我說道：「三年不見，你小子菸癮大了不少啊，壞毛病學了一身，香湯也沒見泡了。」

「泡香湯，師傅，那太奢侈了，一個星期能泡一次，我都笑了。反正也過了小時候打基礎的日子了，無所謂了。你要求的功課我可是一點沒丟下，我還學會了很多術法。」我就像是一個小孩子似的跟師傅炫耀。

我沒問師傅這三年去做了些什麼，如果師傅想說，早在三年前臨走之前就會跟我說，再不濟，在剛才也會提及一下，他一點兒都沒想說的意思，我也就不問了。

我相信師傅只會疼愛我，沒半分害我的意思，到了他覺得能說的那一天，他會和我說的。

「學會了不少？你還差得遠吶，功課不能丟，你知道的，功力這種東西只能靠時間的累積。」師傅淡淡地說道，可接著他又說道：「你這個年紀比我那個年紀應該是強了一些吧，不然你也不可能從那個寨子裡逃得出來，跟我詳細說說吧。我這次回來，先去了一趟你李師叔那裡，瞭解得不算太詳細。」

對著師傅我當然沒有任何隱瞞，把一切的來龍去脈，包括細節都告訴了師傅，只是對如雪的感情，我不太好意思說得太詳細，就是稍微提及了一下。

師傅聽完了一切，自言自語地說了一聲：「有意思，把我徒弟當餵蟲子的飼料了。」

接著，師傅沒有多說什麼，在沉默了一會兒才對我說道：「這個寨子，其實我們部門早就想處理了，原本還想拖延幾年，不過因為一些很重要的事情，不會再拖延了。這次，你能逃出來，比我預想的還要幸運點兒。因為如雪和你自己的進步，還有很大一部分原因，是因為那個高寧啊。」

「師傅，你知道那個高寧？」

「你以為我真的是神仙，什麼都知道？這個高寧恐怕會進入部門的名單中了，他哪裡是抱走了一顆蟲卵？他怕是抱走了一顆比原子彈還可怕的東西。」師傅說到這裡歎息了一聲。

「師傅，你好像知道很多事情，你能不能詳細地和我說一下？」我很想知道這個寨子，還有那蟲子具體是怎麼一回事情，我覺得我師傅知道。

師傅站起來，走了幾步，然後才說道：「這一切，我肯定會告訴你的，你也準備一下吧，最多再在北京待兩天，我們就要出發，先去一趟月堰苗寨，然後就去處理黑岩苗寨的事情，所以，我沒打算隱瞞你。在以前，我是太過保護你了，因為我以為可以陪你很久……」

說到這裡，師傅停頓了一下，我的心卻一下子被提了起來，這話什麼意思，難道他還會走？師傅卻不容我發問地擺了擺手：「我在哪裡都不是最重要的問題，你還沒意識到嗎？我在哪裡，你是不是可以隨時找到我都不是問題的關鍵，問題的關鍵是，你要獨立，你還要扛起一些責任。所以，我要讓你獨立。」

師傅的這番話，總算讓我的心放了下來。

可是師傅卻背著雙手，轉身對我說道：「寨子的事情先放在一邊，我現在想和你說說如雪的事情。」

我一下子就不知道說什麼了，面對師傅，我真的很難開口去說我的感情，我有些訕訕地說道：「師傅，這有什麼好說的，如雪說她不喜歡我，我……」

「瞧你那沒出息的樣子，她不喜歡你，能用自己的命來救你？能不惜放出本命蠱救你？你可知道，在苗女，特別是蠱女看來，有時本命蠱比自己的命還重要。」師傅瞪了我一眼。

「你說如雪她喜歡我？」面對太過在意的感情，沒有誰能做到不患得患失，也沒有誰能做到完全的自信，我有些不敢相信。

畢竟如雪是如此堅決地拒絕過我，而且我也不知道如雪憑什麼會喜歡我，喜歡到不惜用本命蠱救我的程度。

「是啊，她喜歡你，你也可以喜歡她，你可以和她兩情相悅地在一起，這個沒什麼好逃避的。去追她，去愛她一些日子，是你應該給她的。但是只是在一起一些日子，接下來，要看你的選擇，還有如雪的選擇。你要知道，有時候，愛也是一種尊重，而你也……」師傅說到這裡，像是回憶起了什麼往事，歎息了一聲，然後就是長長的沉默。

「而我也什麼？」我一下子緊張了起來。

師傅望著我說道：「我說了，要看你的選擇，也就是說而你也必須選擇。但是，你記得，無論你做什麼選擇，師傅不會干涉你的選擇，就是如此。」

第七章　瘋狂的組織

師傅在這一天一大早，就和慧大爺去看元懿了，他也告訴我，既然他回來了，元希他是要帶一段日子的，我當初倉促的決定，師傅並沒有評論對錯，他只是說：「事情既然已經做了，那麼事後的因果坦然去承擔就好了。至於是對是錯，那只是在事情發生之前需要思考的問題。」

我沒有跟隨師傅他們去看元懿，而是睜著一夜未眠充滿血絲的眼睛，繼續思考著我該如何選擇，原來我和如雪在一起所需要做的選擇真的是如此艱難。

「當年我和凌青也有一段感情，你知道其實道家人是不忌婚娶的，當然蠱女也不會忌諱嫁人，那在你看來，我們是不是該在一起？凌青該不該是你的師娘？為什麼沒在一起？因為我做出了選擇，她也做出了選擇，這就是我們倆沒在一起的原因。你是我的徒弟，我卻沒想到我們師徒之間羈絆深到了如此的程度，連你要走的感情路也和我一樣。」

師傅的話反覆盤旋在我腦海，我從床上一躍而起，用冷水沖了一下腦袋，望著鏡中眼睛紅彤彤的自己，我終於下了一個決定。剩下的只是看如雪怎麼決定，如果她是真的喜歡我。

想著心中的決定，我望著鏡中的自己苦澀地笑了一下，原來人生的過程真的不是在不停地擁有什麼，而是要不停地捨去什麼，直到最後連生命都要捨去。而中間要學會的，只有一件事情，那就是在捨去的過程中，你要學會放下和面對。所以，看透的都超脫了，看不透的繼續輪迴。

神仙逍遙，原來也只是一次次捨去，最終成了一顆金剛不壞之心。道理簡單，可我，能捨去嗎？

在兩天以後，我再次離開了北京，難過的是我的家人，原以為的相聚總是那麼短暫，兒子（弟弟）總是那麼漂泊，而他要面對的事情，自己幫不上忙，甚至一無所知。

我一手攬著爸爸，一手擁抱著媽媽，歉意地望著姐姐，我儘量輕鬆地說道：「從我小時候到現在，我以為你們都習慣這樣了。別難過啊，說不定啥時候，我又忽然出現了。再說，師傅不也說了嗎？再過些年，我還是可以經常見見父母家人的。」

我不知道我的安慰有沒有作用，可是不管有沒有作用，我都只能背上行囊繼續出發。

相比於以前一次次的分別，到了這一次我已經沒有了眼淚，成熟淡定了許多，只是在車窗上看著家人逐漸模糊的身影，心裡的哀傷卻莫名地重了一層。

師傅坐在我旁邊，看著這一幕，他忽然說道：「三娃兒，師傅唯一比你幸福的地方在於師傅是個孤兒。其他的苦是一樣的。」

在當時，這句話的深意，我並沒有去思考，在後來，我才真的知道，那苦是一樣的，師傅和我比起來，不見得就是那灑脫的人。我們同樣都是性情中人。

這一次的行動，不是我們私人的行動，就和老村長那一次的行動一樣，背後有著相關部門的影子，甚至這一次的行動更加的「盛大」，因為會排出一支上百人的真正部隊，配合我們的行動。但這部隊在前期並不會出現，這是考慮到很多方面的問題，只有在我們行動順利以後，他們才會出現配合工作。

至於黑岩苗寨悄悄放在國家裡的「炸彈」，師傅告訴我，經過了長年的研究和很多的人努力，找了一個有很大可能的解決辦法，必須冒險一試。

而且這一次，隨行的人員也有了很大的增加，我們這一脈除了我和師傅，陳師叔還有承心哥也參加行動，另外，部門的隨行人員也有二十幾人。

師傅告訴我，這二十幾人中有二十個人都是我們道家的人，剩下幾人傳承的是巫術。他們會先去湘西那個小鎮做一些準備，而我們這一脈要去的是月堰苗寨，找到幾個大巫配合行動。

行動的日子定在這一年的冬天，因為要做很多準備工作，而且也必須是冬天。

師傅說了，在冬天，黑岩苗寨的蟲子會比較好對付。

他還告訴我：「從現在到冬天，你有半年的時間。」

我知道這個半年的時間是指我和如雪，呵，我們有半年的時間。

在車上，師傅也按照他的承諾，給我講述了一些事情。

「還記得餓鬼墓嗎？你曾經撿到了一塊奇怪的玉？」師傅是這樣給我提起整個事情的。

我怎麼可能忘記餓鬼墓？而那塊玉我也還記得，上面有一個奇怪的笑臉，那是我第一次看見那奇怪的笑臉。

面對師傅的問題，我點點頭，雖然我不知道整件事情怎麼牽扯到了餓鬼墓。

「和黑岩苗寨合作的那個組織的標記就是那個笑臉，所以說那個組織也是修建餓鬼墓的組織。」師傅淡淡地說道。

我很吃驚：「修建餓鬼墓？我從小就在那一片兒長大，師傅你也在那裡，那麼大的工程怎麼可能悄悄進行？只能說明，餓鬼墓存在很久了，難道那個組織……？」

「你的判斷沒有錯，那個組織在清初就存在了，他們的存在只有一個目的，那就是成神成仙！或者說，是追求永生。他們沒有道德上的約束，他們有著很多背後勢力和資金的支持，你要知道，這個世界上不要說追求永生的人，就算是想多活個一、二十年的人也大有人在。而最怕死的人往往是有錢有勢的人。」師傅這樣對我解釋道。

我一下子就想起了肖承乾，他就是這樣的瘋子，他的確沒有任何的約束，在他眼裡，也只有那個目的最重要。

師傅拉開了車窗，點起了一杆旱菸抽了一口，繼續對我說道：「其實那個組織，在我年輕的時候就有耳聞，但我覺得他們離我的生活很遠，甚至我都不能肯定他們是不是還存在著，直到發現了餓鬼墓，我才確定他們的存在，也才知道原來那個看起來邪裡邪氣的笑臉就是那個組織的標誌。或許是這些年他們已經成勢了，所以活動才猖獗了起來，或許……」師傅咬著旱菸杆子不說話了。

還有個或許是什麼？師傅緊皺著眉頭，始終沒有對我說出口，反而是歎息了一聲，師傅說道：「說起來，也是我害了楊晟。當初如果不是我讓他去聯繫調查組織，查一些餓鬼墓的事情，他也不會和那個組織聯繫上。楊晟他始終不明白，瘋狂的想法最終得到的只是瘋狂的毀滅，從來不會是正道。否則，永生的誘惑，會誘惑整個世界。為什麼沒有誘惑到整個世界？是因為在高層人士中，清醒的還是大多數，而普通人還是過著普通的生活，不必去煩惱這個問題。」

我沉默，是啊，這個組織的行徑根本就是毀滅式的，不計較任何的後果。如果這樣的放任他們，賭上一個世界被他們毀滅去換一個或許有的永生，大多數高層是絕對不願意看見的。

沒有人能去承擔這個罪名！就算這樣的永生是肯定的，也很少人敢去承擔這樣一個罪惡的永生，面對一個荒蕪的世界！那不是永生，那是永遠的折磨。

晟哥為什麼如此執著？

「黑岩苗寨有什麼你是知道的，從我發現那個組織開始，我就知道黑岩苗寨他們一定不會放過，只是沒想到來得那麼快。」師傅咬著菸杆繼續對我說道。

黑岩苗寨那逆天的蟲子我當然知道，那可能已經很接近所謂永生的概念了，但是……我想起了那根連接人與蟲子的管子，心裡就一陣發冷。

可我也想起了一個更嚴峻的問題，我忍不住問了出來：「師傅，那個組織和我們這一脈有什麼關係嗎？」

我不得不做出這樣的懷疑，因為我從很多細節中發現，這個組織的人對我們這一脈很熟悉，荒村的相遇，肖承乾的話，他們不僅對我們熟悉，而且還非常關注我們。

面對我的問題，師傅咬著旱菸杆沉默了，久久的都不回答我的問題，直到我都快忍不住再問了，師傅才說道：「我說了，我原本以為這個組織不存在的，可他們竟然存在，而且有許多我意想不到的人在其中。這事情，一時半會兒說不清楚，總之是很久以前的往事了，那個時候，你師祖都還很年輕吧。」

明朝，又是那個神奇的大時代嗎？

我還想多問一些什麼，師傅卻阻止了我的再次提問，他對我說了一句：「不用知道的太多，也是一種避免悲劇的方式。」

這話是什麼意思？我看著師傅的側臉，發現他竟然有了幾道很深的皺紋，我忽然什麼都不敢問了，我也不知道為什麼，從內心開始逃避抗拒一些問題。

師徒倆就這樣沉默了許久，師傅才開口對我說了另外一些關於黑岩苗寨的事情，比如說黑岩苗寨的母蟲其實有七隻，高寧帶走的那隻，按照我的描述，應該是進化最快的一隻。而黑岩苗寨的老怪物有整整十一個，其中一個年紀最大的，快有二百歲了吧。另外，黑岩苗寨傳承的巫術和蠱蟲不知道有多少。

上一次我能逃出來，的確是我的幸運，因為在那種情況下，沒人想到我會逃走，更沒有人想到會有一個高寧和我如此的聯繫，但關於高寧，師傅也覺得是一個謎，另外，他還是一個大麻煩，因為他帶走了一隻不知道進化到什麼程度的母蟲。

車子經過幾天的行駛，我們終於到了雲南昆明，按照月堰苗寨的規矩，我們去寨子之前，是要先去那裡的。

在出發前，師傅就和六姐聯繫過，所以我們一行四人的到來，並沒有引起六姐多大的驚奇。六姐從來都是一個做事滴水不漏的人，看見我們的到來，很是禮貌地把我們迎進了她的店子，然後微笑著給大家打招呼說是親戚來了，關了店門。

當我們終於可以面對面談話時，我終於忍不住第一個問六姐：「如雪，如雪她還好嗎？」

六姐習慣性地綰了一下耳邊的頭髮，微笑著對我說道：「謝謝關心，如雪的身體恢復得還好。」

這回答很官方，我總覺得六姐看我的眼神很疏離，難道她也覺得我連累了如雪？

承心哥扶了扶眼鏡，還是那一副溫和的笑容，他倒是很直接地對六姐說道：「如雪是個讓人著迷的姑娘，我師弟迷她也很正常嘛，六姐，妳幹嘛對我師弟那麼不滿？」

望著承心哥，我心裡有些溫暖，其實如雪的事情，他也是不滿我的！他在回杭州之前，和我深談過一次他對如雪的感情，說不上是喜歡或愛，但是是深深的欣賞，那種欣賞是不希望有人有一絲一毫傷害如雪的。但是卻因為我，如雪連本命蠱都毀掉，這讓他很不開心。

可無論如何，他可以不滿我，卻容不得別人也這樣。這就是我們這一脈奇怪的地方，彼此可以不滿，甚至互不理睬，但槍口卻是堅決地一致對外。

面對承心哥已經算是比較犀利的話了，六姐臉上依然是那淡定迷人的微笑，她說道：「我哪兒敢不滿承一啊？只是你們知道咱們苗女性子烈，感情也來得烈，心裡要對一個人有感情了，那就是一輩子的事情。可是，我們苗女哪有你們道家的道統重要，師傅如此，徒弟也是如此。與其這樣，還招惹來做什麼？」

說完六姐假意伸了一個懶腰，站起來說道：「看我，盡忙著說話了，你們那麼遠來，還沒吃飯吧？我去準備準備。」

說完，六姐就轉身去了後院的小廚房忙碌了，剩下我們師門四人，陳師叔望著師傅苦笑，承心哥對著我搖頭。

凌青奶奶和師傅的事，他們是知情的，那什麼樣的事情會發生在我身上，他們也是知情的，我的手在桌子底下握成了拳頭，滿心的苦澀。

倒是師傅，一副淡定的樣子，又拿了旱菸杆子出來咬著，說道：「在一起不是感情唯一的表達方式，有些感情在不在，深不深，自己的心是唯一的答案。我不會因為不在一起，就少一分關心，少一分牽掛。如果需要的話，命拿去都可以。在一起，重要嗎？」

「或者還是重要的吧，苦了兩個人。」陳師叔彷彿很有感觸似的。

承心哥摸著下巴，說道：「換成是我嘛，會在在一起的時候，就把所有的感情用盡，那樣就不苦了。」

陳師叔望著承心哥說了一句：「幼稚。」

而我沒有答話，我知道，師傅給了我他的答案，至於我自己的選擇，那是我自己的事情。

我的心有些微微的憋悶和疼痛，乾脆站了起來，直接走到了後院，倚著門框，雙手插袋，看著六姐在那裡忙碌。

六姐當然看見了我，她也不招呼我，只是忙著手上的活兒，這對她這種做事滴水不漏的人來說，已經是很出人意料的明顯表現了。

而我一時之間也不知道說什麼。

好像是忘了拿什麼東西，六姐要進屋，剛好我又杵在門前，六姐只好沒好氣地對我說道：「讓讓路吧，小弟弟。」

我無奈地笑了一下，看著六姐，側了一下身子，六姐就頭也不回地邁了出去，但我也不知道哪兒來的勇氣，開口對六姐喊道：「六姐，我是真的喜歡如雪，不，我愛她。」

六姐身子一頓，怒氣沖沖地衝了過來，對我說道：「你愛她？你有什麼資格說愛她？全世界的男人都可以愛如雪，唯獨你們尊貴的老李一脈就是不能。如雪這樣的姑娘，莫說是我們寨子珍貴的蠱女，就算不是，她也不愁找個好男人的，怎麼偏偏她和她姑奶奶要遇見你們師徒？」

我無話可說，只是低下了頭。

六姐卻沒有走開，而是問我：「你是真的愛如雪？你的選擇是不是和你師傅不一樣？」

我喉嚨發緊，這樣的問題我根本不知道該怎樣回答，早在幾天前，我心裡就有了選擇，剩下的只是如雪的選擇，但……我還是抬起頭來看著六姐說道：「無論什麼選擇，都不妨礙我愛如雪的。就算快樂一天，也是快樂，不是嗎？」

六姐望著我，忽然歎息了一聲，開口想說點什麼，終究還是沒說地走了。

快樂一天是快樂，可剩下的很多天是什麼？思念嗎？我不敢想。

六姐永遠是那麼禮貌而周到，讓我們師門四人舒舒服服地吃，舒舒服服地休息，只是對於我和師傅，她始終不能掩飾她的「憤怒」，所以顯得疏離得多。

她告訴我們，寨子裡來接我們的人很快就會到，讓我們安心地在昆明待幾天。

這幾天，慧大爺處理完一些事，也會帶著慧根兒來和我們會合，這倒是說好的。

可我怎麼安心的了？我心裡記掛著如雪，恨不得馬上就能飛去月堰苗寨，就算知道快樂只是短暫的，相見也許也是短暫，可誰又能拒絕和愛人快樂相見的誘惑？

我們在這裡待了兩天之後，慧大爺帶著慧根兒來了，其實他要處理的事情，不過是帶著慧根兒去見見闊別已久的父母，等到慧根兒暑期完了之後，他還是要送慧根兒回北京去讀書的。

我有一個發現，總覺得慧大爺好像很是珍惜和慧根兒在一起的每一天。

只是在以後的以後，我才知道，我一直都是發覺得了別人的事，發覺不了自己的事。

在第四天的時候，寨子裡來接我們的人到了，這一次不是飯團組合，而是來了另外一個姑娘。這個姑娘是一個典型的苗女，全身上下都充滿了火辣辣的熱情，一雙水汪汪的大眼睛裡，連眼神都是那麼的火熱奔放又充滿了不羈。

「我的漢名叫曹愛琳，你們叫我愛琳就好。我是特地來看看陳承一是誰的。」這姑娘一進門就大聲地宣布。

愛琳？一個苗女怎麼取一個「洋名字」？這是我的第一個念頭，而第二個念頭就是，她為什麼要單獨來看看我？而六姐已經衝上去，和愛琳熱切地擁抱在了一起，沒人告訴我為什麼？

還好承心哥對事情有點兒瞭解，他在我耳邊說道：「承一，你完了，這個姑娘是如雪最好的朋友，也是脾氣最火爆的朋友！」

第八章　選擇與結果

彷彿是為了驗證承心哥的話，愛琳在和六姐結束擁抱以後，就瞪著一雙大眼睛，大聲地問道：「誰是陳承一？」

我頭皮發麻地站出來，說道：「我是陳承一，妳找我有事？」

「你就是陳承一？」愛琳的秀眉揚起，走上前來上上下下地打量著我，就在我被看得全身都不自在的時候，她忽然就笑了，然後對我說道：「我是一個不太講道理的人，或者說我幫親不幫理，我在意的人，不管她對不對，如果她受傷了，吃虧了，我就是不要臉子，拚著性命也要幫她的。」

我訕訕的，不知道怎麼回答愛琳。

可是下一刻，就感覺臉一癢，下意識地就要去摸，承心哥卻一把拉住我，說道：「承一，你別動，你摸到你會後悔的。」

怎麼了？我這時才感覺到我臉上有什麼東西在爬，一向不喜歡蟲子的我一下子全身都起了雞皮疙瘩，動都不敢動，只是戰戰兢兢地問承心哥：「我臉上有什麼東西？」

承心哥輕輕咳嗽了一聲，然後才對我說道：「那個蜘蛛，個兒挺大。」

我×，我一下子憤怒了，果然是脾氣最火爆的姑娘，果然是幫親不幫理，至於一上來就這樣嗎？

「這樣就怕了？你有什麼資格配得上如雪？有什麼資格讓她差點連命都沒有了？重要的是，

為什麼那麼久都不來看她一眼，和你那師傅一樣嗎？是個面對感情就逃避，逃避不了就捨棄的人嗎？」愛琳咄咄逼人地說道。

我原本很火大，面對愛琳的一番質問，卻一下子像蔫了氣的皮球，師傅啊師傅，你和凌青奶奶當年究竟發生了什麼轟轟烈烈的事情，讓這個寨子的人都那麼針對你？然後我一招惹上了如雪，他們就那麼地針對我？就連如雪，第一次見我也是那冷冰冰的樣子，對你也頗有微詞。

可師傅卻唯恐天下不亂，哼了一聲，一拍桌子說道：「我們這一脈的男兒，做事內心坦然就對了，不需要誰理解。三娃兒，你怕沒有？是我徒弟就別怕，一巴掌拍死那隻蟲子。」

師傅說的是我臉上的蜘蛛！我很鬱悶，不帶這麼玩人的，我臉上掛著隻鬼，我都敢一巴掌拍死，就是蜘蛛不行，我和這玩意兒是天生的「宿敵」，牠剋我。

說不定就是如月這丫頭告訴這個愛琳的。

「那你拍了試試？」愛琳也毫不示弱，這丫頭倒是天不怕地不怕的樣子。

而陳師叔、慧大爺和承心哥則一副眼觀鼻，鼻觀心的樣子，彷彿進入了入定狀態，一副我們沒看見，我們什麼都不知道的無辜狀態。

只有慧根兒啥也不懂，在旁邊好奇地蹲著，幫我說話：「愛琳姐姐，如雪姐姐和額哥挺好的，莫（沒）有打架。」

這都什麼和什麼啊？

倒是六姐走上前來，把那隻蜘蛛收到了手裡，然後攬過愛琳，對她說道：「丫頭，別鬧了，他們去寨子是有正事。再說，感情是兩個人的事情，姐妹再好，感情的事情幫不得。」

愛琳倒是很聽六姐的話，氣哼哼地收了蜘蛛，示威一樣地對我說道：「你最好別傷害如雪。」

傷害如雪？如果可以的話，我寧願傷害自己，也不願意傷害她。

一場風波就這麼在六姐的化解下過去了，下午我們就準備出發到月堰苗寨，在臨行之前，六姐終於肯和我單獨說話了，她拉過我，是這樣對我說的：「你說得對，快樂一天也是快樂，你能對如雪好一天也是好。可我還是希望，如雪能得到自己的幸福。如果有一天，我只是說如果，如雪放下了對你的感情，能穿起嫁衣，做他人婦，你能祝福。」

這番話聽得我心裡一陣生疼，插在褲兜裡的雙手不由自主地就捏緊了，但我也知道，這對如雪才是最好的選擇，面對六姐有些哀傷和無奈的眼光，我很認真地點頭，說道：「只要是如雪自己想要的，我沒有理由不祝福。」

六姐歎息了一聲，拍了拍我的肩膀，說道：「這樣的話也適合於你，我會勸解如雪的，而你是個男人，男人總是比女人容易放下感情的。」

說完，六姐就轉身走了，而愛琳走過來對我吼道：「走了，就六姐脾氣好，願意和你這傢伙囉嗦。」

估計愛琳和六姐談了談，也知道了我的選擇，對我更是沒有好臉色，我苦笑了一聲，這種事情解釋得來嗎？恐怕怎麼解釋也是不對吧。

再次來到月堰苗寨，我還是驚歎於這個寨子的美麗，特別是已經盛夏時節的寨子，更是如此，在月堰湖旁邊的小草原，一片奼紫嫣紅，配上碧波蕩漾的湖水，美得讓人連呼吸都快忘記。

回到這裡，愛琳終於收斂了一些，不再與我針鋒相對，彷彿是有什麼顧忌一般，我估計是如雪不准她這樣吧，按照如雪清淡的性子，必定是很忌諱人幫她爭執這些事情的。

一行人默默無言地穿過了小草原、月堰湖和一片農田，終於到了寨子的入口，可在這炎炎的烈日下，寨子入口竟然站著一個身影。我仔細一看，不是如月那丫頭，又是誰？

面對這丫頭，我有一種很親切的感覺，一顆原本忐忑不安的心也放下了不少，我們畢竟是從小到大的感情，看見她，我怎能不安心？

我高興地迎了上去，如月卻只是望了我一眼，咬了一下下唇，轉身就走。

我莫名其妙，大聲地叫著如月，惹來愛琳的一個白眼，她說道：「你以為如月就會幫你？」

我這時才懶得和她計較，只是叫著如月，如月終於停住了，卻也沒有過來，只是站在那裡。

我們這一齣惹得周圍的人莫名其妙，師傅不知道從哪兒撈了一個西瓜，和慧大爺兩人一人一半，吃得滿臉都是西瓜汁和西瓜籽兒，然後莫名其妙地對慧大爺說道：「這兩孩子不是感情挺好嗎？」

「額說你就不懂咧，那是如月小時候沒看出來三娃兒瓷馬二愣（傻乎乎的）的，長大了，她就看出來咧，就不想和三娃兒好了。哎，其實三娃兒還是可以咧，就是給你這師傅給帶的。」慧大爺一副看得很透的樣子說道。

師傅一聽，噗的一聲，一口西瓜瓤子帶著西瓜籽兒都吐在了慧大爺的臉上，然後把西瓜皮一扔，大吼道：「你給老子說清楚，什麼叫我給帶的？」

慧大爺也毫不示弱地吐了師傅一臉，也把西瓜皮一扔，袖子一擼，吼道：「你問額的，額實話實說，你要單挑嗎？」

陳師叔小聲說了一句：「真難看。」就不理他們了，其他人則是一副無語的樣子，也不勸解，一路上他們倆也不是第一次鬧了，大家都習慣了。

我懶得理我師傅和慧大爺鬧，我是從小見識到大，我只是走到如月的面前，很是著急地問道：「妳見到我躲什麼啊？」

如月不說話，一雙眼睛看起來霧濛濛的，她小時候老裝委屈，我很熟悉這個表情，就是她裝委屈的表情。所以，我沒往心裡去，只是在想我什麼地方得罪她了，讓她做出這副表情。

「妳是不是也覺得我害了如雪？如月，不是這樣的，當時我不能動，連話都說不了。但同樣的情況發生在如雪身上，我也會不惜性命的，真的。妳還不知道我是什麼人嗎？」這是我唯一想到如月會不滿我的地方，我耐心地解釋道。

如月的眼睛更紅了，她仔細地看著我，彷彿從來沒有見過我，要把我這張臉刻進心裡一樣，過了許久，她才開口說道：「姐姐跟我大概說了當時的情況，我像是那麼不講道理的人嗎？寨子裡的人不開心，一是心疼我姐姐，二是因為姜爺爺和我奶奶的事情，這些我都知道。我……我也瞭解你。」

我如釋重負地鬆了一口氣，伸手捏了捏如月的鼻子，說道：「那妳見我躲什麼？我還以為妳不認我這個哥哥了呢？」

卻不想，我和她平日裡很正常的捏鼻子的小動作，卻被她一把推開了我的手，很快的，很忌諱的。

我再次愣在那裡，如月卻望著我，忽然一滴眼淚就掉了下來，她說了一句很莫名其妙的話：「原來，你和我姐姐感情都那麼深了。」

我忽然不知道說什麼了，只是呆呆地望著如月。

如月的眼淚一顆接一顆地掉，然後問我：「你很喜歡我姐姐嗎？是要喜歡一輩子，都不忘記那種嗎？」

是的，我是愛如雪，一輩子都不想忘記她，就算不能在一起，可是面對如月這樣問，我卻不知道怎麼回答，就像一個哥哥不會對自己的妹妹太詳細地說起自己的感情，而且如月的眼淚，讓我覺得有些氣氛不對。

所以，我只是小聲地對如月說道：「我很喜歡妳姐姐。」我不知道這算不算回答。

面對我的回答，如月望著我，沉默了兩秒，然後就擦乾了眼淚，忽然就笑了，笑得很美麗，過了一會兒，她才說道：「那就好，否則我放花飛飛咬你。」

我鬆了一口氣，正想招呼著如月一起走，卻不想這丫頭轉身就走，然後頭也不回地對我說道：「我先上去通知奶奶你們來了，你們趕緊啊。」

我莫名其妙的，用得著通知嗎？一起上去不就好了？剛才她哭什麼？我發現我搞不懂如月這丫頭了。

倒是承心哥走到我面前，咳嗽了一聲，又歎息了一聲，然後搖頭說道：「你這小子有什麼好？有我那麼風度翩翩嗎？土拉吧唧的！」

慧大爺牽著慧根兒念了一句佛號，然後從我身邊走過。

陳師叔則一副淡然的樣子，搖頭擺腦地說道：「人不風流枉少年，這一點你像我，不像你師傅，你師傅沒這魅力。」

愛琳則更看我不順眼，用鼻子重重地對我哼了一聲。

最後是師傅，他一把拉過我，莫名其妙地對我說道：「上去吧，不是想見如雪嗎？如月倒是一個合適的丫頭，可惜緣分不到，就算早認識一百年也是如此。」

聽聞師傅的話，我歎息了一聲，我不是傻子，他們的話說得也很明顯，幾乎是明示了。

我自己面對如月的時候，只是不願意去想這種問題，我很珍惜我和如月的感情，有些東西就是因為越珍惜，越怕它變質，也越想逃避。

拉著慧根兒，一路走上上山的路，慧根兒邊走邊跳，一刻也閒不住，嘴裡嚷著：「承一哥是額哥哥，如月姐是額姐姐，額師傅一收額當徒弟的時候，就和額說有個哥哥，也有個姐姐了。額那個時候沒見過你們，就在想額哥哥姐姐是啥樣子。」

這段話，我不知道聽慧根兒念叨過多少次了，這也是慧根兒從小就那麼黏著我和如月的原因吧，可今天聽來卻別有一番滋味，我不由得開口問道：「慧根兒，你特別不願意失去如月姐姐吧？」

「嗯，額也不想沒有哥哥。」慧根兒眨巴著大眼睛，認真地對我說道。

「嗯，哥哥也是，你是我弟弟，如月是我妹妹，我想你們一輩子都是我弟弟妹妹。所以，我什麼都不知道，也什麼都不想問，如月就是我的妹妹，一輩子的妹妹。」我也很認真地對慧根兒說道。

「嘛（什麼）意思？」慧根兒莫名其妙地望著我，他當然聽不懂。

想明白了這一點，我的心情也開朗了一些，摸著慧根兒的圓腦袋，呵呵一笑，說道：「就是這意思。」

慧根兒嘟著嘴，很不滿地撥開我的手，嘟嘟囔囔地說道：「額才不管你們，你們說話都是神經病。」

慧根兒的話惹得在旁邊的承心哥大笑，連愛琳這個凶巴巴的丫頭也跟著笑了，承心哥很是溫和地挽著我說道：「這個方式是不錯的，有時候裝糊塗比說穿了傷害小得多。就像一條傷口，靜養著，它總會癒合，去撥弄，反而會流血。不用擔心會結痂，留道痕跡，因為結痂的地方反而是最堅硬的皮膚。」

承心哥就是這種樣子，舉止之間溫和如春風，挽著啊，拉著啊，是他的常有動作，我安若泰然地接受，覺得經過了那麼多年，同門情誼反而在我們這一代復甦了。

「世人都道神仙好，哪知情字忘不了……」師傅莫名其妙地大聲吼起了一首不成調子的小調，慧大爺鄙視地看了師傅一眼，哼了一聲，在旁邊念叨著：「唱的什麼玩意兒！額才是真正的金嗓子，再（咱）那片山溝的姑娘誰不知道？」

師傅不唱了，同樣鄙視地斜了慧大爺一眼，說道：「你們那片山溝的姑娘，都是七、八十歲的老太婆，耳朵都聽不見了，不然咋會說你是金嗓子？你那驢哼哼，一唱，一群母驢就圍上來了。」

「放你娘的屁。」慧大爺大罵了一句，接著竟然開始吼起一首「信天遊」。

這是赤裸裸的單挑啊，我師傅哪甘認輸，同樣也吼起了一首四川民歌。

然後我們一群人就在師傅和慧大爺的輪番「轟炸」下爬上了山頂。

師傅他們說有要事商量，直接去了那一片祠堂一般的建築，一般寨子裡的大巫都在那裡，我到了這裡，心裡反而有些忐忑，不知道該跟著師傅他們去，還是去找如雪。

卻是師傅走到了我面前，對我說道：「去吧，不管是什麼結果，你總是要去面對的。還是那句話，師傅不會干涉你的任何決定，你不要有壓力。」

我深吸了一口氣，很認真地對師傅說道：「師傅，你不用說了，我的選擇已經是決定了，同樣，我也會尊重如雪的選擇。我……」

聽聞我這樣說道，師傅的眼中閃過了一絲黯然和緊張，他擺手對我說道：「不要在現在和我說你的決定，不論是哪種都是讓人不好受的決定，我不想開自己徒弟的傷口，就像我沒有習慣去想自己的傷心事。」

說完，師傅歎息了一聲，轉身就走。看著師傅的背影，我想，師傅在當年，也一定很愛很愛凌青奶奶吧。可不論是我還是他，我們都是老李的徒子徒孫，我們都一樣。

依舊是那棟吊腳樓，我站在樓下，望著樓上的窗口，卻沒有足夠的勇氣上去，點了一枝菸，倚在樓梯口，我覺得我還需要一點更平靜的心情去面對。

菸抽到一半時，我看見如月挽著凌青奶奶下來了，如月的眼睛還有些紅，但表情已經變得自然了一些，她沒有說話，倒是凌青奶奶很平靜地問我：「你師傅他們在祠堂了？」

「嗯，剛去。」不知道為什麼，面對凌青奶奶，我倒是有些緊張。

「唔。」凌青奶奶點點頭，然後又問了我一句：「怎麼不上去？」

「我待會兒，抽完菸就上去。」

「不管怎麼樣，好好說。一段緣分有開始的時候，也就該有終結的時候，無論是什麼樣的終結，都是自己的果，而過程也是自己的過程。有些事情不必遺憾。」說完，凌青奶奶就帶著如月走了。

可我總覺得凌青奶奶的話另有深意的樣子，當年她和我師傅的故事也是如此嗎？

如月想對我說點什麼，但終究沒有說什麼，只是小聲說了一句：「三哥哥，加油。」

我對如月比了一個放心的手勢，然後對著她溫和地笑了笑，就掐滅了菸頭，轉身上樓了。

盛夏的黃昏，在窗外留下了一道道美麗的光影，輕微的風，帶著夏天獨有的氣息，布滿了整個房間。

依舊是那間房，依舊是那道門簾，被風吹得微微顫動，我站在門外，而如雪就在這門內。

深吸了一口氣，掀開了門簾，我看見了那個熟悉的身影，只是瘦了一些，她依然是靠在窗邊，如瀑的長髮依舊是散落在肩頭，而她正用一把小木梳，輕輕地梳著她的長髮。

我不想開口，也不忍開口，怕破壞了這一刻的靜謐，也怕我以後的生命會忘記這樣一幅畫面，它太美，我想多看一會兒。

停留了幾秒，彷彿是把這幅畫面刻進了靈魂裡，我才舉步上前，慢慢地走了過去。

如雪沒有回頭，而我也不想叫她，只是走到她身後，靜靜地站著，然後很自然地接過她手裡的木梳，幫她梳理起一頭長髮。

如雪的身子輕微顫抖了一下，但終究還是沒有拒絕，過了半晌，她說道：「你來了？」

我很認真地梳理著她的一頭長髮，很是平靜地回答道：「嗯，我來了。」

房間裡很安靜，只剩下沙沙的梳頭聲，如雪依舊沒有回頭，而我輕聲說道：「在古時候，男人們對心愛的妻子表達感情的方式總是這樣，為她梳理一頭秀髮，為她描眉，看她對鏡貼黃花，再看她對鏡染紅妝。我很想在以後的許多個早晨都這樣對妳，妳是知道的。」

如雪也輕聲地說道：「我是知道的。」頓了一下，她又說道：「我不僅知道這個，我還知道很多事，知道你第一次見到我妹妹時，梳了一個很傻的頭髮，知道你被我妹妹下了引蟻蠱，知道你怕花飛飛，知道很多很多你的事。」

「都是如月告訴妳的？」我埋頭一邊為如雪梳理著秀髮，一邊問道。

「是啊，都是如月告訴我的，她喜歡告訴我你和她的每一件事。那時的我很羡慕她呢，可以去到外面，可以冒險，可以有不計她身分，與她自然相處的小夥伴。到長大了之後，她可以有一個有些傻，有些衝動，但絕對靠得住，不會丟下別人的三哥哥。在那之前，我想像過很多次你的樣子，但沒想像出來。」如雪開口對我說道。

這是如雪第一次對我說這些，我根本不知道，原來在我見到如雪之前，她就對我如此熟悉，而我對她算得上一無所知，因為巧合，每次說到她名字的時候都被打斷。

在見到她以後，我才知道，她是他們口中那個美好的女子，一副好歌喉，一雙做菜的巧手，承心哥口中的女神。她，也是月堰苗寨的蠱女。

我放下木梳，雙手抱胸站在了如雪的身後，和她一起看著窗外的夕陽，任由她的髮絲被微風吹動，輕輕撫過我的臉，我說道：「沒想像出來？那妳把我想像成什麼樣子了。」

「嗯，我覺得既然是哥哥，就應該是承心那個樣子吧，斯文、秀氣、溫和的樣子。沒想到一見到你，卻是一副愣頭小青年的樣子，又衝動又傻，有時呢，又不傻。有點兒流氓，有點兒光棍，還有點兒賭棍兒。」說到這裡，如雪忽然說著說著就笑出了聲。

我也跟著傻笑，又覺得不對，於是問道：「我怎麼賭棍了？」我不記得我有愛賭的毛病。

「是賭棍啊，走到貌似絕路的地方了，你總不會選擇穩妥的方式，而是要去選擇一個危險的方式去賭，賭一個更好的局面。」如雪說道。

我知道她說的是我帶著她和慧根兒冒險跑出黑岩苗寨的事情，也知道她在說我一定要把慧根兒帶在身邊的事情，她不說我不覺得，一說我還真覺得我是賭棍兒。

想到這裡，我也忍不住笑出了聲，然後問道：「然後呢，妳很失望吧？還是覺得喜歡承心哥那種吧？」

如雪沉默了，過了許久她才說道：「喜歡的不是承心那種，喜歡是能由自己控制的嗎？如果可以，我很想，很想自己不喜歡。」

「喜歡恐怕是不能由自己控制的。所以，我來這裡了。」望著窗外的夕陽把漫天的雲都染成了紅色，太陽終究快要落下，我歎息了一聲說道。

「來這裡就有結果嗎？」如雪終於轉過身來望著我，她的臉明顯地瘦了，而那雙大眼睛裡第一次有了那種迷茫的神情，她是真的在問我有結果嗎？而不是自己已經肯定，只是在反問我。

我看得心隱隱作疼，也望著她說道：「自從師傅告訴了我要選擇的問題以後，這也是我前些日子一直在迷茫的問題，可是後來我想通了，妳要聽嗎？」

她點頭，真的就像是一個無助的孩子。

我沒有看如雪的眼睛，而是看著窗外低聲地說道：「其實結果是什麼？每一個人從出生開始，結果就已經註定是死亡，你不能說一個人的一生是追求死亡對嗎？重要的在於過程，在於我們有沒有在肉體活著的時候，讓靈魂得到昇華。愛情也是一樣，一眼萬年，一瞬即永恆，只要是相愛的，在一起的時間長短又有什麼關係呢？就算我們不經過生離，也總會死別。難道在一起的時間長就是結果了嗎？」

如雪沒有說話，只是看著我，聰慧如她，眼中已經有了一絲明悟。

「只要我心裡有妳，在一起一天也是一輩子，因為誰也不能從我的生命裡，把愛妳的記憶抹去。誰，也不能！所以，如雪，我喜歡妳，如果妳也喜歡我的話，我們在一起好嗎？不去想時間長短，不去想所謂的壓力顧忌。我們可以自私也自由地相愛一段日子，然後尊重彼此的選擇，彼此掛念，可也再也沒有遺憾地各自生活，好嗎？」我認真地對如雪說道。

如雪沒有回答我什麼，她說道：「我是蠱女，你是道士。如果你要娶我，就必須放棄你的傳承，轉入巫道，因為自己寨子的人如果要娶蠱女，就算不是大巫，也必須是巫士，為的是後代更有靈氣，繼承巫蠱之道，守護這個寨子。你們這一脈，是不肯放棄自己傳承的，我從遇見你的第一天起，看你的樣子就知道，你是不肯的。就和你的師傅一般。」

「其實妳錯了，不是我不肯放棄我的傳承，而是我不肯放棄我的師傅，放棄師傅的救命之恩，放棄和他十幾年相依為命的感情，放棄他十幾年諄諄教導的苦心。所以，我不肯放棄的是一個人，而我師傅也是如此，他不肯放棄的，也只是他的師傅，那個救他出來，幫他報仇，育他成才的師傅。」我很認真地對如雪說道。

「你不肯放棄一個人，而我也不肯放棄這個從小養育我長大的寨子。我和如月的父母去世得太早，這個寨子給了我們太多的溫暖。我身為蠱女，如果執意嫁給外人，是會被逐出寨子的。你知道，我們苗人重血統，都是蚩尤的子孫，尤其是巫士、蠱女更是蚩尤的寵兒，我們不能讓血脈外流的。就算終生不嫁，終生不娶，也不能……我，是不肯被逐出寨子的，這裡就是我的生命。」如雪低著頭，輕聲地說道。

這樣的對話，我們兩個人都懂，剛才我已經告訴了她我的選擇，此刻，她也在告訴我她的選擇。這就是我們必須要做出的選擇，我要和她在一起，除非放棄自己的傳承，放棄自己的這一脈的身分。而她要和我在一起，放棄的東西也一樣，自己的身分和自己的寨子。

我們都是同樣的人，不易與人接近，可內心感情如火，所以，我們放棄不了，所以，我們又會彼此相愛。

「所以，是我們都選擇了嗎？」我望著如雪問道。

「嗯。」如雪低聲答道。

至於她愛不愛我，已經在談話中給予了我答案，她在如月對她的敘述中早已一次又一次勾勒我，充滿了好奇，在黑岩苗寨那個地獄般的地方，我們也早就互相吸引。她是愛我的，很純粹，很直接的愛，她不說，她只是用生命和視若生命的本命蠱證明了而已。

「那沒有了本命蠱也算蠱女？」我沒有不甘心，這樣的選擇我早已經預料到了，這純粹只是我擔心她。

「算啊，本命蠱以我的體質，可以再養的。」如雪這樣回答道。

我點點頭，然後對如雪說道：「半年，那就半年吧。在冬天的時候，我就要去黑岩苗寨再次拚命了，在這之前，我想和妳在一起。那麼，不管以後我去黑岩苗寨，是活著，還是死了，我都沒有遺憾了。」

說完，我認真地望著如雪說道：「這，就是我們的結果，妳接受嗎？」

第一次，如雪主動拉住了我的手，把我的手輕輕貼在了她的臉上，說道：「半年，這樣不苦嗎？要是以後用一輩子來懷念呢？」

「誰的生命中沒有懷念？誰又沒有遺憾？人，要懂得欣賞懷念和遺憾。我只知道，愛過妳，我就不會後悔。我永遠也忘不了，妳背著我出去的樣子。」

「就像我也忘不了，有個傻小子把我拉到身後，然後莫名其妙地和補周打了一架。」說到這裡，如雪笑了，眼睛眯成了好看的月牙兒，好看得緊，這是我第一次見到她笑得如此開朗。

此時，我再也忍不住，輕輕拉過她，一把把她抱進了懷裡，我不敢太用勁，整個身體都有些微微顫抖，我知道就算以後要用一輩子的苦澀來償還此刻的甜蜜，我也不會後悔。

我們都在月堰苗寨住了下來，我也開始了和如雪戀愛的日子，我原本有些怕見到如月，誰知如月已經不在寨子裡，而是去了北京，她說要讓沁淮帶著她暢遊大北京。

我很想給沁淮打個電話，讓他好好照顧如月，可又覺得是廢話，沁淮能不好好照顧如月嗎？而且在這種時候，我最好別去打擾如月，以如月開朗火辣，古靈精怪的性子，回來後，說不定就變回了我的那個如月妹妹。

我不太關心師傅他們在忙些什麼，在戀人眼中，就算天塌下來了，眼中也只有彼此。

我和如雪膩著，每一天一起牽手散步，一起看書，我會給她講很多道家的趣事和小知識，她也會給我講一些蠱術的事兒，就比如我終於知道她們藏蠱在哪裡。

原來在她們的腰帶、圍裙或者袖口裡，那裡被做得像一個子彈袋那樣，然後插著一枝一枝的竹筒。

至於怎麼拿出來的，這就是手法的問題了，終究是一個快字，就如什麼賭神，你永遠不知道他是什麼時候換的牌。這樣的日子很好，戀人都是開心的，不是嗎？

幸福安謐的日子總是讓我有一種不真實的感覺，即便我很清楚那只是短暫的，我和如雪強求而來的幸福，可我還是如此不安忐忑，生怕失去。

我們很怕太過甜蜜，讓以後的日子更難忘記相守的日子，我們也很怕彼此不夠甜蜜，生生錯漏了這強求的半年。對於我們的形影不離，苗寨的人都當沒有看見，連這裡的波切大巫也是睜一隻眼，閉一隻眼。

這個寨子很大，只是相對其他苗寨而言。事實上，幾百年的隱居，這裡的人都彼此很熟悉了，我和如雪的事情誰心裡不知道一點。

我是不止聽過一次這樣的言論：「可惜這小夥子不是苗人。」

「他們真是辛苦，可惜他還不能入贅我們寨子。」

每當聽見這種言論的時候，我的內心都很苦澀，但我還能祈求什麼呢？這個寨子已經很是仁慈了，別的生苗寨子根本不會允許苗女和漢人通婚的，這個寨子至少還能接納漢人入贅。

而且大家都對我們的戀情睜一隻眼，閉一隻眼，讓我們能在必然分開的結局下，有一個可以喘息的空間，有一段可以回憶的過往。

我每天都和如雪待到很晚，才會送她回自己的小屋，最後我才回到自己的住處，接著期待第二天的見面。

對於我這種狀態，和我同住的師傅幾乎也是不聞不問，他只是對我說了一句話：「好好在一起，能多好就多好，哪怕瘋了都無所謂。」

「師傅，你瘋過沒有？」其實，我很想知道年少的師傅，有沒有為凌青奶奶也這樣瘋過。

「你覺得呢？」師傅背著手進了屋，背影有些蕭索。

那一刻，我覺得師傅是瘋過的，或者到現在都還在瘋，如此孑然一身，用放蕩不羈來掩飾內心的傷痛，我也會是這樣嗎？

我忽然就有些理解師傅的那句話，「我唯一比你幸運的，是我是個孤兒。」如此，他就可以任性地用上一生來償還這段愛情，因為不想負了老李，只能負了凌青奶奶的愛情。

我盡量不想去想這些，儘管我有考慮過，我能不能有個兩全的辦法，比如我入寨子，學巫術，也不放棄道術。但那是不可能的，那不是學什麼的問題，而是傳承的問題。

因為我入了寨子，就必須退出師門，從此不是老李這一脈的人，我只能有一個身分，那就是成為寨子的巫士，從此與我的師門再無任何的關係。

我做不到這樣負了師傅，儘管他說他不會干涉我的任何選擇。

這一天，我照例送了如雪回家，轉身卻發現一個和我並沒有多少交集的人在等著我，是愛琳。

我們選了一個僻靜的地方說話，愛琳見到我，第一句話就是：「你和如雪走吧，離開這裡，我是如雪的姐妹，一切我幫她擔著。」

我不懂愛琳的意思，只是很奇怪地看著她，說道：「妳不是反對我和如雪在一起嗎？現在為什麼要讓我們一起……一起私奔？」

「愛情是別人反對得來的事情嗎？如果你愛她，就算是與全天下為敵，你也不怕。」愛琳幽幽地說道，然後頓了頓，又是很認真地跟我說道：「愛情應該是火，就算燒成了灰燼，最終會熄滅，那也是狠狠愛過，甘之如飴的心甘情願。你們走吧，能多幸福就多幸福，什麼都不要管地相愛吧。」

愛琳的眼神很炙熱，讓我不敢與之相對，這一刻我覺得愛琳才是人們口中傳說的那種苗女吧，一旦愛上，瘋狂而純粹，熱情如烈火，付出而甘之如飴，哪怕事後粉身碎骨。

可惜，我和如雪都做不到這樣了無牽掛的相愛，因為我們沒有兩全的辦法，不負如來不負卿，所以我們只有選擇，而且也已經選擇。

「陳承一，你倒是說話啊，你難道不覺得如雪可憐？難道不覺得自己可憐？你們兩個是傻子嗎？竟然如此甜蜜地到處去說半年的約定。換成是我，要麼就在一起，要麼就永遠不要在一起，半年的約定只是一個傷口。」愛琳很直接地說道。

我歎息了一聲，吐了一口香菸，也是很認真地對愛琳說道：「愛琳，我和如雪都有自己的選擇，我們做不到那麼放肆，可我們也沒有勇氣做到永遠不在一起的遺憾。妳說的愛情是火，要放肆而炙熱地燃燒。那麼，妳就當我和如雪是在飛蛾撲火吧，有一刻的絢爛也就夠了。」

「你是傻子，如雪也是傻子，我也是傻子，可憐我還希望最好的姐妹能幸福一輩子，至少不用那麼遺憾。」愛琳說完轉身就走了。

留下我有些疑惑地看著她的背影，她也是傻子？遺憾，難道她也遺憾？

我沒有想那麼多，只是想如果沁淮和酥肉的感情不順，我也會跟著遺憾的，她對如雪的感情，就如我對沁淮和酥肉的感情一般吧。

日子就這樣如流水一般地滑過，轉眼已是深秋，快進入初冬的時節，十一月了。

我和如雪在不去想分離的時候，就很幸福。

而我們忘記自己身分的時候，也和普通戀人沒有什麼不同，抱著她時，我會很溫暖，吻她時，心跳也會很快。我們偶爾也會拌嘴，但常常又很快和好，我會對著她說傻傻的情話，而她也會為我很幸福地做飯。

如雪做飯是很熱鬧的，因為她一做飯，我師傅、慧大爺、承心哥、飯飯、團團全部都會來蹭吃蹭喝，因為如雪做的飯真的不是一般的好吃。

「古風菜，怕這個世界上能完整複製出來的人不多了，如雪丫頭就是一個。」這是我師傅給予如雪的評價。而每當這種時候，如雪也只是很平靜也很安靜地靠在我身邊很淺地笑。

她還是那樣，對著誰都淡淡的，可我就是喜歡她這份淡然。

這一日的中午，又來蹭完飯以後，師傅瞇著眼睛對我和如雪說道：「你們出去走走吧，如果所有膩歪的時間都在這個寨子，也是很遺憾的。三娃兒，你不是念叨著想帶如雪去看一次電影嗎？去吧。」

一聽聞這話，團團就很緊張地問道：「姜大爺，他們出去會不會危險？」

飯飯也跟著團團擔心地看著我師傅。

我師傅大手一揮，說道：「這個時節，快入冬了，黑岩苗寨那些狗崽子們不敢動的，不過我們也快要行動了。這次回來以後，你們就分開了吧，別膩歪了。」

師傅儘量輕描淡寫地說道，但是他低著頭，我也看不清楚師傅的表情。

只是那一刻，我一下子就握緊了如雪的手，而她的手也微微地一顫。

從七月初，到現在，已經快五個月了啊，半年之約那麼快就到了？我還在恍惚中忘記了時間，如雪怕也是一樣。

哐噹一聲，是正在盛湯的愛琳，湯勺掉了的聲音，她喃喃地說道：「姜大爺，要行動了？你就要讓他們分開了？不可以再讓他們在一起？」

師傅抬起頭，眼神有些深沉地看著愛琳，說道：「是要分開了，這一次行動的結局誰也說不好。就算事情過去了，承一和如雪也應該有各自的事情要做了吧，現在就剛好。」

愛琳很生氣地放下碗，對著我師傅說道：「你真的很無情，怪不得當年你能那麼乾脆地拋下凌青奶奶。你一定也非得讓徒弟跟著你學嗎？你徒弟的愛情是他自己的。」

師傅沒有說話，也沒有辯解，而是歎息了一聲，站起來走到長廊的邊緣，望著愛琳問道：

「愛琳啊，愛情對於妳來說真的那麼重要嗎？重要到超過一切嗎？」

愛琳迎上了我師傅的目光，很是堅定認真地說道：「重要到超過我的生命，我不知道別人，我只知道我，我是為愛情而生的。我不理解別人，別人也不需要理解我。」

師傅怎麼和愛琳這樣說話？我儘管在難過，但也很詫異。

而如雪已經溫和地握住了愛琳的手，說道：「愛琳，妳不用這樣的。我自己的選擇，我不會後悔，難過我也承受得起。」

愛琳看了一眼如雪，說道：「如雪，妳很傻，我們都很傻。」

慧大爺念了一句佛號，師傅只是望著長廊外的寨子，也不知道在想些什麼。

第九章　再一天

我和如雪去了昆明，跟著我們一起的還有飯飯和團團，面對我和如雪的即將分離，飯團組合也很傷感，團團不止一次地掉著眼淚對如雪說道：「看著你們，我覺得我和飯飯太幸福了，可越是這樣，我就越心疼妳。」

飯飯的話不多，可這一次他也忍不住憨厚地說了一句：「承一，不然來我們寨子吧。我每天為團團研究好吃的，為她做飯，都很開心的，有什麼比開心更重要。」

是啊，如果是普通的人，普通的生活，有什麼比開心更重要？

但我和如雪卻有太多比開心更重要的事情了，我握著如雪的手，對她說：「如果真有下輩子，我想當個普通人，和妳普普通通地在一起，過很瑣碎的日子。我有太多遺憾，在一定的歲數以前不能常侍父母身邊，不能與妳白頭偕老，其實當道士的就像陷入了一個怪圈，沒誰能有多幸福，除非決定一生不再尋道。」

如雪回握住我的手，然後說道：「可惜人生從來都不是我們可以選擇的，不是嗎？如果真有下輩子，不管當什麼，我都還想再遇見你。承一，我擔心愛琳！」

如雪忽然給我提起了愛琳，說起這個，我是覺得很奇怪，這丫頭明明沒有愛人，為什麼對愛情執著到了如此的地步？而我師傅對她這種態度好像不是很欣賞的樣子，這也不太像師傅那不管凡人事，不插手別人想法的作風啊。

「妳是擔心愛琳的以後嗎？」我問道。

「是啊，這丫頭從小和我一起長大，我知道她性子有多烈。若是以後遇見一個不負她的人還好說，若是遇見一個負心人該怎麼辦？」如雪的眉頭微微皺起。

其實她從來不是冷淡，而是不善於表達感情。

「如雪，每個人的命運都是註定的，不能註定的只是人心。這個道理妳應該懂的。」我低聲說道。

「是啊，我懂，有人會因為悲慘的命運而堅強，從而在命運的拐點逆轉一些東西，而有人卻因此墮落抱怨，讓悲慘更加悲慘。」道家的道理我給如雪講了一些，冰雪聰明如她，很快就理解了我的意思。

「所以，對於別人的未來，我們是擔心不來，也是干涉不來的。就如愛琳，她決定了她人生的態度，妳做為她的朋友，唯一能做的，也就是無論什麼情況下，都是她的朋友。」

「嗯。」

在談話間，車子不知不覺已經到了昆明，我們去了六姐那裡，這一次我們準備在昆明待上十天，師傅說了，在十二月初，我們就要出發去黑岩苗寨了。

對於我和如雪這樣的到來，六姐並沒有表現出多大的吃驚，許是寨子裡來的人已經告訴了她一些事，她甚至都沒有歎息一聲，聰明如六姐，她是不會去戳我們的傷口的。

她只是盡心地安排著我們的一切，有時甚至把花店關了，帶著我們遊玩。

我也終於如願以償地帶著如雪看了一場電影，那是一個小放映廳，放映的是並沒有在內地播出的電影，可我和如雪都想看。

所以，我們毫不猶豫地選擇了那種類似於錄影廳的小放映廳，為的就是那部叫做《青蛇》的電影。

我們都見過蛇靈，卻沒有見過化形的妖物，但這並不妨礙我們從老一輩那裡聽到一些語焉不詳的事情，我們身處在傷感的愛情中，也很想看看在人與妖之間會有怎麼樣的感情。

自己一個人看電影，和愛的人一起看電影，感覺是很不一樣的。

一個人看電影，一個人品味著電影裡的喜怒哀樂，孤獨的就越發孤獨，因為沒有人可以分享。而兩個相愛的人一起看電影，總是一回頭就看見他（她）在旁邊，不管電影是喜是悲，總是會覺得就算不說，也有一個人和你一起感受，那感覺很溫暖。

戀人沉迷於電影院，其實就是沉迷於一段分享的情緒，沉迷於不管走過誰的經歷與喜怒哀樂，一回頭，身邊有他的感覺。

我和如雪就是這樣，在黑暗中十指相扣，看著這一場愛情的悲劇，我能聽見她的呼吸在我耳邊，她能感覺我的心跳在她左邊。

走出放映廳，我問如雪：「電影好看嗎？」

如雪輕輕地點頭，忽然望著天，很小聲地說了一句：「如果每一年，都能這樣看一場電影，是該有多幸福？」

「那我們就每一年都看啊，就算我們不再是戀人，變成了我師傅和妳奶奶這樣，我們也可以約定每一年都一起看一場電影。」我認真地對如雪說道。

「真的可以嗎？」如雪的眼睛裡寫滿了驚喜，驚喜到有些惶恐。

「可以，從現在開始，每一年的冬天，我都會來昆明和妳看一場電影。」我沒有發誓，可我這句話比誓言在我心裡更加鄭重。我不想放棄如雪，儘管我不放棄她的方式，只剩下了一場電影。

在昆明的最後一天，我們只是漫無目地遊蕩在這個四季如春，花開遍地的城市，在這個城市的很多地方，都有那種照相的小販。

團團挽著飯飯，如雪挽著我，忽然如雪就對我們說道：「我們都照一張相片吧，然後我們就不會忘記現在幸福的樣子了。」

其實，我個人是比較抗拒照相的，而原因則是來自於我師傅，師傅做為道士，卻不是一個迷信的人，他比誰都更相信合理的分析，而不是神神叨叨。

可他卻有一件事情很執著，那就是不愛照相。他跟我說，人的精氣神是一汪湖水，每照一張相，就感覺像是被捕捉住了一層靈氣封閉在照片裡，照多了，就如湖水取水被取多了，精氣神也就薄弱了。

我只知道道家養好的法器確實不能照相，一照相就會原因不明地不靈驗那麼幾次，至於人，我不知道，師傅也沒辦法證明這個說法。

但是受師傅的影響，我自己也比較抗拒照相，只是很羞於啟齒，總覺得迷信得緊。

可面對如雪的要求，我又怎麼能拒絕？

最終我們照了三張照片，一張大合照，一張飯飯和團團的，一張是我和如雪的。

照片裡，我有些僵硬和緊張，卻緊緊地攬著如雪，如雪還是那樣平靜又安靜的樣子，臉上卻有淡淡的笑容，她依偎著我，很甜蜜的樣子。

拿著相片，我想這是一種證明，證明我們曾經那麼相愛，而那個時候，我們年華正好。

十天的日子就這樣過去了，我們回到了寨子。這一次回到寨子，我總感覺有一種壓抑的緊張，是誰都知道終於是要對付黑岩苗寨了，而這一次是徹底地解決它。

月堰苗寨被黑岩苗寨壓迫了幾百年，這一次能不能成功，寨子裡的人心裡是既期待又不敢相信，所以這樣緊張的氣氛是正常的。

師傅就在寨子口等著我們，看著我和如雪牽著手歸來，他歎息了一聲，只是對我說道：「好好休息一晚吧，明天就要出發了。」

而第一次，如雪望著我師傅的背影喊道：「姜爺爺，可不可以再要一天，就一天的時間，我想和承一再在一起一天。」

師傅回頭，深深地看了一眼我和如雪，然後忽然對我說道：「承一，你其實還可以再選擇的。」

我握緊了如雪的手，對師傅說道：「師傅，從我叫承一的那一刻開始，我今生還有得選擇嗎？不用再選了。」

而如雪也跟著說道：「姜爺爺，我喜歡的陳承一才會做出這種選擇，如果換了別的選擇，他也就不是陳承一了。就如我，換了選擇，也就不是凌如雪了。」

師傅轉身歎息了一聲，然後走了，只是一句話還迴蕩在我們耳邊，那就再一天吧。

是不是再一天，就可以幸福多一些，就可以以後少一些相思之苦？

「再一天，就可以少一些遺憾，只是想做一天你的妻子。」在第二天的晨曦中，如雪是這樣告訴我的。

做妻子是什麼樣子？我心裡完全沒有任何概念，迷迷糊糊地就被如雪拖入了房中，房間的桌子早已經擺好了熱氣騰騰的早飯，如雪為我盛了一碗，溫柔地在旁邊看著我吃。

「當妻子就是每天早上都該做飯給自己丈夫吃的。」如雪這樣告訴我。飯後，我做早課，如雪忙忙碌碌的，也不知道從什麼地方把我的髒衣服找了出來，一邊看我做著早課，一邊在旁邊給我洗著衣服。

我有些不好意思，因為我發現連我昨晚換下來，還沒來得及洗的內褲，她都在為我洗，我急急忙忙地去搶，如雪卻告訴我，今天她是我的妻子。

就是一天嗎？想到這裡，我有些走神，可強自收拾好心情，不去想這些傷感的事情。既然只有一天，那就開開心心地過，我曾經不是對六姐說過嗎？快樂一天也是快樂。

只是這一天點點滴滴的時間中，我總是感慨，這是我陳承一的妻子嗎？眉目如畫，柔情似水，洗手作羹湯的溫暖，溫言軟語的熨貼，這是在夢中嗎？

黃昏，我和如雪坐在湖邊的小亭子中，在我們的面前，有一個小火爐，上面熱著一鍋如雪為我煲的湯。

是如雪要求晚飯在這裡吃的，她說從小這個湖就是她最愛的地方，所以讓人幫忙在這裡搭了一個亭子，如果只有一天的時間，她希望最後的時間和愛人，在自己最喜歡的地方度過。

此時已經初冬，湖對面的山上，紅葉還未散盡，在夕陽下美得讓人心醉，一陣風吹來，那片片飄飛的紅葉落在湖面上，蕩開一陣陣的水紋，就如我的心，在這一刻，只為身邊這個女人一層層地蕩開。

「如雪？」我輕聲叫道。

「嗯？」如雪依偎在我的肩上，聲音有些慵懶。

「我以為妳睡著了，不如……」

「不如什麼？」

「他們都說妳唱歌很好聽，唱一首給我聽聽吧？」我提議道，說實話，這半年的時間太過匆匆，我們有太多的事情沒有一起做過，就如到現在我還沒有聽過如雪的歌聲。

「好吧。」如雪輕聲回答道。

然後就在這湖邊的小亭子中，看著漫山的紅葉，看著山下清幽的月堰湖，我第一次聽見了如雪的歌聲。

半冷半暖秋天
熨貼在你身邊
靜靜看著流光飛舞
那風中一片片紅葉
惹心中一片綿綿
半醉半醒之間
再忍笑眼千千
就讓我像雲中飄雪
用冰清輕輕吻人臉
帶出一波一浪的纏綿
留人間有多少愛
迎浮生千重變

跟有情人做快樂事，別管是劫是緣
像柳絲像春風
伴著你過春天
就讓你埋首煙波裡
放出心中一切狂熱
抱一身春雨綿綿

我幾乎已經沉醉在如雪的歌聲中，心裡卻在反覆地咀嚼那句歌詞，跟有情人做快樂事，別管是劫是緣，我和如雪就算這樣嗎？別管以後怎麼樣，我們此刻很相愛。

歌我很熟悉，卻忘記了在哪裡聽過，此時如雪輕輕把頭放在我的肩頭，說道：「這是我們一起看的電影裡的插曲，如果以後真的每一年，我都可以和你一起看一場電影，那麼每一場電影的歌，我都要努力地記得。」

「為什麼要記得？」

「人都說，每個人的生命裡總有屬於自己生命的歌，這些就是屬於我生命的歌聲。」如雪溫柔地說道。

我握緊了如雪的手。

一天的時間是那麼的匆匆，轉眼間就已經是夜晚，和往常一樣，我送如雪回了她的房間，在這一刻，我的心忽然劇烈地痛疼起來，她進屋以後，我們從此就不再是戀人了，明天，我將和師傅一起去黑岩苗寨，明天，她會留在寨子裡，繼續她的守護。

我們，從此天涯。

剩下的，應該只有每年的一場電影。

「進去吧。」我望著如雪，低聲地說道，我很想快一點走開，我怕下一刻忍不住紅了眼眶。

如雪咬著下唇，過了好半天，才說道：「不如，你和我一起進去吧。今天，我是你的妻子。」

說到最後，如雪的聲音幾乎已經低不可聞，而我卻愣在那裡，好半天都不敢呼吸。

如雪這話什麼意思，我懂，我自問不是什麼柳下惠，而戀人總是想親密，再親密一些，那是本能。只是我們沒有以後，我不想破壞如雪今後的幸福，所以……

此刻，我幾乎把持不住，一把就衝上前去抱住了如雪，聲音幾乎是顫抖地問道：「真的可以嗎？如雪？」

如雪的身子在我的懷中有些發抖，再一次沉默了很久，她才說道：「真的可以，我已經決定終生不嫁。」

我的心沒由來地一陣抽痛，終生不嫁？不，我不想如雪重複凌青奶奶的悲劇，在父母的壓力下，我也不知道能不能為她守住一個終生不娶。

我們終究是凡人，不是電視裡那些不食人間煙火的主角，整個生命除了談戀愛就再也沒有別的事，別的感情。再夢幻的愛情在現實面前也會碰得一地粉碎。

我想起了六姐的話，她說會儘量勸誡如雪，我一下子推開了如雪，在還未開口之前，心就痛到抽搐，我深呼吸了一口，強自忍住心痛，用因心痛而沙啞的聲音對如雪說道：「如雪，不，不是這樣的。我們只是想愛過沒有遺憾。這和以後的幸福沒有關係。我不偉大，也不是聖人，我很想，但我不能。」

說完，我先轉身走了，在轉身的那一刻，我的眼淚就掉了下來，我不能的事情，以後總是有一個人能的吧。那是誰？如雪在那一天又會為誰洗手作羹湯？

我不想去想，可是在今夜，我壓抑不住這種想法，邊走邊哭，走到我和師傅住的地方以後，我幾乎已經是泣不成聲，一下子坐在吊腳樓前的梯子上，再也沒有力氣走一步。

也就在這時，一雙溫暖的手搭在了我的肩膀上，我沒有回頭也知道是師傅。

一個身影挨著我坐下了，遞過來的是一瓶酒，我一把抹了眼淚，接過酒瓶就「咕咚咕咚」灌了一大口，苗寨的米酒不算烈，可是這麼一大口喝下去，也燒得我全身火辣辣的。

我幾乎有一種壓抑不住的衝動，想去找如雪，我一想到她以後是別人的，我也會是別人的，我們從此陌路，說不定連一場電影的約定都維繫不下去，我就心碎，就覺得我該豁出去。

「那一年，我和凌青分別，是我們在做過一次任務以後的火車站。在車站，凌青問我，你就真的考慮好了？你師傅已經不在，就算你師門沒有你了，也還有你的師兄弟。而我，就只有你一個。」師傅的聲音在我的耳邊響起。

他說這話的時候沒有看我，而是看著遠處迷茫的遠山，咬著旱菸杆，整個人陷入了回憶。

我靜靜的，這是我第一次聽師傅說起他和凌青奶奶的往事。

「我說我考慮好了，我沒有告訴她一脈之中山字脈有多重要。我只是告訴她，師兄弟我有很多，但是從小救出我，幫我報仇的師傅也只有一個，師傅先走進了我的心裡，我沒辦法放下了。」說到這裡，師傅拿過我手裡的酒瓶子，也狠狠地喝了一大口酒。

「師傅，你愛凌青奶奶嗎？」我帶著哭腔問道，心裡的痛還是如火一般，燒得我難受。

「我老了，不說什麼愛不愛了。我只有一句話，那就是她是我生命中最重要的女人，我不可以和她相守，但我可以把命給她。當然，這是我，你有父母，有更多的責任，你以後要如何都要自己承受，這是你的果。」師傅幽幽地說道。

我抱著腦袋，喃喃地，無助地問著師傅：「那我應該怎麼辦？我的心好痛？」

「我那時的心也好痛，在回去的火車上，我不吃不喝，以酒度日，還和好幾個人狠狠地打了幾架，被警察關了起來。但時間久了，也就好了，或者說就沒那麼痛了。我不後悔，這就是支撐我的全部動力。」師傅如此對我說道。

我不後悔？我忽然間覺得領悟到了一些什麼，一下子那痛就沒那麼劇烈了。

我和師傅兩人沉默著，都一口一口地喝著酒，當一瓶米酒快見底時，忽然整個寨子響起了一聲撕心裂肺的慘叫。

第十章　圍寨與林辰

那聲慘叫從聲音來聽，是一個女孩子發出來的，與其說是慘叫，不如說是撕心裂肺的吶喊。

原本這個寨子到了夜晚就分外安靜，加上依山而建，突如其來的一聲悲嚎，在這夜裡聽起來是那麼的清晰，那麼的突兀。隨著那聲悲嚎，狗叫聲跟著響起，接著就有人嘈雜的聲音。

我和師傅原本已經喝得有些醉了，聽見這聲慘嚎一下子酒都醒了大半，我的記憶力驚人，這聲悲嚎，我一下子就聽出來是愛琳的聲音，我站起來對師傅說道：「師傅，是愛琳，這絕對是愛琳的聲音。」

師傅的表情一下子變得複雜，喃喃地說了一句：「她才是真正的傻丫頭。」說完，他抬起頭，一下子站起來，推了我一下，大聲說道：「快，快走，搞不好要出事。」

我的心一緊，要出事？出什麼事情？愛琳是一個口硬心軟，脾氣火辣辣也直爽的女孩子，雖然我和她第一次見面，她就給了我一個下馬威，可是這半年來，我和愛琳熟悉了不少，我知道這個女孩子很好的，對情誼看得比誰都重，她出事，絕對不是我願意看見的。

我還想起在半年前，她叫我和如雪私奔的事情，越發地覺得愛琳不能出事。

我和師傅急急忙忙地往山下趕，這時，苗寨裡也有不少地方亮起了燈，人聲越來越嘈雜，我的預感不好，拉著師傅跌跌撞撞地跑得越來越快，就快接近愛琳平日住的地方了。

可也就在這時，我聽見了很多聲不要，接著就聽見了一聲悶響，接著是人群的驚呼聲，還有幾聲哭泣慘嚎的聲音。

我的手一涼，莫非愛琳真的出事了？

我轉頭看著師傅，師傅的表情更加地複雜起來，也有一絲哀傷，連聲歎道：「傻女孩啊，傻女孩。為什麼那麼看不開？」

我的腿有些發軟，可還是大步大步地朝著出事兒的地方走去，此時悲嚎的聲音已經越來越多，人群的議論聲也「嗡嗡嗡」地傳入耳中，只是有些聽不清楚。

一分鐘過後，我和師傅趕到了出事的地點，在那條小巷中已經圍了很多人，這時我才聽見人們的議論聲：「愛琳這丫頭怎麼會從那裡跳下來？」

「是啊，愛琳不像會做這種事的人啊，嘖，嘖……好可憐。」

「怎麼可能是愛琳啊？這還有救嗎？哎……」

我和師傅大力地擠入人群，卻看見幾個人圍在中間，大聲地悲泣著，我認識這幾個人，是愛琳的父母，還有愛琳的哥哥，另外一個，我看到又不自覺地心痛，是如雪。

可下一刻，我卻顧不得心痛了，因為我站了過去，發現在如雪懷裡抱著的那個在血泊裡的人，正是愛琳。

看她的樣子，意識已經陷入了模糊，出的氣多進的氣少，很可能沒救了。

「她從哪裡跳下來的？」我師傅在我身後問道，旁邊立刻有人回答：「從那裡啊，上一層的吊腳樓，直接跳到這個巷子裡，怎麼救得回來。」

我來不及理會這些，走過去習慣性地攬住了如雪，我感覺如雪的整個身子都在顫抖，我握住如雪的手，她的手冰涼。

如雪性子清淡，別人總覺得她不容易接近，對她是客氣多深交少，她知心的朋友並沒有多少，愛琳就是其中一個。加上我知道如雪的內心和我一樣，其實是很重情，我知道如雪現在很難過，難過到表達不出來。

愛琳此刻的眼神都有些渙散了，如雪只知道抱著愛琳，卻什麼也說不出來，但我看愛琳的樣子，知道她一定有話對如雪說，我強忍著難過，對愛琳說道：「有什麼話，妳說，我讓如雪聽著。」

愛琳舉起顫抖的手，我立刻幫她扶著，她費勁地拉著如雪的衣襟，小聲地說著，如雪此時已經難過得幾乎都不知道要做什麼，我只能低下頭幫如雪聽著。

「如……如雪……對……對不起，我，我們……知道的樹下……埋……埋……埋著信。」說完，愛琳一下子吐出了一口血，我的手立刻顫抖了，一下子扶住愛琳，說道：「愛琳，妳別說這些，妳撐住，有得救的，有得救的。」

而這時，如雪才忽然有了反應，先是一滴淚從眼中流出，接著是大顆大顆的眼淚掉下來，她先是哀傷地看了我一眼，當她聽見我說有得救的時候，也跟著說：「愛琳，妳什麼也別對我說，真的，承一都說有得救的。」

寨子的大巫和凌青奶奶也趕到了，彷彿是真的有得救。

可是，愛琳的臉上卻流露出一個奇怪的笑容，配上一種絕望而哀傷的眼神，她的嘴喃喃地動著，我趕緊去聽，卻聽見她反覆念叨的只是一個名字。

由於她的聲音太虛弱，斷斷續續的，我費了好半天勁，才聽清楚，她念著的是一個名字——林辰。

「林辰是誰？林辰在哪裡？」我趕緊轉頭四處張望著，卻沒有人回答我。

可就在這時，我的手臂一重，心也一沉，我知道，愛琳，愛琳她去了。

如雪沒有力氣，幾乎是我幫她抱著愛琳的，我知道人去的時候，會散盡全身的氣力，所以就會分外的沉。

我沒有回頭，我不敢回頭看著這一幕，卻感覺依偎著我的如雪，身子一軟，一下子靠在了我身上，愛琳的父母哥哥衝了過來，接過了愛琳的身體。

我趕緊攬著如雪，如雪面色蒼白，面無表情地看著我，忽然對我說道：「你說，你說愛琳為什麼會死？」

我緊緊地抱著她，我不知道怎麼回答如雪，可我覺得愛琳的死一定和那個什麼林辰有關係，可是現在絕對不是說的時候。

如雪還在問我，愛琳為什麼會死，我心疼得說不出口，摸著如雪的長髮，卻聽見她沒聲音了，我著急地一看，原來這丫頭因為悲傷過度，昏了過去。

就在人群紛亂的時候，我聽見一個囂張的聲音在山下響起：「月堰苗寨的波切大巫和凌青都給我滾出來，還有什麼幫手也給我滾出來。」

聲音是通過一個大喇叭喊的，囂張至極，那會是誰？

我抱著如雪，有些迷茫，人群更加地騷動，我師傅不知道什麼時候走到我的身邊，說道：「讓人帶如雪回屋休息，你和我下去一趟，是黑岩苗寨的人和那個組織的人來了。」

我吃驚地望著師傅，師傅怎麼知道的?可現在的情況很亂，顯然不是說話的時候，我把如雪交給了飯飯和團團，讓他們帶著如雪回去。

也就在這時，一個蒼老的聲音在人群中響起，是月堰苗寨的波切大巫，他用一種奇異的語調說道：「我們千百年的宿敵已經到了，我和凌青，還有幾位朋友去會會他們。無關的人回屋去吧。」

我不知道是不是大巫說話都喜歡用一種奇特的語調，但我知道波切大巫果然很有威嚴，他一說話，人們再慌亂再騷動再好奇，都開始慢慢散去。

我鬆了一口氣，要是這樣亂糟糟的，就算打起來，局面也難以處理。

但就在這時，我聽見一個異常囂張的男聲傳來：「我是來找愛琳的，把愛琳交出來吧。」

我循聲望去，只見從寨子口上來的道路上，獨自走來了一個高大的男子，穿著一身黑衣，有些張狂囂張，又有些神祕的樣子。

我站了出去，問道：「你是誰？憑什麼來帶愛琳走？」

我沒有告訴他，愛琳剛剛已經死去的事情，但我直覺這個人說不定就是那個林辰。

「我是誰？你沒必要知道！我是來帶愛琳走的，我覺得多她一個女人也無妨，帶著她也是可以的。」說話間，來人已經走到了離我十米遠的地方。

我看見這是一個很有男人味的男人，刀削一般的五官很深刻，只是嘴角若有似無的笑意，看起來有些壞的樣子。

我忍不住內心的憤怒，大聲問道：「你可是林辰？」

面對我的質問，那個男人第一次收起了他那一副狂妄的表情，呆了一下，站在原地，他說道：「我是林辰？你又是誰？」

我冷笑了一聲，二話不說，就衝了過去。

這就是愛琳到死都念著的人？到底都不能放下的人？這個人給予愛琳的回答就是多她一個也

不多？帶著也無妨？

我曾經不懂愛情，再和如雪經歷了一段之後，我才明白愛情是多麼不容易的一件事，竟然有人如此踐踏一個女孩子的愛情，在我心裡，真的為愛琳深深地不值得。

我的拳頭狠狠地砸在了林辰的臉上，這一拳我根本就沒有留手，林辰往後退了幾大步，鼻血跟著就流了出來，估計他也是一個驕傲的人，連我打他的原因都沒問，就憤怒地衝過來，和我對打了起來。

只是一動手，我就發現這個林辰也是一個練家子，至少也是一個從小就練習內家拳強身健體的人，他的拳頭和我一樣，又快又準，打在我身上，每一拳都感覺那股勁力打進了內臟，那種悶疼不是一般的詞語能形容的。不過，從他的表情來看，他也好受不到哪裡去。

就在我們打得熱鬧的時候，一隻腳不知道從哪兒伸了出來，一腳就準確地踢在林辰的肚子上，一下就把林辰踢得趴在了地上，半天喘不過氣的樣子。

我回頭一看，是慧大爺出手了。

「不要欺負額一個大和尚不懂愛情，你就是那個欠揍的人。」慧大爺在我身邊威風凜凜地說道。

我第一次覺得這個和我師傅一樣猥褻的慧大爺還真帥。

「呵呵呵呵……」林辰趴在地上笑了幾聲，然後站了起來，那張驕傲的臉和我打了一架之後，也顯得很狼狽。

他站起來，摸了摸臉，說道：「你們是想人多欺負人少嗎？不然就出了寨子，大家活動一下手腳？我一個人上來是帶愛琳走的，你們是以為逮到機會就出手了嗎？叫愛琳出來和我說話。」

我都懶得理他，慧大爺也不屑回答他什麼，和我一起站到了一邊。

這時，愛琳的哥哥站了出來，他懷裡抱著的正是已經死去的愛琳，林辰剛才的話大家已經聽見，愛琳的哥哥自然也不例外。

她哥哥悲憤地說道：「你要帶我妹妹走？我妹妹這樣了，你還要嗎？你最好不要讓我知道我妹妹的死是和你有關係，否則我就算拚命也要殺了你。」

愛琳的哥哥沒有聽見愛琳最後念叨的名字，所以他還不能判斷愛琳的死或許真的和林辰有關係，只是林辰那狂傲的話刺激了他而已。

我自然也不會去說這件事，逝者已矣，隨著死去，什麼恩怨也是告一段落，愛琳選擇這樣的方式，估計也是想徹底地放下，我不能拿這些事去刺激活著的人。

林辰愣住了，他看見了愛琳，可惜已經是一個死去了的愛琳，我看見他的臉抽搐了兩下，然後愣愣的，一步一步走向了愛琳的哥哥。

有人攔住了他，他怒喝道：「滾。」

那個樣子就像一頭快要擇人而噬的野獸，下一刻就要發狂，這般的模樣，讓攔住他的人們下意識地就退開了，而他就好像什麼也看不見，只是一步一步走向愛琳的哥哥。

我的心稍微有一些安慰，從林辰的表現來看，不管他對愛琳愛了幾分，至少他不是對愛琳沒有感情的。

林辰走到了愛琳哥哥面前，聲音有些顫抖地問道：「她死了？」

愛琳哥哥說道：「你自己不會看？我妹妹她已經去了。」

林辰伸手摸過愛琳還帶著血的臉，一臉的不敢相信，我站在一旁，聽見林辰自言自語地說道：「妳怎麼敢去死？我說過不來了嗎？我說過不要妳了嗎？妳傻啊，妳肯定是放不下這個寨子的人，妳真傻！我這不來接妳了嗎？妳死什麼啊？妳死什麼？」

林辰說著話，情緒彷彿已經不受控制了一般，伸手就要搶過愛琳的屍體，愛琳的哥哥哪兒是林辰的對手，眼看著就要被林辰推翻，帶著愛琳的屍體……

我再次想衝過去，我不會准許林辰就這樣帶著愛琳，可這時一隻手拉住了林辰，我一看，是我師傅。

「你下去罷，就依你所說的，我們在寨子外活動活動手腳，愛琳是不許你帶走的。」師傅開口這樣說道。

林辰用一種冰冷的眼神望著師傅，只低聲問了一句：「你憑什麼？」

師傅根本不理會林辰，只是說道：「逝者已矣，多餘的話我也不想說，你沒資格帶走她。」估計感受到了我師傅平靜之下的憤怒，估計林辰有些忌憚我師傅，他竟然沒有動手，而是深吸了一口氣，對我師傅說道：「她的確不是我唯一的女人，可她是我最用心的一個女人，這是最初意料不到的，讓我帶她走，她也想跟我走的。」

師傅搖頭說道：「她若想跟你走，她也不會選擇自殺，你走罷。否則，你就徹底地留下！」

我不知道師傅有什麼安排和打算，這段日子我和如雪太過甜蜜，根本沒有關心其他任何的事情，但此刻看來，師傅他們估計早有什麼安排，而且也不想在這裡和林辰動手。

但師傅到底和我一樣，骨子裡是一個性情中人，我們都有衝動型的人格，一不小心，可能就會憑著自己的本意來做事了，師傅這是在警告林辰，再不走，就死在這裡吧。

林辰帶著怒意與恨意深深地看了我師傅一眼，忽然就放聲大笑，他瘋狂地笑著，然後轉身就走，而他那張狂的聲音又再次飄到大家的耳中：「就讓愛琳在你們這裡多留片刻吧，我在山下等你們，愛琳我是要帶走的。」

師傅歎息了一聲，然後對愛琳的哥哥說道：「姑娘已經去了，你們好好的去準備後事吧。別在黃泉路上冷落了她，我們去解決一點兒事情，完了會親自來給她上一炷香的。」

我心頭悲涼，那個活生生的，火辣熱情的姑娘轉眼就要我焚香送她走一程了，同時，我也鄙視林辰，這愛是有多愛？到底是自己比較重要。

如果是我這種如雪口中的傻子，估計命都不要，也會帶走自己的愛人吧，哪怕只是一具屍體。只不過，我是瘋子，林辰才比較正常吧。

我失魂落魄地站在一旁，想起如雪，想起愛琳，愛情怎麼就那麼苦？但如果愛情有一分甜，這世間的人們還是甘願用十分苦，來換這一分甜吧。

這是世界上唯一人們不計較得失的事情，因為愛情。

師傅長歎了一聲，走到了我身旁，對我說道：「承一，記住這個林辰吧，也許你以後會陷入和這個組織的糾纏。這個林辰比肖承乾厲害很多，他才會是你的宿敵。」

林辰也是山字脈？他比肖承乾厲害？那為什麼沒安上一個承字頭？關於那個組織我有太多的疑問，但這個時候顯然不是多問的時候。

人們已經散去，愛琳的家人也帶著愛琳的屍體回去了。

此時，地上那灘愛琳留下來的血跡是那麼的刺目，這就是愛情盛放到最後的絢爛嗎？讓人如此心疼，我心裡隱約有了一點明悟，同時也更為師傅而感動。

他沒有在眾多人，特別是愛琳家人面前說出一件事，那就是愛琳可能是這個寨子的叛徒。

可能師傅早就知道了吧，他一直都沒說，直到最後，這是給予愛琳最好的尊重。

我這時也才懂了，師傅為什麼反覆地念叨著傻丫頭，傻丫頭，愛琳真是個傻丫頭啊。

該死的愛情，我長歎了一聲，同時也心疼起我和如雪的那份理智，但是在愛情面前，到底愛琳是對的，還是我和如雪是對的，恐怕再過一千年也不會有答案。

見我愣愣的，師傅什麼也沒說，而是率先邁開了步子，對我說道：「跟上，我們下山去。」

第十一章　道巫蠱之事

我沒想到下山竟然會面對那麼大一群人，隨便看一下，大概有上百人了吧。而我們這一邊，就只有不到十個人，我們這一脈的人，慧大爺，慧根兒，月堰苗寨的波切大巫，還有就是凌青奶奶。

對面的那群人打著電筒，周圍不知道什麼時候已經點燃了火堆，藉著這些光亮，我看見了不少熟悉的人，黑岩苗寨的波切大巫、烈周、補周父子、橋蘭。他們帶領了好幾十人，佔了這群人的絕大多數。

和他們站在一起，又隱隱隔了一條界限的，大概就是屬於那個組織的人，只有十幾個人，每一個人看起來都頗有氣勢的樣子，其中我看見了林辰，還有一個面孔很熟悉，是那個老頭兒。曾經在那個荒村口，出手救下肖承乾的那個老人。

不到十個人面對上百個人，按說是應該有壓力的，可是站在師傅的旁邊，我只覺得雲淡風輕，大家沉默地對峙著，一時間誰也沒有先說話。

倒是補周見到我，就跟打了雞血一樣地跳出來，連聲音都變調地對我吼道：「你怎麼在這裡？你個卑鄙小人，是不是趁著這種時候來追如雪的，我告訴你，如雪只會是我的女人。」說完，他激動地對烈周說道：「爸爸，你這次一定把如雪幫我帶回去，我只要如雪。」

面對這個補周，我已經沒力氣和心情和他計較，我看都沒看他一眼，反倒是他的話引得周圍一陣咳嗽聲，那個組織的人甚至已經不顧忌地大笑了起來。

惹得烈周一陣火大，對著補周大吼了一聲：「給老子滾回去。」

可補周也已經破壞了這種對峙的氣氛，弄得黑岩苗寨的波切大巫不得不站出來說道：「我們寨子和月堰苗寨原本是相安無事的，只要你們願意表達臣服。可是你們寨子竟然包藏禍心，甚至和我們的敵人為伍，所以我們不得不來討個說法了。」

這個波切老頭兒，我聽了他的話，覺得有一種量乎乎的感覺，這明明已經是現代文明社會，怎麼還有這種寨子與寨子之間的古老談判？但現實就是如此，在文明之外的地方，有很多你看不明白的事實，而偏偏這些事實，卻是國家有時不得不允許存在的。

而面對這種質問，月堰苗寨的波切大巫也站了出來，大聲說道：「什麼是敵人？姜師傅不是一直是你們寨子的監管人嗎？我們月堰何時又表達了臣服？只是願意維持這種相安無事罷了。倒是你們，帶著一群陌生人圍住我們寨子是什麼意思？」

這和政治談判幾乎沒有區別，只要不是說穿了承認了的事，大家都可以打太極或者全盤否認，我師傅第一時間成了黑岩的敵人，而月堰也不承認這幾百年幾乎是在臣服之下過的日子。

拋開這些表面上暈暈乎乎的套詞，大家都可以敏銳地抓住一件事情，那就是月堰苗寨是在強勢地和黑岩苗寨撕破臉了。

果然，這邊大巫所說的話，引得黑岩苗寨的波切老頭臉都抽搐了，他大聲說道：「今天就是問你們要個答案，要麼臣服於我們，你們寨子所有的人併入黑岩苗寨。要不，就在地底下說話吧。」

估計是高高在上了那麼久的時日，那波切老頭兒首先忍不住了，手裡拿著的骨杖狠狠跺了一下地面，惡狠狠地說道。

說完這話以後，他又用手遙遙指著我說道：「還有這個人我必須帶回去，他和我們寨子一個大叛徒有關係，我們要審問一下他。」

我心裡無言了，果然人無恥到一定的境界，就算天上的神仙都會怕，你是想逮我回去放血吧？這倒是打著高寧的旗號還對我賊心不死啊？

這時，我師傅終於說話了：「齊收，你就這樣當著我的面，口口聲聲要帶我徒弟走？你是老了，也愛上了說笑話？我是國家派來監管你們寨子的人，什麼時候成了你們寨子的敵人？你的言下之意是……？」

我的臉抽搐了一下，我這師傅太陰險了，不動聲色間就把黑岩苗寨推到了國家的對立面，這個大罪怕是黑岩苗寨也承受不起吧？這下看他們怎麼辦？

而我也是第一次知道那波切老頭兒的真名，原來是叫齊收，可見我師傅也沒多尊重他，連一聲波切都懶得叫他。

果然，我師傅話裡的圈套這齊收是不敢輕易跳下去的，沉默了半天，他才說道：「我們是屬於這個國家的，我們也沒有輕舉妄動做出非分之事。我們的敵人不是指你，難道你的徒弟也代表國家？姜立淳，你不用扯著大旗來庇護誰，我也不介意問國家要一個公道的。」

果然這齊收也是一隻老狐狸，話裡還隱隱有威脅我師傅的意思，說是他們沒有輕舉妄動，其實是提醒他們有殺手鐧，甚至警告我師傅別因為一個徒弟，把臉撕破。

可是，我師傅有可能交出我嗎？當然是不可能，師傅歎息了一聲，說道：「你們走吧，和他們合作，你們寨子已經走上了一條不歸路。不過，現在不是和你們計較的時候，也給你們機會反省一下。當然，你們如果不甘心的話，我們也會找上門來要一個說法的。」

「哼，等你們找上門來害我們寨子嗎？不要以為我不知道你們的小動作。」齊收惡狠狠地說道。

看來他們知道的不少啊？我在心裡歎息了一聲，同時也感慨了一下愛琳那個傻丫頭。

「走吧。」師傅只是說了這一句，就背著手轉身要走的樣子，看來是不想和這些人多囉嗦了。

可我卻覺得奇怪，人家那麼多人上門來，怎麼可能輕易就走？看師傅有恃無恐的樣子，彷彿是有什麼底牌？可惜我什麼也不知道。

師傅要走，我這個做徒弟的也不能留著，我趕緊跟上了師傅的腳步。

就在這時，我聽見齊收哼了一聲，他也沒說多餘的廢話，竟然率先開始吟唱起咒語來，隨著他咒語的吟誦，他周圍的有十幾人立刻圍成了一個奇怪的陣法，把齊收圍在中間，也跟著齊收一起吟唱起來。

月堰苗寨的波切大巫臉色一變，喃喃地說了一句：「齊收太狠毒，竟然一來，就用如此惡毒的詛咒來對付我們寨子，當我們寨子無人嗎？」

可他剛說完話，我就聽見一陣動槍的聲音，是那個組織的人，他們站出來十幾個人，全部都帶著武器，而這武器可不是可笑的手槍，而是標準的軍用武器，我對軍械不太懂，可看樣子我還是能模糊地認出，這是某國的標準制式軍用機槍，威力不小。這是現代手段和「神祕」手段一起上場嗎？

我師傅冷哼了一聲，然後第一次，我看見他掏出了一把槍，我有一種強烈的違和感，道士拿把槍？師傅難道是個祕密的神槍手，要一個人單挑那麼多人？

這顯然是不可能的，師傅只是朝天鳴了一聲槍，結果周圍立刻響起了「窸窸窣窣」的聲音，從各個角落冒出了很多人。

這些人身穿著軍裝，都帶著武器，這是屬於我們那個部門的特種部隊，原來他們一直埋伏在這裡。

特種部隊起碼來了五十人，一下子就圍住了那十幾個人，優勢就不用多說了，師傅望著那群人說道：「苗寨的事情，道巫蠱的事情，還是各憑手段解決吧。其他的，就別參合了，鬧大了，大家臉上都不好看。」

那個組織的老頭深深地看了師傅一眼，然後哼了一聲，說了一句什麼，那個組織的人就收了槍，特種部隊也後退了兩步。

而那個老頭對師傅說道：「姜立淳，我們手底下過兩招可好？」

他的話剛落音，林辰就跳了出來，望著我說道：「原來，你就是陳承一。」

原來我就是陳承一？又一個認識我的？我心下疑惑，不由得想起，當年在荒村，肖承乾迫不及待地挑戰我，後來又到北京找我，一副跟我很熟的樣子。

這下又來了一個林辰？這個組織的人那麼「愛」我？一聽我的名字都這副反應？

師傅的表情未變，依舊平靜，我猜他一定知道些許內幕，可是如此的話，師傅又怎麼會說，這個組織他都沒有預料到會存在呢？

我滿肚子的疑問，可此時師傅也說話了，他淡然地看著那個老頭兒說道：「你要與我一戰，也並非不可，但也得等別人兩個寨子手底下見個真章才行吧。」

師傅說這話的時候，我已經盯著月堰苗寨的波切大巫了，可他並沒有出手，出手的卻是凌青奶奶，不是大巫之間的事兒嗎？怎麼輪到凌青奶奶一個蠱女動手了？

凌青奶奶面色凝重，拿出了一枝奇形怪狀的樂器，有些像葫蘆絲，卻又不是，她放這東西到嘴邊，開始吹出一種類似於嬰兒的呼喚般的聲音，而她閉著眼睛的樣子，也讓我知道，她不僅在用樂器溝通著什麼，她的整個人也在溝通著什麼。

樂器發出的聲音不大，我不是站在凌青奶奶不遠的地方根本就聽不見，面對對方十幾個巫士上場，手舞足蹈，齊念咒語的場景，簡直是不值一提。

但是凌青奶奶的此番舉動，卻讓師傅的神色格外的「精彩」，有些凝重，有些哀傷，有些註定般地接受，師傅在我眼中一直都是猥褻的，這麼嚴肅的樣子，在我記憶中都沒有幾次，讓我不由得問道：「師傅，凌青奶奶這是在幹嘛？」

師傅看著我，歎息了一聲，然後才對我說道：「你看著吧，接下來你就會明白蠱女的守護和牽掛是什麼了。」

我默然，這也提到我心中的隱痛，為什麼如雪一定要在寨子裡，為什麼一個寨子要靠蠱女來守護。

月堰苗寨的大巫顯然也知道我們師徒倆和他們寨子兩代蠱女之間的糾纏，不想我們太過哀傷，走過來對我們岔開了話題：「並非我不出手，一來二去之間的鬥法會損耗實力，而我們寨子的底蘊顯然是不如黑岩苗寨的，不如一次性給個下馬威吧，讓他們看看我們的底牌。」

我和師傅也明白他的用意，各自點了點頭，不再多話，我專心致志地看著凌青奶奶，卻發現有個人一直用一種不太友善的目光跟隨著我的一舉一動，我回頭狠狠地瞪了他一眼。

盯著我的人是林辰！這人倒是奇怪，一句我是陳承一之後，就沒有了下文，就是盯著我，表情複雜，眼神陰鬱，我還以為他會和肖承乾一樣迫不及待地向我挑戰呢。他們組織的人都有這個毛病。

那邊黑岩苗寨的巫士手舞足蹈得越來越快，咒語也越念越投入，我不太懂巫術，但好歹見識過幾次，知道這是施術已經接近完成的表現，凌青奶奶一個人能擋住嗎？

也就在這時，讓我驚奇的變化發生了，我們的鬥法地點是在靠近月堰湖的草坪上，在這時我聽見了水聲，是那種浪濤翻湧的水聲！

不只是我，所有人都聽見這個聲音，所有人情不自禁地把手電筒都打到了月堰湖的水面上，接著就看見很讓人震驚的一幕，月堰湖的水面此刻很不平靜，開始起了大片大片的波紋，伴隨著水波的翻滾，就像是有什麼大傢伙要出來了一樣。

我的內心也無比震驚，月堰湖是如雪最愛的地方，湖水一直都很平靜，平靜得像一面鏡子般的美麗。

但曾經如雪告訴我月堰湖很不簡單，以前年年發大水，是因為有條錯綜複雜的地下暗河通到了海裡。對於這個說法，我在當時還笑過如雪，我對她說，雲南是內陸中的內陸，一個湖怎麼可能透過地下暗河通到大海？雖然我也不能完美地解釋為什麼一個內陸湖會年年發大水，只能解釋為雨水造成的地下水累積太多，造成了發大水的現象，但是這是年年都會發生的事兒嗎？

如雪和我辯駁不了，她知道我這個道士小哥兒在師傅的影響下，對科學能解釋的事物態度還是比較嚴謹的，況且她也是出外接受過高等教育的，她只是搖頭，對我說：「地下的世界錯綜複雜，地下的河床也是蜿蜒交錯，就連最頂尖的地質學家也是沒有完全搞清楚過的。這個湖通海是古老的傳說，說不定就有它的道理。」

此時，看著湖面如此的動靜，我怎麼可能不聯想到這個說法？所有人都盯著湖面，除了全情施法的那些巫士，我看了一眼所有人的表情，都一副很有壓力的樣子，我內心也有一種壓力，就是整個人情不自禁地對湖裡的存在有一種敬畏的感覺，想要膜拜。

師傅倒是顯得比較平淡，但臉上的神情也是莊重的，他看著我，說道：「咱們華夏人對某種圖騰的崇拜和親切是刻進了靈魂裡的，儘管要出現的不是它。」

聽到師傅的話，我的心情一下子激動了起來，我們華夏人崇拜的圖騰還能有什麼？只會有一樣東西，那就是龍！

莫非我要看見龍了？其實我不懷疑它的存在，就是小時候晟哥和我探討科學的一次談話，都曾經透露過，在那個祕密的標本室，有某種生物的骨骼，只是他當時沒有細說，就閉口不言了。

但在道家的說法裡，龍隨風雨，如果真是龍的話，此刻應該是風雨密布，雷鳴電閃了，師傅也說了儘管要出現的不是它。

可就是如此我也壓抑不住內心的激動，水面的動靜已經很大了，就像發了大水，水面以人眼可見的速度往上漲著，也在此刻我們所站的地方莫名其妙地起了大風。

那邊黑岩苗寨的波切老頭兒已經徹底陷入了瘋狂，一下一下重重地跺著他手裡的巫杖，可這邊月堰苗寨的大巫卻大聲地吼道：「齊收，夠了，如果你們不停止，你們一個都不可能活著出去。」

那邊的波切老頭顯然聽見了這句話，他的咒語慢了慢，但還是固執地進行下去，在全情投入之下，他很可能不知道外面的變化，他說不定以為是這邊的波切大巫影響他心緒的一種做法。

可就在這時，一陣驚天動地的水聲從月堰湖傳了出來，而一大股湖水也被帶了出來，「嘩啦」的一聲，那水從天而降，就如下了一場大雨，離得近些的人都被淋成了落湯雞。

但沒有人說話，沒有人敢計較什麼，整個場地安靜了，包括正在施展巫術的巫士和波切老頭兒，都停止了手中的動作，愣愣地待在當場。

沉重的呼吸聲此起彼伏，終於有人忍不住吼道：「那是什麼？」

「天，我看見了什麼？」

我也目瞪口呆地站在當場，猜測的事情和親眼看見的事情，感覺果然是不一樣的，湖中此刻立著一個巨大的身影，牠只是浮出了小半截身體，就讓人有膜拜的衝動。

雙角分岔為龍，獨直角為蛟，我沒有任何懷疑了，也不能懷疑，我眼前不遠處的月堰湖裡立著一隻黑色的大蛟。

牠的樣子已經和蛇，甚至是蛇靈有了很大的區別，蛇靈頭上有冠，但絕對不會是角，而且這隻蛟的七寸往下的地方，甚至有一對爪子。

我的呼吸變得急促起來，師傅則背著手對著那邊驚叫連連的特種兵們吼道：「身為我們部門的人，大驚小怪的做什麼？部門的規矩你們是知道的，我就不多說了。」

而黑岩苗寨的波切老頭兒喃喃地說道：「毒蛟，這是毒蛟……」

「這就是我道家幾位先祖留給幾個白苗寨子的底牌，他們算到黑岩苗寨是不會甘心的。」師傅忽然轉身對我說道。

我看著毒蛟，牠那冰冷的雙眼看著在場的任何人都如看螻蟻一般，只有看著凌青奶奶時，目光才流露出一絲人性化的溫和。

在這個時候，我也才明白了師傅那句話，蠱女的守護是什麼，這隻蛟接下來是要如雪來「繼承」的，所以就算失了本命蠱，如雪依舊是這個寨子雷打不動的蠱女。而且，就如如雪所說，本命蠱是可以再培養一隻的。

我以前總是有一點那麼微末的希望，總覺得我和如雪說不定還有機會在一起，到現在卻是完全地絕望，從某種角度來說，蠱女對寨子，比大巫對寨子更重要。

而道家人最重道統，我是不能放棄我山字脈繼承人身分的，那就是絕了我師傅的道統。

苦澀在心底炸開，見到蛟的興奮也消失了，可機緣牽扯的是，這隻蛟竟然是我道家人留給苗寨的，這也是老天的安排嗎？

「白苗人原本就稀少，你現在明白他們為什麼不離開寨子，都會回寨子的原因了嗎？他們在這條毒蛟的守護下是安全的，出去生活，說不定就被黑岩苗寨的人給滅了，消失任何一條血脈對於他們來說都是罪惡的。」師傅歎息了一聲。

我沉默。

道巫蠱之間自古就是糾纏不清，中間流傳的感情也頗為複雜，但從來都越界不了，難道這是上天的制約？

我有些哀傷，可是場中的氣氛卻已因為毒蛟的出現而緊張起來，月堰苗寨的波切大巫已經喊話說道：「齊收，帶著你的人離開吧，你到現在還看不清楚形勢？就算你們寨子的老妖怪來了，也在這裡討不了好去。」

齊收的表情變幻不定，但畏懼已經寫得明明白白了，他說道：「乾樓，你也不必得意，要是我等拚著性命，你以為一條毒蛟能護住多少人？」

原來月堰苗寨的波切大巫叫乾樓啊，可面對齊收的挑釁，他只是淡淡一笑：「守護得了多少人，你試試不就知道了嗎？是的，這幾百年來，我們寨子是被你們處處壓制，族人也不敢外出，求學都選在有道家之人庇護的地方。但只要我們在這個寨子裡，你們就不能把我們怎麼樣，就算我們死了一部分族人，也定叫你們付出更大的代價。」

齊收憤怒地哼了一聲，終究沒有說什麼了，看他的樣子是準備帶著族人妥協地退去了。

我說師傅怎麼那麼淡定，原來他早知道這個寨子是有毒蛟守護的，只是我看齊收的樣子心裡卻不怎麼舒服，總覺得他是忍一時之氣退去的權宜之計，樣子頗有些有恃無恐。

但毒蛟真實地存在於這裡，他的倚仗是什麼？

面對齊收的沉默，乾樓沒打算就算了，而是厲聲問道：「齊收，你們退是不退？」

「也難得你們守這個祕密守了幾百年，這一次就當我們摔了一跤。不過，乾樓你要記住，笑到最後的人才是笑得最好的人，我們走。」齊收拔起地上的巫杖，就要離開。

可就在這時，那個一開始叫囂要挑戰我師傅的老頭兒卻說話了：「姜立淳，兩個寨子的事情恩怨已結，是不是我們該比劃兩下了？」

他的話剛落音，就見齊收恭敬地對那老頭兒說道：「還請先生忍下一時之氣，跟我們退去吧，那毒蛟可是不認人的，我怕族人……」

黑苗人何嘗不珍愛自己族人的生命，他怕我師傅用毒蛟對付他們，所以急急地懇求那老頭兒不要動手，就算他知道毒蛟是由凌青奶奶控制的，他也不敢冒這個險。

在他看來，凌青奶奶和我師傅就是一夥的。

那老頭斜了齊收一眼，說道：「我們要做什麼，什麼時候輪到你們寨子指手畫腳了？」

那齊收臉色不好看，一時有些下不了台，可就在這時，我師傅忽然大笑了起來，然後說道：

「我姜立淳要與人鬥法，還不屑於以勢壓人，還莫說這毒蛟是月堰苗寨的。只是……」師傅說到這裡頓了一下，目光爍爍地望著那個老頭，忽然聲音就如滚雷一般地爆發而出，衝著那老頭吼道：「你有資格嗎？叫吳立宇來吧！」

每一次師傅用出道家獨門的吼功時，我的心神都會受到影響，可見師傅功力之深。

那老頭是直面師傅的吼功的，竟然被師傅吼到一陣失神，半晌才急退了兩步，回神過來，剛才一吼之下，他絕對被師傅驚得魂魄不穩。

就如師傅所說，他有資格嗎？不用細比，就是一吼之下，功力深淺，就立見分曉。

那老頭兒回過神來之後，臉色一陣青一陣白，就在這時，林辰站了出來，說話了，卻不是衝著我和我師傅說話，而是對著那老頭兒說道：「戚爺，不如讓我來試一試陳承一的身手吧，您哪裡用得著出手。我們小輩之間都能立見高低。」

按說這話是解了那老頭兒的尷尬才是，卻不想那老頭兒冷哼了一聲說道：「你是以為你比承乾厲害？你是不是心裡一直不服……」

但這可能涉及到他們那個組織的一些祕密，那老頭兒閉口不言了，倒是林辰低著頭，也看不見他表情的變化，他沉默著。

倒是我師傅小聲說道：「一群人極端了，心胸也就狹隘了，以為道家的傳承就是自家的傳承嗎？說起來這林辰的天賦比肖承乾好了很多才是。如果他能和你比試，你用全力吧。輸贏不重要，但總是贏了我們這一脈臉上才有光彩。」

我用全力？我忽然想起這段日子都陷入和如雪的感情之中，加上紛紛擾擾的事情太多，有一件事我一直沒有來得及告訴師傅，但師傅一向也是以我的功力為重，我會些什麼術法，倒是其次，他是不太看重的。

想到這裡，我也就點頭說道：「師傅，你放心好了。」

但這林辰真的能出手嗎？面對那老頭兒一疊聲的質問，林辰並沒有出言辯解半句，只是那老頭兒說了一陣兒，沉默了一陣兒，終究是不敢親自出手面對我的師傅，雄心壯志都被我師傅一吼之下化為了烏有，他終是對林辰說道：「算了，你出手一次吧，老爺一向很看重他們的，切磋未嘗不可。畢竟少爺的修行比你晚了些年，這個倒不是天賦能彌補的。」

這是什麼話？我有些不屑這個老頭兒給肖承乾找什麼藉口了，想著師傅的話，在這個時候，我反倒是有些同情起林辰的委屈了。

但是得到了這個機會，林辰還是面有喜色地站了出來，他望著我說道：「陳承一，如果我贏了你，我要去寨子帶走愛琳。」

我搖搖頭，拒絕他這個莫名其妙的要求，說道：「這個不是我能代表愛琳的家人和寨子決定的事情。」

「那好，我贏了你，就問他們要去。輸了，我轉身就走。」林辰這樣對我說道。

我覺得他腦子有些不正常，這叫什麼話？為什麼把已經死去的愛琳介於我們兩個人的鬥法中？要知道，這根本是毫無關係的兩件事情啊。

「他是在逼自己，利用愛琳的事兒逼自己發揮到最好。」師傅在我身後說道。

我看了一眼這個男人，忽然間有些憤怒，這個男人倒是什麼都可以利用啊，包括自己的感情也毫不猶豫地利用起來了。

誰都知道，術法的威力和靈魂的力量有關，而刺激靈魂的潛力，又和情緒有關係，如果是兩個功力差不多的人鬥法，就看誰能最大程度地發揮潛力了。

可是面對我的憤怒，林辰就像沒看見一樣，上前一步，直接踏起了步罡，這步罡我太熟悉，他竟然也要施展下茅之術！而且還搶先出手了。

第十二章　請來的是誰？

看著林辰如此行動，我總有一種怪異的感覺，覺得他們好像很瞭解我一樣，連我的殺手鐧是下茅之術都能知道，無論是請神術還是茅術，這都是道家比較特殊的術法，因為一旦成功，就可以突破功力的桎梏。無奈這兩種術法要求的天分太高。

林辰動用這個術法，也是在告訴我他的天分不弱於我嗎？或者，他想藉我去證明什麼？

我搖搖頭，擺脫這些亂七八糟的想法，凝神靜氣，踏出了第一步步罡，這套步罡和林辰所踏步罡相同，都是茅術必踏之步罡，說白了這步罡只是壯大靈覺所用。

一旦施術，我就是全神投入，看不到周圍人的表情，但從周圍安靜的氣息來判斷，可能所有人都以為我也會施展下茅之術。

如果是那樣，他們也就難免擔心，畢竟林辰搶得了先機，很大可能就是他會先成功地請到上身之物。

那麼這場比鬥的重點，就在於在茅術之外施展的術法，看誰的威力更大，很有可能會是一個兩敗俱傷的局面，這是最正常的判斷。

所以，我周圍的人們才會那麼安靜，我知道包括師傅在內，都在為我擔心。

我的心情很平靜，卻難免有一絲自己也說不清楚的古怪在其中，因為我不知道這張底牌掀開後，會是什麼樣的結果，可我不得不賭。

那邊林辰已經踏完了步罡，開始掐訣行咒起來，他們這一脈的東西也很有意思，不論是步罡還是手訣都和我們這一脈有著微小的差別，但就是因為這些微小的差別，他們施術更快一些。

不過，威力大小，我卻不好判斷。這差別代表著什麼呢？我決定事後再問師傅。

這邊，我的步罡已經踏完了，也開始掐動手訣，可當我開始掐動手訣開始，我就聽見師傅震驚地吼道：「這不可能！」

我無法對師傅解釋什麼，要知道一旦施術，是無法停止下來的，強行停止，會心神受損的。而我這些日子，好不容易調理好了上次的傷勢，但精血都還沒完全彌補過來，所以我更是不可能停止給師傅解釋什麼了。

相對於我的淡定，師傅卻很不平靜，他忽然急切地說道：「三娃兒，我要你盡全力，卻沒讓你好勇鬥狠。你能駕馭中茅之術嗎？而中茅之術於我們這一脈幾乎是廢術，你快停止施術，師傅護你無事。」

我心中感激師傅，他是如此地擔心我，但也只是一瞬，我又沉入了無悲無喜，平靜的心緒，我沒有停止施術，所以不能開口對師傅解釋什麼，連一個眼神都無法傳遞於師傅。

也難怪師傅那麼著急，茅術一旦反噬，後果是極其嚇人的，最平常的後果就是不知道請了個什麼上來，而且很容易就會佔據你的身體。

況且，我們這一脈並沒有什麼同門的英靈可請，中茅之術確實是廢術。

見我沒有停止掐訣行咒，師傅長歎了一聲，對著那個組織喝道：「這一場我們認輸便是，等一下，我和你鬥法。」

他是對那個老頭兒說的，卻不想那個老頭兒回敬了師傅一句：「小輩鬥法，我們怕是不好干涉的吧？再說了，你不是說只有老爺才有資格與你相鬥嗎？」

那邊，林辰的下茅之術已經完成，他開口張狂地吼道：「陳承一，我請到的可是鬼仙。你絕對不會是我們這一脈天分最出眾的人，絕對不會！」

說話間，他已經開始施術，但施展的卻不是什麼引雷術，而是另外一種術法，只見他劃破了自己的手腕，用一張符接住了那一絲鮮血，然後符紙燃燒，他開始踏著奇異的步罡……

這是道家詛咒諸術中很陰毒的一種，非大功力者不能成，用自己的鮮血獻祭瘟神，一旦成功，瘟神就會纏住受術之人，那後果……

如果我一旦中術，就連我師傅也不能為我驅走這種詛咒，畢竟瘟神也是神的一種，驅神只能靠神，這種已經超出了請神術的概念，接近於上茅之術，師傅如果要強行為我驅除詛咒，也要付出極大的代價。

這個組織好毒的心思，先是用不能插手小輩爭鬥來堵住我師傅，接著用如此惡毒的術法來同時消耗我和師傅的力量！

師傅冷哼了一聲，也不說話，幾步踏上前來，就要阻止我繼續施展中茅之術，他為人正直，是不會干涉林辰施術的，他要救下我，認輸就認輸，哪怕付出代價。

我雖然不能睜眼，但是施術之時，靈覺高度集中，周圍的一切我是都能感受的，而我的術法也到了關鍵的時候，我已經觸摸到了那股力量，還是和上次一樣，和我一點兒不相斥，而且還有一股子親切的感覺。

只要成功的指引那股力量找到了我，接下來就會很輕鬆，比下茅之術還要輕鬆，看見師傅阻止我，我不由得大急，忍不住分出心神，大喝了一句：「師傅，我行！」

剛說完這話，我的額頭脹痛，鼻血就流了出來，這就是分耗心神所帶來的後果，師傅聽見了我的大喝，也見到了我分耗心神的後果，一下子躊躇了起來。

沉默了兩秒，他才歎道：「也罷，是我叫你用全力的，就算是廢術，也證明了我徒弟的能力，也罷也罷。全力施展吧，事後我會為你驅咒。」

說完，師傅退到了一旁，而在那邊，林辰的行咒聲不止，顯得有些吃力，畢竟是讓瘟神纏住一個人，哪怕只是分神的一絲力量，也屬於驅使神仙的範圍的，驅和請，是兩個概念，怪不得林辰吃力到如此地步，就算他下茅之術請到的是高等級的鬼仙也是一樣。

也就在這時，我的中茅之術終於成功，那股子力量一下子落入了我的身體，瞬間就布滿了我的全身。

這一次，我任由那股力量「侵襲」，而不像上次那樣，急急地就收術了，我在賭，賭這力量對我是有親切感的力量，是同一脈的力量。

這時，我的神智開始模糊不清，或者說我身體裡的「真我」開始被擠壓到了靈台，這和在荒村那次，師傅施法讓趙軍上我身的感覺沒有什麼不同，可見這力量強大到了什麼地步。

我在黑岩苗寨的山腹祕窟裡不敢動用這術法，就是怕施術之後我會神志不清，畢竟我也不知道請來的到底是什麼，就如師傅所說，我們這一脈可沒有同門英靈可以請。

那時候，命懸一線，我怎麼敢賭？中茅之術只是我無聊之時的一次自我試驗，無意中卻順利地成功了，我當時在力量上身之時，就急急地中斷了，根本不知道這力量是什麼。

這一次，如此多的人守護在旁，我倒是可以去賭一把了。

沒有收術，這股力量很快就順利地「駐紮」在了我的身體裡，和每一次施展下茅之術不同，我要動用意志力來壓制請來的力量，這力量根本不容我壓制，反倒是把我壓制在了靈台，我瞬間就成了旁觀者。

此刻，我是忐忑的，如果這是一股惡意的力量，那麼我就麻煩了。

可我也總是這樣，如如雪所說般是一個賭徒，再一次地在賭。

「哼……」此時我已睜開了眼睛，發出了一聲冷哼，有些冷淡地盯著不遠處正在施展詛咒術的林辰，然後背著雙手，很是狂放冷淡地說了一句：「雕蟲小技。」

從我說這一句話開始，我自己就看見師傅的表情瞬間變了，變得不敢相信，變得哀傷，變得敬畏依戀，複雜之極。

可是我自己是說不出什麼的，反倒是那個我一步走到我師傅面前，也不知道用什麼手法就取下了我師傅背著的黃布包，說道：「立淳兒，三清鈴借我一用。」

如果說剛才師傅只是在神情上起了變化，隨著這聲立淳兒的落下，師傅一下子就老淚縱橫，可師傅還沒來得及表態，那邊立仁師叔幾乎是連滾帶爬地衝了過來，用一種難以置信的眼神望著我，熱淚滾滾地喊道：「師傅，真的是你嗎？」

我很無奈，看著師傅和師叔用這種眼光望著我，我自己更沒有想到，我請來的竟然是我的師祖——老李，可是面對師傅和師叔的激動，那個我只是很冷淡地拿過了三清鈴，就轉身走向了林辰。畢竟中茅之術請來的也只是一股力量外加一絲意志，根本不可能是師祖本人的靈魂。

我不知道師傅和師叔在想什麼，卻聽得自己不屑地哼了一聲，說道：「果然是對害人之術鑽研最深，且看我如何破你。」

說完，我就搖動起了三清鈴，腳下開始踏動奇異的步子，這應該是一個步罡，可是我自己卻完全陌生，只是覺得踏動之間，那冰冷洶湧的星辰之力不停地湧到自己的身邊，鈴聲是通過那股力量傳出去的，一個小小的鈴鐺，聲音竟然如此的清脆而且清晰，傳入了每個人的耳朵裡。

其實很多人想證實道法的存在，三清鈴的鈴聲就是一個最好的例子，明明只是一個很小的鈴鐺，在道士搖動之時，那聲音卻是清晰無比，無論多麼喧鬧的環境，都能聽得很清晰。

這就是一種意志傳聲的證明，因為鈴鐺聲中蘊含了意志，它的聲音不見得多大，你就是能清楚地聽見。

而三清鈴的搖法有二十幾種，種種功用不同，一般道門能掌握兩種以上都是很了不起的事情了，我們這一脈也不過掌握了三、五種，可此時我搖動的是哪種？我自己都摸不清楚，但我肯定的是，這絕對不是我們這一脈所掌握的方法。

我看見師傅非常認真地盯著我手中的鈴鐺，注意著我手腕的變化，也仔細聽著我的行咒還有鈴音的變化，更加證明了我的推斷。

隨著鈴聲的響起，林辰那邊發生了奇怪的事情，他原本行咒就要完成，可在此時，他好像陷入了一種很困苦的境地，感覺就像是拚命地集中精神，想要完成手中的術法，卻無論如何也集中不了精神，連接下來的步罡都忘了怎麼踏一般。

我持續地搖動著三清鈴，林辰那邊越來越迷茫，最後他竟然痛苦地捂住耳朵，拚命地搖頭，然後對我大喝了一聲：「你別搖了。」

喊完這句話，林辰就噴出了一口鮮血，任何術法都有反噬，否則功力不足之人豈不可依樣畫葫蘆地施展任何術法了？林辰術法被打斷，自然被反噬，那口鮮血就是心神受損最明顯的特徵。

至於有沒有其他的損傷，我卻不知道了。

林辰術法已被打斷，那個我也停止了搖動三清鈴，把鈴鐺隨手拋給我師傅，然後對著林辰忽然提氣大吼了一聲：「給我散。」

然後林辰的身體一下子狂退了幾步，明顯地抽搐了一下，就軟軟地朝後倒去。

貌似林辰在組織的地位並不低，他這往後一倒，立刻就有幾個大漢扶住了他，林辰勉強站直了身體，望向我的眼光裡全是不服與怨恨。

我知道這一吼，直接是震散了附著於他身上的下茅之力，道家吼功，老李最是運用得出神入化，可憐我的功力和我師祖根本不能比，這一吼之下，我自己也是一陣虛弱。

可這還不算完，場中我直接走到了那個老頭兒的不遠處，然後望著那老頭兒說了一句：「不入流的人也敢叫囂？你算得上哪一脈？正統名分都沒有！」

那老頭兒被我喝斥之下，臉色巨變，下一刻，手訣掐起，看樣子也是要與我鬥上一場，可是那個我只是不屑地望了那老頭兒一眼，竟然伸出劍指，開始凝空畫符。

一時間，我只看見指影翻飛，自己一身的功力狂瀉而去，好在還在我能支撐的範圍內，那符就已經畫成，速度快得讓人歎為觀止。師傅鬥餓鬼蟲時，我曾見師傅施展過一次，不論是速度還是輕鬆的程度都不能與那個我相比。

符成，我只是輕聲喊了一聲：「去！」劍指所指之處，一道天雷竟然就這樣憑空劈下，直直地劈向了那個老者。周圍立刻響起了一片驚呼之聲，這天清氣朗的，何來一道雷電？根本就已經超出了人們的認知。

同時，這也超出了我的認知！凝空聚符，威力比起紙符是有限的，勝在快，我從來沒有想到有人還能凝空畫出最高等級的雷符。

所幸，只是凝空聚符而已，那道雷的威力有限得緊，只是把那老者劈得有些狼狽，跪在地上全身顫抖不已，並沒讓他受到什麼大的傷害，更無性命之憂。

當然，我也懷疑，那只是我的身體和我的功力造成的結果，如果是老李本人……想到這裡，我的內心一陣顫慄，我這師祖是有多深不可測？

可我也只有這樣想一下，下一刻，我就感覺那股力量離開了我的身體，我自己重新主導了這具身體，可我還沒來得及適應，全身就一陣發軟，踏了幾步，差點就倒了下去，然後被我師傅一把拉住了。

讓承心哥扶著我，師傅對著黑岩苗寨和那個組織的人說道：「還需要鬥下去嗎？」

那邊月堰湖，毒蛟悠閒地在水中翻騰，那長長的身子時現時隱，讓人窺不得全貌，牠以為的悠閒遊弋，卻是把整個大大的月堰湖都攪得浪濤滾滾，清澈的湖水都有些渾濁了。

這邊，我師傅，波切大巫等高人嚴陣以待。

最後，是五十個全副武裝的特種兵，見氣氛不對，他們重新端起了槍。

傻子都知道，今夜在月堰苗寨根本討不了好去，齊收轉過了頭，顯然他是不想再鬥下去了，可讓他一個驕傲的黑岩苗寨之人，低頭給白苗人說認輸撤退，他做不到。

那邊，那個被雷劈了一道的老者，全身還在顫抖，我師傅盯著他，他幾乎是用盡全身的力氣，才喊了一句：「我們走。」

一場危機，眼看著就要化解，可有一個人卻喊道：「我要留下。」那個人是被好幾個人扶住的林辰。

那老頭兒在一喊之下，勉強地能止住了顫抖，他有些不善地對林辰說道：「你為什麼要留下？」

林辰的神色有些哀求，他對老者說道：「我只想留下祭奠一下愛琳，我想他們不會殺了我。戚爺，愛琳對我也是一片真心，況且她也幫了我們組織不少，於情於理，我都該祭奠她一下的。」

這其實也無意中說出了一個事實，那就是愛琳真的是這個寨子的奸細。

斯人已逝，林辰這樣說也沒什麼顧忌，我卻暗自慶幸，在場的人都是知情人，但也給愛琳保全了一個名聲，我始終相信，這個女孩子只是被愛情蒙蔽了雙眼，而她的本性是純良的。

面對林辰的哀求，那戚姓老頭兒哼了一聲，罵道：「難成大器的傢伙，難道你不懂什麼叫大道無情嗎？莫說一隻螻蟻的感情，就說牠們的生命也不是一件重要的事情。你要祭奠就去祭奠，只是耽誤了事兒，我可不會幫你求情。」

林辰連忙點頭，說道：「小子不過怕因果而已，只是了卻因果。畢竟我離大道還很遠，也是怕因果纏身的。」

可憐的愛琳，難道就只是一樁因果？亦或者，林辰是真的對她有情，只是藉因果的理由，掩飾自己的感情？

但是有情，也只剩下一個焚香祭奠而已，這丫頭，真是傻得緊。

我忽然轉頭對師傅說道：「我想去看看如雪。」

師傅卻盯著我說道：「你還是先跟我回去一趟吧。」

* * *

我坐在屋子的中間，承心哥縮在邊上用無限同情的眼光望著我，然後一言不發，他敢發言嗎？面對著自己的師傅和師叔一會兒哭，一會兒笑，一會兒爭論，一會兒哀傷的瘋子樣，怕是他一說話，就會被轟殺成渣。

「立仁，無論如何，沒去那裡，就什麼也證明不了。等承一休息一下，我們再來論證一件事情吧。」最終，師傅歎息了一聲，如此說道。

陳師叔彷彿也很疲憊，罕有地接過師傅的旱菸抽了一口，說道：「論起術法，你的理解比我深厚，可以讓承一試一次。」

我有些流汗，不知道他們要我試什麼，但我知道自從我請來了我師祖，就引得我師傅和師叔發了瘋，被帶來這裡之後，被強行問了很多問題。

就如，我施展中茅之術時，存思時想的是什麼。就如，我腦中有沒有什麼殘留的記憶，如果有，又是什麼？就如，我對自己施展的那些術法有沒有印象，還能施展出來不？

我哪兒敢怠慢，都一一做了回答，我很艱難地告訴師傅，其實我施展中茅之術時，根本就沒有存思是誰，因為師傅一早就說過，中茅之術於我們這一脈是廢術，所以我施展中茅之術時，腦中是一片無我的空白，我當時只是想看看憑自己的靈覺，能不能順利施展而已。

這個回答讓師傅臉色怪異，過了許久，才罵了我一句胡鬧，萬一請了一個不知道什麼玩意兒的東西上來，看我如何收場。

但為何一片空白，都能請來老李，這個問題就是師傅和陳師叔最不能理解的焦點。陳師叔倒是想到了什麼，但他堅持說，等一下我試了以後才知道。

至於，我腦子裡有沒有師祖殘留的記憶，這個就比較扯淡了，我如實地告訴了師傅我的感覺，我感覺就是我請來的師祖就隨便翻閱我一定時間的記憶，就如當時發生的事情，不然他怎麼會和那個老頭兒過不去？但是我被擠到靈台，根本就觸碰不到我師祖一絲一毫，哪裡來的記憶。

這個回答，讓我師傅失神了很久，半晌才說道：「如果承一等下的試驗不成功，我要用生命來做一次通靈術，我看上窮碧落下黃泉，能不能找到師傅。」

但師傅這個想法，很快就被陳師叔阻止了，他說道：「你沒去，就用通靈術？你難道忘記了我們的誓言？不行，這個絕對不行。」

我不懂師傅他們在說些什麼，但是罕有的，師傅竟然沒有反對。要知道，師傅是那種一旦決定，十頭牛都拉不回來的人。

最後，關於術法，我只能告訴師傅，師祖的就是師祖的，我的就是我的，他會的跟我沒關係，我作法施法，其實對那些術法真的一點兒印象都沒有了。

我的回答，讓師傅和師叔沉思了很久，然後就開始了一會兒笑，一會兒哭，一會兒爭論，一會兒沉默地發瘋，就這情況，我不敢說話，承心哥又哪裡敢惹。

他們說話的語速很快，很多地方也語焉不詳，但是我聽出來了，爭論的焦點就集中在一件事情上，那就是師祖在消失之前，已經把所有的術法包括自己的所學的心得都集結成冊，傳給了徒弟，不可能有藏私。而我用三清鈴的手段分明是我師傅都沒有見過的，那是為什麼？

答案無非有兩個，一個是師祖沒死，才會學會新的術法。

一個是師祖已經仙去了，只是在仙去之前學會了新的術法。

所以，這個問題爭論到最後就成為了對於中茅之術的理解。師傅在這方面比較權威，他說，中茅之術所請同門，特別是指上一代師叔、師伯們的力量，可是中茅之術無論哪個道家典籍記載都沒有特別強調是要死去的同門，只是一般的習慣是請已過世同門的英靈……可偏偏師祖說過中茅之術是廢術，因師祖從來都是孤身一人，於他來說，說是廢術是合理的。

而我師傅因為這句話，根本也沒施展過中茅之術，亦或者師傅不敢，怕請來了自己的師傅。

這下，剩下的希望又落在了我的身上，師傅竟然要求我施展中茅之術，去請他上身，這個想法怕也只有我那瘋狂的師傅才想得出來。

更可怕的是，陳師叔竟然沒有反對，還說了一句，在當代的華夏，說起對術法的理解運用，我師傅若說第二，沒人敢說第一，這個想法值得一試。

我坐在中間，吞了一口唾沫，請我活著的，在我面前的師傅上身？好吧，師命難違！

但由於今天已經施展過一次中茅之術，就算我靈覺強大得驚人，也不能一而再地使用，師傅讓我休息兩天才進行這件事情。

我很疑惑地問師傅：「師傅，不是說明天就該出發去黑岩苗寨的嗎？」

師傅卻說道：「那是我放出去的假消息，包括所謂的在鎮子上構築大陣，都是我放出去的假消息。真正的準備工作可不是那麼容易的，但也要不了幾天了，再等等罷。」

我鬱悶了，師傅原來連我都騙了，故意放出了假消息，才讓黑岩苗寨連同這個組織的人急急地來了這裡，以為制服了師傅，大陣就不得構築，也就是因為這樣，估計師傅真正動手腳的地方，才會被他們忽略過去吧。

師傅好一招反間計，只不過誰又能想到那個奸細是愛琳？

也好，讓黑岩苗寨的人回去以後，費盡心思地去破壞那個所謂的大陣吧，這下真正動手腳的地方才算是安全，比起師傅的「老奸巨猾」，我是差遠了。

我終究是忍不住去探望如雪了，如雪原本在黑岩苗寨就受創太深，這麼些日子都沒恢復過來，愛琳的死終究是讓她受創更深，所以一直到現在都昏迷不醒。

陪在如雪身邊的是團團，這個溫和開朗理智的姑娘，並沒有責怪我什麼，只是歎息了一聲，說道：「愛琳這傻丫頭怎麼會選擇死？有什麼事情是非死不可的？而如雪也是可憐，剛剛與你分開，偏偏最好的朋友又……」

我無言以對，不知道怎麼回答團團的問題，為愛琳保全名聲，已經是我們的默契，就算因為林辰出現，讓一些人聯想到什麼，我們也絕對不會鬆口的，就算對如雪，我也不想說。

看著如雪昏迷中依然蒼白的臉色，我很心疼，習慣性地想去抓住如雪的手，終究還是沒動。我們到如今，已經不是戀人，我必須守著禮節，不可以再做這些親密的動作。

看見我如此，團團忍不住說道：「這也好，至少還能以朋友的身分相處。我們苗人重血統，要不是因為寨子對道士素有好感，恐怕就以你漢人的身分，你和如雪都不可能有結果。」

我小聲問道：「妳是在怪我，不肯為了如雪，退出自己的師門，放棄道統嗎？」

「不怪你啊，每個人都有自己的無奈。我還要感謝你呢，要不是因為你，如雪是極有可能嫁給那個補周的。」團團認真地說道。

「嫁給補周？」我心裡的滋味比較複雜，我知道蠱女是寨子和毒蛟的唯一聯繫，如雪嫁給了補周，毒蛟又是誰來控制？

不過，團團肯定是不知道這些事情的，但如雪心中應該一清二楚，只是因為毒蛟是祕密，她一直沒告訴我罷了。就在我和團團交談間，如雪醒來了……

第十三章　愛琳的信

我和團團陪著虛弱的如雪來到了那棵樹下，那是愛琳最後的遺言，在這裡她給如雪留了一封信，在如雪醒來的時候，我就告訴了如雪這個消息，畢竟這是愛琳最後的遺願。

看著如雪費力地刨著樹下的土，我有些心疼，想去幫忙，卻被團團拉住了，她對我說：「承一，你從現在開始要適應朋友的身分，就像姜爺和凌青奶奶那樣。另外，既然是愛琳的遺願，如雪必定是想親手拿出那封信。」

團團的話讓我心裡五味雜陳，又想起如雪一路來跟我說的話。

「毒蛟能召喚的次數是有限的。」

「如果我嫁給補周，是對寨子最好的辦法，能換來多年平靜不說，黑岩苗寨的勢力也隱隱分成了兩股，我在中間還能起到一定的作用。」

「我想我在忘記你之前，沒辦法嫁給任何人了，我總是感覺我一輩子都忘不了你。或許，你會漸漸把我淡忘了吧。不過也沒關係，我們苗寨的女子從來都是敢愛敢恨，一顆心所繫就不言後悔。謝謝你，這半年我很好。」

想著這些話，我竟然呆了，風漸漸吹起，就像吹起了我內心的苦澀，讓我嘴裡都是苦的，望著如雪樹下的身影，我真想衝過去告訴她，好吧，我留在苗寨。但是，我痛恨自己的理智，我知道我不能，我乾脆轉過身去，點上了一枝菸，不敢再看如雪。

直到一枝菸快要燃盡，團團告訴我，如雪拿到信了。

那是一封厚厚的信，如雪就坐在樹下讀了起來，在開讀之前，如雪這樣對我和團團說道：「我怕我一個人承受不來，一起看吧。」

於是，我們看到了愛琳的人生。

愛琳遇見林辰的時候，是在三年前的春天，春天總是昆明最好的季節，繁花似錦，風也吹面不寒。第一眼見到這個男人的時候，是在六姐的鋪子，那一年愛琳二十二歲，是從外面讀書歸來後，第一次走出苗寨。

他穿著一身黑衣，黑色的襯衣和黑色的西褲，一頭黑髮有些凌亂，一雙黑眸卻分外地深邃。這個男人的面目是好看的，這種好看不是英俊，而是一種充滿男人味的立體，這種立體帶來的感覺原本應該是滄桑的，可他嘴角那一絲若有似無的笑，卻讓他顯得很年輕，也很不羈，還有一些驕傲。

那時，他是去六姐的鋪子買花，愛琳就躲在鋪子裡偷偷地看他，真是很少見呢，漢人男子竟然有苗人漢子的粗獷，卻又多了幾分瀟灑。

他買完花很快地離去，自始至終沒有看愛琳一眼，或者他根本就沒有發現愛琳。愛琳的心緒也很快平靜，這只是萍水相逢的驚鴻一瞥，留下了這個男子很好看的印象，心湖卻沒起一絲漣漪。苗疆女人的愛是炙熱的，是唯一的，是深情的，是一輩子的，但它卻不是輕易可以拿出的。

回頭的六姐看見愛琳的目光，打趣愛琳：「看上了漢人的男子？覺得比咱們苗疆漢子好看？」

「是好看的，我不喜歡奶油小生，我跟如雪說過，以後我的丈夫一定就要是那種又驕傲，又頂天立地的男子漢。」愛琳是個火辣辣直爽的女子，什麼樣的感覺她是不會掩飾的。

「驕傲和頂天立地可不是看樣子的，傻丫頭。」六姐卻是沒有在意，每天花舖客人頗多，一個萍水相逢買花的男子，在她們的生活中就是一個路人。

但是，是路人嗎？

第二次看見那個男子，是在第二天去翠湖的公車上，那一天愛琳坐在靠窗的單獨坐位，頭倚著窗戶，正看著城市的熱鬧從眼中滑過，一臉的沉靜。

也就在那時，她聞到了一股好聞的味道，是那種淡淡的菸草味混合著衣服上洗衣粉的味道，加上一絲男人獨有的仿似麝香的味道，就這麼一下子包圍了她。

男人身上的氣味是有區別的，就如很多男人是臭烘烘的一股子汗味，可是什麼人的味道如此好聞？愛琳抬頭，對上的是一雙深邃的眼眸，帶著玩味兒般的目光看著她。是他，昨天那個男子，此時他就站在愛琳的身旁，迎上愛琳打量自己的目光，帶著一絲玩味兒。

從不膽怯的，那個火一般的愛琳耳朵有些燙，可是她會怕一個男人的目光嗎？她才不會輸呢，她也勇敢地繼續盯著那個男子，兩人在沉默中，目光交錯。

公車是擁擠的，但此刻彷彿只剩下他和她，在公車裡，這樣凝視著對方。

時光彷彿靜止在了這一刻，漸漸的，他眼眸裡的玩味變成了一絲笑意，嘴角也蕩開了微笑，他開口說話了：「我昨天見過妳，在花鋪子裡，妳躲在裡面看我，我看見了。」

他的聲音渾厚好聽，帶著一絲上揚的驕傲，彷彿是在蠱惑人心。

愛琳第一次有了一種驕傲被打敗的感覺，因為他竟然注意到了她，他發現了她在偷看，但面子上總是不能輸的，她用脆生生的聲音回道：「我哪裡是偷看？我是明目張膽地看！就許你們男人看女人，不許我們女人看男人嗎？」

他笑了，深邃的五官，上揚的嘴角，一下子因為這開懷的笑，從驕傲、不羈變成了陽光，彷彿已經看出了愛琳假裝強硬的偽裝，他說：「我叫林辰，我昨天就在想，如果第二次遇見妳，我就告訴妳我的名字。」

林辰，原來他叫林辰，這一刻愛琳平靜的心湖終因這個笑容而起了漣漪，她說：「我叫陽燦，這是我苗人的名字，我父母漢人的名字姓曹，我沒有給自己取漢名，小名叫小小，你不如叫我曹小小。」

「很複雜呢。」他笑著說道。

「那你記住了嗎？」

「小小，很可愛的名字，我記住了，我去翠湖，妳呢？」

「我也是。」

「介意一起嗎？」

愛琳笑了，她一定不介意的，在早春的翠湖，一個張揚的男子，帶著好聞的氣味在自己身邊。愛琳就是這樣和林辰認識的。

文字本只是一個個符號，冰冷而無任何感情，可是在這一幕幕的美好，卻是如此深情地被愛琳凝固在了信中，用情太深，連想他時，寫出的每一個字都是帶著美好。

他們是這樣相識了，那麼相愛彷彿就是註定的事。

妳的生命中會出現這樣一種男人，他生來就是滿足妳對一個男人全部的幻想的，他也許是毒藥，妳卻甘之如飴，誰讓他滿足了妳的一切嚮往呢？這個男人出現在生命裡，妳或者只是暗戀，然後錯過，妳或者不顧一切地表白，換來的卻是禮貌的拒絕。但如果妳與他戀愛呢？我想那是願意付出一切的愛一次，哪怕這一次，已經是讓妳毒入骨髓，再難相忘，然後禍害一生。

如雪，所以，妳原諒我，原諒我願意為他燃燒自己，做任何事，哪怕負了家人，負了朋友，負了妳，和我們的寨子。

看到這裡，如雪掉下了一滴眼淚，我長歎了一聲，或許在愛琳面前，我和如雪都是不夠勇敢的。又或許，我和如雪是太過勇敢，勇敢到已經不敢面對彼此。

毒藥嗎？也許在決定和如雪在一起半年的時候，我就是在飲毒藥吧。她，也是一樣吧。

信在繼續，講敘著愛琳和林辰的一切往事，他們在同遊翠湖的第二天就相愛了，在剩下的日子裡如膠似漆，那是一段連陽光都似金黃色蜜糖的日子，全世界都大不過相愛的人。

直到愛琳要離開昆明的那一晚……

「我回寨子後，你真的會來找我，然後娶我嗎？」那一晚，愛琳把自己交給了林辰，因為在那一刻，她覺得自己沒有什麼可以留給林辰，用來挽留住他，除了給他自己。

「我會回來帶妳走，但是要很長的時間，妳能等嗎？因為我有許多的事情要做。」林辰撥弄著懷中愛琳的長髮，如此地回答道。

「多長的時間我都能等，我以後就給自己取個漢名好不好？就叫愛琳，嗯，愛林的諧音吧，我要讓人們每天都叫我愛琳，提醒著我，我是你的女人，我愛著你。」

那一刻的林辰眼神，愛琳在信中寫到她一輩子都忘不了，因為那是她第一次在這個男人眼中讀到一種叫感動的感情。

林辰到底有什麼事要做，愛琳沒有問，林辰只是問她，如果他要做的事需要愛琳幫忙，愛琳會不會幫？幾乎是沒有任何猶豫的，愛琳就告訴林辰，她會幫他。

愛琳回了寨子，為了心愛的人，她甚至給林辰透露了寨子的具體位置。

他們還是常常私會，漸漸的，林辰有了越來越多的問題問愛琳，有了越來越多的「小事」要愛琳幫忙，這些問題不複雜，這些小事也不難辦到。

可是愛琳敏感地感覺到了，為什麼林辰一個外人，要問的問題，要辦的小事兒每一件都與寨子有關呢？

愛琳想假裝糊塗，她也真的在假裝糊塗，終於有一次，在沁淮和酥肉被抓走那一次，她忍不住了。太巧合了，她剛透露了這件事給林辰聽，接著酥肉和沁淮就那麼巧地被黑岩苗寨的人抓走了。

難道林辰是黑岩苗寨的人？愛琳終於忍不住問了林辰，林辰很直接地坦白了，他不是黑岩苗寨的人，但他所在的組織最近在和黑岩苗寨合作，要怎麼選，他讓愛琳自己決定。

他說，他不會忘記對愛琳的承諾，儘管愛琳不是他唯一的女人，他說，他對愛琳是動了真情，願意帶著她。

接下來的日子，對於愛琳來說，是地獄般的煎熬，她常常在妥協和徹底斷掉之間掙扎，終於她選擇不了了，她負不了自己的愛情，也不忍心負自己的族人，所以她只能負了自己。

所以，她選擇了自殺。

如雪，我很遺憾自己的愛情是如此的愚蠢，我那麼期待妳和承一能有個好的結局，可惜世事總是不能如人願，我走了，這一刻我想得最多的竟然不是他，而是對族人的負疚。

我很傻，我不是他的唯一，卻是族人唯一的愛琳，妳唯一的愛琳，可惜，他是我的毒藥，就算知道，也含笑飲了下去，不是嗎？

再見，如雪，再見，我的寨子。下一世，我不想要做人了，做一隻小鳥吧，沒有了惱人的愛情，我會飛得很快樂吧。

信到這裡就結束了，看信的我們都很默然，愛琳在信裡整理了她給林辰透露的一切資訊，還透露了非常重要的一條，那就是那個組織對慧根兒很感興趣，因為在上一次，林辰曾經讓愛琳把慧根兒帶出寨子，但當時，我把慧根兒帶在了身邊……

對於這條消息，我驚出了一身的冷汗，我沒想到，我看似任性的決定，竟然真的是做對了。世界不會因為誰的死亡而停止轉動，就如太陽每天依然會升起。

一轉眼，愛琳已經走了三天，這一天，是她下葬的日子。

林辰果然留了下來，但是他自知寨子裡沒有人歡迎他，只是自己獨自一個人在寨子外將就了過了三天。而愛琳下葬這天，沒有人攔他，讓他進了寨子，他很沉默，只是給愛琳上了三炷清香，在墳前發了片刻的呆，就轉身走掉了。

第十四章　真正的中茅之術

參加完愛琳的葬禮，我和師傅一起回了屋子，我問師傅：「你早就知道愛琳有問題了嗎？」

「如果有心查，沒有什麼是查不到的。」師傅這樣回答我。

「那你為什麼從來沒有說出來過？」我很是疑惑地問師傅。

「一是將計就計，另外的，你自己去想吧。」師傅歎息了一聲，沒有回答我的問題。

我有些愣住，其實具體的原因我也想不出來，只是下意識地想到，如果換成是我，我也會這樣做吧。

回到了屋子，師傅告訴我，明天就要出發去黑岩苗寨了，在這之前，他要我再施展一次中茅之術。

我的心有些忐忑，因為這一次師傅要求我施展中茅之術時，存思的對象必須是他，這對於我來說簡直是不可想像的。

但師傅的決定是不可更改的，因為這畢竟關係到師祖。我終於還是照做了。

當時，師傅就在屋內，我就在屋前的院子裡施展了中茅之術，很神奇的事情發生了，當我動用中茅之術，存思師傅的力量時，術成之後，我竟然真的借助了一部分師傅的力量。

陳師叔一直就在旁觀看，雖然我的術法全部繼承於師傅，但是施法的小習慣，人的神態之類的確實是不同的，那一瞬間，我不僅繼承了師傅的力量，連一部分師傅的精氣神都繼承了。

但我收術之後，師傅大半天都沒有出來，過了許久，那扇房門才被打開，出現在我們眼前的，是師傅那張狂喜卻疲憊的臉！

「承一是真的可以借助我的力量的！我明白了，我終於明白了，中茅之術為什麼不會請活著的同門。」師傅這句話是吼出來的，在吼出來的同時，幾乎是全身顫抖，可見他有多麼激動。

很快，我們也明白了中茅之術的禁忌，如果中茅之術請了活著的人，那麼活著的人就會出現短暫的離魂現象，術後被請之人會陷入虛弱狀態，一切狀態剩下不到一半。

離魂現象是很普遍的，就連普通人也常常會發生，就比如在深沉的睡眠中，靈魂短暫離體！一般情況下，發生了這種現象的普通人，睡過之後，不會有清醒的感覺，反而會覺得迷迷糊糊的還是很想睡覺，不是太清醒。這就是一種虛弱的表現。

道家的茅術原本就不是針對死去的事物，難道你要說上茅之術涉及到的請仙，請到的也是過世的仙人嗎？

「我終於明白這三茅之術為什麼請鬼請仙家會是下茅，因為祂們本身就是靈體的狀態，所以一旦建立聯繫，就很容易請上身。而真正的中茅之術，還原出來，請的應該是活著的同門，畢竟把靈體的力量從陽身中拉出來，是需要更強大的靈覺的，也就是精神力。至於上茅之術，神仙的生命體是一個怎麼樣的存在，存於何種……」師傅忽然就閉口不言了，頓了一下，才說道：「所以，以前的中茅之術請過世的同門，威力還不如下茅之術，因為請來的同門，力量還不一定強過鬼仙，被視為雞肋，簡直是一個錯誤。那根本不是真正的中茅之術，那是介於下茅和中茅之間的一個術法。我也弄明白了，上茅之術為何幾百年來沒人施展出來了。哈哈哈……」

說完最後，師傅竟然大笑了起來，使勁地拍著我的肩膀，很是驕傲地說道：「三娃兒，你無意中還原了真正的中茅之術啊。」

我還原了真正的中茅之術？這還真的是瞎貓撞到了死耗子！不過，我還有太多不解的地方，師傅沒說完的話到底是什麼？

也就在這時，一直皺眉的陳師叔忽然說話了：「立淳啊，你難道不覺得承一施展的中茅之術，快接近於上茅之術了嗎？畢竟我們的師傅在……」

陳師叔的話還沒有說完，就被師傅嚴厲地打斷了，他說道：「這就是中茅，你不要忘記了一點兒，畢竟是同門，同門的道統一致，相當於就是一個契約，否則別家的中茅之術為什麼不能請到我們這一脈的人？這絕對還是中茅之術的範疇！」

第十五章　望氣術與真正的大陣

這一天一早，我們就要出發去黑岩苗寨了，望著我生活了半年的月堰苗寨，那棟住著如雪的吊腳樓，我心裡說不上什麼滋味。

此去經年，應是良辰美景虛設……我和如雪剩下的只能是每年一場電影的時間。

一直走到寨子口，我都沒能見到如雪，我的惆悵寫在臉上，師傅不知何時走到了我身邊，說道：「緣分來時你避不開，走的時候你也留不住，你唯一可以做的只有坦然，一段回憶也就夠了。你也知道，有些事情不是用時間來衡量的，就如有的人在你生命裡明明存在了十年，你也不見得會和他留下什麼回憶。所以，真的夠了。」

我默然，是夠了吧，我真是奢求太多！和她的每一天不就是一個永恆嗎？誰也不能改變我和她走過的日子，因為它們就在存在於永恆裡，如歷史不可磨滅。

只是，師傅還是比我幸運，常常可以和凌青奶奶做一些所謂的任務，因為凌青奶奶沒有姐妹，只有一個哥哥，就是如雪和如月的爺爺，而如雪有一個妹妹如月，按照和部門的約定，拋頭露面的只能是如月。說起如月，這丫頭說是去了北京，就一直沒有再回來，她好嗎？

帶著重重的心事，我終究還是離開了月堰苗寨。

誰也沒想到，在走出月堰苗寨所在的大山後，我們會在進山的路口遇見如月。

在北京待過半年的如月彷彿已經磨滅了所有苗女的痕跡，看著倒像是一個真正的現代女郎。

我看見如月的時候，她就倚在路邊一棵樹上，紮著高高的馬尾，穿著時下最流行的T恤，牛仔褲，和一件很時髦的棉衣，背著個大包，就那麼站在那裡。

我第一時間沒有認出是如月，反倒是她一眼看見了凌青奶奶，歡呼著撲到了凌青奶奶身邊，親熱挽著凌青奶奶，凌青奶奶見如月這副打扮，有些嗔怪地問道：「這是打算不回寨子了？」

「回啊，只不過以後就少回了，外面的日子挺有意思的，反正這次收拾了黑岩以後，我也就不怕在外面了。」如月脆生生地說道，自始至終她沒有看我一眼，我一肚子話也憋回了心裡。

很多事情，你以為一直不會改變的，卻在不知不覺中早已經變得物是人非，雖然在內心，我知道，我對如月的有些感情是不會變的。

我們沒有耽誤什麼時間，在特地安排的交通工具下，很快就趕到了那個距黑岩苗寨最近的小鎮子，在小鎮裡我意外地看見王師叔還有承真師妹，難道這一次的行動，我們這一脈要出動三人？

彷彿看出了我的疑惑，師傅說道：「說起布陣，你不要以為我們山字脈是最厲害的，真正更厲害的是相字脈，知道嗎？」

這一點我還真不知道，師傅搖頭晃腦地對我說道：「山字脈布陣略顯小氣，也不過是改變一小部分的氣場，永遠布不出真正的大陣。」

「師傅，難道你在荒村布的引雷大陣也不算大陣？」我覺得那個陣法都已經超出我認知的範疇了，再大的陣法那是什麼效果？

「那不算大陣，真正的大陣可以在短時間就明顯地改變方圓十里，甚至一個鎮，一個城市的風水，可以在數年內就翻手為雲，覆手為雨，變了一個地方的氣數。」說到這裡，師傅停了一停，小聲地對我說道：「甚至是國家的氣數。」

「那不是太過逆天？」雖說一命二運三風水，可依我跟王師叔的所學就能知道，如果人的命在大風水面前，那麼就是風水凌駕於命之上了。

何謂大風水？大風水暗含天道，就是說是天然形成的山脈和河流，甚至一草一木的走向，也就是老天爺布下的風水！大風水只能利用，很難改變，如果真有人要逆天去改變大風水，那麼他承受的因果可不是三生三世能還得清的，甚至還會連累到許多人用很多世輪迴去承擔這個因果。

師傅說的大陣，難道是要改大風水，我有些擔心地望著師傅。

「對付黑岩苗寨，倒也不至於要改大風水，就是改動普通的小風水的因果也不是你王師叔所能承擔的。相字脈最厲害的一招是什麼？望氣術！看出風水聚氣所在的穴眼，利用一定的手段，改變風水的流向，這只能算利用，不能算改動，真正的改動可是要徹底地破了風水。」師傅給我解釋道。

我明白這裡的小風水也是指天然風水，只不過範圍限定得很小，同樣因果難擔。

關於望氣術我當然也知道，王師叔也曾對我說道，以我的靈覺，學習望氣術是很適合的，無奈這門術法是相字脈裡最精華的術法，所需的時間也不是一年半載，而是需要用一生來領悟，所以他很遺憾教不了我，也只能教我一些皮毛，配合天眼來使用。

望氣術可不是普通的開天眼，這我是明白的。

但黑岩苗寨何德何能，竟然需要王師叔親手來布置大陣，甚至要利用望氣術，利用天然的風水。

我和師傅正說話間，王師叔不知道何時已經走到了我們身邊，同樣是那張苦哈哈的臉，一見到我就開口說道：「小子，可是體驗到了求而不得，得而不順？」

我無言地望著我這位師叔，和我師傅不同，王師叔的「惡毒」就在於，他很喜歡哪壺不開提哪壺，也不知道是不是給人看相看多了，留下的後遺症，總之他常常一句話就能戳得你內心生疼。

可偏偏這位師叔還振振有詞地告訴我，這也是一種修心，直面的談論悲哀和不順，那是一種豁達的態度，把命運踩在腳下的態度。

可有你這樣修心的嗎？直面談論別人的悲哀和不順，那是把別人踩在腳下的態度吧？見我默然，王師叔嘿嘿一笑，還想再說，承真師妹已經過來了，一過來她就不滿地對王師叔說道：「師傅，你不要欺負我師兄啊。」

「得，得，得，這胳膊肘往外拐的……」王師叔一副痛心的樣子，卻被我師傅一腳踢在了屁股上，直接問道：「大陣布得如何？」

說到這個話題，王師叔嚴肅了起來，他對我師傅說道：「或者達不到你預期的效果，畢竟這風水只能用，不能變。但是還是完成了，有你預期效果的七八分吧。」

師傅沉吟道：「七八分也就夠了，這一次的行動必須是雷霆行動，否則後果真的難料啊。」

王師叔歎息一聲，對師傅說道：「師兄，你也別給自己太大的壓力，如果不是黑岩苗寨牽涉到了那個組織，可能國家還不會那麼重視，讓他們再存在個幾十年的，偏偏他們是自作孽，不可活啊。」

「再存在幾十年？不太可能了，那蟲子已經進化到可怕的地步了，你只看到了表面，是因為牽涉到那個組織，實際上，蟲子的進化才是讓國家痛下殺手的真正原因。」師傅說道。

王師叔是臨危受命，來布大陣的，關於一些核心的事情他還來不及與師傅交流，聽聞師傅這樣一說，他不禁臉色也變了變，問道：「師兄，你說的可是真的？牠到了什麼程度？」

師傅長歎一聲，說道：「這是三娃兒親眼所見，你說真的還是假的？」

說話間，師傅就帶著王師叔往裡屋走去，留下了我和承真師妹站在外面，他們是有些要避開我們談話了，我很奇怪，為什麼看起來我師傅和王師叔對蟲子很瞭解的樣子，但也只能奇怪，師傅不打算告訴我。

這讓我很不滿，師傅還是這樣嗎？做什麼都喜歡瞞著我，或者對我說一半，曾經是怕我有危險，護著我，現在呢？這一切到底是為什麼？

我已經決定了，這一次我無論如何要問個明白，想到這裡，我乾脆大步流星地走到了裡屋的門口，一下子推開了門，站在了有些目瞪口呆的師傅面前。

第十六章　蟲子的真正祕密

最後，屋子裡只剩下了我和師傅兩個人，王師叔幸災樂禍地給我師傅丟了一句：「你的徒弟你自己搞定吧，還是我家承真乖啊，師傅說什麼就是什麼，從來沒有那麼多問題。」

我氣鼓鼓地瞪了王師叔一眼，他的嘴巴要不要那麼毒啊？可是王師叔跟沒看見似的，就走出了屋子，還非常「好心」地帶上了門，末了還不忘說一句：「師兄，收拾你這沒大沒小打斷長輩談話的徒弟時，下手可得輕點兒，畢竟他可是山字脈的傳人啊，嘿嘿嘿……」

我沒辦法生氣了，只能幽怨地看了王師叔一眼，我真的是無語了。

在王師叔離去後，屋子裡的氣氛沉默了下來，過了好半天，師傅才歎息了一聲，對我說道：「傻站著幹啥，坐下吧。」

我坐到了師傅身邊，剛才進來的時候明明就有一肚子問題要問，到了這個時候，我卻不知道從何說起了。

師傅的眉眼間有些疲憊，對我說道：「兩天後，等大部隊到了就要開始行動，這一次的行動很艱辛啊，不同於我們在荒村，還有那麼多時間可以拖延。」

我不明白師傅為什麼對我說這個，但我還是問道：「師傅，這次的行動到底是要怎樣？」

「一天之內，必須徹底地解決一切，就是這樣。部門的要求是，所有的母蟲必須滅掉，蟲卵也不能殘留一顆。如果我們行動不利，那麼動用的可能就是真正的軍事打擊了。那樣的話，在國際上會惹上很多潛在的麻煩，而軍事打擊也不能保證不殘留一絲禍害，總之一些還是背負在我們身上。」師傅如此對我說道。

一天之內，破了黑岩苗寨？我想起了那個恐怖的寨子，一天之內就要滅了它這也太不現實了吧？那埋藏在外的隱患怎麼辦？

我剛想開口問，師傅已經說道：「這些，都已經做好了安排，有些事情，國家是一直在努力的，現代可不比古代，資訊網路要發達得多，基本上黑岩苗寨的暗子國家已經查探了清楚，原本要多拖一些時間，再確定一下，以防萬一的，但是時間上已經不能等待了，因為成蟲快要出現了。」

「成蟲？師傅，你到底知道什麼？你好像很了解這蟲子似的。」我終於問出了我想問的問題。

「成蟲是什麼？成蟲可能是任何東西，最有可能的是蟲子進化成人，你相信嗎？」師傅忽然轉身對我說到，我一下子呆立當場，蟲子變成人，師傅這是在開什麼玩笑？

當然，我也不是完全不能接受，畢竟在我華夏，妖魔鬼怪的傳說那麼多，這世間萬事萬物都可以修行，功力到了一定的程度，當然可以變成人。

但這早已不是那個轟轟烈烈的大時代了，是個天地靈氣匱乏，修行資源短缺的時代，妖怪的傳說早已經離我們太遠，更不要說這蟲子，我一點兒也不覺得是妖怪，我能感覺到牠的氣勢，可是感覺不到牠的靈性，那種屬於修行動物的特殊靈氣，就如蛇靈。

看著我目瞪口呆的樣子，師傅歎息了一聲：「原本這個可能是很小的，可是有人提供給了這個蟲子機會，那個人就是高寧。這樣說起來，說我們是在消滅黑岩苗寨，還不如說我們是在幫助黑岩苗寨。一旦出現成蟲，這世間怕是除了動用終極的手段，幾乎沒有什麼辦法可以消滅成蟲了。」

成蟲有那麼可怕，這世間的終極手段是什麼，我也太清楚，那就是核武器，要動用那個去消滅一隻蟲子，那不是笑話嗎？

「也許，終極的手段也消滅不了吧。那已經是超出這個世間範疇的東西了！我們之所以要那麼快地覆滅黑岩苗寨，是為了防止出現更多這樣的成蟲，因為出現了一隻，就為其他蟲子進化為成蟲提供了很大的條件，一隻總比好幾隻來得好。」說起這個，師傅臉上的皺紋都顯得更深了。

「師傅，那蟲子到底是什麼，為什麼那麼可怕？高寧找到了嗎？你為什麼那麼瞭解這些蟲子？」我一股腦地問道，我沒想到我在蟲室看見的那隻母蟲，竟然厲害到如此程度。

虧我還以為那隻母蟲只是被黑岩苗寨老妖怪控制的蟲子，還有些可憐什麼的。

「那蟲子是什麼？牠和惡魔之花一樣，是不屬於這世間，可怕的東西！承一啊，有些事情不是我不告訴你，而是這中間涉及到太多關於你師祖的事情，你師祖的事情對於我來說，就是一個禁忌，知道嗎？至少我現在不能說，這不是我一個人的事，而是我們師兄弟幾個的約定，約定永遠不再涉及到下一代。至於高寧，大概有了他的下落，我只希望他不要那麼瘋狂，不要和黑岩苗寨一樣瘋狂，以為可以控制那個蟲子，那就跟一隻真正的螻蟻要控制一個人一樣可笑。」師傅這樣對我說道。

不知道為什麼，師傅的話讓我想起了在蟲室裡我以為是錯覺的一幕，那就是蟲子對高寧的乖順和依賴下，彷彿藏著一絲冷笑似的一幕，我一度以為是我的錯覺。

但這不重要，重要的是師祖身上到底發生了什麼，師傅到底隱瞞了什麼？

「師傅，我也是師祖一脈的人，你當真打算瞞我一輩子嗎？」我有些不甘心。

師傅慢慢地說道：「或許不是一輩子，或許在很久以後，你會知道答案。但知道答案也不見得是什麼好事情，因為你會對這個答案感覺到無力，甚至是一生都活在那種似是而非的陰影裡。」

似是而非的陰影？我不太能理解這句話的意思，但我現在就感覺到這種苦悶了，感覺到師傅的話是如此的似是而非。

「關於蟲子的一切我都已經告訴了你，去吧，兩天後就要開始行動了。你掌握了中茅之術倒在我的意料之外，到時候我們師徒少不得要好好地配合一下，徹底地解決這件事吧，這件事解決了，就應該解決了所有的遺漏，師傅的心願也就完成了。」說完，師傅不想與我再談，而是讓我出去了。

師傅的心願也就完成了？我不知道為什麼老是想到這個問題，這個師傅到底是我師傅的自稱，還是師傅的師傅？師祖到底去了哪裡？如果他存在，為什麼到現在還不出現？

如果他不存在，我的中茅之術又證明了什麼？

一席談話彷彿比不談更讓人墜入迷霧，我沉默地走出了屋子，恰好看見陳師叔和王師叔都坐在門外的客廳。

「讓你師傅好好靜靜吧，他是我們這一輩山字脈的傳人，背負的一定比我們多。」陳師叔開口這樣說道。

「承一吶，你竟然用中茅之術請到了師傅，真的讓我難以想像，這一晃多少年過去了，我一直都沒忘記過師傅的樣子，真是很想再見到他啊。」王師叔也這樣感慨地說道。

我盯著陳師叔，問道：「陳師叔，你知道我用中茅之術能請到師祖的原因嗎？你現在能不能告訴我？」

到了如今，有關於師祖的一切就像一座山，從壓在師傅那裡，傳到了壓在我心頭，一切都是那麼的沉重，卻又讓人不得不想去掀開它，看看真相。

「想知道原因？」陳師叔站了起來，慢慢地踱步到了我的身旁，然後用手指按著我的後頸，那裡是我的胎記所在，經過這些年已經淡去了很多，我不知道師叔這是什麼意思？

「你能請到師祖，我猜測很大的原因就是因為它吧。」陳師叔如此對我說道。

「它？我的胎記？」我問到陳師叔。

「是的，因為師傅在同一個地方也有類似胎記，師傅沒有說過自己的命，但他曾提起過，他命孤，血脈至親不能侍奉，心愛女子不能相守，反倒是血脈上沒有任何糾葛的弟子朋友還能常伴左右。承一，這樣說，你能理解了嗎？」陳師叔這樣對我說道。

我怎麼不能理解？我微微皺眉問道：「師叔，你是說師祖很有可能和我命格非常相似？所以我施展中茅之術，與他共鳴最深，所以才能請到師祖。」

「就是這個意思。」陳師叔平靜地說道。

「可是血脈糾葛和心愛的女子有什麼關係？」想到如雪，我的心微微一疼，師傅暫且不提，難道師祖也有心愛的女子，卻不能相守嗎？

「怎麼沒有關係？你有一個愛的女人，你難道不想結婚，難道不留子嗣？命犯孤之人，是情字不能圓滿，世間感情多種，犯孤之人總是要缺失最重要的幾種。你和師傅都屬我同門，也算至親，你們的命格我不敢深看，但犯孤在我眼裡實太過明顯，就算不看也知。」接話的是王師叔。

我苦笑了一聲，心裡早已沒有多大的感覺，這麼多年了，我早已經習慣。

離行動的日子還有一天，這個小鎮的人也嗅到一絲絲不平常的氣息，畢竟這裡是通往黑岩苗寨的唯一小鎮，雖說偏僻貧窮，但也是一個鎮子。

生活在鎮子上的人，多少還是有一些見識的，接連不斷的陌生人到來，甚至還摻雜著軍隊，讓人不得不產生許多聯想。

有些事情是要消除影響的，當然這不是我操心的事情，國家每年大大小小要舉行多次軍事演習和軍事競賽，那倒是一個很好的藉口，自然也有專人去操心這件事。

我倚在門口，看著專門處理這些事情的人在賣力地造成這種假象，忽然感慨，這個世間的真相，有多少人能看透？可是看透的卻也不見得有任何好處，如果我只是一個普通人，在後天，依然是吃飯睡覺的就過去了，渾然不覺有什麼異常，可能關係到自身的危機就過去了。

人就是這樣，普通人總期待與眾不同，想成為特殊的那一個，發現更多的事情。而特殊的一群人，卻常常羨慕普通人的幸福，各安其命的滿足反倒是一件奢侈的事情。

或者，人類還要輪迴很久，心境還要歷練很多世，世界才會有大的改變吧。

我叼著菸，想著這些，有些走神了，而一個聲音卻在這時打斷了我：「三哥哥，在想什麼呢？」

我回頭一看，是如月這丫頭，這是我和她重逢後，她第一次主動跟我說話，但有些事是不能挑明的，只能裝傻，我微笑著對如月說道：「就在想這些消除影響的專門人員夠厲害的，不用說什麼，只需要做出一些小細節，人們就不會有什麼懷疑了。」

「呵呵。」如月微微一笑，然後站在我身旁，同樣倚在我旁邊的門框上，說道：「明天就要行動了，你還有心思想這些，你不緊張？」

這一次的行動分為幾個部分，幾個部門各司其職，我和師傅還有另外一些道門中人，要面對的幾乎是最重的人，就是那些老妖怪，但我真的不緊張。

曾經，我們不是只有三個人嗎？我又想起了如雪背我出洞的那一幕，微微有些癡了。

「三哥哥……？」如月見我發呆，不由得輕輕叫了我一聲。

我一下回過神來，看著如月，有些不好意思地笑笑，換了個話題：「在北京還習慣嗎？沁淮那小子沒有虧待妳吧？」

「挺習慣的，和我們寨子完全是兩種不同的生活。沁淮也挺好的，我就在想，如果我在寨子那邊沒什麼事兒了，在空閒的時間，就多走一些地方，多看一些地方吧，這樣一輩子看山看水看這個世界也挺好的。」如月輕笑著說道。

我沒接話，也不知道如何接話，倒是如月挺開朗地說了一句：「當然前提是我們這次行動，能有命活著回來才行啊。」

「我們會活著回來的，妳放心吧，那麼多事兒，我們不都活下來了嗎？」我輕聲對如月說道。

說完這句話，兩人一時之間都有些沉默，也不太能找到話說了，如月找了一個理由，跟我說了一聲，就轉身走了。

這時，我才想起我已經很久沒和酥肉還有沁淮聯繫了，於是走到指揮辦公室，借用了一下電話，酥肉我不太聯繫得到，因為他不像沁淮早早就給自己配了一部手機，不過聯繫到沁淮，總也能知道一些酥肉的消息。

我撥通了沁淮的電話，很快這小子就接起了電話。

「誰昂？」

「陳承一。」

那邊靜默了一陣子，然後就是劈頭蓋臉的大罵聲：「你小子沒死在外面啊？還捨得和我聯繫啊？我以為你早把哥兒我忘了呢。不對，可能你已經忘了吧，我叫什麼名字啊？和你什麼關係啊？說說看吧。」

我拿著話筒，苦笑了一聲，說道：「楊沁淮，我兄弟。滿意了沒有？」

「沒有！」

「好吧，是我錯，這半年都沒和你們聯繫，你還好嗎？酥肉還好嗎？我在外面，還沒死，不過就快要面臨生死大戰了。」

那邊的聲音一下緊張了起來：「情況多嚴重，比起那個村長還要厲害不？我挺好的，酥肉也挺好的，不過他鬧著這件事兒完了以後，就要去廣州做生意啥的。不要提我們，快說說你那邊的情況啊。」

「多的不好詳細說吧，總是比那村長要麻煩。別擔心我，就是一下子掛念你們了，給你們打個電話，幫我跟酥肉說一聲，等我回來以後找你們喝酒。」

那邊沉默了一陣子，然後忽然問我：「如月這次有沒有和你一起行動，她……她還好嗎？」沁淮的語氣有些微微的緊張，拿著話筒，我能感覺這份情緒的不同，但是感情是什麼？感情就是一個怪圈！我說道：「挺好的，挺開朗的。」

彷彿如月是我和沁淮之間一個敏感的話題，我們都沒再多說，反倒是圍繞其他話題說了一些，然後我就掛了電話，大戰在即，沒聽見酥肉的聲音我很遺憾。

至於要不要給家人打個電話，我沒想過，那麼多年了，我早已習慣不論在什麼處境下，都不要告訴他們，我更習慣的是，在偶爾的相聚中，我可以輕描淡寫地對他們說起一些神奇的事兒，看著他們認真聽我講，就是一種幸福了。

走出門，我又想起自己那犯孤的命運，輕輕笑了笑，從一開始的不甘疑問變成後來的哭泣、悲哀，再從後來的哭泣悲哀變成現在的輕笑，這中間終是要經歷很多的歲月，心境才能沉澱到如此的地步。

但是，是否真的就是笑容就比眼淚要灑脫？

一抬頭，卻發現師傅站在不遠處看著我，我趕緊走了過去，站在師傅的身邊，此時，整個小鎮已是夕陽西下。

師傅微微點頭，然後轉身朝著鎮子外走去，他是想散散步，我趕緊跟上。

「三娃兒，緊張嗎？」

「跟著你那麼多年了，我還有什麼好緊張的？」

「這個鎮子不好，都沒幾個好看的女人。」

「師傅，你該不會又蹲在哪裡看女人了吧？」

「沒有男人欣賞，女人再美意義又在哪裡？我這是一種成全，她們的美是讓人欣賞的。」

「我說不過你……」

第十七章　大戰前夕

凌晨五點三十七分

冬季的黎明總是來得特別晚，此時已經是凌晨五點過二分了，可是天色還是一如既往的黑沉。說是第二天的行動，可是為了出其不意，我們在凌晨一點不到，就已經從小鎮出發，開始趕往黑岩苗寨真正的所在了。

我一直都記得黑岩苗寨的路是如何的難行，又是要搭三輪，又是要騎馬，最後要靠步行才能達到最近的一個村落。這一次似乎順利一點兒，畢竟是國家的大行動，早已經準備好了交通工具。

我們這一行有幾十個人，都是各懷絕技的部門核心人員，原本應該是先頭部隊的我們，反倒是最後一行出發的，聽說屬於我們部門的特種部隊，在昨天下午就已經分批出發了。

因為通過一定的技術手段得來的情報，黑岩苗寨那邊是有所行動的，他們和那個組織勾結，不再是那個閉塞而幾乎與世隔絕的寨子，對我們的行動有所防備是絕對的。

只不過，黑岩苗寨也是豁出去了嗎？這樣公開的與國家作對！或者，他們對他們那張底牌太有信心了，覺得只要挺過了這一次，憑藉那張底牌，依舊可以和國家保持一種微妙的平衡。

我們的工具是那種軍用的三輪摩托車，性能比民用的要好一些，師傅坐在我的身邊，反覆地用手電筒看著手上的一張紙條，也不知道在想什麼。

我沒想到那個神祕的送信人又出現了，在昨天夜裡，一個小鎮的居民找上門來，給了我這麼一封信，我肯定是要追問這信的來源，卻被告知這是三天前，也就是我們剛到這裡不久之後，一個鎮上的小孩子找到那個居民，然後讓那個居民三天之後交給住在××地的我。

真是夠小心謹慎的，信竟然是三天之前發出來的，然後還經過了幾道手，我們當然去追查到了那個小孩兒，結果卻被告知看不清楚，是一個大鬍子，還戴了墨鏡，然後讓小孩子形容身高體重什麼的，是不靠譜的，他永遠不可能給你一個確切的資料和準確的形容。尤其是在那個人的身高體重都很普通的情況下。

大鬍子，到底是哪個大鬍子，我真是百思不得其解，但是他信上的提醒總是很精確的，我看了信，然後交給了師傅。

和上次不同，信是列印出來的，根本就沒有任何筆跡可以參考，信的內容一如既往的簡短，就寥寥幾句話：「母蟲已經轉移，隨時準備偷運一隻出去，寨子中有陷阱。」

這幾句話，每句話都包含了巨大的資訊，師傅才看了信之後，立刻就彙報了相關部門。其實，對於偷運母蟲出去我們是早有防備的，對於能出去的路，早已是水陸空三線封鎖，因為母蟲畢竟事關重大，師傅說過，這一次的行動是要徹底消滅母蟲，不允許牠的存在，就算再有研究價值也會棄之不顧的。

關於這個結論，我很疑惑，國家對於科技絕對是渴求的，為什麼會放棄？到底是有什麼原因讓國家放棄？

可是，這些事情哪裡是一個小小的我能接觸到的機密，想了半天沒結果之後，我乾脆不想了，而是問師傅：「師傅，你看出什麼名堂來沒有？」

摩托車是我駕駛的，師傅只是悠閒地坐在旁邊，他收起那封信，說道：「還沒有什麼發現。」

「能有什麼發現呢？這封信是列印的，你以為會有線索。」

「錯了，一個人寫東西，總會有他特殊的表現方式。就比如這封信，非常簡短，卻直指重點，大概事情也說清楚。這種用詞的準確，就要求了很高的文化素養。我只是在想，在你認識的人中有誰有這份水準。」師傅沉吟著，然後說道。

我忽然想起一個人，他就有很高的文化素養，但是是他嗎？不太可能吧？我還沒有說出口，師傅竟然已經說出了心中所想，他說：「我其實懷疑是楊晟，他就是被那個組織帶走的。但是我不能肯定，因為楊晟畢竟是學理的，他有沒有這麼好的文字表述功力，值得懷疑。但是不是楊晟，又是誰呢？」

晟哥，果然師傅想得和我一樣，但如果是晟哥……我的心有些恍惚起來，我又想起了荒村村口，晟哥頭也不回，義無反顧地走向那架直升機的背影，如果是他送的信，是他還是很在意我的安危嗎？

我想得入神，摩托車卻突然狠狠地顛簸了一下，這裡原本就沒有什麼路，我們全是沿著特種部隊留下的痕跡走，那可以勉強當成路，但是路上那麼多凹坑，必須時時小心，我想得入神，竟然把車開進了凹坑，和師傅兩個人都被狠狠地顛了一下。

「開車小心點兒。」把車弄出凹坑的時候，已經是五點二十六分，天空依然黑沉，沒有一絲亮起來的意思，將車弄出來之後，師傅囑咐我小心點兒。

我重新騎上車，對師傅說道：「師傅，母蟲如果已經轉移了，我們不是要滿寨子地找母蟲？

那寨子中有陷阱，你說怎麼辦？」

師傅對於這個倒是很安然，只是對我說了一句：「沒有陷阱才是奇怪的事，這次行動我們沒有退路，一切都要在一天之內結束。」

「為什麼只能是一天，就算配有軍用摩托車，我怕我們到達黑岩苗寨都要下午了吧？」是啊，上次我和如雪趕路都走了兩天兩夜，雖說我們是步行，雖說我們是正常的吃飯休息，但算下來，急行軍要到黑岩苗寨也至少要下午。

「因為黑岩苗寨和那個組織在合作，你不要低估那個組織所掌握的先進科技儀器，還有他們的能力，我們只要一行動，黑岩苗寨就會知道，而喚醒母蟲只需要一天時間就夠了，如果用上特殊的方法，徹底解除母蟲的束縛，那會是一場災難，行動就會立刻升級。再如果……」師傅沉吟不語了。

我立刻意識到事情的嚴重性，母蟲的束縛我知道是什麼，我也有過猜測，我上次不是看見過嗎？一個管子連接著母蟲和那個老妖怪，老妖怪急急地要掙脫管子。

但是因為有高寧的存在，我也具體感覺不到母蟲的厲害到底在哪裡，但是師傅說是災難，那一定就是災難。

就算如此，還有再如果的事情？所以我忍不住問道：「師傅，再如果，再如果是怎麼樣？」

「再如果他們不惜代價，催動母蟲進化一層，然後進入狂暴狀態，那後果幾乎是災難性的。」師傅這樣回答我。

「什麼樣的災難性？」

「那母蟲幾乎是很難殺死的，動作卻快如閃電，牠碰到的人，都很快會老去死掉，每吸乾一個人，牠就強一層，如果牠逃跑了呢？」師傅不打算對我隱瞞什麼。

我倒吸了一口涼氣，毒藥我看過千萬種，就沒看過讓人立刻老去死掉的毒藥，但這個世界有一種「衰老症」的怪病，兒童長幾年就蒼老得跟老人一般，壽命也很短暫，具體的原因，科學其實還沒有得出能真正站得住腳的結論。可就是這樣愈發地證明，其實有些事情並不是你想像不到，它就不存在的，很少也不代表沒有。

就在我震驚之餘，發現前面的車子停了下來，不再前進了，我不由得大吼了一聲：「怎麼回事兒？」

有人回答道：「部隊也在前方，被困住了，需要最高指揮來決定。」

這次行動的最高指揮自然是我師傅，還大過指揮特種部隊的軍官，但是有什麼事情必須我師傅親自決定情況？我很疑惑。

一看錶，此時是凌晨五點三十七分。

晨，七點十二分

先行部隊二百人，是全副武裝二百人的特種部隊，他們竟然全部被堵在了這裡，是一個什麼情況？我很難想像！我不認為有任何的地形原因能困住這些身手不凡的特種兵。

師傅顯然也抱著同樣的疑惑，很快下了車，徑直朝前方走去，我連忙跟上。

軍用的探照燈照在前方，把那一片照得通明，當我和師傅走到前方的時候，一下就看清楚了前方的情景，我一看見，就憤怒地捏緊了拳頭，一群畜生。

華夏雖然有很多無人區，但黑岩苗寨所在的地方並不是什麼人類很難生存的地方，有資源的地方總會有人類的痕跡，在這一片除了黑岩苗寨控制的幾個村落外，在相隔十幾里的地方外，還是有一兩個偏僻的村落。

這些村子裡的人們雖說過著幾乎與世隔絕的生活，但是都是淳樸而善良的，我還記得我和如雪找他們借馬行路的情景，他們都很熱情，還有人說不要錢當我們的嚮導。

但此刻，這些村民竟然全部被集中了起來，跪在那一道道木柵欄的前面，背後是一些陌生人，摻雜著一些黑岩苗寨的人，舉著槍對著這些無辜的村民。

我從來沒有想到在我華夏，已經進入了文明社會那麼久以後，還有如此殘忍的場景，竟然視這些人命如草芥，而這些無辜善良的村民一定也沒有想到，文明社會竟然還會發生這樣的事情。

「這些人應該是一些國際上的雇傭軍，不知道用什麼辦法到了這裡。應該是那個組織在背後活動的力量！他們說要通過這裡也可以，他們會殺了這些村民。」特種部隊的指揮官如實地對我師傅彙報道。

這畢竟已經是文明社會，不是真正殘酷的戰爭，不可能無視兩百多條人命而強行衝過去的，而這個地方的地形也有些特殊，除了這條山谷可以通行外，兩邊都是高高的大山，我們不可能通過大山繞行，那樣的話，一天根本不可能能完成這次雷霆行動，他們用人命來堵住我們。

因為黑岩苗寨不可能會在意人命，否則，也不會有幾個像養豬仔那樣的村落存在了。

「姜指揮，這次的行動我不知道具體的情況，畢竟這不是我們部隊所能接觸到的核心機密，但是我收到的命令是說這次行動關乎到國家很大的利益，如果實在不行的話，只有捨車保帥了。少了這些阻攔，憑藉我特種部隊的素質，要不了半個小時，就可以傷亡很小的結束這場戰鬥。」

這指揮官猶豫了一下說道，眼中全是不忍，但戰鬥絕對不是兒戲，反而是一場真實的殘酷，戰爭的真相往往不能真正地書寫出來，那是普通人不能接受的。

所以，放棄這兩百多人，是有可能的，因為在那背後關係到更多人的性命，關係到更大的國家利益，所有的指揮官都是出色的選擇大師，他們必要的冷血會保證他們正確的選擇。

這個指揮官畢竟多年沒有經歷戰爭，所以他會不忍，但是他也知道什麼是正確的選擇。

「只要過了這道柵欄，再有不到三十里路，就可以到黑岩苗寨最近的村落了吧？」師傅沒有回答指揮官的問題，反而是問了那麼一句。

我望了一眼柵欄那邊，看見很多人在哭泣，正巧對上了一個漢子無神的目光，那是幾乎已經絕望的目光，那個漢子我還記得他，那個借馬給我們，熱情地帶著我們走了一段山路的漢子。

我不是什麼指揮官，從來也不會出色地選擇什麼，師傅還沒說話，我就大聲地說道：「師傅，不可以，不能讓這兩百多人去死。」

師傅望著我說道：「我們一身所學是白學的嗎？怎麼可能放棄二百多人的生命，那不是我道家大義所在，承一，去叫幾個道士來，咱們布陣。」

我面上一喜，是啊，布陣，有些事情現代科技力量不能解決，不代表我道家之人不可以解決啊！我怎麼沒有想到這個？

這時，師傅讓部隊負責掩護遮掩，帶著我快速地向後方撤去，那邊指揮官又開始了新一輪的所謂「談判」，我斷斷續續地聽到內容，黑岩苗寨的要求竟然是要我們退下去，只要一天時間就可以了。

我冷笑，大家都在爭這一天嗎？

這邊，連同我和師傅在內的十個道家之人開始忙碌起來，時間緊迫，我們準備集十人之力，布置一個陣法。這個陣法是立刻起效的陣法，類似於我的百鬼聚靈陣，只是威力大上許多，因為這個陣法類似於請神術，名叫請煞困神陣，就是說陣法的威力足夠，連神都能困住。

也就是說，這是一個請鬼的陣法，請上來的東西可不同於百鬼困靈陣聚集而來的百鬼，而是從，反正我也不知道從哪裡，就像下茅之術一樣，也不知道從哪裡請來的真正厲害的傢伙。

真正充滿了戾氣的厲鬼！

陣法由我師傅主持布置，一切都在有條不紊地進行，各種陣紋很快地畫出，各種陰器也層出不窮，這樣的大陣有傷天和，但是天道也是講究因果的，我們是為二百多人的性命而布置如此陰毒的大陣，算是一種以毒攻毒，以揚善道的大德行，所以也不是太有顧忌。

其實就如這裡的每一個道士都拿得出陰器一般，真正的道士身上帶著的，永遠不會只有光明正大的法器，因為有些時候，重要的不是手段，而是目的。

一個多小時以後，六點四十八分，大陣完成，只要布下陣眼，大陣就會啟動，這個陣法比較特殊，師傅做了些許的改動，原本這個陣的重點在於一個「困」字，但師傅特意留了一個生門給所請之物，憑藉所請之物的本能，很快就會發現這個生門，然後朝生門衝去。

生門的開口就朝著柵欄的入口，這些東西一衝出來，面對的就是那些所謂的雇傭軍和黑岩苗寨的人，這些厲鬼是什麼？充滿了戾氣的東西，一見到這些生人，後果自不必說。

而陣眼所在的地方，也就是布置在柵欄裡，那才是真正困住這些鬼物的關鍵，也就是說陣中有假生門，衝出去之後，才是陣眼所在，困鬼的關鍵。

這樣做，是為了防止這些請上來的鬼物暴起傷到無辜，控制它們行動的範圍。

而且也只有在陣法中，這些鬼才會順利地被請回去，不會出現「請神容易送神難」的尷尬。

布置陣眼的任務交給誰呢？師傅已經把陣眼所需陣紋布置在了陣盤之上，只要把陣盤放進去，然後再插入一件陰器，就能大功告成。但完成任務的人必須是一個道家之人，也只有道家之人才能找到真正的生門，然後做到全身而退地退出來。

事關二百多人的人命，這時有一個道家之人站了出來，他說道：「我去吧。」

師傅望了他一眼，沉吟道：「喜哥，你有幾分把握？」站出來之人叫做關喜哥，也是一個道家之人，為人頗有些江湖俠氣，很是豪爽，但也不乏聰明謹慎。

「應該沒有問題的。」喜哥如此說道。

布置陣眼的事情就交給了喜哥，他悄悄地去前方，和一個部隊之人交換了一身衣服，裝作部隊派去談判之人，果然一個人順利地混進了柵欄，畢竟喜哥身上沒帶任何武器，而所謂陣盤只是一個手掌大小的木塊，陣眼的陰器只是一杆棋子，關喜哥很幽默地把那杆旗子當做是屈服談判的白旗揮舞著，誰還會在意他手上拿著一杆旗子？

畢竟在這裡，是不會出現黑岩苗寨的大巫，不說大巫，就是普通巫師也不會出現，因為按照他們的布置，這些人應該在不知不覺中成了棄子，拖延時間的東西罷了，一天後屬於要全部放棄的。只是這些人自己不知道而已！所以，這些只是普通人，他們哪裡懂得道家的手段。

喜哥在柵欄裡與他們談判著，看起來還頗為友好的樣子，我的心提到了嗓子眼，也不知道喜哥找什麼機會放下陣盤，插入陣眼。

也就在談判大概進行了十分鐘以後，喜哥大概是表示要方便一下，走到了一個稍微偏僻的地方，做出了小便的樣子，也就是在那時，我看見喜哥彎了一下腰，然後裝作無意的樣子把旗子插在了地上。

霎時，在我身後所在的大陣，一下子狂風刮起，大陣啟動。

此時，是清晨七點十二分。

上午，十一點二十七分

我閉上眼不想去看這殘忍的一幕，無奈的是，我卻不得不「看」，也不知道是不是因為請來的厲鬼煞氣太重，造成的氣場影響太強，我的天眼自動開了。

這不是比旁人看得還要分明嗎？我很無奈，只能睜開了眼睛。

被厲鬼纏住的人是可憐又可怕的，當陣法被喜哥成功發動了之後，半分鐘不到，那柵欄後的人，就全部被厲鬼纏身。

為什麼說可憐？可憐就是你所看見的全部都不真實，你卻偏偏活在那樣的不真實中，而且深信不疑，當你發現真相時，後果已經很殘忍。

為什麼說可怕？可怕是因為厲鬼帶給你的幻覺會很美好嗎？全部都是處處致命的幻覺，就比如我現在看見的，那些被厲鬼纏身的人，面目扭曲，表情猙獰，有些意志頑固的還在抵抗，有一些已經深陷幻境，竟然開始自殘，極其殘酷的自殘。

甚至我看見還有人口吐白沫，倒在地上掙扎不已，這是突發性心梗的表現，被嚇到了極致，偏偏自身意志不夠堅強的話，就會出現類似心臟病發作的情況。

按說，雇傭軍的內心應該是極其強悍的，可是不到五分鐘，就出現了這種類似於人間地獄的景象，我不得不感慨，師傅的憤怒已經通過他的行動表現了出來，他請的傢伙很厲害。

「是不是覺得很殘忍？」師傅在我身邊對我說道。

「沒有原則的仁慈不是善，反倒是惡，徒添世間很多因果。師傅，你的話我不敢忘。只不過這一幕確實有如地獄。」歲月帶給我的是成熟，若是再年輕個幾歲，說不定我又會衝動的不忍。

「心中裝著地獄，總有一天也會經歷地獄，這是他們的果，從他們對這些村民下手的一刻，地獄已經裝入了他們的心中。只是善之道，也是很難，既是發自本心純粹的善，卻也要是理智的善，原本就很矛盾，道永遠是一個微妙的平衡點，就如在茫茫宇宙尋找一顆中心的星球，道難得啊。」師傅歎道。

我不明白師傅為什麼會在這個時候為我講道，彷彿爭分奪秒一般，但是我還是認真地聽著，其實對於善的道理，用話只是簡單，不要為善而善，不要為補（彌補）而善，不能有目的，必須做到自然得如同吃飯一般，而這般領悟起來，卻是千般不得要領，師傅難得在心境上點撥，我也用心去悟。

加了一個理智在其中，我忽然有點領悟，簡單地說，就如吃飯這種平常之事，理智地吃，總是對身體有益處的，而不分青紅皂白地吃，卻會帶來一些因果。

就如一個膽結石的患者，非去多吃雞蛋不可，就會種下病更難癒的惡果。

我陷入沉思的時候，特種部隊的指揮官已經走了過來，對我師傅說道：「人質已經解救完畢，那些人怎麼處理？是就地處決，還是？」

原來在那些人被厲鬼纏身的剎那，師傅就已經吩咐部隊去解救人質，務必要快，畢竟這些人手持武器，在厲鬼纏身之下，難免做出瘋狂的舉動，萬一走火傷人，那就是極其不好的結果。

大陣可以控制厲鬼，可不能控制人們恐懼中延伸的思想。

「繳了他們的武器，全部制服起來，留下一個小隊看管，通知相關部門來接手。」師傅簡單吩咐了一句。

「可是這樣會分散人手，而且比較耽誤時間啊。」指揮官如此說道，這些雇傭軍哪個身上是很乾淨的？特別是能被那個組織雇傭到的雇傭軍，更不可能是什麼正義之師！更別說，黑岩苗寨的人，他們更是這次被打擊的重點對象。

指揮官當然有疑問，此刻倒顯得我師傅有些婦人之仁了！

「國家要給他們什麼刑罰，我不管！但是我不沾染這些因果。」師傅轉身就走掉了，其實我看著師傅的背影，心裡明白，他終究是不忍看著那麼多人命，因為他的一句話而消失。

儘管，殺了這些人，也不算沾因果，畢竟是為救二百多無辜的人，一因一果已經抵消。

我臉上露出一絲微笑，所以，姜立淳是陳承一的師傅，陳承一是姜立淳的徒弟，承的可不光是這道統。

特種部隊的基本裝備自然包括辟邪之物，他們有自己的專業素養，衝進去很快就收拾了這柵欄後根本沒有抵抗的雜牌部隊。

師傅指揮著收了陣法，看了一眼天色，歎息了一聲，說了一句出發！

有特種部隊開路，又有軍用摩托車，我們的速度比那時我和如雪一路行來快了很多，當我們趕到黑岩苗寨控制的最近一個村落時，還沒有到中午。

可我總覺得時間有些緊迫，不由得抱怨道：「師傅，就算我們凌晨一點多出發，掩人耳目，按照那個組織的能力，最多多拖延一些時間，就得到了消息。最好的情況，我們不過有

二十五、六個小時的時間，為什麼不用飛機？」

師傅望了我一眼，淡淡地說道：「你會跳傘嗎？還是想在天上給人當靶子？另外，就算你跳下來了，能精確地跳到指定地點嗎？還是說，一跳下來，就給人等在地上捉去了？如果這是人人都可以的，國家也就不需要專門培養傘兵了，在這樣的行動裡可不是兒戲！那些特種兵倒是會，他們早早地跳下來了，我們卻沒及時趕到，你覺得後果是什麼，別看他們全副武裝，但只要躲在暗處的大巫一個大型巫術……」

我冷汗流了下來，想起了剛才那個部隊的下場，的確，對付大的軍團，這些大巫或者沒有辦法，但是這二百人的部隊，他們倒是可以做到的。

也就是在說話間，我和師傅已經走近了村落，在村外，那些特種部隊已經非常專業地佔據了村子的各個點，沒有一個人可以逃出來。

進村的事情，自然是我們這些專業人士處理。這倒不是針對那些村民，真正的針對是村民肚子裡的東西，那些幼蟲！在行動中，有任務就是這個，不能放過一隻幼蟲！

我和如雪曾經來過這村子，當時就很奇怪這些村民的狀態，留下了不少疑惑，師傅卻對我全部講清楚了，這些村民就是幼蟲的「飼料」，用自己的壽命飼養這些幼蟲。

好在這種幼蟲卵是難得的，母蟲產下很多卵，都不見得有幾隻這種「蟲王」，大多是些血線蛾啊，或者一些奇怪的蟲子！

是的，他們稱這種幼蟲為蟲王，也就是母蟲真正的「繼承者」，這些蟲王還是蟲卵時，就被放入人的身體裡培養，可恨的是，一個人的壽命精血往往還不能支撐一顆卵孵化，需要好幾個人才能做到如此。當然，遇見壽命長的、精血旺的可以縮短這一過程。

幾百年來，黑岩苗寨的蟲卵也累積得夠多，所以這些村子裡，幾乎每一個成年人身體裡都被種上了蟲卵。至於孩子倒是可以免災，因為這蟲卵很奇怪，不到十四歲的孩子，牠吸收不了任何東西，反而會因為沒有「營養」的時間過長而「沉睡」，再次等待孵化，怕又要多消耗幾個人。

這就是黑岩苗寨畜生不如的地方！當師傅告訴我這一切時，我真的感覺一腔怒氣都無處發洩，真的很想找個黑岩苗寨的人來狠狠揍一頓。

我、師傅、慧大爺、陳師叔、承心哥，我們五人走在最前面，不到一會兒就走進了完全被特種部隊控制的村落。

整個村落靜悄悄的。

我很奇怪，為什麼會那麼安靜，以前這個村子的人雖然懶散，顯得少了生氣，但也不至於安靜到如此的地步啊？

可是，下一刻，答案就出現在了我的眼前……

此時，上午十一點過二十七分。

午，十二點四十一分

因為走過進村那個拐角，我就看見了一地屍體，一地蒼老的屍體，彷彿死亡的全部都是老年人！我自問走過這二十幾年的歲月，大場面看了不少，但看見這些橫七豎八的屍體時，我整個還是忍不住顫抖，胃也開始抽搐！我是人，第一次看見那麼多同類的屍體，我不可能無動於衷。

終於，我蹲在地上，忍不住——吐了！

和我同樣狼狽的還有承心哥，當然他比我好一些，始終他是學醫的人。

好容易平靜了下來，我才領悟到，什麼殭屍、乾屍、鬼怪都不可怕，可怕的是那些活生生的屍體，臉上還殘留著死前情緒的屍體，那是同類間割不斷的共鳴。

我站了起來，特種部隊的指揮官此時也衝進了村子，他先是吃驚加憤怒地望了望這一地的屍體，接下來才深呼吸了一下，對我師傅彙報到在布控的其中一個點，發現大量的潛逃痕跡，已經指揮部分部隊追了上去。

這很明顯，我們突破得太快，這些人是匆匆逃跑的，所以痕跡明顯，當然也沒有跑多遠。而部隊之所以沒發現村子裡的情況，是因為他們要第一時間佔據要地布控，還沒有進入村子。

師傅揚了揚眉毛，說道：「都追上去吧，我們隨後就到，這個村子恐怕沒有活口了。」師傅平靜之下的憤怒，我感覺得到，這個憤怒遠遠大於剛才在柵欄那邊的憤怒，師傅只是在壓抑而已。

我看見他的手都在顫抖。

此時，陳師叔已經檢查完那些屍體，站起來對師傅說道：「死亡時間不超過一個小時，蟲子全部被取走，另外還有這個，慧大師，這個，我請求你，多超渡一下吧。」

說話的時候，陳師叔的眼眶紅了，師傅曾說過，在他們幾個師兄弟中，最心軟的就是這學醫的陳師叔，我很奇怪，陳師叔為何如此傷感？

還是師傅比較瞭解陳師叔，朝著陳師叔手指的地方走去，我連忙跟上，可我還沒有走到，就聽見走到的師傅罵了一句：「狗日的！」

我很少見到師傅如此失態，趕緊快走了兩步，跟上前去，眼前看到的場景讓我一下子憤怒地把拳頭重重搥在了牆上，我的眼圈也紅了，因為這些牆遮擋後，竟然全部是小孩子的屍體。

我還看見那幾張熟悉的臉，那是我和如雪第一晚投宿的人家，那不和的夫妻的孩子，那個小丫頭也在，我還記得她乖巧的樣子，感歎著能多吃幾個土豆真好，我還記得她心疼母親，卻被推開無辜的樣子。她媽曾經感慨都是豬仔，可是……可是我此刻多希望她活著，哪怕是豬仔一般的活著都好啊，因為活著能等到我們來救她！

我牙關緊咬，孩子何罪！況且他們也還不到能被這些喪心病狂的傢伙當做飼料的年紀，在這種情況下，他們竟然用亂槍打死了這些孩子。

「他們可以放走這些孩子的。」站在我旁邊的是承心哥，他此刻正用一張潔白的手帕輕擦眼角，換做平日，我少不得會笑笑他，愛乾淨到像女人，但此時我笑不出來。

「阿彌陀佛，貧僧就算耽誤一些時間，也會好好超渡這些孩子。你們快去追上那批人吧，他們罪不可恕，貧僧不開殺戒，但不介意看著你們大開殺戒。」慧大爺如此說道。

此時，我覺得這個不怎麼嚴格遵守規矩的老和尚可愛極了，他這樣有悲有喜，遠遠地所謂無悲無喜的高境界可愛多了。

原本慧大爺來這裡，可不是像上次那樣是來超渡的，但他還是做了，甚至不惜耽誤一些時間。而我們則趕快配合部隊追了上去。

師傅嫌摩托車慢，不如馬匹，到了這種時候，他直接牽過一匹馬，率先第一個就追了上去，這些馬是我們向距離這裡最近的村子借的，馬倒不少，畢竟馬是這些村子主要的運輸工具。

看見師傅快馬加鞭地跑在了前面，我趕緊也牽過一匹馬跟上了，緊跟著我們的是一些特種兵，還有另外幾個親眼目睹了這幕慘景的道士，包括關喜哥。

面對這種慘景，只要是有血性的人，就沒有不憤怒的，我一腔怒火，馬兒在鞭子的催打下，跑得呼呼生風，那刮得臉都生疼的風，只是把我心中這把怒火吹得越來越旺！

「老子得拚命，老子總算能體會戰場上拚命的人是什麼感覺了！」關喜哥不知道什麼時候，已經快馬加鞭跑到了我的身邊，幾乎是怒吼著對我說道。

「是啊，老子要拚命！」我回敬他的是同樣的話。

我們的血，此刻是沸騰的。馬兒在我們不要命的鞭笞下，幾乎是跑到了極限，甚至有的馬兒已經開始口吐白沫，也就在這個時候，我們看見了前方人的身影。

那是一群帶著武器的人，其中有黑岩苗寨的人，有雇傭軍，還有一部分那個組織的人，不要問我為什麼分辨得出來，因為只有那個傻×組織才會在衣服的顯眼位置，弄上一個同樣傻×兮兮的似笑非笑的臉。

師傅此刻還在馬上，卻已經雙手掐訣，我一眼就認出了師傅所掐之訣，那是一種增強術法威力的手訣，用出來損耗會比較大，可見師傅已經憤怒到了什麼程度。

師傅要施展的術法同樣應該是那種平時他不會用，也比較禁止我用的陰毒術法吧。

我哪裡管得到那麼多，同樣開始掐訣，腦子裡的憤怒燒得我已經忘記了自身的安危，根本無視前面是一群帶著武器的人，我一個運氣不好，一顆子彈都能打死我。

「凌青，助我！」師傅大喝了一聲就開始行咒，策馬的速度也慢了起來。

這時，我才注意到凌青奶奶不知道什麼時候也跟了上來，面對師傅的喝聲，凌青奶奶二話不說，反手一隻巨大無比的蜂子就飛了出來，我根本不知道這是什麼蜂，到底是屬於蜜蜂，還是馬蜂，還是其他什麼的……

一隻，再一隻，再一隻，凌青奶奶一口氣放出了七隻這樣的巨蜂，然後開始吹奏起奇怪的嗡鳴聲，配合她的是那些巨蜂也開始四下飛舞，發出同樣的嗡鳴聲，也開始飛舞出特殊的8字。

這時，前面已經有人注意到了我們，特別是注意到了凌青奶奶，其中有一個人大吼道：「快打死那個老太婆，她是月堰苗寨的蠱女，她放出了蜂王，身上有壓制群蜂的蜂后，不出片刻，整片山上的馬蜂都會被她引來！」

說完，我還聽到這個人大罵道：「怎麼她會有蜂王！還那麼多？」

這群人中原來有一個蠱苗啊！師傅已經在行咒，根本不可能分心指揮，我大喊道：「掩護凌青奶奶，把她圍在中間，快！」

這些特種戰士，才不愧為真正的士兵，立刻衝上了前去，快速圍住了凌青奶奶，其中一人把凌青奶奶的身子按低了下去。

前面那些人已經開始在馬上斷斷續續地朝著這邊開槍，這些特種兵們也毫不客氣地給予還擊。說起裝備，這些散兵們的裝備不算差，但也不能同特種部隊相比，為了避免出現太多傷亡，特種部隊的士兵們在開槍的同時，也投出了煙幕彈。

「退，退出這些人手雷的範圍。」指揮官的作用在此時也顯現了出來。

雖然，一切措施都做得很及時，但此時卻已經出現了傷亡，當然那邊的人更慘一些。

也就在此時，山間響起了大片的嗡嗡嗡的聲音，我被一個特種兵幾乎是帶著馬後退，也忍不住抬頭一看，從遠處升起了一小片黑雲，快速地朝著這邊飛來。

都說蜂類動物之間充滿了奇特的感應和交流，具體的我不懂，可此時我卻看見了，那小一片黑雲，是由鋪天蓋地的馬蜂組成！

這些東西才不是幾顆子彈可以收拾的傢伙，被牠們盯上了，你就算是個神槍手，也沒辦法開槍了，因為你全身上下，牠無所不叮！

「哈哈哈……」我幾乎是咬著牙狂笑了幾聲，下一刻，我毫不猶豫地掐了一個跟師傅一樣的手訣，媽的，老子要用最惡毒的詛咒術！

此刻混戰，時間指向了中午十二點四十一分。

十四點五十一分

馬蜂群很快就飛到了那群人所在的地方，如果說被厲鬼纏身是一齣從內心感覺到恐怖的慘劇，那麼被蜂群攻擊就是視覺上恐怖的影像。

隨著煙幕彈的散去，那群人的慘像出現在了我們面前。

他們大概有三、四十人，每個人身上都密密麻麻地布滿了不下上百隻馬蜂，還有馬蜂在源源不斷地加入，這樣被覆蓋著，你除了能認出是一個人形，根本就看不出那個人具體的樣子。

慘嚎聲響成一片，有人耐不住馬蜂刺帶來的痛癢，一抓臉，竟然會抓下一大團血肉，還不自知，看起來真的是慘絕人寰。

這是我第一次對蠱苗的攻擊力產生出一個直觀的認知，如果他們願意加入部隊，在部隊的掩護下，一個人的戰鬥力，我想不會下於一個連。

或許我的說法有些誇張，畢竟一個寨子裡像凌青奶奶這樣的蠱女又有多少呢？面對這副慘狀，我沒有心軟，想著那些小孩子的臉，我反而有一種異樣的痛快。

師傅已經停止了念咒，他無奈地對凌青奶奶說道：「我讓妳助我，妳卻如此用力過度，看起來已經沒有我什麼事兒了。」

「想手刃這些人的，可不止是你。」凌青奶奶看都沒看我師傅一眼，只是盯著那群人的所在，如此說道。

我也停止了術法，師傅那邊都沒什麼事兒了，何況是我？關喜哥立馬於我身邊，說道：「不痛快，真是一點都不痛快，這些狗雜種，我還指望一個個地把他們揍到半死之後，才殺掉呢！」

我對關喜哥這個人的印象不錯，聽聞他這樣說道，不禁笑了一下，說道：「這樣也好，有了凌青奶奶這一招，我們這邊的戰士可以少做一些犧牲。」

「戰鬥都是要死人的。」關喜哥嘴一撇，有些無奈地說道。

馬蜂群源源不絕，這些人根本避無可避，跑都跑不掉，最終一個個都被馬蜂活活地螫死，直到所有人都不能再動彈了，凌青奶奶才收了術，不知道用什麼法子驅散了馬蜂群。

她所掌握的這一門手段真的可以說得上是驚人，如果用來武裝部隊，有著這樣想法的人可不只我一個，面對指揮官炙熱的目光，凌青奶奶說道：「不要指望了，我這蜂蠱所需的蜂后是人工培育出來的，世間僅此一隻，如果牠死了，不知道又要耗費多久的時間來培育。」

是啊，太過逆天的東西，這世間哪能存在太多？

一場大戰，竟然是凌青奶奶一個人發威，就這樣結束了，我們這邊傷了好幾個戰士，其中有一個運氣不好，被流彈打中腦袋，是當場身亡。

戰鬥都是要死人的，望著我們這邊犧牲的戰士，我的心裡有些悲哀，都是人，為什麼相互之間一定要有你死我活？可惜有些事情就算有答案，也是無法阻止的。

那邊有三十七個人，在馬蜂群下幾乎無一倖免，我不想描述這些被馬蜂螫死之人的慘狀，只是在心裡告慰著孩子們的亡魂，卻在此時，有人高喊道：「這裡還有一個人沒死。」

沒死的人很快就被弄明白了身分，是一個黑岩苗寨的蠱苗，面對凌青奶奶這樣的蠱女，他幾乎毫無戰鬥之力，但他好歹是一個蠱苗，馬蜂也屬於昆蟲的一種，面對蟲子，一個蠱苗總是有一些自保的辦法的，他沒死也算正常。

當然，我們找的也就是他，果然在他身上，我們搜到了幼小的「蟲王」，還有沒有孵化的「蟲王卵」，加起來，數量有好幾百。

這好幾百的蟲子，耗費的卻不知道是多少人的生命。

「我沒有殺人，我一個人也沒殺，我就是跟著來收回蟲王和蟲王卵的，我願意投降，願意的，你們不要殺我。」那蠱苗不停地求情。

而我師傅只是說了一句話：「掌握了那種惡魔蟲子的培育和進化法的蠱苗都沒有再存在的道理。」然後就轉身離去了。

師傅轉身離去後不久，一聲清脆的槍鳴聲響起，那個蠱苗躲過了馬蜂群，但終究沒有躲過命運的審判，就如師傅所說，掌握了這些的蠱苗都沒有再存在的道理，因為他們每個人身後站著的都是不知道多少活人的生命。

那個蠱苗的死，沒讓我的心起任何漣漪，我跟上了師傅，而師傅則和凌青奶奶說著話：「這些蟲子的數目對上了？」

「對上了。」凌青奶奶如此回答道，但聲音卻有些淒然。

接下來，就是長長的沉默，不知道內情的人也許不明白這話是什麼意思，但我卻對這簡單的兩句話裡包含裡的意思一清二楚。

國家一直都容忍黑岩苗寨的存在，但這種容忍確切點兒說，不是無視，而是「緩兵之計」，表面上好像不理會黑岩苗寨的存在，實際上卻一直在對黑岩苗寨做各種的調查。

這種幼蟲和蟲卵存在多少，國家是有具體資料的，數目對上了，也就意味著，黑岩苗寨控制的村落，幾乎無一人生還！第一個村子的孩子都沒有放過，其他幾個村子的孩子，他們也不可能放過。

這件事其實在我是有心理準備的，畢竟我們剛才到的村子是最週邊的村子，連他們都遭受到了毒手，其他村子能跑掉嗎？

但無論如何，我的心裡還有一絲僥倖，總想著，他們萬一是從週邊開始清剿呢？這種可能可笑得連我自己都不相信，但事實真的擺在眼前的時候，我還是覺得失望和悲哀。

「師傅，是不是我們害了他們？」如果我們不來進攻黑岩苗寨，這些孩子也就不會死，我也不知道怎麼就冒出了這個想法。

師傅默然，過了好半天才說道：「不是。因果，只講因與果，我們的進攻不過是加速了果，而非因。我明白你的難過，但你要記得，所謂大義有時是殘忍的，它在乎於大，知道嗎？」

師傅的話說得不是太明白，可我能理解，在乎於大，有時就要放棄小，這個世間的事總是處處存在著缺憾，你只能選擇，儘管這種選擇你也不情願。

知道村落已被盡毀，這沿途也就沒有了什麼阻礙，休整了一下隊伍，我們就繼續出發了，只不過那血淋淋的現實，讓每個人心裡都憋著一口氣。

沿途非常安靜，安靜到有些詭異，連一個「敵人」都沒有發現，偶爾路過一些村莊，還是會派人查探一下，得到的結果卻總是一樣的，沒有任何人生還。

部隊前進的速度不慢，兩個多小時以後，終於來到了黑岩苗寨山腳下的那條土路，我記得就是在這條路上，我第一次遇見了補周，還因為如雪和他打了一架。

想到這裡，我有些恍惚，我對補周是討厭的，卻不覺得這個人有什麼大惡，難道這一次他也會死嗎？也許吧，這次不是要把黑岩苗寨連根拔起嗎？

在這一條土路上，也沒有什麼動靜，依舊是安靜得可怕，看不到一個黑岩苗寨的人，靜默地走了十幾分鐘，我們來到了黑岩苗寨所在的山腳下。這一次，我們終於看見了黑岩苗寨的人，大量的人！

他們是守在上山路上的路口處的，在這裡布置了大量的柵欄，而且還修建了大量的防禦工事，那副模樣，倒像是要死守寨子的樣子。

要知道，黑岩苗寨在山頂，要到這山勢嚴峻的山頂就只有一條路，要想從其他的地方上山也不是不行，第一，除非你是登山專家，有專業的登山工具。第二，你耗得起這個時間。

在柵欄後，無疑就是黑岩苗寨的人，我在黑岩苗寨生活過一些日子，看著這些人的面孔，我隱隱都有些眼熟，他們是寨子裡的普通人。

在這裡，我沒有再看見雇傭兵的身影，也沒看見那個組織的人，所有的，都只是黑岩苗寨的人，領頭的正是烈周！看到這幕場景，我師傅騎馬走了出來。

此刻，是下午二點五十一分。

十五點二十六分

要說我對黑岩苗寨的人有什麼好感，那是不太可能的，畢竟這個寨子做了太多天怒人怨的事情，可我在黑岩苗寨生活了一段日子，那些普通黑苗人，我對他們並沒有什麼仇恨。

他們在整件事情上是否無辜，我並不知道，可在那些被困的日子裡，這些人的生活我是一清二楚的，和普通勤勞的老百姓沒有什麼不同，一樣是日出而作，日落而息。

由於寨子本身缺少耕種的土地，以及本身閉塞，他們的日子可能更加辛苦一些，除了耕種一些薄地，飼養家畜，很多時候還要出去打獵。對於我的存在，他們也沒有表現得多惡毒，混熟了之後，常常還是會給我一個微笑，用半生不熟的漢語招呼幾句。

對於師傅站出來，我的心一下子提到了嗓子眼，這一千多個苗人，守在這裡，儘管手中有槍，也只是少數人，大多數人拿著的只是一些獵刀和棍子，就他們這樣的裝備和裝備精良的特種部隊開戰，就算是仗著地利，也是必死無疑。在其中，我還看見了十幾歲的少年，臉上的稚氣都沒有退去。

也就在這時，師傅說話了：「烈周，你們寨子那些老妖怪怕是沒有料到我們那麼快就來了，倉促之下派你們來抵抗的吧？」

烈周望著我師傅，眼中倒是沒有多少仇恨意思，有的只是無奈和一種豁出去了的表情，他單手緊握著腰間的大刀，我看得出來他很緊張。

在這個時候，我也看見了補周，他面色有些蒼白地站在烈周的身後，顯得有些害怕，一直以來補周都以為自己是一個王子，囂張而蠻橫，這種樣子倒是我第一次見到。

雖然我很討厭他，但是見到他這個樣子和即將面對的命運，我並沒有覺得有任何爽快的感覺。

補周也看見了我，在沉默的對峙中，他有些發抖地挪動了出來，對著我，小聲地說了一句：「如果我死了，你幫我跟如雪說一聲，我不能娶她了，但還是喜歡她的。」說完後，脖子一縮，又退了回去。

這一幕原本是好笑的，可我笑不出來，我是徹底看出來了，這補周原來不是什麼膽大之人，可是在他心中的如雪竟然給了他如此大的勇氣，敢在兩軍對峙的當口，站出來說那麼一句話。

我沒有出言諷刺他什麼，而是面對著他希翼的目光，很是鄭重地點了點頭。

「也許你們不會死。」師傅自然是看到了這一切，忽然語出驚人。

我心中震驚，望向了師傅，莫非師傅還有保全這些普通人性命的辦法？和我同樣震驚的還有大多數人，但師傅是這次行動的最高指揮官，這種時候並不會有人對師傅的決定提出質疑。

烈周眼中閃爍著疑惑的光芒，但同時我從他臉上看到了希望，他也知道，師傅說的只是也許，這背後一定有什麼條件，他看著師傅，心中也不知道在想些什麼。

師傅彷彿是吊足了所有人的胃口，才身子前倚，半靠在馬脖子上說道：「這裡雖然偏僻得緊，但也不是什麼窮山惡水，與世隔絕之地，為什麼不跑？」

剛才才說不會死，現在又問為什麼不跑，烈周顯然沒從師傅跳躍性的思維中反應過來，他下意識地說道：「你們要對付我們寨子，我們是知道的。想跑也是想過的，但出了這方圓百里的地方，全部都被部隊以各種名義包圍了起來，你以為我們不知道嗎？」

「你原來是知道的啊！」師傅臉上帶著笑容，如此說道。

為了配合這次行動，國家早就布了天羅地網，就是要來個關門打狗，這寨子裡的人除非是一頭扎進山林，再不出來，否則絕對是一個人都跑不掉，但就算是扎進山林，在事後拉網式的搜捕中，也休想跑掉。

那個惡魔蟲的可怕，相關部門的人是知道的，這次行動根本不可能允許有一條漏網之魚，為整個國家的以後帶來不安定的因素。

「姜師傅，你一直是我們寨子的監管人，我自問對你還是有幾分敬重，你徒弟被奉命抓進我們寨子，我自問也是以禮相待，你是要在大戰前玩弄我烈周嗎？」烈周忽然不忿地開口。

「我沒有玩弄你的意思。」師傅說話間，目光搜尋了一番，然後才說道：「烈周，你這個寨主也恁得可憐，帶下來的全是普通的族人，蠱苗和巫苗可是一個都沒有，是派你下來當炮灰了嗎？我想問你，這黑岩苗寨到底還是不是黑岩苗寨？它是你們黑苗的黑岩苗寨，還是變成了那些老妖怪和有心之人的利用工具？」

我曾經就聽聞如雪說過，高寧也暗示過。黑岩苗寨其實內部不合，已經分為了兩部分，一部分是以烈周為主的普通苗人，一部分是那些老妖怪和蠱苗及巫師等等高層。

畢竟不死不是人人享得，無端淪為他人的利用工具，只要有些思想的人都會心生不忿吧。像別的生苗寨子，不論蠱苗或巫師都是守護寨子的所在，而從來不是高人一等的特權階級，寨子有難，首先站出來的就是這些人，而不是普通的族人，這黑岩苗寨倒好，普通的族人成了攔截我們的炮灰。

「姜師傅，你什麼意思就直接說吧。」聽聞我師傅的話，烈周臉上的肌肉明顯抖動了一下，顯然師傅的話戳到了他的痛處，讓他的心情不是那麼平靜了。

「你們走吧，離開這裡，在外面自然有部隊等著你們。有罪之人，國家會給予懲罰，無罪的人，也會讓你們繼續生活下去，你們可以毗鄰月堰苗寨，建立你們新的寨子。國家從來沒有想過要把你們黑苗人滅族，烈周，你看如何？」師傅認真地對烈周說道。

烈周表情一變，神情有些憤怒，他望著師傅說道：「你要我烈周當叛族之人？」

「叛族？」師傅露出一絲詫異的神色，然後才手一指，指著山頂的方向說道：「我一直以為叛族的人是他們，怎麼成了你？我還想不明白，為什麼你要用全族人的性命來保衛叛徒！黑苗人在我眼裡，雖然是一族好戰、手段激烈的人，但從來也是光明正大的人。你自問，由於某種蟲子的出現，你們黑苗一族變成了什麼樣子？傳承的蠱術拋棄了，全部變成了圍繞那蟲子衍生的蟲術，巫術沒落了，一切的心思都在那個蟲子身上，你們還是黑苗人嗎？你們怕是變成了蟲子的奴隸！」

師傅的每句話都擲地有聲，而烈周根本無從反駁，而寨子裡族長和某些老妖怪的矛盾也不是他這一代才存在的，說起來，已經有上百年了，師傅的話無疑點燃了他心中的積怨。

他低頭沉思了一會兒，然後轉身，對著他身後的族人說道：「姜師傅大家也不陌生，他的話大家也聽見了，是要留下來死戰，還是選擇姜師傅的辦法，大家給個意見吧，願意走的就舉起右手，如果是大多數人，我烈周就算背著罵名也把大家帶出這裡。」

烈周的話剛落音，師傅忽然就大聲吼道：「如果在這裡有一個人反抗，有一個子彈打出來，就絕對沒有再選擇的餘地。」

這話師傅用上了吼功的一種，滾滾而來，充滿了壓抑的威懾力，讓聽見之人心中都不免顫抖，隨著師傅的話音落下，特種部隊的士兵都無言地拉開了槍栓，「跨啦」一聲聲槍栓打開的聲音，帶來的壓力也不比師傅的吼聲來得小。

師傅就是要逼烈周選擇！他也怕這裡面有頑固分子，故意給他們壓力。

果然，在這種壓力下，有人開始舉起了右手，甚至有人吼道：「我死可以，可是把我們的女人、孩子都趕下來，他們沒有把我們當成族人！」

這時，我也才注意到，在人群的中間原來還圍著婦人與小孩，原來這寨子真的是棄得一絲不留，怪不得百年來，這個寨子中，矛盾會積壓得如此之深。

但換一個想法，如果有一個人觸摸到了長生的門檻，那對那個人來說，除了長生也就沒什麼是重要的了，能利用的就利用，能拋棄的也就拋棄了。

這個人的喊聲，立刻引起了人們的共鳴，當下很多人都毫不猶豫地舉起了自己的右手，這時有人問道：「什麼有罪的，有罪的會死嗎？」

這一個問題，又使很多人猶豫了起來，原本兵不血刃，就可以解決的一場戰鬥，難道又要生出變故？

此時，是下午三點二十六分。

第十八章　百年計謀與五行之術

這個問題是不能回避的，是人都會擔心，面對這樣的問題，師傅的面色沒有任何的改變，反倒是冷哼了一聲，大聲說道：「有罪的人，就要接受懲罰，這是千古不變的道理。你們寨子為了錢，出去招搖撞騙的人少了嗎？我可以明確地告訴你們，你們寨子在外的騙子已經全部被抓住了，曾經出去騙人，已經回到的寨子的人，依然會受到懲罰。但是這個畢竟不關係到人命，所以沒有死罪，但是活罪難逃，依然會進監獄被關押的，你們自己決定吧。」

只要不會死，只是進監獄那就是還有希望的，國家有很多特殊隱蔽的監獄用來關押特殊的犯人，想必這寨子的人應該關押在那些地方，畢竟涉及到太多隱祕了。

只是在外的人都被抓了，我想起幾年前的往事，那個目光兇狠如狼的阿波竟然也被抓了？這時，黑岩苗寨的人還在進行著所謂的舉手表決，我不禁小聲問師傅：「那個阿波，師傅，就是被我撞見騙局的那個阿波也被抓了？」

師傅看了我一眼，搖頭說道：「因為牽涉到你，我特地去查了一下，這個人沒有被抓，而是在兩年前自殺死了。那個時候，他正巧被堵在了一個小旅館，他毫不猶豫地就自殺了。很頑固的！」

他死了？我和那個人只是萍水相逢，匆忙看過一眼，卻沒想到這個目光如狼的年輕人竟然會那麼極端。

師傅接著說道：「他的祖上，我也不太清楚是哪一輩，總之有一個人是老妖怪中的一個，他那麼頑固也是有理由的。」

他竟然還是老妖怪的子孫？我還真沒想到，但我還是不禁問道：「那時，還是隱忍不發的時候，這樣抓他們的人合適嗎？」

「如果沒有被揭穿，倒也可以睜一隻眼，閉一隻眼。可是被揭穿了，當然是抓的，當年的協定就是要黑岩苗寨的人偏安一隅，他們出來騙人，被逮住了小辮子，我們自然抓得，他們也沒話說。而你，等一下要小心被老妖怪盯上，這個寨子雖然閉塞，出外的族人他們不好聯繫，但他們和那個組織合作了，有心一問，還是能得到消息。特別是這一次，那些老妖怪應該全部都『起來』了。」師傅小聲地對我說道。

我無言，所以說我命運多仄，那麼久遠的事情，也能成為我的一個因，看來命運從來不是跟我開玩笑呢，它是認真地在和我玩。

我和師傅說話間，那邊寨子的人已經做出了決定，烈周大聲對我師傅喊道：「姜師傅，我們已經做出了決定，我帶著寨子的人走，希望你能實現你的承諾，保我黑苗人的傳承。」

師傅平靜地說道：「你去吧，黑苗傳承不會斷，你們不會被滅族。只要你們安心地待在華夏這片土地上，不再有什麼不合適的想法，一切都不是問題。」

烈周倒也乾脆，行了一個苗人特有的禮，帶著族人就走了，部隊自動讓開了一條路，讓浩浩蕩蕩的人群經過，我也站在路邊，心下鬆了一口氣，一場血戰轉眼之間就被化解，總讓我有一種不真實的感覺。

補周經過我身邊的時候停了下來，他對我說道：「這下我要住到如雪的附近了，我沒有犯過罪的！但是我決定不討厭你了，畢竟剛才你也沒有趁機報復我。我會和你公平地競爭如雪的。」

他說完就走，這樣也好，我也不知道怎麼回答，畢竟我和如雪的事情不足與外人道。但補周這樣也算是一種幸福吧，至少他可以放肆地去喜歡如雪，就算最終沒得到，也強過我，生生地把自己的感情掐斷。

「烈周，你這個叛徒，你會付出代價的。」就在這時，一個聲音從山坡上傳來，在這安靜的時刻，顯得分外地刺耳。

人群停了下來，烈周也站住了，我跟著回頭一看，此時從山上跑下來了幾個人，正站在離山腳不遠的地方，大聲地喝罵著烈周。

烈周站了出來，大聲地回敬道：「你們這些人，平日裡高高在上，此時也害得我黑岩差點滅族。我烈周帶著族人離開有什麼錯？我們不會再當你們的棋子，我們走！」

說完，烈周帶著族人頭也不回地走了，那幾個人也不敢下來，只是站在山坡上喝罵著，我心中本就鬱悶，看了一眼他們，吼了一句：「滾回山上去，等下我們自然會上來，要送死也不用那麼急吧？」

師傅讚賞地看了我一眼，顯然這些人在耳邊聒噪，不是一件愉快的事兒。

我們這邊人多勢眾，面對我一句毫不客氣的話，這幾個人也不敢反駁，惡狠狠地丟了一句：「你們等著。」便轉身就跑，那速度之快，猶如受驚的兔子。

看著他們，我沒有任何嘲笑的意思，這一路走來，不過是些「開胃小菜」，我明白真正的大戰會發生在上山之後。

那邊，黑岩苗寨的人已經走遠，隨著他們的離去，一切恩怨已消，就算烈周曾帶著人來月堰苗寨圍寨，此刻也沒有人會再去刻意地計較。

畢竟，是兩方不同的勢力，烈周還是受到那些老妖怪的控制，沒有立場不那樣做。

而國家也從來沒有那麼殘忍地要對誰滅族，留一線生機，是老天爺一直以來的做法，也是老祖宗一直以來的說法，這個國家的帶領人，不可能不懂這個道理。

這邊的恩怨已消，可那邊的大戰卻即將開始，我望了一眼山頂，還是控制不住心中的一絲緊張。

這邊陳師叔已經在發藥丸，這是道家的一種藥丸，有點興奮提神的作用，當然沒有我那日服用的那丸那麼厲害，但也不是什麼毒品，這是完全的中藥，藥性也經過了一些中和，只是這方子複雜，有幾味藥也頗為珍貴，是以不能大量地煉製，但在這個節骨眼上用上，卻是必須的。

畢竟所有人都經過了一夜奔波，又要面對接下來的大戰，疲憊之師又怎麼能行？

藥丸當然有我的一份，我接過毫不猶豫地就服下了，等到藥性出來，怕還要一些時間，畢竟和我那日服用的丹丸不可比。

部隊被師傅留在了這裡，他吩咐指揮官，把這座山牢牢地包圍起來，除了我們的人，不論是誰下山，都就地處決！

面對師傅的決定，指揮官沒有任何地猶豫就去執行了，接下來的戰鬥，恐怕不是這普通的特種部隊能插手的，師傅說過一句我不太能完全明白的話。

他說一些戰鬥到了某種層次，是有一定的規矩的，部隊是萬萬不能插手其中。壞了這規矩，後果就是得罪了整個華夏隱藏的勢力！

所謂隱藏勢力，我倒是知道，就是一些身懷傳承的人，就比如說我，我師傅也屬於其中。

到底是什麼規矩？我根本就不知道，但我曾經在李師叔的辦公室內，偶爾聽聞說起過一些，彷彿是幾位大人物制定出來的規則，具體的卻不太瞭解。

師傅的話裡，倒是像在說，包括那個組織，也不能在規矩之外，包括國家的一些決定，也不能在規矩之外，就像黑岩苗寨這個事，只能我們行動失敗後，才能升級行動。

布置好這一切，師傅集中了人馬，這時才說了一句：「走吧，上山去吧。」

所有人都安靜地跟上，接下來要面對什麼，是生是死，誰都不知道，但既然加入了這個部門，就要面對很多未知的危險，是每個上山之人的覺悟。

我騎馬走在師傅的身邊，不由得說道：「師傅，你真是厲害，三言兩語就避開了一場戰鬥，你是怎麼算到烈周會屈服的？」

「我厲害？」師傅搖搖頭否定了，他說道：「厲害的從來都不是我，而是我們的老祖宗，當年和黑岩苗寨一場大戰之後，老祖宗就定下了以後幾百年的計謀，我是正好收穫了這個計謀的果實罷了。」

我愣住了，幾百年前就開始的計謀？

面對我的錯愕，師傅只是淡淡地解釋：「早在明朝之時，我道家先輩與黑岩苗寨大戰，就已經察覺這蟲子會帶來怎樣的危害，無奈黑岩苗寨的底牌太大，在當時並不敢不計代價地消滅幾隻母蟲。所以，先輩們在幾百年前就為我道家後人定下了計謀，對黑岩苗寨必須挑起內訌，插入奸細，分而化之，並取得我們想要的消息。另外不惜代價守護幾個白苗寨子。你看我今天三言兩語就化解了這場危機，其實是因為這件事，從幾百年前就開始謀劃了，嫁入黑岩的白苗女子，歷代黑岩苗寨的監管人，無一不是在做這件事。否則，你以為我們為什麼能那麼順利抓到在外行騙的黑岩人？又憑什麼能得到黑岩埋在外面的棋子的一些線索，然後憑藉這些線索，再配合現代的科技手段，確定名單？」

原來，是幾百年前我道家的先輩早已留下的局？今天確如師傅所言，只是收割！這樣感慨這些道家先輩確實大能之人，難怪歷代都有道家的高人，能輔佐帝王，謀取江山，這等心計，這等手段實在是高人一等，竟然用時間來下了一盤大棋。

想到這裡，我心潮激蕩，不禁問道：「師傅，我們道家的先輩究竟是什麼樣的風采？你和他們比起來本事如何？」

這也不能怪我，我一直不知道道家人在謀劃什麼，總是和帝王，特別是開國帝王走得很近，偏偏卻低調得緊，偶爾從歷史記錄裡能看到一點點他們的身影，事蹟卻是少見，事後也不見得會浮出水面，謀個大權在握，富貴逼人。所以，他們究竟是何風采的人，我是真的不知道。

「什麼樣的風采？應該就是我師傅那樣的風采吧！」師傅說這話時，眼中閃動著異樣的光芒，接著他說道：「我的本事，和他們比起來，就如螢火之於皓月，根本不值一提。」

師傅在他們面前，就如螢火？這我可不相信，如果真是螢火，那當年十個「皓月」攻打黑岩苗寨都是慘勝，我們不是送死去嗎？

師傅彷彿看出了我所想，白了我一眼，然後才說道：「道家到如今算是沒落，黑岩苗寨也未必不是沒落，這幾百年來，在我們隱蔽而刻意的引導下，他們的巫術和蠱術都已經沒落，一切都圍繞著那幾隻母蟲。你以為他們除了那幾個老妖怪，還有幾分本事？而現在剩下的老妖怪，也不是當年的老妖怪，蟲子不是完全體，那些老妖怪終究是要死的。而且他們根本就不知道蟲子的最終祕密……」

師傅的話說到最後，漸漸地變得小聲了起來，我以為我對蟲子已經是非常瞭解了，卻不想還有個最終祕密，我剛想問個清楚，卻聽見前方大喊小心，然後就聽見一片人仰馬嘶的聲音……

我抬頭一看，這才清楚，前面的人因為急忙地勒馬，才造成了這樣的場景，一時顯得非常狼狽，但是他們為什麼會忽然勒馬呢？

接下來，我看見了畢生難忘的場景！

血線蛾，鋪天蓋地的血線蛾從四面八方朝我們飛來，從天空，從林子裡，從草叢裡，滿滿的都是血線蛾，牠們搧動著翅膀，遮天蔽日，讓我們連前方的天空都看不清楚了。

而牠們飛動時揚起的粉塵，讓這座山的半山腰，就像起了一陣沙塵暴。

難道這就是信裡所說的陷阱？黑岩苗寨在這半山腰早就「埋伏」了幾乎是全寨的血線蛾！

這些血線蛾飛行的速度不算快，但在四面八方的包圍之下，我們也無路可逃，看那速度只需要五分鐘不到，我們就會被這些蛾子包圍。

在當年，一隻血線蛾都讓我完全沒有知覺，足足昏迷了幾天；如今，如此多的血線蛾，又要怎麼應付？

我眼尖，早在這些遮天蔽日的血線蛾後面，看見了十幾個身影，正站在制高點，居高臨下地看著我們，不用說，這些都是黑岩苗寨的蠱苗，不然如此多的血線蛾要怎麼控制？

「幸好沒帶軍隊上來，否則這部隊怕是要全軍覆沒了。」一個無所謂的聲音在我耳邊響起，我回頭一看，不是關喜哥是誰？

難得這傢伙有那麼強悍的心理素質，面對滿天的血線蛾，竟然還能感慨這個，要知道除開血線蛾那可怕的麻痺屬性不說，就是牠那樣子也夠猙獰了，一隻都嚇人，何況鋪天蓋地那麼多隻？

「全部屏住呼吸，助我行風之術！慧覺，你助凌青去滅了那些蠱苗。」坐以待斃，可不是我師傅的作風，他立刻大聲地指揮道。

他說完，就盤坐在地上，而得命於他的大家，立刻按照一定的方位，各司其職地坐了下來，如果從天空俯瞰，就可看見，除了一些不是道家之人的奇人異士被保護在中間，剩下的道家之人，所坐的位置隱約形成了一個不太規則的圓形，如果在中間以線條串聯起來，會發現像極了某種符文。上古符文異常神奇，人們可能看見不會認識這是一個什麼字，但就是有熟悉的感覺。

而那符文的中央，赫然就是我師傅。

這種符文之陣，是道家陣法的基本知識，我當然也知道，在大家各自按方位坐好以後，我也找了一個對應的位置坐下了。

這種陣法不是布置型的陣法，而是合擊陣法的一種，所謂合擊，並不一定是指組合起來打人什麼的，有時集多人之力於一人身上，也統稱為合擊陣法。而道家自古就有五行之術，金木水火土，接引五行是再基本不過的術法，厲害一點兒，也不過是綜合性的，變異性的五行法，就如雷、風……

可這雖然是基礎術法，但不同的應用所需要的個人能力確實天差地別。最普通的應用，就如畫一張火符，稍有功力的道士都能完成，這樣的火符只不過封印了一點個人的精神力在其中，能勾動一點天地之火，就如燒殭屍時，加入一張火符，火勢會變得更旺，因為蘊含了一點兒純粹的天地之火，會把殭屍燒滅得更加徹底。

但高級的直接憑空生火和引火而來，在百年前就已經無法有人能單獨做到了，至少在這世間行走的道士，已經無法單獨做到了，那些隱世不出的高人則是無可揣測的。

至於更高級，純粹的引天火之術，那只有在傳說中才存在了。

相對來說，因為雷原本就是掌管世間刑罰之力，做為道士反倒是更容易借力的一種自然之力，但所引之雷都和真正的天雷有巨大的區別。

這是師傅第一次在我面前施展大五行之術，可光憑他一個人也絕對沒法完成，只能借助眾人之力，就如我在荒村借助大家的力量，用招魂幡招趙軍之魂一般。

坐定之後，我屏住了呼吸，精神力全集中在師傅的身上，不敢有絲毫的分神，在思維沉澱以後，我能感覺一種很奇妙、不可捕捉的力量，就如同流水一般流向了師傅的方向。

天地在此刻彷彿安靜了下來，只剩下師傅那抑揚頓挫的行咒之聲，和腳踏步罡的腳步聲！隨著師傅行咒之聲越來越快，我漸漸地感覺有些吃不消了，屬於自己靈魂方面那種玄奧的力量，彷彿被開了一個大口子，如決堤之水一般地朝著師傅湧去。

照這樣下去，不出兩分鐘，我就會被抽乾，如同上次吃了「興奮劑」，壓榨了靈魂力量一般的昏倒，但師傅的行咒很快就接近了尾聲，隨著步罡最後一步的落下，師傅大喊了幾聲：「風來，風來……」

四周很平靜，血線蛾已經把我們徹底包圍，可是風，風在哪裡呢？

我的內心一下子苦澀起來，我們已經陷入了血線蛾的包圍，如果這風之術失敗，在血線蛾的重重包圍下，我們很有可能全軍覆沒。

把希望寄在慧大爺和凌青奶奶那邊顯然也不現實，畢竟是他們兩個人對上十幾個蟲苗啊！

不能坐以待斃，這就是我的全部想法，風之術不行，雷術總是可以消滅一些血線蛾的吧，這樣想著，我長身而起，正準備施術，卻被一個人一把拉住。

我一看，不是我師傅，又是誰？他此刻望著我說道：「臭小子，你就那麼不相信師傅？想抄

《道德經》了是不是？」

熟悉的話語，讓我的心情一下子放鬆了起來，我開口辯解道：「師傅，我……」我想說我不是不相信師傅，只是五行之術，畢竟是借助天地之力，難度頗大，不能成功也是意料之中，卻不想話還沒說完，一陣狂風的呼嘯之聲，從山坡之上滾滾而來。

在下一刻，這裡就開始狂風四起，呼嘯而過的大風，把這些血線蛾吹得東倒西歪，莫說飛行，就連停在空中都困難，原本在空氣中布滿了血線蛾翅膀上的粉塵，在此刻，也被大風吹開。

隨著狂風而來的，是滾滾的烏雲，這倒不是師傅施展術法的結果，而是風吹來了雲，雲堆堆積造成的結果。風不止，而雲卻越積越厚，只是瞬間的功夫，豆大的雨點就開始徐徐落下，接著開始成片的落下，不消片刻，就在這片山坡上形成了茫茫的雨幕，覆蓋了這一片山坡。

狂風伴隨著暴雨，讓這些血線蛾避無可避，在狂風中被吹得四散不說，又被豆大的雨點打在翅膀上，一隻隻匍匐在地上，再也不成威脅。

隨著暴雨的落下，連天空中的粉塵也被洗刷得乾乾淨淨，再次恢復了清明。

每一個人都有些疲勞，陳師叔再次發了一丸藥丸給我們，大戰之際，誰敢不保持最佳的狀態？我吞下藥丸，痛快地哈哈大笑，可有一個人卻比我更張狂，那是關喜哥。

他狂喜地吼道：「古有周瑜借東風，今天姜大爺借狂風，都是一樣的痛快，一樣的英雄了得啊！」

我抹了一把臉上的雨水，對著關喜哥說道：「借東風的不是諸葛亮？周瑜沒有被氣死？」

關喜哥鄙視地看了我一眼，說道：「演義的那些玩意兒你也信？真正行大巫之術，借東風的是周郎，他可沒有被氣死。」

是這樣的？我無言以對，有種三觀被顛覆的感覺，這時師傅走到了我面前說道：「借東風確實不是諸葛亮，但也不見得是那周瑜，當時東風刮起是確有其事，具體是誰，尚無定論。但諸葛卻是我道家傳人，我道家千古奇書金篆玉函，可是那諸葛亮……」

師傅話還沒有說完，就被一個聲音打斷，是慧大爺，他說道：「額在霧達辛苦打架，你在制大（這裡）講歷史，好你個姜立淳咧！借東風關你道家什莫（什麼）事？那明明行的是巫術。」

師傅似乎心情很好，不想與慧大爺爭辯，只是哈哈大笑，而我第一次看見慧大爺這副形象，僧袍半繫在腰間，露出了他的上半身。

雖說看得出來歲月的痕跡，可是那一身肌肉根本掩飾不了，原來慧大爺是個肌肉男？我的臉有些抽搐。

更誇張的是，慧大爺的胸口紋著一個兇神惡煞的羅漢，我對佛家所知不多，也不知道是哪個羅漢，總之紋得是栩栩如生，那怒目圓睜的樣子，讓你看一眼，就覺得快被那怒火焚燒。

我一下子明白了，蹭蹭地跑到慧大爺的跟前，畢恭畢敬地問道：「慧大爺，你年輕時候在香港待過吧？」

「莫有咧，咋問額這個？」

「沒有？慧大爺，你騙我，你年輕時候絕對去香港混過黑社會！應該是金牌打手吧？」我認真地問道。

一下子，所有的人都笑了，包括剛剛回來的凌青奶奶，都微微笑了一下，而我則被慧大爺一巴掌打在腦袋上，半天都回不過神。

狂風，暴雨，一群在風雨中大笑，面對即將到來的生死之戰大笑的人，這是我一輩子都忘記不了的畫面。

當雨停之時，陽光從烏雲中倔強地掙脫出來，發出溫暖光芒之時，我們終於來到了山頂，黑岩苗寨的寨子口就近在眼前。

在一路上，我們得知慧大爺和凌青奶奶已經消滅了那十幾個蠱苗，只不過下殺手的是凌青奶奶，慧大爺雖然是一個不太守規矩的大和尚，可有些規矩他卻是半分不會逾越。

那十幾個蠱苗只是小嘍囉，慧大爺和凌青奶奶聯手對付之下當然沒有什麼問題，但問題是，我們後來才得知，他們根本不是什麼操控血線蛾群的人，只是帶著一種特殊的藥物，防止狂躁的血線蛾群飛進寨子，操縱血線蛾群的人早就已經退回了寨子。

這樣看來，當時如果風之術沒有施展成功的話，後果簡直是不堪設想。

站在寨子口，望著這安靜到詭異的寨子，我們誰都沒有先邁一步，踏入這個寨子。

我曾經來過這裡，那時「迎接」我的人可算是聲勢浩大，進了寨子之後，雖然人比不上月堰苗寨那麼多，卻也是處處有人煙，充滿了生活的氣息。

哪像現在，房屋猶在，卻是人去樓空，整個寨子一眼看去，就像一個死城，彷彿黑岩的歷史走到這裡就戛然而止。看著這景象，每一個人心中都不免升騰起了一股淒涼之感。

但這又如何，每個人都知道，這只是表面，這座空寨到底隱藏了多少危險，沒一個人心中有底，畢竟相關部門說了，對這裡是進行了水陸空三線封鎖，黑岩苗寨的人跑不出去，那也只能被困在這裡。他們不可能坐以待斃地留一座空寨，束手就擒地等著我們的。

「姜大爺，我們進去吧。」關喜哥是一個耐不住的人，在他看來，遲早一戰，也就不要耽誤時間了。

師傅看了看錶，此時已經是下午五點十七分，而我們完成任務的時限最多不超過凌晨三點，也不知道在想什麼，師傅點了點頭，背著雙手，第一個邁開步子，朝著寨子走去。

他的語氣有些蕭索，對著眾人說了一句：「進去吧。」

那感覺倒不像是一場大戰，反而是進到一個讓人無奈的地方。

我緊緊地跟在了師傅的身後，也一起走進了黑岩苗寨，我原以為一進寨子，肯定就會有什麼變故，卻不想這裡安靜得很，沒有發生任何變故。

那些族人留下的雞鴨等家畜都還在，偶爾會有一聲雞叫，偶爾也有狗兒叫一聲，雙眼濕漉漉的，彷彿在詢問離去的主人去了哪裡。

師傅背著雙手帶著我們在寨子裡走了一圈，還是沒有任何的動靜，可也沒看見任何人，每個人臉上都帶著疑惑，這黑岩苗寨玩的是哪一齣？

就算是躲起來，也分明是躲不過啊，只要不是傻子，都知道，如今唯有一戰，才能為自己爭取一線生機。

而在場的誰都知道，這寨子只是表面的，真正的玄機藏在地下，師傅看了一眼四周，說道：「走吧，去那裡，我們直接下去吧，他們是不肯在地上跟我們一戰的。」

我想起了高寧帶我進過的洞口，莫非是從那裡下去？那麼多人去爬那個洞？應該不會吧？很快，師傅就用行動給予了我答案，顯然不是，他帶著我們走向的是另外一條路，師傅邊走邊說道：「這入口，在外人中，恐怕也只有我一個人知曉，為了保密，我連相關部門都沒有彙報過。特別是當這個寨子和那個組織牽扯上關係以後！」

師傅邊走邊解釋道，我說我當時給李師叔彙報地下的一切時，他會那麼驚奇呢，原來師傅一直都是知情卻按兵不動呢，直到行動開始，師傅才把所知的彙報給了相關部門吧？

這樣想著，我們已經走到了一塊類似於空地的地方，忽然，一個人影出現在了空地的另外一方，躲在屋子背後，只是一閃而過。

他二話不說，朝著我們這邊就開了一槍，子彈打在我們的腳邊，倒也沒有真的傷了誰，可這是怎麼回事兒？師傅不是說過，這樣層次的戰鬥因為特殊的束縛，已經不涉及到現代的力量了嗎？

第十九章　嬰靈，怨母

面對突如其來的攻擊，氣氛有些沉默，沒有人說話，師傅若有所思地看了一眼腳下，微微皺眉，似乎在思考什麼，而關喜哥這個脾氣火爆的傢伙卻衝了出來，從懷裡掏出了一把槍，吼道：「不講規矩的傢伙，以為老子不會用槍嗎？」

那人影此時只是深深地朝我們這邊望了一眼，轉身就走，對於關喜哥的動作幾乎是無視。

而師傅卻一把抓住了關喜哥的手腕，搖頭表示關喜哥不要衝動，關喜哥罵罵咧咧地收了槍，倒也沒有執拗，而我從始到終都有一種奇怪的感覺，很想看清楚那個人，卻怎麼也看不清楚。

他帶著口罩，帽檐拉得很低，身上穿著一件很大的衣服，顯得很臃腫，個子貌似有些高，但也不知道有沒有在腳下搞假，部門的特工都有一套易容的功夫，這些只是淺顯的知識。

所以，隔著遠距離看見的一切根本沒有參考價值。

我很想弄清楚他是誰，於是問師傅：「為什麼不追上去？」

師傅沉默了片刻，才指著地上說道：「等我通過這片空地，他可以從容地走掉十次八次了。」

這片空地是個地形比較特殊的地方，左邊是懸崖，而右邊是人工堆砌大石牆，根本就是繞不過去的地方，因為牆後同樣也是懸崖。

我們的目的地在空地之後，所以我們必須通過這片空地，師傅這樣說是什麼意思？

我疑惑地皺著眉，隨著師傅所指的地方看去，發現地上有淺淺的血跡，像是匆匆掩蓋過，但終究留下的痕跡。

這是什麼？由於年齡的關係，我的見識淺薄，不懂地上的血跡代表了什麼，師傅沒有說話。這時，從人群中走出來一位頭髮幾乎全白的老頭兒，他望了一眼地上的痕跡，對師傅說道：「是那個巫術？老姜，這不好辦啊！」

師傅這時才抬起頭來說道：「來人就是為了提醒我們這個陷阱，讓我們不要輕易地闖入，在沒準備的情況下，就是你我進入這裡，一不小心也會有性命之憂。這是他們為了拖延時間弄的，不好辦也要闖過去啊。」

「也罷，這次為了搶時間，部門精英盡出，這個巫術陣也不是不可闖。老姜，就由你給大家說一下，安排一下吧。」說完，那個白髮老者就退到了人群之中，不再言語，很低調的樣子。

不過，聽聞他的話，我倒是小小地震驚了一下，這次行動是部門精英盡出？這真讓我想不到，就如那白髮老者，一路上不言不語，師傅在言談間，竟然把他提到了和自己一般的高度，簡直不可想像。

這讓我不自禁地望了一眼身後的人，很多人不是道士，也不是和尚，看起來普普通通，平平靜靜地站在人群中，他們又是什麼人？

這個部門屬於絕密部門，就算你身處這個部門，也不可能知道部門供職人的詳細資料，說不定在其中工作一生，所識的也只是寥寥的幾個自己的戰友，而部門的任務也絕不互通，各司其職，一個任務，除了任務的執行人和少數的幾個人，你別想整個部門都會知道。

這是一個祕中祕的部門，師傅倒是少有的幾個許可權較高的人。

這就是我對這個部門的淺顯瞭解，就當我在胡思亂想的時候，師傅說話了：「這裡經過了大型巫術中的血祭之法……」

很快，師傅就把這裡淺顯地講解了一遍，我也很快理解了，原來偏向黑暗向的巫術，威力越大，就越是需要獻祭，師傅通過特殊的方法辨認，這裡竟然被獻祭了嬰靈之血！

什麼是嬰靈之血？那就是肚子裡已經成熟的孩子，等到臨產的那一天，在羊水破後，胎兒已經準備來到這個世界的時候，被人隔著母腹，用長針活活扎死在母親腹中，一共要扎很多針，扎死之後才生生刨開母親的腹部，取出這個嬰兒。然後，這個嬰兒的血就叫嬰靈之血。

那是世界上怨氣最重的血之一，先不說在最有希望、只差一點點就被斷絕了生機的怨氣，就說那活活很多針的折磨，已經異常地恐怖。常常被取出的嬰靈，無不是圓睜著雙眼，齜牙咧嘴，就算膽子最大的人，看一眼都會終生留下陰影。

這種血輕易不會拿出來獻祭，就連最狠毒的巫師，都不會輕易動用，這個巫術就算不被反噬，在施術之時，都會付出巨大的代價。這種巫術惡毒狠辣，可以說和真正的養小鬼之術一樣，是齊名世界的逆天之術。而用這種血召喚出來的東西，往往不收獲足夠的鮮血，是不會滾回地獄的。

師傅沉重的講解，無疑讓每個人心頭都蒙上了一層陰影，有個穿著很普通的人問我師傅：「那到底召喚的是什麼？」

我也很好奇，召喚是什麼？

師傅說道：「召喚的是什麼，很難百分之百肯定。但既然用上的是嬰靈之血，也不是全無線索，這血召喚的很有可能是『怨母』，嬰靈之血越是怨氣沖天，怨母之魂也就越是兇厲可怕，這種鬼魂基本上已經超脫了鬼魂的限制，連一般的小神小仙都要退避三舍。」說到這裡，師傅歎息了一聲，說道：「永遠也不要小看活生生失去孩子的母親的怨氣。」
這時，那個白髮老人也出來說了一句：「一般，這種巫術會母嬰同死，殺死嬰兒後，再殺死母親。一對怨氣沖天的母子，再難化解，只有足夠多的鮮血才能平息他們的怨氣，讓他們魂飛魄散，除此之外……」
那個出來發問的人臉色已經有些蒼白，問道：「除此之外要怎樣？」
師傅長歎了一聲：「高僧可渡怨靈，這是少數不可渡化的厲害傢伙，除此之外，只能活生生地滅掉它！這次的布置，真的可以稱之為陷阱，因為這裡本該怨氣沖天，有道家高人做法，遮蓋了這一切，因為這些細小的功夫，巫師是不可能做到的。若不是那個人提醒，我們差點就著道了，毫無準備地衝進這裡……」
師傅說到這裡就閉口不言了，大家都是成年人，後果能想像到，沒必要危言聳聽。該講解的師傅已經講解，接下來，師傅就開始分配一些事情，準備一些法器，告訴大家要怎麼做了。
對付怨母這種東西，根本不可能群起而攻之，太多人衝進去，只是送菜的份，反而會成為拖累，因為怨母太過厲害，一不小心，就會被它的詛咒纏身，瞬間就會死亡，連掙扎的餘地都沒有。
師傅點名了三個道家之人，在點到最後一個人的時候，師傅猶豫了一下，點到了我的名字，我這個人怕蟲子，卻獨獨不怕鬼之類的東西，倒是沒有多大的感覺。
師傅彷彿有些歉疚，又有些不好意思自己的私心，他對我說道：「承一，師傅不可能保護你一輩子，讓你縮在後面，你也算有小成的人了，總是要衝鋒陷陣幾次的。」
我大大咧咧地說道：「放心吧，師傅，我會照看好自己。你見過二十六歲的孩子嗎？」

師傅微微一笑，倒是放寬了心，不再說什麼了。其實我內心倒是很感動，師傅這人其實是非常公道的一個人，要說他的私心真的很輕微，唯一能明顯地表現出來，就是在我的身上了，這種呵護我很珍惜，也貪心到一輩子不想放手。

選定了道家之人，師傅又選定了佛家之人，出乎意料的，師傅並沒有選定慧大爺，反倒是點名了另外一個大和尚，這個大和尚三十來歲的樣子，有個很俗氣的法號叫「覺遠」，但是賣相卻比慧大爺那個猥褻老頭兒好一百倍，眉清目秀，唇紅齒白，僧袍加身的樣子恭謹而莊重，神態間無一不流露出一股慈悲的味道。

慧大爺不滿地哼哼，說了一句：「姜老頭兒，你是和額過不去嗎？不選額？倒是選了他，看重淫（人）家是名氣大的高僧嗎？也不知道比額徒弟如何？」

在華夏土地上，很多得道高僧的年紀往往不大，甚至年紀小小，這跟轉世投胎有一定的關係，慧大爺說這個大和尚名氣大，那一定也是年輕高僧中的一個了。

面對慧大爺的不滿，師傅沒有爭辯什麼，難得慧大爺也很快住了嘴。

最後，師傅才朝那群看似普通的人群中走去，這群人不屬於道僧，也不屬於蠱巫，是很特別的一群人，直到師傅開口問他們一些話，他們的身分才讓我大吃一驚。

原來這些看似普通的人，竟然是傳說中有特異功能的人，我一聽就嚇了一跳。

原本我在進入這個部門的時候，就曾聽說，這個世界上確實有特異功能一說，但真正能得到一定應用的是很少的，我沒想到，我們這次行動來了足足七個。

而他們所謂的特異功能都很統一，那就是念力，這是一種最常見，也在人們中間流傳最廣的特異功能，在我看來這個特異功能有著強大的現實基礎，那就是精神力特別突出。

這是值得道家人羨慕的一點，因為精神力在道家的術法中有著太大的作用了，但是精神力天賦高，並不意味著修習道術的天分高，畢竟道術另外一個更重要的要求，是要靈覺強大，簡單說，就是溝通天地萬物的能力突出。但這一次，部門中特意派了七個身具念力的人不是無的放矢，我深深地懷疑絕對是師傅要求的。

師傅對他們的提問很怪，每一個人師傅都是問同一個問題：「你如果全力出手，不動用念力，就是對一個人進行精神上的壓迫，能把這個人壓迫到什麼程度？」

這問題普通人可回答不了，但這些人還真能給師傅一個確切的答案，就比如把人逼瘋，讓人短時間內大腦完全空白之類的，反正不是我理解的範圍。

其中一個看似非常幼稚，臉上還寫著「我是學生」的小姑娘，回答最為驚人，她的回答是我能在一定的時間內完全地控制那個人，時間的長短在二十分鐘到三十五分鐘之間。

面對這些人的回答，師傅思量了一番，然後點頭說到，那也可以做到我要求的事了。

師傅剛說完，那個學生小姑娘就問道：「這個巫術是一人布置的，還是很多人布置的？為什麼要我們那麼多人去破？」

師傅微微一笑，看來這小姑娘還頗為爭強好勝，但這也是與眾不同之人的通病，他回答道：「因為我們計較良心上的代價，有原則的底線，面對瘋狂，是比較吃力。況且，在兩人功力差不多的情況下，破術遠比施術難。就如進攻永遠比防守更耗費力量！」

小姑娘似懂非懂，但此時可不是和她講道理的時候，師傅在選定人員以後，就告訴了所有人，我們要做什麼。

在這裡，蠱術是不太能幫上忙的，而這種已經是偏向頂級巫術的黑巫術，已經不是普通巫術能破的了，除非有同樣的頂級的白巫術可化解，但諷刺的，在歷史的長河裡，白巫術的發展永遠都不能和黑巫術相比。

一番布置工作花了十來分鐘，最後師傅拿出了法器，那是一柄完全由銅錢組成的劍，對於鬼物的殺傷力尤甚桃木劍，畢竟一根桃木所含的陽氣，是遠遠比不過很多枚銅錢的，而師傅這把劍上的銅錢，可不是普通的銅錢，它們從文物價值上來說不珍貴，卻是真正的萬人錢，也就是說，一枚銅錢至少經過了萬人之手，沾染的陽氣之盛，用來對付鬼物，可以說得上是有傷天和了。

另外兩個道士準備的法器也是至陽之物，總之面對怨母的怨氣，和嬰靈之血那種污穢陰邪到極點的血，只能用大陽來壓陣了。

我什麼都沒有準備，只是扯開衣領，露出了虎爪，煞氣破萬氣，能跟百年虎爪比煞氣的東西可不多，管你陰氣怨氣，在煞氣面前都是要退避的，而那鬼物的怨氣也休想影響我，因為我已經含了一顆沉香珠子在嘴裡，那可是我師祖的愛物，祛邪辟穢，保持靈台清明可是再好不過。

我不知道虎爪裡的虎魂怎麼才能喚醒，如果能喚醒它的話，怕是怨母也能抵擋一陣子吧，畢竟那傢伙還能和老村長糾纏來著……

除了這兩件東西，我還有一枚李師叔送的銅錢，但那個和師傅上次離開留給我的法器差不多，和這兩件比起來就算不了什麼了，畢竟師祖出品，必屬精品！

這樣想來，我身上的好東西還不少，至少大於一。

當所有人都準備好了之後，師傅對我點了點頭，示意我可以進入大陣了，畢竟我是童子命的靈體，說白了就是最容易勾引鬼物那種人，也是最容易感受鬼物那種人，由我來引出怨母是最合適不過。

畢竟，到了一定層次的鬼物已經有了天生的「戰鬥本能」，一般人進去，說不定它會按兵不動，偏偏要等大部隊進去，然後偷襲什麼的，那樣我們的行動就會陷入被動，有我這種「活靶子」在，能讓師傅他們進入這個陷阱的瞬間，就能鎖定鬼母，也能爭取一定的施法時間。

師傅這樣的安排是極其合理的，雖然對我這個徒弟忒狠了點兒。但換一個說法，如果不是我從小就佩戴虎爪，我很有可能就是個每天見鬼，過得不太愉快的人。

我捏著虎爪上的符，深吸了一口氣，然後踏進了這個充滿了殘忍才布置的巫術陷阱。

此時，我的虎爪已經被一張特殊的符貼住，這張符可以短暫的封閉一切的氣場，包括我那虎爪的煞氣與靈氣，這張符的等級可不低，直接就是一張紫色的符。

說起來，我跨入大陣的心情是輕鬆的，我曾說過我怕蟲子，卻不怕那些陰邪鬼物，而事實上，這幾步也走得很輕鬆。

第一步，風平浪靜，倒是在我身後響起了一片吐氣聲，那是人們見怨母沒出來，下意識放鬆的聲音，包括我的師傅。

第二步，依舊雲淡風輕，周圍除了偶爾的雞鳴聲，連風都沒一絲。我回頭示意沒事兒，卻看見人們神色一變，我師傅幾乎是脫口說道：「不要開天眼，那是嚴重的挑釁。」他反而成了最繃不住的一個。

儘管這話他在行動前已經跟我說了好多次，面對沒有把握對付的鬼物，儘量不要開天眼，鬼物本能地怕被人察覺，開天眼是一種嚴重的挑釁，會讓你壓服不住的鬼物，特別是凶魂厲鬼對你不死不休。而師傅在這種時候又忍不住提起，可見他有多麼緊張！

我搖搖頭，用眼神示意師傅沒有事情。此時，我不能說話，說話會洩了一口集中的氣息，分散了精氣神，會對突發事件的反應能力不足，也同時弱了氣場。

師傅示意我繼續，如果沒有特殊情況就不要回頭提醒了，我點點頭，然後繼續朝前走去。

一步，兩步，三步……一直走了很多步，都快走出這片空地了，都沒有任何的情況發生。

我不緊張，可是這樣的情況卻讓我如丈二金剛摸不著頭腦，難道師傅的符沒有用，沒有封住虎爪的氣息？或者是那個什麼怨母太聰明，還在按兵不動？

我不明就裡，可是師傅沒有新的指示之前，我只能繼續在這片空地上轉悠，如果一直都沒事兒的話，師傅就要重新考慮一下整件事了。

畢竟我這種特殊的命格，對於邪物陰魂來說，就如飢餓人眼中的蛋糕，根本沒理由不出現，除非根本不是鬼物，而是妖物。就這樣，我一直快走到了空地的盡頭，在那裡有一棵大樹，過了那棵大樹，也就算走出空地了。

我繼續朝前走著，望著那棵大樹，一直不怎麼緊張，平靜的心裡隨著自己的腳步，卻忽然變得不安起來，我不知道我在不安什麼，只要師傅沒說什麼，我就可以無視自己的不安，因為我是如此地信任師傅。

漸漸的，我離那棵大樹越來越近，當還有三、五步的距離時，我感覺自己的心臟像被什麼東西捏住了一樣，一下子緊縮了起來，連氣都喘不過來，我終於撐不住，轉頭想對師傅說一句不對勁兒……但與此同時，我眼角的餘光忽然瞟見一件怪異的事情，我一下子變了臉色。

而師傅大喊的聲音也傳到了我的耳朵：「承一，快退，我們上當了……快啊……」

第二十章　虎魄再現，師傅傳法

上當了，快退？我的頭皮一麻，莫說師傅對我的喊話，就是我眼睛瞥到的那一幕，都讓我知道事情絕對不對勁兒，一棵正常的樹，樹皮為什麼會忽然爆開？

但是還來得及退嗎？那大樹的樹皮爆開的速度很快，下一刻，那些樹皮就紛紛落下，一隻怪異非常的手伸了出來，隨著樹皮的快速落下，裡面露出了一個讓我畢生難忘的怪物！

我很難形容那是什麼東西，只是勉強具有人形，套著一件怪異的袍子，身上沒有任何的毛髮，勉強能看出五官，可是這五官根本就不是人的五官，是……倒有些像是一個洋娃娃的樣子，但遠遠沒有洋娃娃那麼精緻可愛！最恐怖的是這個怪物的眼珠，那是一雙已經失去了任何生氣的眼珠，上面浮著很多的血塊，也沒有任何神采，和普通人的眼睛不同，那怪物直接就露出整個眼珠，就像一個人被剝了眼皮似的。而且，那眼珠，我一看就心知肚明，那根本就是死人的眼球！

文字永遠不能描繪出來的就是時間感，從師傅喊話到怪物現身，總共也不過就是幾秒鐘的事情，而我的大腦中只來得及反應出來怪物的樣子，連思考它是個什麼的時間都沒有，我哪裡有時間退開？

原本還晴朗清和的天氣，在怪物出現的瞬間就變了，至少在我眼中是變了，一下子變得黑暗壓抑起來，怪風吹起空地上的沙石，直迷人眼，或者還帶著那種說不清、道不明的黑色霧氣，瞬間，我連周圍的景象都看不清楚了。

迷糊中，只看見那個怪物用怪異而僵硬的方式扭動著關節，就朝我撲來。

這只是幾秒鐘的事情，在這幾秒鐘內，我只來得及做兩件事，一件事是下意識地快退了幾大步，另外一件事是本能地撕開了虎爪上的封印。

我很慶幸我能在高度驚恐的狀態下保持這種本能，快退兩步，讓我避開了怪物抓過來的爪子，是爪子吧！因為那手根本就沒有任何的「肉乾」，枯瘦得就如同樹枝，而上面那尖銳的指甲，只能讓我想起一種怪物——殭屍。但這怪物是殭屍嗎？顯然不是！

怪物再次朝著我撲來，我的視線已經被這漫天的塵土飛揚和那若隱若現的黑色霧氣壓抑到了極限，也不知道師傅他們在幹嘛，只得一拳狠狠地朝著怪物砸去，面對這樣的東西，我不知道要用什麼術法來對付，另外道家的術法，除非是符籙，不然施展開來，都要一定的準備時間，顯然在這種情況下，我也來不及施展什麼術法。

我不指望我這一拳能有效果，我只求能暫時擊退這個怪物，也就在這時，我的腦子裡一片恍惚，一聲熟悉的吼叫彷彿在我腦中炸開……

「吼……」一聲虎吼，那平日裡根本不怎麼搭理我，就像不存在一般的虎魄再次被刺激得醒來了。

我心中閃過一絲明悟，在我情緒到一個極限時，或者是我所面對的陰邪鬼物太強大時，這個虎魄就會刺激地出現，應該就是這個規律。

虎魄出現，我的意識就會陷入一個恍惚的境地，多年溫養，它與我已經是共生魂魄，當以它為主的時候，我自己的意識當然就會進入一種很清醒，卻又不能自主的狀態。

隨著虎魂的一聲吼叫，那漫天的塵土和黑霧彷彿遇見了什麼剋星，竟然被生生地震開了一小片，外面的清朗天空再次出現了。

這時，我終於清楚地看見怪物的爪子就要和我的拳頭相撞，內心不由得苦笑，拳頭對爪子，我可以預見我的拳頭會被那爪子抓得鮮血淋漓，而天知道這些黑岩苗寨的巫蠱們弄出來的怪玩意兒爪子上有什麼厲害之處？

我的意識越來越朦朧，是一種清醒帶著朦朧的感覺，就如上一次在蟲洞一般，只不過要清醒許多，對外界的事情感應也要清楚得多，只是這種朦朧讓我陷入了一種奇怪的狀態，看到的世界就如同開天眼般迷濛。

在這種狀態下，我看見的怪物已經不再是那個怪物，而是變成了一個兩眼掛著黑色血淚，眼神怨毒，身子上有著巨大的傷口，非常恐怖的婦人。

而在婦人的肩頭上，趴著一個血紅的嬰兒，帶著詭異的笑容，伸著黑色的舌頭，用一雙已經陷入純黑色的眸子，死死地盯著我。

「如果鬼魂的怨氣重到一定的地步，它眼中的恨意就會流露出來，當你開天眼，看見整個眼眸都是黑色的鬼魂時，要立刻避開，不要做任何招惹，不要施任何術法和防身的法門，那都會被視作挑釁。因為那樣的鬼魂已經超越了厲鬼的層次，化身為了一種純粹的怨氣怪物，它已註定沒有了輪迴，眼眸呈黑色，也就是說，它的眼中只有恨意，滔天的恨意，已經沒有任何渡化的可能。」

這是我才學會控制天眼時，師傅無意中為我講解的一段常識，他也說過，這種怪物是非常少見的，幾乎沒有什麼遇見的可能，而遇見了基本上就是死！那時的我，還是個小孩子，術法都沒有學，師傅只是給我講了這麼一段。

可沒想到，我在有生之年，竟然在黑岩苗寨遇見了這麼一個怪物。

可我除了最初慌亂了一下之後，心神已經平靜，也不知道是不是因為虎魄醒來的原因，我已經肯定了我眼前的怪物是什麼，它們無疑就是怨母與嬰靈，雖然在師傅的口中，嬰靈已經被用來獻祭召喚怨母，現在卻是兩大怨魂合為一體，有些不同，但總歸就是它們。

我不清楚的是我自己是什麼，因為我很神奇地看見，我伸出去的拳頭，變為了虎掌，虎掌上寒光閃閃的虎爪比起那怪物的爪子也不遑多讓。

在現實中，我和怪物的爪子並沒有碰到一起，但在天眼的狀態下，虎掌卻已經狠狠地拍打在了怨魂的身上，帶出了五道黑沉沉的傷口，而於此同時，怨魂的利爪也抓在了虎掌上，我分明看見那栩栩如生的虎掌黯淡了幾分。

「吼！」凶虎狂叫著後退了兩步，在現實中是我後退了幾大步。

「嘰嘰嘰……」、「呵呵呵……」怨魂發出非常怪異怨毒的聲音，也退了幾步，那嘰嘰的聲音是那嬰靈發出的，而那怨毒恐怖的笑聲則是怨母發出的，兩種聲音混在一起，讓我活活地起了一身的雞皮疙瘩。我在心中忍不住暗罵道，我知道你可憐，但是咋也不能可憐之後，就變成小雞崽子吧？還嘰嘰嘰呢！

這一過程不過十幾秒的樣子，在事後，有人給我描述當時的場景，就是我身邊怪異地吹起了另外一陣風，吹開了一小片空地，然後怪物揮著爪子朝著我撲來，我詭異地揮出了拳頭，接著……我和那怪物就各退了兩大步。

「好，虎魄竟然成長到了這種地步，快到以魄生魂的程度了。承一兒，快快退到我說的位置，仔細聽著我以下的話，師傅教你怎麼用虎魄，為我們爭取一點時間。」師傅的聲音傳來了，我迷迷糊糊地回頭一看，不知道什麼時候，師傅已經身處在這片空地中了，並且離我不是太遠。

我心中感動，先前師傅明明是站在空地之外的，這是集體的行動，每個人都一定要按照計畫來行事，師傅一定是看見我危險，再也顧不得那麼多，衝了過來。

最後一定是看到虎魄的出現，才停了下來。

「快，認真聽著，施術行咒之法我只來得及說一遍！」師傅大喝道。

我趕緊認真地聽著，也不知道只是一遍，我能不能完整地施展這所謂的控制虎魄的辦法。

師傅說話的速度很快，我凝神靜氣也快速地照作，隨著術法的展開，我感覺虎魄漸漸地離開了我的身體，就在只剩下一絲聯繫的時候，師傅喊道：「咬破舌尖，一半血噴出虎魄之上，一半噴在虎爪上，快……」

又是咬舌尖？我都快哭出來了，在電視上，那些法師道士舌尖倒是咬得很瀟灑，可事實上，咬舌尖很疼的，而且不乾脆果斷一點兒，舌頭倒是咬疼了，舌尖血氣卻根本沒有！

我苦著一張臉，覺得師傅傳授的這個術法真的不算難，有點類似於魂魄暫時離體的術法，但是是建立在虎魄離體的基礎上，更加簡單，整個傳術的過程不超過三分鐘……

卻沒想到，在施術完成後，竟然要用到舌尖血……

「快咬，沒看見那個傀儡已經過來了嗎？」師傅大喝了一聲。

傀儡？好新鮮的說法，不是怨母和嬰靈嗎？我天眼看到的絕對不會有錯！雖然心中疑惑，可是面對師傅的命令，我哪兒還敢怠慢，抬頭一看，那傀儡已經恢復了過來，再次奇異地扭動著身體，慢慢地朝著我們這邊走來，速度有越來越快的傾向！

是不能再耽誤了，我一狠心，閉著眼睛使勁咬破了舌尖，隨著那簡直錐心般的疼痛，一股子血腥味也在我口中傳來，我趕緊含著這口舌尖血，朝著立於我身前威風凜凜的大虎噴去了半口，又對著虎爪噴出了半口。

那威風凜凜的大虎只有我一個人能看見，其他的人，除非也是有天眼的狀態，不然是看不見大虎的，在他們的眼裡，或許我就是像白癡一樣，苦著臉咬了自己一下，然後疼得齜牙咧嘴，接著怪異地朝空中噴了半口血，又神經兮兮地對著自己的項鍊噴了半口血。

媽的，隊伍裡還有女孩子，我的形象估計沒救了……

舌尖血噴出以後，我覺得自己與那隻警惕地站在院子裡，時不時甩著尾巴的大虎彷彿建立了一種奇妙的聯繫，師傅說道：「現在你可以用心念去控制虎魄攻擊邪物了，但虎魄現在的狀態不是很強，你自己看著辦，讓它先纏鬥著那個傀儡，接著引到指定的位置吧。」

說完，師傅拉著我朝後跑了幾步，那裡就是指定的位置，是我們計畫中的一部分，不過現在怪物不是預料中的樣子，也不知道計畫會不會有變化？

我用心念試著指揮了一下虎魄，果然很是順利。此時，怪物已經毫不猶豫地朝著我們撲來，動作雖然怪異，但卻輕盈無比，像是沒有重量一般。

它已經完全恢復了，所以動作又開始快若閃電，我哪兒敢怠慢，趕緊指揮虎魄迎了上去。

師傅在剛才拉著我跑動的時候，已經提醒過我，以我現在的功力，還有虎魄的狀態，我們之間的脫離時間和距離都不能太遠，否則我施術之後不能順利地召回虎魄，而虎魄在外停留太久，也會消散，畢竟它不是完整的魂魄，只是師祖用大法力強行封印的殘魄。

所以，我很苦逼地不能退出空地，也只能站在指定地點控制虎魄，師傅看了一眼已經被虎魄纏鬥住的怪物，然後點了點頭，對我說道：「讓虎魄堅持一分鐘，慢慢將它引過來，這傢伙出現倒是讓計畫輕鬆了一點兒。我先出去布置一下。」

說完，師傅就背著個雙手，毫不猶豫地走了出去，我欲哭無淚，只得一人面對這叫做傀儡的恐怖怪物……

虎魄在我的指揮下，繼續和怪物搏鬥著，它本身就是虎妖的殘魂，一身煞氣比一般的老虎重了不知道多少倍，氣場也強大了許多，倒也能勉強應付那個怪物。

那麼強大的虎魄，面對那個怪物都只能勉強招架，我不由得心中有些感慨，是啊，只剩下滿腔怨毒之氣的怪物，的確不是不完全的虎魄能招架的，除非它能成長為完全的虎魂，在和我共生的狀態下，重新生出完整的三魂七魄。但那是不可能的，怕是耗費百年都不可能，能長出一魂兩魄，就算是我幸運了。

就這樣，我略微地走神，也不過半分鐘不到的時間，抬頭再看，虎魄已經黯淡了不少，一副很虛弱的樣子，看得我大為心疼，要知道，我並沒有刻意地指揮虎魄去進攻什麼的，而是要它且戰且退，慢慢地把怪物引到這個地方來，怎麼就成了這樣？

在空地之外的地方，師傅帶著那七個有念力的特異功能者，正在緊張地準備著，師傅要求他們站在特定的位置，然後再開始調動自己的精神力。

就如我們不理解特異功能具體是怎麼回事兒，就如怎麼形成的，特異功能者也不太能理解道家的術法，只是聽命於師傅，師傅讓他們這樣站，他們就這樣站。

其實這是一個陣法，是一個簡單的、真正的合擊陣法，可以把這些人各自為政的精神力集中在一起。只不過特異功能也不是像口袋裡的糖，想吃就隨時能摸一顆出來吃，這些人集中精神力，到精神力形成念力，有明顯的效果，也需要一定的準備時間。

這也就是師傅讓我拖住怪物的原因，此時看著我那虛弱黯淡的虎魄，我簡直心如貓抓，這個傢伙是與我共生的傢伙，雖然平日裡感覺不到，但這時卻讓我大為難過，看著它虛弱的樣子，就像看著與我相依為命了十幾年的寵物虛弱一般，我只盼望他們能快點兒，盼望師傅能說一句可以了。

虎魄支撐得越來越困難，怪物離我也越來越近，就在怪物離我不到十米的時候，虎魄已經虛弱到快要看不清楚了，我再不忍心讓虎魄頂著了，畢竟它救過我兩次命了，一次在荒村，一次在蟲洞，我怎麼能眼睜睜地看著它散去，我做不到，我趕緊施術讓它回歸了，我決定了，我自己去面對這個怪物。

少了虎魄的抵擋，這個怪物一下子失去了目標，下一刻，它那看起來分外恐怖的眸子就盯上了我，朝著我飛快地撲來。

這種所謂傀儡的東西，我從來不知道怎麼應付，但是我知道我不能退，一旦退了，我身後的人群，一切的計畫就要泡湯了。

我捏緊了拳頭，噴了一口還帶著血絲的唾沫在拳頭上，我畢竟是一個道士，基本的常識還是有，知道面對這種至陰至邪的怪物，唾沫和舌尖血怎麼都有一定的克制作用，帶著這兩樣東西的拳頭，多少會傷害到這個怪物。與其坐以待斃，不如主動出擊，至少自己能掌握主動權，反正也用不著我拖延多久的時間了。

這時，怪物離我不到三米的距離了，我吼了一聲，提著拳頭衝了過去，面對我的主動挑釁，怪物似乎極其憤怒，爪子毫不猶豫地就朝著我抓來。

說實在的，我覺得那怪物的爪子上一定另有玄機，我可不敢去觸碰，感謝師傅從小讓我習武，雖說和武家不同，我練習的大都是強身健體的玩意兒，攻擊力不強，但這也讓我的反應速度遠超常人，我險之又險地避開了這怪物的爪子。

還沒有站穩，我的拳頭就朝著怪物狠狠地打去，怪物的身子立刻凹陷了下去，我就像打在一團真的棉花上一樣，但又有些許不同。

而且那觸感是冰冷的，可我覺得就是人的皮膚。

詭異的事情發生了，那怪物被我打凹下去的地方，慢慢地又恢復了，那是以肉眼可見的速度，我有些震驚地看著這一切，卻來不及思考，就就地一滾，避開了去。

剛才之所以沒站穩，就冒險揮出一拳，為的就是不在自己跌倒地上的時候，被怪物傷到，一拳至少能拖延少少的時間。我又哪有什麼時間思考？

我狼狽地滾到了一邊，怪物緊追而至，它的動作太快，而這裡因為虎魄被我收回，視線又被壓制到了極限，它下一次的進攻，我不知道有沒有辦法能躲過去。

情況又再次陷入了險境，我看不見其他人，但這是集體行動，其他人就算想助我，沒有師傅的命令也不敢輕舉妄動，看師傅那邊的情況，貌似那些特異功能的傢伙還沒有成功。

就在這時，一聲滾雷似的聲音傳來：「還是要額大和尚出手吧？」

聲音剛落下，一個肌肉男就出現在了我的面前，這他媽用的是輕功吧？我都激動得要哭了，下一刻，他大腳抬起，一腳掃過，就把那怪物掃到了一邊。

是慧大爺，看著好像與平日裡有什麼不同，但我已經顧不上了，我大喊了一聲，慧大爺你太帥了！回應我的，是慧大爺一連串兒的故作謙虛卻又得意的笑聲。

他喊了一句：「姜老頭兒，你徒弟說我帥！」

第二十一章　戰神再生

慧大爺生怕人們聽不懂，用的還是標準的京腔，那邊師傅已經在回應：「承一兒，回來吧，沒你啥事兒了。」

有慧大爺出手，我相信是沒我啥事兒了，心疼地摸摸我脖子上的虎爪，我趕緊往回跑，如果是慧大爺負責拖延時間，我在這裡純粹就是添亂。

只是在往回跑的過程中，師傅的一句話差點沒有讓我摔倒：「慧老頭兒，我徒弟還說你是黑社會呢！你省省吧，再帥你還能找個老婆嗎？」

慧大爺，我對不起你，我的確是這樣說過。我在心中默默地祈求著慧大爺原諒，同時，已經跑出了空地之外，這裡暫時是安全的。

一直到我跑到師傅身後，我都沒見慧大爺有任何的回應，難道這老頭兒轉性了？我來不及喘一口氣，迫不及待地朝著空地望去。

這時，我才奇怪地發現，站在空地外，根本就看不見什麼黑霧，只是空地中起著一小陣兒，一小陣兒的龍捲風，揚起了一些塵土，視線還是比較清晰的。

這是為什麼？難道怨氣還可以被封閉？那時的老村長怨氣可是瀰漫了一整座山啊！可惜，這個時候沒人回答我，我只能緊張地看著空地中的情況，不由得再次感慨了一句，慧大爺太帥了。

此時的他比之前我見到的樣子還要剽悍，一身肌肉彷彿重新煥發了活力，顯得堅不可摧，紋在肚子上的怒目羅漢越發的栩栩如生，我終於明白，我為什麼會覺得慧大爺不同了，以前的他在我心目中是個和我師傅同級別的猥褻老頭兒，偶爾才會有得道高僧的慈悲樣子。

之前的他露出了一身肌肉，顛覆了我的認知，但也只是吃驚。可現在的他，也不知道用了什麼法門，讓自己活活變成了「第一滴血」裡的藍波。

你看他，每踏出一步，彷彿整個大地都在震撼，每一出拳，彷彿帶起了無數的勁風，打得那個怪物連連後退。我只是猜測過慧大爺身手很好，但從沒見過他如此酣暢淋漓地出手，我忍不住大吼道：「慧大爺，少林功夫，好帥！」

「少林功夫？」師傅詫異地望了我一眼，然後低聲嘀咕了一句：「沒常識！」

我愣了，怎麼個沒常識法？卻不想師傅眼中閃爍著自豪的目光，盯著空地中的慧大爺，嘴裡念叨著：「這老頭兒，是多久沒用這一招了啊。不過，還不夠，等下再發揮吧。承一，你若想看得仔細，開天眼吧！」

還不夠？我仔細看了看，確實還不夠，慧大爺的每一拳都是如此威風，可是和我的拳頭一樣，那怪物的身體只是會凹陷下去，也會恢復，只是很慢地恢復。根本沒有被打爛的徵兆，那麼慧大爺還有潛力？

那師傅為什麼又要我開天眼？從虎魄被我收回後，我那種半天眼的狀態就自動消失了，與其問師傅，我不如自己開天眼看看，想著，我毫不猶豫地開了天眼。

在天眼的狀態下，我看見了一切的真相，慧大爺此時哪裡還是什麼慧大爺，在場中的明明就是他身上紋身的那個羅漢，和慧根兒請來的羅漢跟在身後不同，這個羅漢的虛影是附著在慧大爺的身上，正在場中和那怨母和嬰靈搏鬥。

他的每一次拳頭揮出都包裹著一層淡淡的佛光，打在那怪物身上，總是會留下傷痕，比起我的虎魄留下的痕跡更重。但也和我的虎魄一樣，那些傷痕留下後，總是會有一層淡淡的黑氣縈繞，然後再恢復，只是恢復的速度越變越慢。

「承一，你一直以為佛家以渡人為長，可你不知道的是，佛家也有戰鬥之僧，能化身羅漢。你慧大爺的超渡從來都不是最強悍的，甚至再過幾年，慧根兒都會比他強，他是真正的戰鬥之僧，你現在看見的是他被羅漢附體的樣子，等一下你慧大爺就會完全化身羅漢！那一年，我們苦戰於竹林，斬妖物於劍下，你慧大爺就化身為了羅漢，和我一起戰鬥到全身浴血，幾乎都要死在了那裡，想一想，很多年了……」師傅說到最後，眼中流露出緬懷的神色。

我收了天眼，看著師傅，一時間心頭湧上很多滋味，卻也在這時，那個學生樣的特異功能者對我師傅喊了一句：「姜師，可以了。」

師傅忽然腳步一邁，一抖身上的道袍，對著慧大爺喊道：「就在那裡，大概可以控制三十秒，慧老頭兒，看你的了。」

然後他豪情萬丈地對著另外三名道家之人說道：「隨我來吧。」說完，就要走入空地，我著急地問道：「師傅，我呢？」

師傅看了我一眼，說道：「你該做的已經做了，留著力氣，應付接下來的戰鬥吧。」

然後就毫不猶豫地走入了場中。

那是一場華麗的戰鬥盛宴，隨師傅進去的幾個道士，都是在部門裡數得上的高人，甚至還有來自道家祖庭龍虎山一脈的人，那才是龍虎山真正隱藏的得道之人，和那些在外的普通道士有著根本的不同。

四個大法力道士同時在場中踏起步罡，在我那「變態」般靈覺的感應下，我覺得這朗朗的青天，彷彿在白日那北斗七星都被牽動得快要浮現。

不同的咒言從他們口中念出，隨著咒言的進行，他們開始同時掐訣，身上的氣勢越來越強，瞬間就攀升到了一個我現在根本無法企及的高度。

而在那邊，那個不可一世，行動輕靈的怪物被七個念力強者的精神力所壓制，根本就再也動不了，連掙扎都不能，這一幕讓我感慨，這些特異功能者真是神奇。要知道，要徹底地禁錮什麼東西，不論在道家還是佛家，都是逆天大法術啊。

最後，是帥氣無比的慧大爺，他掐了一個奇怪而陌生的手訣，然後虎吼了一聲，在那一瞬間我沒有開天眼，可是憑藉強大的靈覺，我彷若看見，慧大爺身上的羅漢虛影不見了，在瞬間已經和慧大爺合而為一，連慧大爺的神態，眼神都瞬間變了，變得怒氣騰騰，氣勢強大，讓人不敢逼視，在這一瞬間，慧大爺單手行了一個佛禮，在下一刻，他發出了一聲更加震天動地的怒吼，然後一拳朝著那怪物狠狠砸去！

很快，那拳的威力就顯現了出來，怪物身上就出現了一個大的裂口，從裡面冒出肉眼可見的朦朧霧氣，和那時我在荒村所見的霧氣不同，這霧氣竟然呈現淡淡的黑色。

我很清楚明白，這就是怨氣，但是我非常吃驚，這是什麼樣的傀儡？竟然可以裝入禁錮怨氣！就算是化形的怨氣也不是可以這樣裝在什麼物體裡的啊！

沒人能解答我此刻的疑問，所有人都在緊張卻又興奮地盯著場中，慧大爺連連怒吼，連連出拳，那個怪物竟然被慧大爺打得四分五裂，終於不堪重負，「嘭」的一聲炸開了。

在怪物炸開的瞬間，空地中忽然憑空起了狂風，一圈又一圈的黑霧彷彿是被狂風捲來，慢慢瀰漫在空地中，慧大爺的僧袍繫在腰間，上身裸露，衣襟被風吹得獵獵作響，他雙拳緊握，站在當中，仿若戰神再生。這一幕的慧大爺就如一張永不褪色的照片，深深地印在了我的腦海中，這一輩子都再難忘記。

而下一刻，一絲若有似無的笑聲開始在空地中響起，跟著這笑聲的，是一個嬰兒怪異的「嘰嘰」聲，這聲音不是有形的那種聲音，倒像是直接在人們的腦中發出的。

對這個聲音我當然熟悉，這就是怨母和嬰靈的真正聲音，原來這個傀儡的真身就是怨母和嬰靈！它們是被禁錮在了傀儡中，所有的謎題霎時而解！

於此同時，慧大爺的氣勢在慢慢消失，變得普通了起來，他臉上有一絲掩飾不住的疲憊，他看了正在施法的師傅一眼，低聲說了一句：「姜老頭兒，我做了我該做的，盡力了，接下來看你了。」

我師傅沒有回應，卻在這時，一聲清朗的佛號在空地中響起，那個被師傅點名的高僧，已經衣襟飄飄地走進了場中。

第二十二章　伏魔七斬

「阿彌陀佛。」一句簡單的佛號，卻有著讓人心安定的力量，這個法號覺遠的和尚，一開口就讓我覺得真的不簡單，慧大爺見他進場，一副交給你了的表情，然後慢慢走出了那片空地。

那個覺遠和尚望著空地逐漸瀰漫開來的黑霧，神色悲憫而慈悲，接著他就在空地中就地一坐，只是手持一串簡單的念珠就開始念誦起經文來。

和慧大爺的超渡不同，這個覺遠和尚連經書都沒有拿出一本，彷佛這種場面，他不需要借助經書依然可以發揮出足夠的念力。

這個誦經聲和慧大爺師徒不同，少了幾分莊嚴的氣勢，多了幾分慈悲的意味，隨著他經文的聲聲念誦，空地中的黑霧竟然開始散去，不，應該是開始集中，朝著覺遠包圍而去。

無奈覺遠寶相莊嚴，黑霧最多只能逼近他周圍一米的距離，就絲毫不得寸進了，那黑霧就像一陣龍捲風，包圍著覺遠，卻拿覺遠絲毫沒有辦法。

這個時候，就算普通人都能感覺那黑霧裡包含的怨念和對覺遠的仇恨，果然是不可渡化的怨靈，如此悲憫的超度，都不能將之感化一絲一毫。

師傅他們的法術已經在進行著，但此刻空地中的一切都已經在掌控中了，大家的心情也就慢慢放鬆了下來。

慧大爺走到我身邊坐下了，有些喘息未定的樣子，我拿過我的小行李袋，翻出水壺，擰開，給慧大爺喝了一口水，慧大爺咕咚咕咚連灌了兩口，才舒爽地喘了一口氣，說道：「我沒有想到，我受傷之後，功力大損，還能打破這人皮傀儡。」

「人皮傀儡？」這倒是我第一次聽說。

「是啊，這傀儡的外皮就是用人皮縫製的，取的人皮無一不是死的時候怨氣沖天之人的人皮，而且只取胸口的人皮縫製而成。縫好了之後，外面再套一層煉化犬靈時所死之犬的狗皮，就能徹底地禁錮怨靈在其中。這傀儡的骨架是用一種特殊的木材浸泡鮮血後，晾乾製成……」慧大爺開始詳細地給我解釋這個傀儡。

在慧大爺的敘述中，我聽明白了，把怨靈裝入傀儡，防備的就是道士，因為道士的術法對於鬼魂一類的東西最是厲害，就如師傅的金刀訣專斬靈體，可斬殺不了活人。

而這種傀儡，用普通的物理打擊也沒有用，畢竟它不是血肉之軀，裡面充斥的都是怨氣，最是難以對付，理論上只要怨氣不散，傀儡也就不會被打爛。

慧大爺化身羅漢，或許對刀槍不入的殭屍有些不足，那個拚的是純粹的力量，唯雷火可傷。但是對於怨靈傀儡，包裹著佛光的拳頭，卻是無往不利的武器，因為佛光可以阻止怨氣聚集。

「小子，明白了嗎？當這怨靈有個烏龜殼的時候，你師傅拿著就頭疼。我把它的烏龜殼打爛了！這傀儡說起來是黑岩苗寨的寶貝，因為煉製傀儡的材料，特別是塑造骨骼的那種木頭幾乎絕跡，他們再也拿不出第二個了。再說，這傀儡裡面滔天的怨氣可不是那麼好收集的。黑岩苗寨那些老妖怪逆天的事情做了不少，可是要他們犯著更大的天怒人怨再去收集怨氣，他們也是不太敢的。」慧大爺在一旁給我解說著。

我點點頭，是啊，如此逆天的傀儡，再多一些，對天下蒼生的潛在危害也不比惡魔蟲少多少了。

說話間，師傅四人已經施術完成，在覺遠和尚的幫助下，那些怨氣被佛家的念力所壓制，再難以對怨靈進行補充修復。

於此同時，失去了烏龜殼的怨靈，在覺遠和尚的念力下，也是處於一種被壓制的狀態，它的恨意全部集中在覺遠和尚的身上，根本就無視我師傅他們四人。

這也就是師傅完整的計畫，我去引出怨靈，特異功能者禁錮怨靈，覺遠和尚用佛家純正的念力消弭怨氣，失去了怨氣補充的怨靈，才有可能被徹底斬殺，而師傅他們施展大法術，最後斬殺怨靈。

這個計畫原本環環相扣，哪知黑岩苗寨的老怪在那個組織的說明下，狡猾如斯，竟然給怨靈套上了一層「烏龜殼」，才讓計畫有了變動，慧大爺不得不出手。

可是請羅漢身也不是簡單的事情，所以，我必須拖延時間。

這中間只要有一步出錯，那逆天的傀儡就能脫離牽制，大開殺戒。就算最後我們滅了它，也難保不會有人員的傷亡。

此刻，師傅他們施術完成，也就到了計畫中最關鍵的一步。每個人的心情再度緊張了起來。

師傅神態從容，一手掐著玄天上帝指，一手持銅錢劍，此刻掐此手訣，是為了暫時押住這兇惡的怨靈，讓它不能避開斬過的劍芒。

「斬！」隨著師傅的一聲低喝。

首先出手的就是那個白髮老頭，他終於唸出了最後一句含而不發的咒言，伴隨著那句咒言，桃木劍落下，帶起了一陣兒清風。

隨著這一劍的落下，怨靈發出了慘烈的尖嚎，那聲音響在每個人的腦中，讓人不自覺地就覺得牙酸。可師傅他們豈肯給怨靈喘息的機會，第二個人又出手了，他拿著的是一柄天蓬尺，此刻也狠狠的落下……接著是第三人的法刀落下……

接二連三的大法力劈斬，怨靈的聲音已經十分虛弱，師傅是最後一個出手的，此刻，他已經收了玄天上帝指，銅錢劍劈斬落下，那怨靈發出了一聲絕望的慘號，聲音漸漸消失於虛無。

場中的黑霧慢慢地散去，幾人收了訣，都是一副如釋重負的樣子。

可我心裡總覺得這裡沒有完全的乾淨，一顆心總是落不到實處，我剛想說出我的想法，空地中卻忽然狂風又起，那怪異的嬰兒聲音再度響起。

這次不是一個聲音，而是接二連三很多聲音，慧大爺「霍」的一聲站起，臉色大變，喃喃地說道：「好狠的手段，用大法力強行驅使嬰靈，藏於怨母腹中，這裡死的可不是一個嬰兒。」

人們都已經有些驚慌了起來，唯獨師傅不慌不忙，冷哼了一聲，說道：「我早料到！你們繼續施術，我們今天就把它們斬個乾乾淨淨。」

說完這話後，師傅舉起銅錢劍，掐了一個我從來沒見過的奇怪手訣，只是簡單地行了兩句咒語，那銅錢劍就連連落下。

其他三人見師傅已經率先持劍開斬，心中也漸漸鎮定了下來，此刻準備時間太久的大術已經不合時宜，他們紛紛拿出了能快速施展或者消耗性的東西，分別是符和印。

這符是用一張少一張，想寫出大威力的符頗為不易，而那鎮壓之印，平日裡溫養不易，用一次也要溫養很久，但此刻情況危急也顧不上許多了。

我很吃驚地看著師傅一次又一次地斬下，臉色已呈一種病態的、興奮的紅色，我心中有了一種不好的預感，師傅在動用本源之力。

我數著師傅連斬了七下，卻不知道師傅這一招又是什麼名堂，可在身邊的慧大爺說話了：「伏魔七斬，你們這一脈獨有的法門，沒想到這老姜被逼到了這一步……」

伏魔七斬？我們這一脈獨有的法門？師傅為什麼從來沒有教過我？

我看著場中的師傅，隨著他每一次的斬下，都有一個聲音帶著絕望的嚎叫消失，狂風四散，這伏魔七斬的威力大到了如此的地步，為什麼師傅會不教我呢？莫非……

我想到了一個可能，立刻大為心急地看著師傅，此時的師傅已經斬落下了第七斬，一口鮮血也隨之噴出！

一切都塵埃落定了，空地中的黑霧也慢慢散去，場中出現了瞬間的安靜，只剩下覺遠悲憫的誦經聲，我想他是在為這可憐的怨母和嬰靈誦經一篇，儘管它們最終的結局只是魂飛魄散。

師傅胸口上有一大片血跡，此刻立於場中，神色也有些淒然，另外三個跟隨我師傅的道士同樣也是如此，是他們親手斬滅了這些怨靈，但心中未嘗沒有憐憫。

人說，大道無情，在斬妖除魔驅邪一事上，用的最多的也是這個詞。師傅卻從來沒有這樣說過，甚至很多時候都會留一線生機。

在我嚮往俠義的年代，師傅總是對我說：「道無情，心卻是熱的，能留住一線生機，也就是種下了一分善念。這個生機有時也不是指生與死，在很多時候，就比如你和別人的關係，到了崩潰的時候，也一定要留一絲寬容，落井下石也不見得是痛快，懂嗎？」

那時的我不懂，愛憎總是特別分明，可是現在的我早已懂了，有時你的一絲寬容對別人也許就是另外一扇窗戶，如果這個世界都是如此，也就不會越來越多的人極端了。

風吹過，彷彿也在為這些無辜逝去的母子哭泣，我大踏步地走到師傅面前，伸手準備扶住師傅，他卻瞪了我一眼：「三娃兒，你看我可是老到走不動路了？」

「師傅，你傷了本源啊！」我難過且著急地說道。

「那又何妨，這次且讓我戰個痛快。」師傅說完，只是擦了擦嘴角的血跡，雙手一背，然後對身後的眾人說了一句：「走罷。」

我看著師傅的背影，發現曾經那個很挺拔的背影，如今都有一些佝僂了，心中有些難過，無情的怎麼是大道？最無情的是時間吧，它總是帶走你珍貴的瞬間，珍貴的人，而且還告訴你，在時間裡，你沒有辦法回頭……

「樹葬的原因就是如此，有可能屍變的屍體葬於樹內，不沾地氣，也就沒辦法起屍。我算明白了，那人皮傀儡藏在樹裡也就是這個原因，不沾地氣，不接觸生人氣，它也就在沉眠的狀態，你走過去……」在我身邊不停說話的，是關喜哥。

從我們離開空地，一直走到了這地下通道內，他一直都在分析這嬰靈和怨母，我沒見過一個人能囉嗦到如此地步，終於我忍不住開口了：「我說喜哥，你不停地分析這個幹什麼？難道你對黑巫術也有興趣？」

關喜哥或許也是察覺到了自己的囉嗦，有些不好意思地撓撓頭，說道：「我師傅說了，術法這種事情，不要死學死記，多看看，多想想，舉一反三，才能達到一個很高的境界。」

我微微一笑，這關喜哥當真是個有意思的人。

我正待和他再聊，卻聽見凌青奶奶說話了：「立淳，這地道內如此安靜，會不會還有陷阱？」

是的，我們現在就在地道內，這地道比起高寧曾經帶我走過的地道要華麗許多，無論是地上、通道側壁，都鋪滿了青石板，雕刻著奇怪的浮雕。

這個浮雕我在黑岩苗寨的時候看得多了，很多建築物上的圖騰就是如此，那時我完全看不出來是什麼，到現在卻明白，這就是那抽象的惡魔蟲啊。

走在這個地道的時候，我就清楚地知道，這是高寧口中所說的新地道，正是因為它的存在，我和高寧才鑽了空子，利用廢棄的舊地道逃了出來。

面對凌青奶奶的問題，師傅沉吟了一會兒，說道：「哪兒還能有什麼陷阱，剛才那逆天的傀儡，怕是已經耗盡了黑岩苗寨巫師的力量，剩下的不過是一場決鬥罷了。」

凌青奶奶微微皺眉，說道：「那逆天的東西，怕是要有好幾個巫師獻祭生命才能完成，否則按照規矩，老天是會降下神罰於這裡的。巫師的力量耗盡了，可是蟲苗我卻一個都沒有見到啊。」

師傅說道：「黑岩苗寨自從有了惡魔蟲以後，還能存在什麼蟲苗，在惡魔蟲的威壓下，什麼蟲蟲還能存在？」

師傅剛說完，我就覺得不對，我立刻對師傅說道：「不對，師傅，他們是有蟲苗的，他們在地下不是有一支由年輕人組成的祕密部隊嗎？然後裡面有蟲苗的。」

師傅說道：「祕密部隊我是知道的，有五十人的樣子，專門培養年輕一代的巫蟲，怕是圖謀甚大。可是遠遠沒有成氣候，黑岩苗寨那些老一輩的蟲苗，才是真正的用蟲高手，他們是最無辜一批被犧牲的人，由於不肯屈服於惡魔蟲，以惡魔蟲那些千奇百怪的卵為本命蟲。所以……總之，在這裡，不存在真正的蟲苗了。」

說話間，長長的地道已經走到了盡頭，在盡頭處是一個看起來恢宏無比的大廳，在這個大廳中，最顯眼的就是一個高高的祭壇，祭壇背後則是四個小門，不用想也知道這四個小門是分別通往四個山腹的，那些母蟲就被黑岩苗寨的人藏在山腹中。

我清楚地知道，這四個小門其中有一個是廢棄了，因為那個山腹裡的母蟲被高寧偷走了，剩下應該還有三隻母蟲，但是具體有幾隻還得仔細探查過了才知道。

我聽聞師傅說起，這是黑岩苗寨最大的祕密，那麼多人祕密調查了那麼多年，都沒有接觸到這個真正的祕密。高寧彷彿給我提起過母蟲一共有四隻，但是過了那麼久的時間，又在當時那種環境下，以我出色的記憶力，都有些記不太分明了。

但現在，走哪條通道都不是關鍵，關鍵的問題在於這個大廳中站滿了人，看他們的樣子彷彿就是為了等待我們。

為首那個人是我的老熟人，黑岩苗寨的波切大巫——齊收。

「不好意思，讓你們久等了。」此刻站出來說話的是我師傅。

那齊收的臉抽搐了一下，最後才呵呵乾笑了一聲，說道：「倒是沒有久等，你們比我想像的來得要快。」

師傅望了一眼齊收身後的人，除了五十個衣服整齊劃一的祕密部隊的人，還參雜著幾個巫師，另外剩下的七、八人應該就是寨子裡所謂的蠱苗了。

一個寨子能有好幾個巫師，加上七、八個蠱苗已經是了不得的事兒了，就算是與世隔絕的生苗寨子，他們也不是個個都能稱之為蠱苗，能稱之為蠱苗的苗人，最起碼是要有一隻本命蠱的。

這樣的力量在別人眼裡看起來或許很強大，但是在我們一行人面前，就有些不夠看了，師傅似笑非笑地看著齊收，說道：「給你兩個選擇，一是讓開，待我們處理好一些事情後回來，帶走你們。這樣，你們大部分人或者會有一條生路。二是打過一場，但我們不會手下留情，你們大部分人會死，或者全部的人都會死。你要選哪個？」

齊收的神色有些「憂傷」，半晌都不說話，過了許久之後，他才歎道：「我齊收得了寨子莫大的恩賜，白白得了二十年的壽命，說起來卻是最沒有用的一個，還是老祖宗垂愛才有這個機會。我又怎能因為你幾句話的威脅就背叛老祖宗，我們總是要打過一場的。」

「你得二十年壽命，也就意味著，你就算投降，也沒有活路。因為你罪不可恕！那就打過一場吧，我留下大部分的人和你們打，只帶少部分的人離開，你知道我們要衝你們也攔不住，說不定損失更大。這大部分的人，你能留住他們多久，就看你的本事了。」師傅望著齊收認真地說道。

第二十三章　深入地底

最終，大部分人留下了，能繼續前行的只有我師傅、慧大爺、凌青奶奶，還有上次跟隨我師傅一起斬滅怨靈的三個道士、那個學生樣的特異功能者、如月，一個我不認識的蠱苗，還有就是我自己。

至於我的兩位師叔和承心師哥，早在我們上山前就消失了，也不知道去了哪裡。

師傅挑選的都是功力最高的幾人，除了我和如月，凌青奶奶不想如月參與到那樣大規模的廝殺中，師傅同樣也不想我參與進去。

我和如月嚴格說來不算這個部門正式的人，也就沒必要面對這種廝殺。雖然，師傅告訴我，這種程度的廝殺並不算太過厲害，有些任務說不定就要死上幾千條人命。

道家人由於一些特定的忌諱，並不參與到普通人的生活中，或者說真正的道家高人，在你的生活中，你也沒辦法察覺，就因為這樣，道家人的犧牲往往是最不計代價的，和普通人不同，他們並不能得到一個英雄的名聲，就算他們所做的是真正的英雄之事。

亦或者，這個身後名，對把一切看得比普通人通透幾分的道家人來說，根本就不在意。

我們沉默著前行，師傅從隨身的黃布包裡掏出了一個白色的小瓷瓶子，從裡面倒出了幾顆藥丸，除了我和如月，他一人發了一顆。

「這一次的行動，你們知道是不能失敗的！失敗的代價就是母蟲徹底失去束縛，甚至被黑岩苗寨的那些老妖怪弄到瘋狂的地步，那後果你們知道的。所以，如果有必要，吞下它。」一邊走，師傅一邊平靜地說道。

這個藥丸我太熟悉了，曾經在我手上就有一顆，在關鍵時候，我就吞下了它，那就是那種屬於道家的「興奮劑」，吞下它之後，能徹底激發自己的力量，那後果也是嚴重的，我因為這顆藥丸，在事後整整昏迷了好幾天。

我相信在場的所有人，都知道這顆藥丸的作用，只是接了過去，默默收下了，沒有一個人說任何反對的話，也許部門的任務根本不是束縛這些人去賣命的原因，束縛他們的只是他們心中的大義。

所學多一些，知道的多一些，擁有的多一些，也就為家國，甚至為世界承擔多一些吧，只是太多人忘記了這一點！所幸，這個部門的人從來不敢忘。

我們沒有走那四個通道中的任何一條通道，而是走祭壇下的一條通道，看見我們只有那麼幾個人前去，齊收那老傢伙幾乎是迫不及待地為我們指出了這一條路。

我不知道他為啥那麼高興，看我們的眼光就跟看一群死人似的。

對於他們在祭壇下還藏著一條路，師傅也表示很驚奇，根本就不知道黑岩苗寨就跟土撥鼠似的，在地下挖了那麼多四通八達的洞，有些無語。

齊收告訴我們，這條路是通往四個蟲洞的地底，在那裡有一個黑岩苗寨的祕密大廳，是黑岩苗寨的最高議事廳，在那個廳中就有四條向上的通道，分別通往四個蟲洞。

原本四個蟲洞，就是在一片相連的山脈上，只不過分為了四座山，相隔不是很遠。

齊收告訴我們，所有人都在那個大廳等我們，我們只要通過了那裡，我們要怎麼樣，再也沒人能阻攔。

齊收那麼熱情地指路，無非也是認為我們必死，他帶著人攔在那裡的原因，也不過是想拚命耗費我們的人，為他口中的老祖宗爭取一些時間和生機罷了，卻沒有想到我們主動分散了人力。

這樣想來，這個齊收雖然罪不可恕，卻也不是沒有人性的閃光點，至少他對他那罪惡的老祖宗有著一份赤誠的忠心，可以連性命也不要。

我們安靜地走在這條祕密的通道中，我問師傅：「師傅，為什麼你要主動分散人力？」

師傅說道：「這是為了節省時間，防止意外的變故，你知道用一天的時間徹底地喚醒蟲子，只是我們的推測，我不敢拿一個推測去賭。第二，我讓大部分人留下，並不是為了殺光齊收他們，最重要的目的是牽制，這也避免了不必要的犧牲，他們只需要拖延過一個小時，就會帶人撤退出這裡，在外守候！因為此地在幾個小時以後必生變故，這個，他們的領頭人是知道的。到時候，他帶著人撤退是來得及的。如果不是因為黑岩苗寨還留有這份實力，我也不會帶那麼多人來的。」

原來師傅帶那麼多人來，只是為了牽制黑岩苗寨的力量一個小時，為我們對付那些老妖怪爭取一些時間，畢竟蟻多咬死象，單憑幾個人，是不能對付那麼多人的。一個小時以後，就算齊收帶著剩下的人趕來，該對付的老妖怪必定已經對付完了，剩下的事情也就輕鬆很多，我們可以從容離去，畢竟齊收他們也是逃不掉的。而且這樣做，的確也是最大可能地節約了時間，防止那些老妖怪留有後手，能提前解開母蟲的束縛。可是必生變故是怎麼一回事情？我探詢的目光剛望向師傅，師傅就開口答道：「別忘記，你王師叔在這裡布了一個真正的大陣，改動了風水走向，到時，你便知道了。」

我不再言語，看了一眼時間，此時已經是晚上七點多一些，看起來我們的時間還是比較充裕，按照最短的時間計算，至少到凌晨一點，我們還有六個小時。

這一條通道很長，我們一路走來到達所謂的大廳整整用了半個小時，再有半個小時，我們的大部隊就會撤離這裡，但師傅卻是一臉的淡定和從容。

他走在最前面，帶著我們進入了這個所謂黑岩苗寨最機密的地方。

進入了這個大廳之後，我開始仔細地打量這裡，畢竟是最機密的地方嘛，會不會有寶藏？這只是我一個幼稚的想法，事實上，這個大廳簡陋無比。

說起來，就是一個不超過一百平方的土洞，因為深處地底的原因，反而有些氣悶。

大廳的布置也非常簡單，就是零零散散放了十幾個草墊，除了這個幾乎是一無所有，插在牆上的火把熊熊燃燒著，把這個大廳照得透亮，讓人一眼就看出在這個大廳裡坐了十個人，還剩下了幾個草墊。

這十個人難道就是所謂黑岩苗寨的老妖怪？我仔細觀察了一下，應該不是，因為在這其中，有三個人身著打扮一眼看去就不是苗人，他們其中一人身著唐裝，看質地是絲綢的，很高檔的樣子。

另外兩個人都是著考究的西服，就這樣坐在這簡陋的大廳裡，顯得有些滑稽。

這三個人的年紀不大看得出來，彷彿是在中年和老年之間，總之是保養得當，我對他們很陌生，一個都不認識。

除了這三個人，另外七個人應該才是黑岩苗寨真正的老妖怪吧。

看見我們的到來，他們並不吃驚，其中一個坐在中間的老妖怪只是淡淡地說了一句：「坐吧。」

那聲音是如此的嘶啞難聽，可是我師傅卻沒有動，他望著這些人說道：「我們是敵非友，有何坐下來談的必要？下一刻就要分出生死，那樣不覺得假惺惺的嗎？」

在師傅說話的時候，我則拚命地打量起那些老妖怪，活了那麼久的老妖怪，可是少見至極的，這個時候不抓緊時間看一下，不是可惜了嗎？

令我失望的是他們除了骨瘦如柴和皮膚光滑外，沒有什麼特別值得一提的地方，看見他們就如看見齊收老頭兒一樣。

但是其中一人和齊收老頭兒有一點點區別，就是坐在中間叫我們坐下的那個老頭兒，他竟然沒有一絲髮毛，至少在我能看見的部位沒有，沒有頭髮，沒有眉毛，而且肚子鼓脹脹的，很是奇怪。

讓我頓時就生出了一個想法，莫非男人也能懷孕？可是，在下一刻，我又想起了一件事兒，同是老妖怪，為什麼橋蘭還能貌美如花？咦？橋蘭呢？我怎麼自始至終沒有看見她？

面對師傅毫不客氣的說法，那坐在中間的老妖怪只是笑了笑，一副很是寬容大度的樣子，只是我總感覺他的肌肉有些怪異，跟橡皮似的，少了應有的柔軟度，顯得很是僵硬，可想而知那個笑容有多麼怪異了。總之，我身上起了一串兒雞皮疙瘩！

我想看看師傅有什麼反應，卻發現師傅的目光根本沒有盯著那個老妖怪，而是看著那個身著唐裝的人，沉默不語，因為是側面，我不清楚師傅的眼神，也不知道他在想什麼。

而順著師傅的目光，我看見那個身穿唐裝的人也在盯著師傅，眼中有一種說不出的意味，甚是古怪，我也形容不出來。

老妖怪直接被我師傅忽略，他心中自然是不爽，冷哼了一聲，站了起來，他一站起來，我就感覺更加詭異，分明是一個骨瘦如柴的人，偏偏挺著一個大肚子，是個男人也就不說了，他偏偏還頗為深情地摸著他的肚子。

我用了很大的忍耐力，才勉強克制住心中的衝動，不去扶他一把，對他說：「小心點兒，你都懷孕了。」

不管旁人的態度是什麼，這個老妖怪可能習慣了在黑岩苗寨中高高在上的滋味，他站起來之後，就用他那難聽的聲音高高在上地對我那心思根本不在他身上的師傅說道：「你這小子，先回答我幾個問題吧。」

根據師傅給我說的資料，黑岩苗寨活得最長的老妖怪是活了二百年之久，應該就是這個大肚子老妖怪了，他叫我師傅一聲小子倒也不是沒有道理。

我師傅終於回過神來，出人意料的，他倒也沒拒絕老妖怪的要求，反正都是要分出生死的敵人了，多回答幾個問題也是無所謂，師傅點頭回答道：「你問吧。」

「我的那些子孫們可是被你殺光了？」這是老怪物的第一個問題。

「你的子孫如果是指寨子裡的人，我可以回答你，他們已經走了。如果是指那個祭壇大廳中的人，他們恐怕活不下來。我真是很奇怪，如果你說的是寨子裡的人，你怎麼可能配叫他們為子孫？連女人孩子都趕下了山去，你這老祖宗可真是個好祖宗啊。」對於這樣的老妖怪，我師傅的言談中沒有絲毫的客氣，諷刺的意味不言而喻。

「哼……」那老妖怪冷哼了一聲，然後才說道：「燕雀安知鴻鵠之志，子孫為長輩犧牲又有何不可？只要我們得了永生，黑岩苗寨的火焰就不會熄滅，就會永存！那時，黑岩苗寨也會有新的子孫誕生，在我們這樣偉大存在的帶領下，走向新的輝煌。」

聽聞這個話，我忍了又忍，但還是忍不住怒喝了一聲：「放你媽狗屁！」這是我聽過最噁心的歪理邪說，要知道被趕下去的那些人，首先是人，其次才是黑苗人，做為人，他們是有自己的思想的，憑什麼要為你們這些老妖怪所謂的永生犧牲？你們能代表他們的意志嗎？用一個黑苗人的身分就是剝奪他們生命的理由嗎？

我還無法想像的是，你們這些老妖怪還想生孩子？難道是和橋蘭這樣的老妖婆生？一種深深的，無力的噁心感從我心中蔓延，我無法形容……難道，這就是橋蘭消失的原因？被老妖怪們當成了薪火傳承的母豬？

可能在場的很多人都想到了這些，我發現除了那七個老妖怪，每個人的臉多少都有些抽搐。

面對我這大不敬的話，那老妖怪深深地瞥了我一眼，下一刻他抬起了手，對著我，似乎是要動手的樣子，這些活了那麼長時間的老妖怪，他們的巫術可是深不可測！

就在這時候，我師傅上前邁了一步，說道：「我們總是要動手的，你也不用和小輩計較。你不是有問題嗎？可以繼續問。在這之前，我只有一個問題要問你，為什麼要犧牲女人和小孩子？」

那老妖怪不屑地說道：「他們已經走了，也就是背叛了，上天都證明我的決定是對的。至於為什麼要派出女人和小孩子，很簡單，我已經傳令下去，讓他們誓死抵抗，面對女人和小孩子，你們下得了手嗎？那總是能為我們多爭取一些時間的。可惜，這些叛徒……」

真的是畜牲，我連罵他的力氣都沒有了，對於已經決定自己當「種馬」，延續黑岩苗寨的瘋子，我有一種深深的無力感。

師傅表現得比我平靜許多，他很淡然地點點頭，然後示意老妖怪繼續問。

「你們是不是已經找到了我們藏在外面的子孫？」這是老妖怪的第二個問題，意思很簡單，想探聽一下這張底牌是否也被抽走了，因為我們毫無顧忌地來進攻，傻子也能想到這個問題。

「是。」師傅回答得更乾脆。

老妖怪臉上浮現出一絲怒意，說道：「你們漢人總是狡猾而卑鄙的，我們的老祖宗說得沒有錯。好在，我們也不是全無倚仗，最後一個問題，你們有沒有退走的可能？我保證我們黑岩苗寨不會顛覆你們漢人的統治，為什麼不給我們一個生存的空間？」

這個問題真是莫名其妙，退走的可能？傻子都知道不可以！除非這老妖怪有什麼底牌！

我微微皺起了眉頭，而師傅則直接搖搖頭說道：「你不代表黑岩苗寨，真正黑岩苗寨的族人已經走了。放棄了惡魔蟲的黑岩苗寨當然可以在這個大地上自由地生存。你們則不能，如果你們幾個想活下去，只要你們配合我殺死惡魔蟲，我可以試著幫你們說說話，庇護一下你們。」

「哼！」那老妖怪重重地哼了一聲，卻也沒有急著發怒，他說道：「你竟然要我放棄聖蟲？那不可能！但你確定不聽聽我的底牌和條件，就拒絕我嗎？」

「沒有什麼可聽的。」師傅搖頭，這是原則性的問題，師傅是不會允許這蟲子存在於世間的。他的態度比誰都堅定，背後的原因，除了大義之外，還有什麼，卻不是我能知道的了。

「就算聖蟲馬上就要脫開一切的束縛，你也不聽嗎？如果你答應我，我能對你保證，讓聖蟲繼續處於半沉眠的狀態。不讓牠的怒火肆虐這片大地，你看如何？」那老妖怪不甘心地說道。

果然，師傅的判斷是對的，他如此爭取時間，就是為了防備黑岩苗寨這一手，畢竟最瞭解惡魔蟲的永遠是黑岩苗寨的人，我們所掌握的資料和推測，根本不能保證百分之百的正確。

時間彷彿靜止了，如果惡魔蟲馬上就會脫開束縛，後果是可怕的，黑岩苗寨這些老妖怪已經為了所謂的永生走火入魔，要他們放棄那所謂永生的可能，他們就要走極端的來個魚死網破。

要知道，放開惡魔蟲的束縛，他們也再也沒有能控制惡魔蟲的可能，而且第一個犧牲的必定是他們，惡魔蟲會用他們的生命來為自己獻祭。

這是師傅告訴我的，但是有些語焉不詳，他只是告訴我，曾經，死掉過一隻脫離束縛的惡魔蟲，在脫離束縛的瞬間，它做的第一件事情就是把那個以它作為延續生命工具的老妖怪給吸乾了。

在那個時候，師傅說當事人甚至以為，根本不是惡魔蟲給這些老妖怪延續壽命，而是把他們當成了儲存的工具。

這是多麼可怕的一件事。

在安靜而沉悶的氣氛中，師傅最終還是輕輕地搖了搖頭。

接著，他擲地有聲的聲音在整個洞穴裡響起：「這件事，沒有任何的可能！」

第二十四章　師門祕聞

師傅的話猶如一個炸彈扔在了這個洞穴裡，他的話剛落音，原本坐在草墊上很穩重的另外九個人紛紛被炸得起身，一個個站起來，目光不善地望著我師傅。

「要戰，便戰。」師傅歎息了一聲，只吐出了這四個字，意思卻表達得很分明。

那沒有毛髮的老妖怪搖搖頭，對我師傅說道：「我們不與你戰，自然有人與你戰鬥，你既然執意要和我們鬥到底，我也沒有理由不和你們魚死網破，我黑苗人不可輕辱！」

「在我華夏土地上有很多苗人，他們安寧地在這片土地上生活，也沒有任何人打擾他們。辱你黑苗人的恰恰是你們自己。用別人的生命來為自己的生命續命，為了自己的永生，不惜用子子孫孫的命去填，你沒有資格談自己的民族。」師傅這樣回答道。

那老妖怪根本不理我師傅，竟然輕撫了一下自己的肚子，對我師傅說道：「成王敗寇，新的我就要誕生，我將以重獲新生的方式贏得永生。那個時候，不僅是苗人，你們漢人，這個世界上所有的人類，都會匍匐在我黑苗腳下，求我帶領人類走向一個新的世界。你們這幫人類的擋腳石，那時迎接你們的將是全世界人類的恨。」

師傅神色古怪地盯著那個老妖怪的肚子看了一眼，最終搖了搖頭，低聲說了一句：「你永遠不會有新生，你只是可悲地為別的生命做嫁衣的人。」

那老妖怪哼了一聲，竟然帶著另外六個老妖怪轉身就走，走之前，他用苗語對那六個人說了句什麼，那六個人分外莊重地點了點頭。

凌青奶奶當然能聽懂老妖怪的話，她說道：「立淳，我們要攔住他們，那老妖怪讓其他六人用犧牲的辦法徹底喚醒惡魔蟲。說他將肩負黑岩的使命，重現黑岩的輝煌。」

師傅卻搖了搖頭，任由他們離去，反而是對那個唐裝老者說道：「吳立宇，讓你出手為老妖怪一戰，讓你組織不惜冒險來蹚這渾水，這老妖怪到底許了你什麼好處？」

這時，我也才反應過來，我們是追不了那些老妖怪了，因為這個叫吳立宇的人，已經帶著另外兩個人呈品字形地攔住了我們，就算我們強追上去，那些老妖怪再幫忙出手一下，也能輕易脫身，我們追了也是白追。唯一的辦法，就是打倒面前的三個人。

吳立宇，原來這個人就是吳立宇，我聽師傅提起過一次，貌似是那個組織中的高層，也就是說這三個人都是那個組織的人。

那吳立宇面對我師傅的質問，苦笑了一下，然後才說道：「如你所說，的確是一灘好大的渾水，你們部門的最高指揮下定決心要收拾黑岩苗寨，不就代表了國家的意志嗎？要不是我們組織還有些能量，怕也是沒有能力來蹚這渾水了。就算如此，也不敢全力以赴，就只能小老兒出手一下，聊表心意了。」

「我不是來聽廢話的，你們組織無利不起早，到底許了你們什麼好處？」師傅一點也不打算回避這個話題。

「一隻從老妖怪肚子裡取出來的半成蟲而已，還有這蟲子的培育控制之法。怎麼，你也有興趣？」吳立宇輕笑著，非常淡然地回答了師傅的問題。

看吳立宇那談笑風生的樣子，我覺得這個人確實是一個非常有風度和個人魅力的人，看他叫什麼立，估計和我師傅是一輩的，但人和人之間差距咋那麼大呢？

在這嚴肅又危急的時刻，我忍不住地開小差，老想起師傅混吃混喝，邋裡邋遢，蹲大街上看姑娘的樣子。

可是我在那裡開小差，師傅的臉色卻變了變，然後忽然問出了一個風馬牛不相及的問題：「餓鬼墓，是你上面那位弄的？」

「什麼上面那位，你怕是也該叫聲師叔吧？就算理念不同，我從來也尊稱你師傅為老李師叔的。你說那個餓鬼墓，只是我師傅當年尋找你師傅，到四川時，發現那裡有一個妄想成仙的大巫的墓室，就順便探查了一番，結果發現那裡是一個上好的聚陰地，又有一條活著的燭龍，有趣的是裡面還有一隻沒有起屍的殭屍，所以就……總之，我師傅怕是已經忘記了那個墓的存在，卻沒想到讓你給破了，看來老李師叔對我師傅誤會頗深，已經延續到了徒弟這一輩啊。」吳立宇頗為感慨地說道。

而我的心卻狂跳了起來，這對於我來說，絕對是一個極大的祕密，我一直以為我們這一脈就那麼幾個人，我那神奇的師祖更是孤家寡人一個，怎麼冒出來一個同門？而且還關係頗為不合的樣子。我瞪大了眼睛，仔細地聽著，生怕錯過了一個字，因為我那師傅把我保護得太好，或者，他根本不想我參與到這些恩怨裡去。

面對吳立宇的說法，師傅只是不屑地說道：「你不需要叫我師傅為師叔，我師傅就沒承認過你們，也沒承認過你上面那位是他的師弟！只是你，記得在我年少的時候，曾經見過你們師兄弟十人，卻怎麼也想不到你們成立了那麼一個喪心病狂的組織。如果不是因為餓鬼墓，我還追查不到你們這一重身分。收手吧，形而上的路子不是這麼走的。」

吳立宇聽到了師傅不客氣的說法，倒也不惱怒，這個人養氣的功夫十足，只是做出了一副痛心疾首的樣子說道：「我師傅對老李師叔的手足之情一向深重，可你們……」

「不要廢話了，動手吧。」師傅不耐地皺了一下眉頭，師傅的態度已經告訴我，他對吳立宇那一脈的人無任何好感，更不想與他們攀任何交情。

可那吳立宇偏偏囉嗦得要命，面對師傅要動手的要求，只是說道：「立淳兄，你這徒弟不錯，聽聞動用中茅之術，竟然能請到老李師叔一現，你們這一脈，特別是山字脈，條件不怎麼好。不如你將你的徒弟交與我來培養，我一定待如親子的。」

師傅忽然就笑了，然後對著我說道：「承一啊，你聞到什麼味道沒有？」

在竹林小築的歲月裡，我和師傅兩人就習慣了互相拆臺，要論嘴上的「惡毒」功夫，慧大爺和師傅早已交給了我他們的真傳，師傅這麼一問，我立刻心領神會，立刻皺著眉頭說道：「有啊，很臭啊，師傅，有人在這空氣不流通的地方放屁呢，咋辦？」

師傅目光一斜，瞥著吳立宇說道：「還能咋辦？那就打他！」

「嗯，打唄！」我微笑著對師傅說道。

吳立宇原本風度翩翩，見我師徒倆言辭如此「噁心」，終於忍耐不住，喝罵了一句：「堂堂道家之人，卻把自己比作市井小民，哪來一點道家之人的風度。今天我就替老李師叔教訓你們一番罷！」

媽的，真會扯虎皮拉大旗，還扯上我師祖了，這吳立宇真是虛偽至極，什麼都要佔住理的樣子。

可我師傅嘴上更加惡毒，喊了一句：「咦？什麼時候一條惡狗也能代表我師傅呢？為什麼我師傅說過見到某群狗的時候，不要廢話，衝上去就打呢？看吧，我不聽師傅的話，與狗說人言，這不被咬了？」

吳立宇被我師傅的話氣得臉上鐵青，勉強深吸了一口氣說道：「姜立淳，今日你的對手就是我，希望你莫怕了才是。韋一、韋二，這群人只是烏合之眾，也是強弩之末了，你們隨便挑幾人做對手吧。莫丟了我們組織的臉。」

韋一、韋二，多麼奇怪的名字，我好奇地看了這兩個西裝男一眼，同時，心裡也擔心起來，我師傅傷了本源，慧大爺在剛才也消耗了不少功力，況且他幾年前還受過傷，聽吳立宇的口氣，這韋一和韋二的本事還不小。

這一場，我們能打贏嗎？

我的擔心不無道理，一路上我都注意到師傅的臉色有些蒼白，畢竟傷了本源，需要珍貴的藥材徐徐進補，再靜養一段日子的，師傅這樣連番大戰，如何能行？

那邊韋一的口氣很大，一站出來，直接就點名了跟隨我師傅而來的三個道家之人，弄得那三人臉色很不好看，以一對三，怎麼說也一種侮辱。

韋二貌似很失望的樣子，只剩下一些蝦兵蟹將，疲憊之極的慧大爺在他眼裡或許也不夠看了，慧大爺雖然是一個猥瑣的老頭兒，可也是一個驕傲的人，哪裡受得了韋二那種目光，當下捏住了那顆藥丸，站了出來，吼道：「阿達（哪裡）竄出來的槌子，你包（不）挑人咧，額與你打！」

慧大爺就是可愛，一個和尚常常動怒，不爽了就要罵人，我對這樣的慧大爺感情不比對我師傅淺多少，就是因為如此，我更不忍心他就這樣吞下這顆藥丸，要知道等一下還有一番大戰，這藥丸的副作用怎辦！

看著師傅蒼白的臉，看著慧大爺手裡的藥丸，我再也忍不住了，一下子站了出來，大聲吼道：「吳立宇，你可敢與我一戰？」

我這一聲吼出來，整個洞穴都安靜了下來，我一個小輩竟然要與吳立宇一戰？

「三哥哥……」在我身後響起了如月的聲音，一路上，她都安安靜靜，跟平時活潑的她大相徑庭，可這時，她卻忍不住叫了我一聲，聲音有些顫抖。

下一刻，如月就站到了我的身旁，直直地盯著吳立宇，平靜地說道：「你也是一個老輩，該不會怕打不贏小輩，不敢接受這一戰吧？但到底三哥哥只是小輩，加我一個如何？」

我看了如月一眼，心中有著說不出的感動，但也僅僅只能是感動，我一把把如月拉到了我的身後，說道：「如月，妳就在後面站著，別動手。我道家之人的對戰，就由我道家之人解決，妳相信我能贏的。」

罕有的，師傅沒有開口阻止，而是用一種欣慰的眼光看著我，我回應師傅的是異常堅定的目光，長久以來，我總是站在師傅的背後，看著師傅用他的脊樑為我撐起一片天，用他的雙腳為我踏開一條路。

師傅老了，我長大了，這一次，是我該挺身而出的時候了，這絕對不是衝動！

和師傅對望了一眼之後，我大聲對吳立宇說道：「你是不敢嗎？」

吳立宇目光複雜地望了我一眼，頗有些拉不下面子的感覺，說道：「我不想佔你便宜。」

「既然你不想佔我便宜，就你一個人出手和我打好了，我們這邊其他人不出手，你們那邊的人也不必出手，你看這樣可好？」我大聲說道。

吳立宇眉毛一揚，說道：「怎麼聽著，倒像你在佔我便宜？」

「我佔你什麼便宜了？你說為老妖怪出手一次，對誰出手不是出手，再說你想要的東西不是拿到了嗎？而且，我這個人心境不夠堅定，旁邊有人打鬥，總會分了心神，影響到我，還談什麼公平一戰？」我故意這樣說，就是在提醒吳立宇隨便應付好了，道家之人最怕心境上的空缺，這場交易，吳立宇若是負了那老妖怪，心境一定會受影響，但按我所說，倒也算完成了承諾。

吳立宇目光閃爍，過了好一會兒才說道：「你這小子，倒也狡猾。只是鬥法，難免有所傷害，你可是你們那一脈山字脈唯一的傳人，你師傅可答應？」

這吳立宇好狠的心思，他是要對我下重手，試探地招攬不成，那就扼殺在成長的階段，反正我們這一脈和他們是敵非友，我們這一脈斷了最重要的山字脈傳承豈不是更好？可他虛偽，還要借著鬥法的名義來個名正言順地殺我，免得落下一個欺負小輩的名聲，也順便用話來堵我師傅。

我師傅看了我一眼，問道：「怕不怕？」

我也看了師傅一眼，說道：「能贏的事情，我怕什麼？」

「好！」師傅讚賞地吼了一聲，然後從隨身的包裡摸出一件東西丟給了我，說道：「師傅覺得你也能贏！」

我接過那件東西一看，這不是師傅的拂塵嗎？那是師祖傳下來的寶物，很是不凡，拿著這件東西，我更有信心了。

吳立宇看見如此，只是說道：「既然立淳兄也答應，那我就和你徒弟鬥上一場。只是我要提醒你，中茅之術，雖然能請來老李師叔，可那本事差得不是一星半點，而且你徒弟也沒有足夠的功力支撐老李師叔的通天本事！希望你不要出手干擾才是。韋一和韋二會替我護法的。」

不就是提醒我們，那兩個韋數字會出手嗎？

有便宜不佔是白癡，在吳立宇廢話的時候，我就把師傅交給我的拂塵往腰間隨便一插，腳踏步罡，中茅之術就開始施展了，這一招說起來我還是跟林辰學的。

估計吳立宇原本還有一肚子廢話，可見我已經開始施法，終於安靜了下來。

在這封閉的空間裡踏步罡，和在外面的空地踏步罡根本就是兩個概念，因為對星辰之力的感應和接引都會弱了許多，在這一過程中我必須全神貫注。

所以，我閉起了雙眼，心神歸一，再也不能受外界一絲一毫的干擾。當然，我也就不知道吳立宇要做些什麼了！

步罡，行咒，手訣，感應，這一系列的過程，我做得分外順利，或者就如陳師叔所說，我和師祖有著幾乎相同的命格，我對他的力量特別容易感應和融合。

可也就在這時，一聲巨大的吼聲在我的腦中炸開：「你必敗！」

是吳立宇的聲音，這是我的第一個念頭，在下一刻，原本已經感應到了的力量忽然就消失了，因為我被這吼聲一吼，立刻就分了神。

原本道家之人隔絕一切干擾施法的心境，是在學習法術之前，基礎又基礎的練習，可是吳立宇不知道用的哪一門子法門，竟然能讓他的聲音生生地出現在我的腦中，估計也是道家吼功的一種，他不弱於我師傅。

我心中氣惱，這人嘴上說不在意我請來師祖，因為本事不及萬一，可事實上這老狐狸一開始就沒有打算讓我的中茅之術施展成功。

這也不得不讓人感慨他的鬥法經驗豐富，直接把威脅就扼殺在搖籃中，讓我使不出那能讓我逆天的殺手鐧，我也就是一盤菜。

我深呼吸了一下，拚命地沉下心神，再次存思，感應師祖的力量。

可是，吳立宇哪能讓我得手，一聲又一聲的：「你必敗，你必敗……」在我腦中炸開！

我的大腦在此時彷彿是被人真的塞進了一個東西一樣，又脹又昏，而且胃部也開始抽搐，壓抑不了想吐的感覺，這是大腦受到震盪，最直接的表現。

可我不能讓師傅和慧大爺再去冒險，這是我心中最深的信念，我怎麼能才一交手，就敗在吳立宇的手上？

無法屏蔽腦中帶來的直接影響，我乾脆使勁地一咬自己的舌頭，利用劇痛強行讓自己清醒了過來，打斷了自己中茅之術的施展。

在張開眼睛的那一瞬間，我看見了師傅略微擔心的眼神，畢竟是公正的鬥法，他不能開口提醒我什麼！

擾人心神是嗎？我雖然功力不能強壓於你，屏蔽你對我的干擾，可是我能借助外物！想到這裡，我從褲兜裡拿出了一顆沉香珠子，有些心疼地看了一眼，然後摸出了一把小刀，直接把那顆珠子切了幾片下來。

師傅的眼中同樣閃過一絲心疼，他明白我要做什麼！

我有些感慨，之前我去引那怨靈出來時，再次扯斷了自己的沉香珠，含了一顆在口中，還在對著師祖道歉，徒孫已經記不清楚是第幾次扯斷你留下來的東西了，可這一次我卻要直接毀了它。下一刻，我掏出了打火機，帶著沉痛的表情點燃了那幾片沉香……

師祖，對不起了，我是不得已而為之！

第二十五章　中茅與結煞的對決

沉香片開始燃燒，散發出裊裊的青煙，這是師祖留下的珍貴的奇楠沉，我後來查過一些資料，知道這是奇楠沉中最頂級的綠棋，加上師祖多年的溫養，已經不能用金錢來衡量其價值，可在此地卻被我那麼「敗家」地燒掉了半顆。

沉香的青煙從來都有凝神靜氣的作用，心神沉溺於其燃燒的香味中，可抗拒外界一切紛擾，是靜心的上品，所以這奇楠沉對心臟病也有奇效，能夠迅速地穩心。

我個人不能完全抗拒吳立宇的干擾，只能借助於這奇楠沉的力量，這沉香有我師祖的溫養，暗含師祖的道蘊在其中，效果更加的強大。

在我弄奇楠沉的時候，那吳立宇也沒有閒著，竟然開始布置起一個簡單的陣法來，我修行的時間尚短，比不得這些幾乎修了一輩子的老一輩，見識也不算多，我根本不知道他布的是一個什麼陣法。但也無所謂了，任你千變萬化，我自一力破之。

在那沁人心扉的香味中，我再一次開始了中茅之術，吳立宇當然也知沉香的功效，可他哪能那麼輕易地讓我施展成功，況且他也弄不清楚我拿出的沉香來歷。

再一次的干擾開始了，可這一次在沉香那凝神靜氣沉心神的青煙的幫助下，我勉強能夠集中心神感應到了那股力量，只要能順利地感應到那股力量，接引力量是很順利的事。

吳立宇的干擾越來越大，我和他彷彿是展開了一場拉鋸戰，最終是我贏了，只是贏得並不輕鬆，強行集中精神存思，並不是什麼愉悅的事情，會給大腦帶來很大的壓力。

在感覺到熟悉的力量蔓延在身體的瞬間，我睜開了雙眼，而睜開雙眼的第一個反應竟然是吐出了幾口苦水，因為大腦的壓力太大，身體不可能不起反應。

見到我如此的表現，吳立宇臉上露出了一絲得意的神色，而師傅終於忍不住，擔心地走上前來，問道：「承一，不要再勉強，大不了……」

我擺擺手，然後給了師傅一個放心的眼神後，自己的意識就逐漸地減弱，另外一個強大的意識佔據了我的身體，其實我這中茅之術哪裡算是完全版，因為我自己根本無法自控那股力量，根本就是看著師祖用我的身體「表演」，什麼時候我能控制這股力量和意志了，才能算完全地完成這接近上茅之術的中茅之術吧。

我的意志被置身事外了，而另外一個化身為師祖的我，做的第一個動作就是擦了擦嘴角，然後用一種自嘲的語氣說道：「還真是狼狽！」

那邊的吳立宇並不知道我的中茅之術已經成功了，還在聒噪地吼著，我自己的意識雖然處於旁觀的狀態，卻還是很清楚吳立宇的用心很險惡，他看我吐了，就判斷我一定是施術被打斷，整個人還沒徹底清醒過來，他這樣繼續吼下去，我就會被生生地震成白癡。

施術不是那麼容易讓心神重新掙脫存思，恢復清明的，就算中途說了一句狼狽什麼的話最多也只能代表意識稍有恢復，吳立宇見這個，只是吼得更加賣力。

這人的心思真是狠辣！我在心中不屑他的為人，有同樣的想法也包括了我師傅，我分明在他臉上也看見了不屑的表情，師傅此刻是心知肚明，我已經成功了。

「真是吵啊，你給我閉嘴！」我師祖的為人本就狂放不羈，灑脫而不拘小節，果然在師祖一絲意志下，我的表現也是如此。

可師祖是什麼人？這一句話是隨便說的嗎？這一句話在出口的同時，已經蘊含了精妙的吼功，吳立宇又怎麼與師祖相比，師祖一句吼功出口，竟然讓吳立宇生生地「吞」下了要吼之言，這種吼功原本就要行氣運功，被別人生生地壓下，那就相當於被打斷了運功，吳立宇霎時就一口鮮血噴了出來。

如此變故，讓吳立宇的臉上露出了一絲驚怒，不過他是心思何等深沉的人？立刻就恢復了平靜，用一種平淡的語氣說道：「你成功了，果然逆天！只不過，還差了很多啊，要是此功能發揮出老李師叔的一半威力，我少不得會出現短暫的昏迷，任你收拾了。」

他說話是說話，手上卻不停，原本他就布置了一個簡單的陣法，此刻更是手上不停，快速地在完成這個陣法。

而那個我面對吳立宇故意的「打擊」之言，只是不耐煩地挖了挖耳朵，下一刻就從腰間摸出了那柄拂塵，輕輕地撫摸了一下拂塵的手柄，低聲說了一句：「真是熟悉吶！」

我不能看見自己的表情和神色，卻從師傅臉上看到了激動的神情，我雖然意志處於弱勢的地位，卻也能感覺此刻那個自己的情緒，淡淡的喜悅和懷念，這體會真的異常奇妙。

這樣的情緒只出現了片刻，那個我又恢復了無悲無喜的狀態，一揚拂塵，抬頭一看那邊的吳立宇，口中說道：「結煞陣，請煞神。那個傢伙年輕時候不就最愛用這招佔人便宜嗎？」

那個傢伙是哪個傢伙？由於我處於弱勢的地位，根本就不能觸碰到這股意志力所蘊含的資訊，也就是記憶的片段，所以根本不知道那個我所說的是什麼。

可是面對這個說法，吳立宇的臉上卻罕有地現出了一股怒氣，卻苦於正在施術，根本不能言，就只能憋屈而幽怨地望了我一眼。

我倒是異常快樂地看著他這樣，我是能夠體會他那情緒，他多半是想說，就算你是老李師叔，也不能這樣侮辱我的師傅。

我是不懂這個術法如何佔人便宜，但我知道寫符最重要的一步就是要結符煞，這張符才能有作用。符煞的威力越大，符的效果也就越好！所謂結煞陣和請煞神，相當於把只能作用於符的力量，用於自己的身上，倒是一個精妙的術法，相當於在自己的力量之外，再結了一層力量。

要是這樣想倒也能理解，力外之力，又不用請神，耗費靈覺；又不用茅術，耗費靈魂之力去壓制平衡，倒真的很佔便宜。

而且這個術法，在那個陣法布置好以後，施術的過程異常地快，在吳立宇幽怨地看了我一眼後不過兩秒，那個我還在把玩拂塵的時候，吳立宇已經施術完成。

此時，他整個人的氣勢已經有所不同，望著我的神色也多了幾分自信和狂傲。

「囂張小輩。」那個我不屑地哼了一聲之後，拂塵一擺，拉開了架勢。

下一刻，已經多了一層外力的吳立宇開始了新的術法，這個地下洞穴內莫名起了陣陣的旋風，這種陰沉的旋風我太熟悉了，不就是陰魂現身的前兆嗎？

那一脈陰毒的術法倒真是多啊，動不動就是詛咒術、請陰術，這些術法全是一不小心就會置人於死地的術法，根本沒有正統術法的那種萬事留一線的仁慈。

但這個時候，我也有幾分佩服吳立宇，功力不高之人施展請陰術，哪個不是要耗費很長的時間？而且，能請上來幾個就算不錯了。

看吳立宇輕描淡寫的樣子，揮手之間，洞穴裡的陰沉旋風一陣一陣而來，就知道這個人當真深不可測。

可是這時的我根本就沒有多在意，一步踏出，那本柔軟的拂塵就如繃直了身體，用一個精妙的角度掃在了最近的一股陰風之上，那股陰風被這麼一掃，竟然就莫名地停息了。

看似輕描淡寫，只有被逼在靈台裡的我才知道什麼叫苦不堪言，因為那一掃，是有本人的功力寄於拂塵之上，只是一掃，我就感覺我的功力像不要錢似地狂湧而出……

吳立宇是何等的人精？若論術法的精妙，他萬萬不可與我師祖相比，但他深知術法再精妙，都必須靠功力來支撐，他選擇看似陰毒，實則對修道之人傷害不大的請陰術，就是這個目的，耗費我的功力。

就如一隻獅子對一隻鬣狗可以毫不在意，那麼一百隻鬣狗呢？所以，他利用請陰術請上來的小鬼，一隻我不會在意，多了就會讓我百鬼纏身，我必須一一地消滅，這就是一件耗費功力的事情。

在這邊的那個我，看似輕描淡寫，拂塵的揮舞之間，必有一股陰風被撲滅，在那邊，吳立宇卻接二連三地召喚，在這過程中，我的功力越來越不支，他卻沒見得有多大的壓力。

要論功力的深厚，唯有我師傅能和他一比。

可惜，這個身體不是我在操縱，在這個時候，我也許會選擇一個頗具攻擊性的術法，乾脆與吳立宇一決雌雄，也好過他將我的功力壓榨乾淨，但那個我就是不緊不慢，中規中矩地破著吳立宇的請陰術，頗有些你來我往的意味。

我師祖明明就是一個狂放不羈，有些我行我素的人，怎麼鬥法會如此中規中矩？

我覺得自己快支撐不住了，因為功力就要被榨乾，卻在這時，那個我再次揮出了拂塵，我以為目標是下一股陰風，卻不想拂塵結結實實地打在了吳立宇的身上。

正在全神貫注施法的吳立宇被這麼一抽，立刻怒目圓睜地吼道：「你這是要如何？」無論怎麼樣，此刻吳立宇的術法已經被打斷。

這時，我才驚喜地發現，在那看似中規中矩的撲滅陰風之舉，其實暗藏著玄機，那個我是藉此為由，一步一步地靠近了吳立宇！

原本二人鬥法，近身的機會少之又少，畢竟道士鬥法，又不是凡人打架，鬥的是各種術法和功力的深厚，吳立宇全然不會想到那個我會藉此近身，近身之後，還毫不客氣地抽了他一下。

面對吳立宇的責問，那個我坦坦蕩蕩，非常簡單地答了一句：「既然是相鬥，還用拘泥於形式嗎？我這拂塵三十六式除了打鬼……」

這話沒有說完，因為下一刻那個我已經用行動回答了他，又是一下抽在了吳立宇身上。

這拂塵中暗藏了一些特殊的金屬鏈子，連老村長那種級別的殭屍都能打傷，何況區區的吳立宇。我覺著有些好笑，我這師祖真的是妙人兒，根本不拘泥於規矩之類的事兒，而且鬥法更是「狡猾」，你欺負我功力不足，那我就不用功力壓制你！

當然，看似簡單的近身，背後支持著師祖的卻是精妙無比的術法，如果不是能快速地剿滅陰風，怎麼能如此「輕鬆」地靠近吳立宇？

光是對付那些充滿負面能量的鬼魂，就應該是手忙腳亂，應接不暇了。

吳立宇被那個我抽得既驚又怒，而且皮肉上的痛苦更是難以形容，我能察覺到那個我有手下留情，雖然道家之人不修所謂武家的內力，但是常年習武健身，內勁總是有的，要是那個我抽出的拂塵暗含內勁，吳立宇怕是要傷筋動骨。

但是「敵人」已經欺到了跟前，並且動手打人了，吳立宇也不是坐以待斃之人，哪個道家之人不會兩三手功夫？他當然選擇奮起反抗！

在這個時候，我看到了吳立宇臉上的無奈和怒火，是啊，明明是與人鬥法來著，怎麼就打起了架來？兩個道士怎麼做起了武家之人的事兒？

但事情可不是以他的意志為轉移的，他那一點功夫，哪裡比得上我師祖拂塵三十六式的精妙，很快就被打得沒有了脾氣，功力我不深厚，但是體力我卻大大的有！

看著吳立宇在拂塵下被我抽得跟個「老王八」似的，我心裡那個爽啊，恨不得馬上高歌一曲「解放區的天，是晴朗的天」，剛這樣想著，我那師傅和慧大爺已經開始一唱一和了。

首先是我師傅扯著嗓子在這洞穴裡嚎開了，唱的是一首陝北的「信天遊」：「羊肚子手巾頭上帶，我提上竹藍掏苦菜。」

這邊我師傅剛唱完，慧大爺又趕緊接了一句：「掏一把苦菜唱一聲，世上沒有我這苦命人……」唱完慧大爺還歎了一聲：「哎，苦命人啊！」

師傅馬上跟著說了句：「是啊，苦命人啊，被打了什麼的人最苦命了。」

我服了這兩大爺了，唱著歌來氣吳立宇，吳立宇原本就被這精妙的拂塵三十六式抽得憋了一肚子氣，師傅和慧大爺這麼一唱一和，直接就讓吳立宇這股怒火爆發了，「哇」的一口鮮血噴出，還直接噴到了我衣服上。

這就氣吐血了？我心中歎息，誰叫你養尊處優，換成我師傅和慧大爺這種厚臉皮，這種程度的諷刺算個毛毛雨！

旁邊兩韋數字見這情形，終於按捺不住了，那個韋一更是一步走過來，大聲喝道：「說好的鬥法，怎麼變成了打人？」

說話間，他已經掐動了手訣，看那樣子，馬上就要插手了。吳立宇朝著韋數字投去了一個「幽怨」而感激的眼神，感激的是那木頭般的韋數字終於出手了，幽怨的是你怎麼他媽的現在才出手啊？老子都快被打成豬頭了。

我腦補著吳立宇的情緒，笑得快抽筋，無奈身體不屬於我，我無法通過身體表現這一情緒，真是遺憾。

可另外一方面，我微微有些擔心，中茅之術可是有時間限制的，並不能一直維持下去，我那師祖爺如果自重身分，不能對小輩下狠手，那接下來我就慘了。

至於韋數字我根本不擔心，當我師傅他們吃乾飯的嗎？

果然，韋數字一出現，我師傅就蹦躂出來了，指著韋數字說道：「一開始說好，互不插手，我徒弟都被那吳立宇吼吐了，我連話都沒說一句，你是怎麼的？準備插手嗎？誰說這不是鬥法，我徒弟這幾招，哪招不暗藏功力？真是淺薄！你這樣，我可忍不住啊，我都還好，要是大家都忍不住，我也是不能阻止了。」

我那師傅什麼時候又是個吃虧的主兒，他現在傷了本源，接下來還會有一場大戰要處理，對付兩個韋數字是得不償失的事情，他是暗示大家不要「忍」了，那兩個韋數字敢動手，就群起而攻之。

傻子都能聽懂師傅的話，他這麼一說，大家都圍了過來，虎視眈眈地盯著兩個韋數字，弄得這本想佔據道義高端，再來動手的韋數字反倒不知道怎麼辦了。

因為話已經被師傅給堵死了，動手也解不了吳立宇的圍，反而自己要身陷苦戰，讓事情更麻煩，一時間倒是僵持了起來。

至於我這邊，彷彿是那個我也意識到了時間的問題，忽然說道：「教訓你這囂張小輩倒也差不多了，最後再給你三下，讓你記得，什麼叫重道，什麼叫坦蕩，什麼叫道義！」

我師祖終於要下重手，解我的危機了，我心裡直嚷嚷，師祖你可別仁慈，把他弄昏了去啊，一定啊！我知道師祖不會殺他的，這是一種感覺，感覺我師祖雖然不屑他們這一脈，但多少有些情意，不忍下殺手。

我那老李師祖何嘗不是一個重情的人？我們這一脈的山字傳人，說起來個個都是這樣的人，外冷內熱。

「重道，重的是道心，輕的是皮囊！」這話說完，那個我第一下就落了下去，這一下暗含內勁，抽在了吳立宇的手臂上，立刻吳立宇的手臂就有些抬不起來了。

「坦蕩，指的是態度，修道之人，心思太重，失了純真之心，難成大道！」說話間，含著內勁的第二下又落在了吳立宇左膝蓋下，立刻吳立宇的那左腿就支撐不住身體，一下子就跌倒在地。

「道義，道義，說的就是道與義並存，取道就不能捨義，沒有義的道只能叫羊腸小路，永遠成就不了大道！」說話間，師祖的第三下就要落下，這一下是朝著吳立宇的腦門，腦門這個地方是不會打死人的，力道掌握得好，卻能把人弄暈，現在那麼多人愛拍板磚就是這麼一個道理。

我那個舒爽啊，師祖當真可愛，哪怕只是一絲師祖的意志，果然就隨了我願，要把吳立宇弄暈過去。

但就在這時，整個洞穴搖晃了起來，變故頓生，怎麼回事兒？

第二十六章　大水

不管人有多麼的強悍，面對大自然的威力，都是渺小的，忽然的地動山搖，讓整個洞穴裡的人都有些驚慌，而在這個時候，我的中茅之術時間限制也到了，那股力量已經脫離了我，師祖玩吳立宇玩得高興，連同我這身體也有些脫力，原本就有些軟綿綿的，這洞穴搖晃，我更加站立不穩，眼看著就要跌倒下去。

這時，一個人從背後扶住了我，那清幽的香味我很熟悉，不用看我也知道是如月，畢竟她和如雪是兩姐妹，就連身上的味道也那麼相似。

一時間，我有些恍惚，想起了如雪，就全然忘記了此刻外面的地動山搖。

可在此時，師傅的聲音讓我清醒過來，他不屑地對吳立宇說道：「我看也就別鬥了，此地早已經花費了半年的功夫，布下了大陣，布陣人是相字脈之人，吳立宇，你該不會不知道輕重吧？」

逃過最後一下的吳立宇有些站立不穩，兩章數字扶著他，他狂笑了兩聲，說道：「姜立淳，你原來根本就不怕我阻攔你，你早就算計好，大陣一旦發動，我們都必須跑出這裡。我說你放心讓你徒弟和我鬥法，原來在你心裡只是讓你徒弟撐過一時半會兒就好了。你只是有信心讓他撐過一時半會兒而已。」

這時，我才反應過來，師傅口中的此地必生變故是什麼意思，我不瞭解相字脈傳人，也是風水師的王師叔布置的大陣到底有什麼效果，不過連他都用了半年時間，肯定也有不少人幫忙布下的大陣，一定非常的不凡，看這地動山搖的架勢也就清楚了。

我開始有些恍惚，師傅瞞得我好苦，原來一切都在他的掌握中，一時間也就忘了自己還倚在如月的身上，這時，如月忍不住推了我一下，說道：「三哥哥，你是沒骨頭的人嗎？」

她故意說得大大咧咧，不甚在意，卻弄得我心中苦笑，有些尷尬，趕緊站直了，故意用輕鬆的口氣說道：「我這是戰鬥後遺症。」

其實，這樣的感覺讓我難受，我真的很想如月快點走出來，我們能快一些重新恢復那種是兄妹也是朋友的關係。

這邊，我和如月只是一個小小的插曲，那邊師傅對吳立宇的話回應得就不那麼客氣，他說道：「是啊，我只想我徒弟拖住一時半會兒，卻不想他把你弄成這樣。回去我會好好教訓他的，不懂尊老愛幼。」一說完，師傅還假裝生氣地瞪了我一眼，我吐了一下舌頭，一臉的無辜。

反觀吳立宇那個樣子，確實狼狽，質地優良的唐裝被拂塵快抽成了碎片，整齊的頭髮也散亂了，看起來，哪裡還有一開始的氣勢，倒可以和我師傅以前在我們村子裡的形象媲美了。

被我師傅那麼一說，吳立宇大怒，說了一個：「你……」之後，就再也憋不出來話了。

師傅也不想與他多說，只是大有深意地望著他說道：「你還不走？你要的東西不是要到了嗎？只是，回去後要小心點兒，那東西燙手，什麼地方來的，你也清楚。」

師傅說完這話，地動山搖得更加厲害，我甚至隱隱聽到水聲，吳立宇竟然沒有和我師傅爭辯了，而是由兩個韋數字扶著，朝著洞穴裡的其中一條通道跑去，那是一條向上的通道，通往蟲室，這個我是早知道的。

地動山搖，外加水聲，我總覺得這次的手筆太大了，完全不知道師傅在搞什麼，而師傅卻說了一聲：「快走吧，耽誤得太久了，等下就來不及了。」

說完，師傅選擇了另外一條通道，帶著大家毫不猶豫地朝著裡面跑去，我有些虛弱，是如月一路扶著我，凌青奶奶可能嫌麻煩，揮手之間就拿出了一個怪模怪樣的蟲子，趁我還沒反應過來的時候，就把那蟲子扔我手背上，咬了我一口，然後就收回了蟲子，跟變魔術似的。

我幽怨地看了凌青奶奶一眼，知道我怕蟲子，幹嘛來這套？結果，我還沒來得及出聲，被咬的地方就一陣劇痛，接著我竟然興奮了起來，有些虛弱的身體也有了力氣。

「這蟲子咬人的時候，會注入一種帶有興奮成分的毒素進入人體，毒素不是太厲害，大不了等下就是紅腫得厲害，一會兒會消。這興奮的作用倒是很好用的，副作用也小。」凌青奶奶淡淡地解釋了一句。

我心裡長吁了一口氣，幸好她沒扔我臉上，因為一瞬間，我的手就腫得像豬蹄似的了，要換臉上……

這時，如月已經跑到了前面去，凌青奶奶忽然湊到我耳邊悄悄說了一句：「和你師傅一個德性，既然娶不了，也就不要招惹。你招惹了我一個侄孫女，就不要再想著佔另外一個的便宜，讓她扶著你跑，想得美！」

額……我無言以對，望著師傅跑在前面的猥瑣背影，心說，都是你害的！

跑在那向上的土洞內，地動山搖得也是越來越厲害，不時有土塊落下，讓人跑動得很是艱難，可是這種時候根本不能停留，師傅說過，有水很快就會淹沒了這裡，那就一定是真的，因為我聽見水聲已經越來越大了，如果不想被淹死，就要快點跑出這裡。

向上的通道並不長，我們一行人幾乎是連滾帶爬地跑出了這條通道，進入了一間蟲室，這間蟲室比我見到過的那間要大得多，橫七豎八地堆了很多蟲人之繭，裡面竟然有三隻母蟲。

只不過這三隻母蟲和我見到的那隻母蟲有些許的不同。

首先，體積上就比不上那隻母蟲，其次，那身上的紫色和螢光彷彿要淡一些，最後，這三隻母蟲都沒有進化出那類似人手的前肢，但看著也很是恐怖。

對於我們一行人狼狽地闖入，在這間蟲室的三個老妖怪很是憤怒，其中一個老妖怪幾乎是張牙舞爪地對我師傅吼道：「你對我們的聖地做了什麼？」

我師傅輕描淡寫地說道：「只是對這一帶的地下暗河做了一些手腳。我看大家不要囉嗦了，還是先逃命吧，你們能保住性命和蟲子，我們再來大戰一場吧！」

說完，師傅轉身就跑，這裡當然也有跑出山腹的通道，和我見過的那個蟲室一模一樣，高寧只是告訴我，他奶奶是從那種通道逃跑的，卻沒有告訴我其他的蟲室也有，為什麼會有這樣的通道，我此時已經無法思考，因為我看見了讓我覺得噁心又悲哀憤怒的一幕。

我看見了橋蘭，但已經不是活生生的橋蘭，而是已經死掉只剩下半截身子的橋蘭，她的雙眼還睜著，臉上帶著一種奇異的滿足的神情，在蟲子的身下，此刻的蟲子正用牠那發達的口器，一口一口地啃噬著橋蘭的屍體。

不只是一隻蟲子這樣，這裡的三隻蟲子都是這樣，都在啃噬著女人，這些女人應該是這個黑岩苗寨裡女性的老妖怪吧。

我想罵點什麼，可是罵不出來，我想說點兒什麼，可是也說不出來，在場的所有人都看見了這一幕，如月已經扛不住吐了。

但是時間不能耽誤，師傅只是咬牙再歎息了一聲，然後轉身就朝著那個洞口跑去，此時，震耳欲聾的水聲已經在我們的身後。

這些看似無害的蟲子，只要靠近三米之內，就會對人暴起發難，師傅已經走進了三米的範圍，果然這蟲子一下子就立了起來。

但是，那水聲可不是騙人的，我在奔跑中，也不知道那些老妖怪用了什麼手段，總之這些蟲子竟然安靜了下來，其中一個老妖怪喊道：「快，打開山腹！」

然後另外一個老妖怪就跑去了一個什麼地方，接著，我看見那個預留的小洞口旁邊開始起了大片大片的裂紋，接著大量的土石紛紛朝兩邊滑落，在另外一邊，一個大石忽然從頂上毫無徵兆地落下，引得蟲室一片震盪。

我不知道什麼古代機關的原理，也不知道黑岩苗寨的人是怎麼做到的，總之，瞬間的震盪之後，那個洞口竟然變成了一個寬闊的通道，就像那個洞口生生被人撕開了一般。

原來這個洞口的存在，是為了他們在緊急情況下轉移蟲子啊，那洞口可能是由於機關的關係，不得不存在。

在震盪中，所有人都蹲下或者趴下了，再次站起來的時候，師傅只來得及喊了一聲：「快跑……」接著，沖天的大水已經湧上了這個洞口，瞬間就帶著巨大的衝力淹沒了這裡，我的身子也站不住，一下子就被水沖走了！

被大水沖走的瞬間，我的思維一片空白，不是我不想去思考些什麼，而是在大自然瞬間的爆發下，你根本沒有那個反應能力去思考些什麼。迷糊中，我被沖出了洞穴，沖下了一片地勢較緩的山坡，直到了一片平地之後，水流的速度才放慢下來！

也就在這時，我才反應過來，看準機會，抱住了一棵大樹，才讓自己的身體停了下來。

安穩了之後，我第一個反應是觀察周圍的環境，這裡是山脈之間一個較大的山谷，除了為數不多一些樹木外，就是一片冬季已經枯萎的草地，和已經被剛才呼嘯而過的大水沖得七零八落的灌木叢。

我在一棵樹上，所處的地勢較高，遙遙地就能望見幾個大水流出的洞口，讓我感慨，怪不得人們常說順風順水，從洞口到這片山谷，我要用兩條腿兒來走的話起碼得半個小時，被大水沖到這裡只是瞬間的事兒。

甩開這些亂七八糟的念頭，也顧不得衣服濕答答的，我開始擔心起師傅他們了，可是坐在樹上的我，只是藉著月光朝著周圍仔細觀察了一下，就立刻放心了。

因為大水根本沒有繼續沖出，剛才那股水流到了山谷，也被巨大的山谷面積所容納，變成了淺淺的一灘，也就不到人的小腿肚子，所有的人都在這裡，我師傅他們，吳立宇，老妖怪，大蟲子……一個都不少，全被沖到了這片山谷裡。

師傅這是要弄哪樣？這股大水的目的就是為了把人沖到山谷裡嗎？我甩了甩濕淋淋還在滴水的頭髮，無意中卻看見在山谷有水之地的周圍，影影綽綽地出現了好些人影，這些人都舉著電筒，是如此的明顯，因為有些遠我也看不清楚，直到一個豪爽的聲音傳到我的耳朵裡：「姜師傅他們被沖出來了，還有蟲子，我看見了。」

我才確定那些人影是我們的人！因為那豪爽的聲音是關喜哥的！他們怎麼跑到了這片山谷？在那些身影裡，我分明看到了摩托車和馬之類的，說明他們還是快馬加鞭地跑到這裡的。

我一時有些疑惑不解，習慣性地想摸出一枝菸，卻苦笑著發現，菸在我的衣服裡已經被泡得軟塌塌的，成一包菸沫子了，還抽個屁。

我苦笑著扔了菸，卻聽見底下一個聲音罵道：「還不下來，想在樹上當猴子嗎？」我低頭一看，不是我師傅又是誰？剛才就我看見，我們被沖到了很近的地方，我一晃神，他已經走到我旁邊來了。

師傅吩咐，徒弟哪敢不從，趕緊下了樹，我師傅望著我哼哼一聲，說道：「你這是有多怕死？所有人就你一個在樹上掛著！」

我臉一紅，辯解道：「這不是我反應快嗎？」

卻看見前方的慧大爺一邊擰著衣服一邊說道：「你這是返祖現象呢，看見樹就想爬。怪不得從小額就覺得你沒進化完全，像隻猴子咧。」

我無言以對。

很快，我們的人就聚集齊整了，而在那邊，老妖怪們也忙著聚集，也不知道他們在用什麼辦法，努力地想把蟲子聚集在一起。

一場大水，莫名其妙地把所有人都沖到了這裡，我也不知道師傅到底是想要做什麼，正思考得入神，卻冷不防被一樣東西在水裡抓住了腳脖子。

我嚇了一大跳，本能地一踹，卻看見一個蟲人被我從淺淺的水中踹了出來，又再次呼嘯著朝我撲過來，我怎麼就忘了這一茬？所有東西都被沖了出來，這些蟲人藺當然也在其中。

面對撲過來的蟲人，慧大爺冷哼了一聲，一個漂亮的飛踢再次把它們踹得很遠，這玩意兒沒有「特效藥」，唯有道家引來天雷，才能滅了它。

師傅說道：「這裡太靠近母蟲了，這些蟲人肯定會攻擊，現在不是理會這些小事的時候，我們快走。和他們搶時間！」

說完，師傅就帶著我們朝著人群的方向跑去，當然為了不麻煩，我們自然是遠離母蟲跑，免得這些蟲人發瘋。那母蟲在夜色下，散發著紫色的螢光，跟個大電筒似的，想不看見都難。

就是因為母蟲分外地引人注意，我才忍不住多看了幾眼，卻發現一個讓我腸胃抽搐的事實，這些母蟲被沖出了洞穴，嘴裡的巨大口器還銜著屍體，這些屍體全是女性的屍體，大都殘缺不全……那些老妖怪已經把母蟲聚集在了一起，此刻竟然開始圍繞著母蟲轉圈，跳舞時發癲，嘴上也念叨著一種神祕的語言。

看得多了，我自然知道這是在施展一種神祕的巫術，我看見只是瞬間，那些母蟲進食女人屍體的速度就快了很多，幾乎類似於吞……

我忍不住打了一個乾嘔，師傅說道：「別看了，他們也是在和我們搶時間，快一點。不然後果很嚴重！」

也不知道是誰從部隊那裡拿來了幾個探照燈，發現了我們之後，那燈光一路如影隨形地跟著我們，讓我們在這黑夜裡，被水淹沒了的山谷裡跑得還不算狼狽。

腳踩在水裡跑的滋味很不好受，每一步都濺起大量濕滑的泥漿，每個人都不知道跌倒了多少次，可是師傅既然說了搶時間，我們又哪兒敢停留，只能咬牙朝前跑著。

好笑的是，跑到半途，竟然遇見韋數字和吳立宇，雙方沒有多餘的話，只是師傅提醒了一句：「你們最好快點跑出這個山谷，等一下這裡就是大戰場了。」

吳立宇的樣子狼狽，聽聞我師傅的話只是哼了一聲，然後說道：「姜立淳，你難道以為我看不出這個山谷有大陣的痕跡？你好算計！可你要記住，我可不是敗給你了，這次的行動，你身後站著的是國家。和你徒弟的鬥法，要多給我一點時間，我……」

我發現吳立宇其實是一個很囉嗦的人，面對他在這種時候，還能喋喋不休的執著精神，我師傅回應得很乾脆，帶著我們已經跑了好幾米。

我恰好聽見韋數字中的誰在提醒吳立宇：「老爺，我們快走吧，外面有人接應我們，讓他們鬥個你死我活去。」

「我……」吳立宇還在囉嗦，可是我已經聽不清楚，只是暗暗覺得好笑，估計這人在上位裝嚴肅裝久了，逮著機會，就會忍不住好好囉嗦一番。

跑出去濕滑的水淹地之後，速度就快了很多，再跑了十來分鐘以後，我們終於跑到了人群聚集的地方，我看見除了部隊以外，所有人都到齊了。

我懂師傅的用意，雖然是屬於我們部門的特種部隊，但大多也是普通人，他們接觸的神祕事件或許會多一些，但是核心的東西，還是不要看見的好，只是為生活徒添煩惱罷了。

接近半個小時的奔跑，讓我原本濕答答的衣服成了一個半乾的狀態，到了目的地以後，我就再也忍不住一屁股坐在地上，大口喘息了起來，估計凌青奶奶那蟲子的藥效已過，疲憊的感覺就如潮水般地朝我湧來。

可是師傅卻來不及喘息一聲，就對人說道：「把探照燈打到母蟲那裡去，我要看看情況。其餘人，來領陣旗，按我指揮，準備布陣。我已盡人事，結果能不能消滅，聽天命吧！」

師傅要在這裡布置大陣？這時，一個人走到了我的身邊，是承心哥，看樣子是一臉的疲憊，看著坐在地上大喘息的我，他說道：「在洞裡鑽了一圈兒，那麼累啊？我和師傅在這山谷裡布置得也累啊。」

他只是一句無心之言，卻引得我疑惑連連，既然都是要被大水沖來這裡的，師傅帶我們到寨子裡，到洞裡晃悠一圈是幹嘛去了？

第二十七章　十方萬雷陣

可我師傅此時哪有心思理會我，他在忙著吩咐布陣的事，從他偶爾的言談間我就聽出來了，他要布的是一個真正大規模的大陣，比我們在荒村布置的天雷陣要厲害十倍的大陣。

這應該已經是我們這一脈關於雷法的最高法陣了吧——十方萬雷陣，這個陣法可引動方圓百里落雷，在理論上，只要沒有撤去幾個關鍵的陣眼，這裡的落雷就不會停止。

但這只是理論上，陣法是一種自己能引動天地之力的神奇之物，但無論如何，到了一定的規模，也是需要人來主持陣法的，越大的陣法需要的人也就越多，按照陣法自己能引動天地之力，就如風雨雷電，但是也要耗費主持之人的功力，只不過所耗比起施展術法小了許多。

可是在主持陣法的時候，功力的輸出是一刻不能停頓的，就算細水長流，也有耗盡的一刻，所以這個陣法也只是理論上能落雷不停罷了。

而這個十方萬雷陣，如果威力只是如此倒也罷了，可它還有一個特別的地方，那就是請到真正的天雷，引雷術我已經不陌生，但所引之雷，只是自然界的雷電，而不是真正的天雷，只是順口叫做天雷罷了。

在道家，雷電分為很多種，妖雷、水雷、龍雷、神雷、天雷，自然界的雷電只是水雷而已，妖雷和龍雷不屬於人類的範疇，而神雷到了如今只是一個傳說，因為它是至少成為地仙的人，才能引動的雷法。最後的天雷才是刑罰之雷，掌渡劫，劈世間大惡。

只不過雷電都同屬一源，就如親兄弟都有相似的地方，水雷自然不如天雷，但多少蘊含了一絲雷電的真意。

五雷訣中，我施展天雷訣引來的也只是水雷，不過蘊含的天雷意味要多一些，妖雷訣和龍雷訣則已經失傳。在道家曾經璀璨的歲月裡，能完整施展真正五雷訣的大能者是不少的，還不要說隱藏在山林之中不問世事的真正清修之人。

這個十方萬雷陣，因為孕育的雷太多了，所以偶爾就能出現一絲真正的天雷，這天雷對於普通人來說也許和雷電區別不大，但對這世間已經背上因果和罪孽的邪物效果確實最好。

那山谷中的無論是老妖怪還是大蟲子從某種方面來說，已經違背了天道，自然引天雷威力劈在他們身上就大得離譜。

生老病死是最基本的天道，除了累積自己的善和福緣來改變，任何強行的改變都是逆天的，就算是道家之人，到了一定程度不也避不開雷劫嗎？所以道家之人一般都會多行一些善緣，就是為了這虛無縹緲的雷劫。

只是效果卻是甚微，為此我問過師傅這是為何？

師傅說：「善的目的，如果是為了減少雷劫的傷害，你認為這樣的善，能種多大的善因？」

既然布置了十方萬雷陣法，師傅一定會主持陣眼的。陣眼之人，自然就是那個引動真正天雷的人，畢竟落雷無眼，是要靠人來引動，劈到該劈之人身上的。

見我有些愣神，承心哥不由得問道：「想什麼呢？」

我剛想回答，卻聽見有人說到這些老怪物在幹什麼呢？原來，探照燈已經打在了那一群任由我們跑，卻毫不理會的老妖怪身上，他們的所作所為引起了人們的好奇。

我順著燈光看了過去，在幽暗的夜裡，燈光下的一切是那麼的清晰，我一眼就看見那些蟲子已經吞完了那些女人的屍體，而除了那個大肚子老妖怪以外，其餘的老妖怪全部躺在了蟲子的肚子底下。這裡的人們雖然也是見多識廣之輩，但這麼詭異的情景也是第一次看見，怪不得紛紛驚呼。

可我卻在第一時間就想到了我在蟲室裡看見的一切，那根惡魔一般的吸管，我忽然有點明白老妖怪們要做什麼了。

那些老妖怪不施展巫術和我們拚鬥，也不逃跑求一絲生機，打定了主意，把所有的希望都寄託在蟲子上，寄託在那個大肚子老妖怪身上，他們是在「慷慨赴死」啊，說不定也會像我在蟲室裡看見的那個老妖怪一樣被吸成不知道什麼的碎片兒。

此時，師傅已經吩咐完了布陣的人，看見此場景，更是高聲呼喊人們快一些，我看著那邊燈光下，那個大肚子老妖怪盤坐在蟲子的中間，看著多年的夥伴死去，也不知道在想些什麼。

只是看著看著，我就覺得有些不對勁兒，六個老妖怪鑽進了六隻母蟲的肚皮下面，一個大肚子老妖怪沒有鑽進去，按說還應該有一隻母蟲啊。

我百思不得其解，偏偏我又不是師傅安排的布陣之人，一個人坐在那裡有些鬱悶，承心哥原本在我這裡，這時，我看見他已經跑去和那個學生樣的特異功能者說話了，他是這樣，對女性永遠比對男性熱情一百倍。

「還有一隻母蟲在那老妖怪的肚子裡，如果高寧此刻還在一個地方躲著，也應該是此幅情景。」所有的陣法人員已經各就各位，師傅趁著間隙走到了我的身邊，看著我望著那邊百思不得其解的目光，忽然就開口對我說道。

知子莫若父，師傅在某種程度上就是我的父親，他知道我在想什麼。

說完這話，他就走了，他一下子提起高寧，我異常地擔心，這高寧不是跑得沒有了影子嗎？師傅難道不擔心？

「師傅，你既然花費半年時間安排了風水大陣，毀了黑岩苗寨的地下洞穴，為什麼還要帶我到寨子裡，地底下轉悠一圈吶？」我望著師傅的背影高聲地問道，我實在想不通，入寨之旅的連番苦戰是為了什麼。

這時，王師叔走到了我身邊，摸了一把我的腦袋說道：「傻小子，自然是要去的，不然怎麼布置下最終的陣眼？控制水流的方向？你師傅一路上都在按照一定的方法安插著這個。」說話間，王師叔掏出了一把黑白子，這是布陣常用的材料，就是磨圓的黑白石子，但是要有效力，必須經過道家之人的溫養，可確實算不上什麼珍貴的東西。

「最後你師傅還要插下陣眼之旗，引導大水沖出來，否則困水不出，引起山體坍方，這因果就大了。這一趟是非跑不可，他是這個大陣的最終完成人。別問你師傅什麼了，這個十方萬雷陣雖然威力奇大，可是能不能滅了那些東西，還是難說，你師傅精心布下這個局，心力憔悴，也忐忑啊。」王師叔在旁對我說道。

我心中一陣內疚和擔心，但是事到如今我是幫不上什麼忙了，我原本功力不算深厚，根本不可能參與主持大陣，術法再是精妙也沒有用。

這個時候，在燈光照射下，我已經親眼看見一個老妖怪率先被吸成了人乾，那隻母蟲身上的螢光開始變得耀眼起來，整個蟲子也活躍了起來。

那隻母蟲開始四處爬動，看樣子還處於一種才清醒有些迷茫的狀態，可是牠所過之處，蟲人紛紛起身，晃晃悠悠的不知道要做什麼。

接著，母蟲接二連三地吸乾了那些老妖怪，那個大肚子老妖怪已經起身，他開始念叨著奇怪的咒語，那聲音之大之激動，生生地傳到了我們所在的山坡上，聽聞的人無不起了一身的雞皮疙瘩，總是說不清楚的，感覺裡面有一股奇怪而瘋狂的力量。

奇異的是，那個大肚子老妖怪並沒有手舞足蹈地做什麼，只是起身之後又跪在了地上，五體投地地跪拜著什麼。見到如此的情景，我知道有些危險了，當母蟲們完全甦醒的時候，首先行動的就是這些蟲人嗎？那些難纏的傢伙，只怕天雷啊！接著，那母蟲吸人壽命的特性……

我替師傅著急了起來，而這時，師傅站在陣眼之位，也就是最前沿的地方，開始念誦起一篇禱文，在任何威力上了一定層次的大陣啟動之前，都是要先念一篇禱文的，真心祈求天地之力。

禱文很是簡短，當師傅念完以後，大喊了一聲：「行咒！」

我終身難忘的壯觀景象，自此拉開了序幕！

我沒有參與到大陣中去，可隨著師傅一聲行咒的落下，那情景還是讓我終身難忘，數十個道士齊齊行咒，齊踏步罡，引來烏雲，吹來山風，數十人一起衣襟飛舞，這是何等壯觀的景象！

怕是此次以後，國家再難得出動如此多的部門道家之人一起參加一個行動了吧？就算有，也再難看見如此多的道家之人一起主持一個大陣的恢弘氣勢了吧？

我看得心馳神往，恨不得自己也是其中一員，無奈年紀太輕，功力淺薄，沒有資格參與到這一次的行動中，成為主持那最高規模的雷陣，十方萬雷陣中的一員。

月亮被烏雲遮蓋住了臉龐，寂靜的山林開始刮起「嗚嗚」的大風，在大風中，所有道家之人的咒言整齊劃一，在山谷中迴盪，襯托得山谷中醜陋的蟲人、蟲子與老妖就如同宵小一般，不值一提。

那些母蟲在這山雨欲來風滿樓的氣氛中，已經徹底清醒了過來，又發出了我曾在苗寨中夜夜都聽見的嘶鳴聲，原本曾讓我覺得氣勢十足的嘶鳴聲，此刻在我道家人浩然的行咒聲下，已經不值一提。

母蟲的清醒意味著蟲人有了組織，果然，蟲人們一個一個行動了，用著怪異的姿勢朝著我們這片山坡狂撲而來，它們原本身子就輕，行動自然也就很快，讓我曾經覺得它們是橡膠人。

此刻，它們在母蟲的鼓動下，竟然更快了三分，轉眼間紛紛就要衝上山坡。

這個時候，慧大爺站了起來，迎著冬夜獵獵的冷風，一把扯下了僧袍，喝道：「道家之人布陣引雷，我們佛家之人又豈能落於人後，走吧，隨我下去戰個痛快。」

慧大爺的一聲呼喊，隊伍裡十來個佛家僧人全部站了出來，包括那個讓人感覺風清雲遠的覺遠大師也是向前邁了一步，脫下了洗得灰白的僧袍，露出了一身短裝，表明態度。

虎吼了一聲，慧大爺率先衝了下去，面對撲面而來的蟲人，一拳就揍飛了一個，接著就是十幾個佛家之人，要論身手，這些修行有道的佛家之人，個個都是隱藏的高手啊。

我看得眼眶一熱，心中忍不住想到，這個肌肉男慧大爺，自從展露了肌肉以後，是扯衣服扯上了癮，可是我喜歡！他那番話說得我也熱血沸騰，站起來，扔下了上衣，也跟隨著衝了下去。

男兒就當如此戰鬥！

我衝了下去，又有好些沒有主持大陣的人跟著衝了來，只要是覺得手上有幾手功夫的，有誰還坐得住？

「哎，在外面，我至少還是師兄，你怎麼著也得讓我衝前面啊！」跟我說話的是承心哥，此刻風吹亂了他的頭髮，他一邊和我說話，一邊還忙不迭地撥弄一下。

我們身前衝來了一隻蟲人，我一下撞開了那隻蟲人，無奈地對承心哥說道：「你不覺得亂髮飛揚的樣子也很帥嗎？」

承心哥在我旁邊，也一個肘子砸向了另外一隻衝來的蟲人，擺了一個很帥的收手式，然後若有所思地說道：「也是，亂髮飛揚的樣子也很帥啊。」

我無語了，專心地投入了和蟲人的戰鬥。

在我們背後，是那恢弘的行咒聲音，在我們身邊是一群熱血沸騰的戰友，在我們身前不遠處的山谷，那幾隻母蟲焦躁無比，看樣子是想要努力地飛起來。

我記得師傅說過的話，牠們的行動快若閃電，軀殼幾乎刀槍不入，還有變態的再生能力，而觸碰之人無一不會被吸乾壽命，要是飛起來就糟糕了啊，我只希望大陣能在蟲子飛起來之前，就正式啟動。

那個大肚子老妖怪還在跪拜，怪異地祈禱著，這讓我想起了高寧，師傅說會和這個老妖怪變成一樣的高寧。

我和他怎麼也算一路冒險走過的人，此刻不由得想著，高寧，你總是以為一切在你的掌握中，和這老妖怪有什麼區別？事實上，這個世界上的事根本就是難以預料的，就如你曾經說過，還有三個蟲洞和三隻母蟲，可事實上母蟲有六隻，這就是你以為掌握卻錯誤的事情。那麼你的成仙，開闢什麼人類新路的想法又是你能掌控的嗎？

「啪嗒」一點雨水落下了，接著是陣陣的狂風吹起，可是這欲來的雨和癲狂的風，哪裡又能吹熄我們的熱血？有人高喊道：「死守這裡，讓大陣成功啟動！」

回應他的是一片叫好的聲音，我身處其中，也明白了為什麼戰場才是堂堂男兒值得浴血的地方。

慘叫聲響起，是有人被蟲人咬了，畢竟這鋪天蓋地的蟲人太多了，根本不是我們區區二十幾個人能完全阻擋的，有人竟然用身體來阻擋蟲人！

這是何其的慘烈！我不禁在戰鬥中都熱淚盈眶，我深知這被蟲人咬了，後果遠遠不是被咬那麼簡單，而是有可能被咬一口，新的蟲卵或者幼蟲就會寄生其中啊！

可是此刻還顧得上什麼？不滅了母蟲，讓牠跑出這片大山，那份危害就不是用極大來形容了，那應該是滅頂之災啊，那母蟲的胃口無窮無盡……

我們是站在第一線的人，我們自當用生命來守護，在這裡，我們守護的不是任何的政權，任何的統治，任何的人，而是一群人，一片土地，最重要的是心中的道義。

大雨終於傾盆落下，閃電一次又一次地撕裂天空，只差了那期盼已久的雷聲。

行咒的聲音還在繼續，這怨不得任何人，越是大的陣法，所需要的啟動時間也就越長。

慘叫的聲音越來越多，可是義無反顧的人還是義無反顧，沒有人退卻，即使眼看著有一個戰友已經被拖倒在地，被一群蟲人一擁而上轉眼就啃噬得不成人形，犧牲在了那裡，也沒有人退縮！每個人只是眼含著熱淚，戰，繼續戰鬥！

此刻，行咒的聲音終於停止了，除了「嘩嘩」的雨聲，天地彷彿陷入了一片安靜，戰鬥的人由於體力消耗得太多，已經沒有力氣嚎叫著戰鬥了，每個人都像是在出演一齣激烈的默劇，而蟲人不知道疲憊。

「速退！」是師傅的聲音。

終於，大陣要成了，可是有一些人卻不願意退去，我知道那些人是被蟲人咬了，怕已經身中了那可怕的蟲子，還不如讓天雷來劈了自己痛快。

可是同樣參加戰鬥的陳師叔卻聲嘶力竭地吼道：「我來這裡幹什麼的？我是醫字脈的人，我有辦法的，大家快退！」

陳師叔的話給了大家信心，大家火速退去，蟲人窮追不捨。

也就在這時候，第一道天雷落下，「轟」的一聲劈在了最近的那個蟲人身上，大陣正式開始發動！

我們在大陣的守護下，終於是安全退了回來，在大雨傾盆中，有多少男兒放聲狂笑，卻帶著哭腔啊。笑，是因為戰得痛快！哭，是為了犧牲的幾個戰友！

我坐在大雨中，望著師傅的身影，心中充滿了激動的情緒，何時，我也能這樣成帶領之人，領同道守護心中的道義呢？

一道雷落下，兩道，很快這片山谷裡已經是雷電漫天，大陣終於露出了它鋒利的牙齒，開始顯露出了驚人的威力！

我迎著雨簾，望著山谷中的落雷，心想，狠狠劈下吧，把這個寨子邪惡的根源，都狠狠地劈個乾乾淨淨。

第二十八章　天雷道道

這漫天的狂雷下，這個山谷裡開始出現了瑰麗的一幕。

天上，是金色的雷電，而山谷裡，卻升騰起了點點紫色的螢光，就如夜幕中的點點繁星。

那些紫色的螢光是蟲人被劈碎了之後，脫離而出的幼蟲，牠們看起來是那麼美麗，可是這種美麗是魔女的微笑，背後掩藏的是無盡的罪惡，所以，金色的雷電毫不猶豫地就撕碎了它。

在那一邊，雷海之中的母蟲一次次的試著要飛起來，可每一次總是被雷電重重地劈在地上，看起來是如此的大快人心，但實際上，我們都清楚，那雷電沒有對母蟲造成任何的傷害。

萬雷陣在繼續，半個小時以後，所有的幼蟲都被雷電劈了一個乾乾淨淨，包括我們從村子裡收集而來的蟲卵和幼蟲，也被陳師叔扔進了雷海，徹底地滅了一個乾淨。

在那邊，那個大肚子老妖怪彷彿不受雷電影響一般，只是不停地祈禱著什麼，此刻的他已經超出了人類的範疇，雷電劈到他身上，竟然沒有任何的事情。

我也不知道是不是我的錯覺，我總覺得那老妖怪的肚子再次脹大了一些，難道他要生了嗎？

抹了一把雨水，我停止了自己這種噁心的想法，王師叔卻不知道什麼時候走到了我的面前，望著那個在探照燈下面不停地跪拜和祈禱的老妖怪，對我說道：「承一，信不信那個老傢伙其實已經死掉了？」

「啊？」我看著在那裡還在不停跪拜的老妖怪，覺得有些無法接受這個說法，一個死人還在不停地祈禱、跪拜？

「他是真的已經死了，在他開始祈禱沒有多久。我一直注意著他，也注意著他所念的禱文，你知道嗎？我對巫術還是有一些研究，他所念的禱文不在巫術和道術或任何術法的範疇裡，那是……那是……」王師叔越說到最後聲音越低沉，那是了很久都沒有說出個什麼來。

反倒是沉默了很久，他才從內包裡摸出了兩枝有些潮濕的香菸，遞給了我一枝，我們倆費勁地在雨中點燃以後，他才說道：「總之，那不是他的力量或他的語言。等一下，只有等你陳師叔行大術來解決了，你看你師傅都沒有刻意操縱雷來劈他，因為沒有用的。」

我深深吸了一口菸，沒有多問什麼，我一直都知道，包括我師傅在內的上一輩人，一直都埋藏有一些祕密，對我們這一輩的小輩守口如瓶，我問了也是白問。

只是，那老妖怪已經是死人，我莫名地覺得有些悲涼，不是口口聲聲說著要復興黑岩苗寨嗎？不是充滿了野心嗎？在洞穴中，和蟲子共生了那麼多年的生命，就這樣莫名其妙地死去，我不知道他有沒有一些後悔！這也讓我想起了師傅的那一句話，你永遠不可能得到新的生命，你只是在為別的生命做嫁衣。

這些我有點感慨，原來我師傅早就瞭解了，可是那些人不見得會聽進去與他們理想所悖的事情，那也只是自己的選擇，命運註定，但人的本心未嘗不可以在分岔口給予改變，只是他走錯了分岔路，選錯了拐點。

所以命中註定，是因為一個人的內心和性格已經定型，你總會那麼選擇，要掙脫命運，踏上嶄新的支流，除非先掙脫自己本身帶來的桎梏。

沉默了很久，我對王師叔說道：「這雷已經劈了快四十分鐘了，所有的幼蟲都已經消滅乾淨，這母蟲還有多久才能死去啊？」

王師叔望著不停在那裡掙扎要飛起來的母蟲說道：「我看難吶，這萬雷之中，產生真正的天雷是很不容易的事情，看這樣子，只能引導真正的天雷去，才能傷了牠，這些雷最多是阻止牠們全面復甦。」

「那如果天雷不產生，就要如此無窮無盡地劈下去嗎？」我看了一眼陣眼中的師傅，他的神色明顯有些疲憊，畢竟是傷了本源。

「無窮無盡地劈下去？如果這樣有用的話倒也還好，這些母蟲是什麼等級的生命？牠們總歸會適應這些雷的，到時候就麻煩了！」王師叔的臉上有著無窮的憂慮，看得我也心中沉重。

「那，那天雷要什麼時候才產生？」我擔心地問道。

「我們道家一輩比一輩沒落，就如一件事情總會從興盛走向衰敗，跌至谷底後，或許又會重新崛起。現在道家是在走下坡路，能真正操縱天雷的道士幾乎是沒有了，靠這大陣，就只能看運氣。天雷總是會有的，但多少沒有人有把握！」王師叔歎息了一聲說道。

我道家，我道家人啊，我內心有一種說不出的憋屈，這到底要什麼時候，才可以重新崛起？

就在我有些難過的時候，王師叔忽然大笑了一聲，喊道：「好，它出現了，天雷出現了！」

隨著王師叔的喊聲，我的內心也激動起來，天雷有了嗎？在這漫天的狂雷中，我根本不知道哪一道是天雷，畢竟王師叔是相字脈的傳人，風水堪輿是他的強項，天雷他一定是辨識得出的。

王師叔說天雷出現了，我興奮地看了一眼師傅，只見原本在陣眼中是閉著眼睛的師傅，此刻猛地睜開了眼睛，然後念念有詞，指引著一道雷落在了最活躍的那隻母蟲身上。

那一道雷電和普通的雷電並沒有多大的不同，甚至比其他被牽引下來的落雷還要細一些，可是從它落下來的那一刻，我凝望著它，內心不自覺地就有些顫抖，這就是天雷之威嗎？

隨著那道天雷的落下，那最活躍的一隻母蟲，第一次發出了一種類似於慘號的嘶鳴，震得在場的每一個人耳朵都有些悶，也是落雷以來那麼久，第一次我看見母蟲身上被劈出了裊裊的青煙，我看見牠半邊翅膀被劈爛了。

這真是大快人心的事情，也不知道是誰，第一個發出了歡呼的聲音，接著接二連三的歡呼聲從人群中響起，人們高興地大喊著，畢竟大陣啟動了那麼久，這是第一次傷了母蟲。

有了第一道天雷，就有第二道，時間在雷聲中匆匆走過，轉眼間已經過去了四個小時！

雨早已經變小了，只是偶爾會飄起一陣毛毛細雨，但雷聲依舊不斷，在這四個小時中，天雷出現了十七、八次，在師傅的引導下，劈死了四隻母蟲，還有一隻重傷，一隻輕傷，看這個情況只要再堅持一陣子也就好了。

承心坐在我身邊，也沒有興趣去逗女孩子了，只是和我一起聽王師叔說一些有趣的事兒，看見這個情況，王師叔忍不住評論了一句：「老天也下定決心要滅了這個寨子，萬雷陣短短時間降下來了十七、八道天雷就是證明，按估算根本不可能那麼多的。」

「只是……」王師叔望了一眼大陣那邊，眼中流露出一絲擔心，整整四個多小時啊，光是站著一般人都受不了了，何況要一直輸出功力維持大陣呢？這個時候，陣法中的每一個人都是疲憊至極。

承心哥也看出了王師叔的擔心，小心地說道：「王師叔，沒有辦法了。前一個多小時才給他們送過一顆藥，都已經吞服下了，這藥不能多吃，否則會因為刺激過度，產生很嚴重的後果啊。」

這個藥是什麼藥？就是曾經我在蟲洞中吞服的那一顆，那藥有多刺激，我是心知肚明的，我也無法想像在短時間內連吃兩顆是什麼後果！

面對承心哥的話，王師叔擔心地問道：「我不懂醫字脈的那些名堂，你就給我說說，按你的估算，這藥力還能支撐多久？」

承心哥老實地回答道：「最多能支援到凌晨四點的樣子吧。」

我看了一眼錶，此刻已經是凌晨兩點多，幸運的話，或許會在凌晨四點以前，就有足夠的天雷殺死母蟲，不幸的話，我不敢想像……

王師叔聽聞這個答案，看了看錶，歎息了一聲問道：「那我姜師兄呢？他吃藥沒有？」

王師叔說話的同時，再一道天雷落下，劈死了那隻重傷的蟲子！

只剩下一隻蟲子了，幾乎是所有人都同時鬆了一口氣，這時承心哥才想著回答王師叔問題，他說道：「姜師叔功力深厚，倒是沒有吃下那顆藥丸，真希望姜師叔能撐到大陣結束才好啊。」

王師叔沒有說話，只是擔心地看了一眼我師傅，也不知道在想些什麼。

從上一隻蟲子被劈死到現在，又過去了半個小時，彷彿我們的好運已經在之前用光，眼看著三點多一些了，那天雷就是不落下。

在大陣中，有些功力相對淺一些的，已經口角或者鼻子流血，這是心神太過集中，功力耗完，已經傷到本源的表現。看師傅情況也很嚴重，神色已經不能用疲憊來形容，而是一種骨子裡的萎靡。

但對傷到了本源的師傅來說，能不吃藥，當然儘量別吃才好，否則更加難以恢復，我望著陣中的雷電，只是焦慮地想著這天雷快點落下吧。

全心地注意著天雷，我也就沒注意山谷中的情況，這時，也不知道誰輕呼了一聲：「牠怎麼飛起來了？」

聽聞這句話，我一下子頭皮發麻，什麼東西飛起來了？而我身邊的王師叔已經「霍」的一聲站起，從王師叔的反應來看，我就知道我們最不願意看見的事情發生了。

我不想看，卻不能不看，因為在這個世間，事情發生了，不是你逃避，它就會不存在的。我的目光緩緩地轉過去，終於看見那一隻受了輕傷的母蟲飛起來了，牠已經適應了雷電！此刻，牠只是懸浮在空中，彷彿是在適應著什麼，可我從內心卻覺得可怕，這是什麼樣的生命？怪不得王師叔要用等級來形容，僅僅是幾個小時，牠就適應了宛如牠天敵一般的雷電，這是比人類強悍太多的生命。

在這個時候，我習慣性地望向師傅，只見他正在放下一隻手，從這個動作來看，我就知道師傅已經吞下了藥丸。

萬雷陣中的雷電此時已經稀疏了很多，雷電只是在天上轟鳴，被引下來的少了很多，自然就出現了這種現象！

第一，是時間堅持得太久，人們已經疲憊。

第二，母蟲的飛起，多少打擊了大家，特別是在疲憊的情況下。

「給我集中精神，繼續操控陣法，雖然雷電傷不了牠多少，但也能對牠造成影響。我現在來引天雷！」是師傅的聲音，師傅要引天雷！

我一下子緊張了起來，不是說，到了現在，已經沒有能操作天雷的道士了嗎？

王師叔和陳師叔一下子都緊張了起來，特別是陳師叔，他大聲喊道：「師兄，就讓行動升級吧，你不能這樣引天雷啊！」

我師傅只是回答了一聲：「這是師傅的心事和心願，我當徒弟的不能不做。」說完這話，師傅不再理會兩位師叔，而是拿出了幾杆陣旗，按照一定的方位插在了自己的四周特定的位置。

在那一邊，母蟲已經開始搖搖晃晃地飛動了起來，速度比蹣跚學步的小兒還要慢一些。雷電不要命地打在牠的身上，這也是為了拚命阻止牠能快速地飛起，一旦這樣，這裡的人恐怕沒有一個能活著走出這片山谷。

師傅已經開始行咒，咒語念得又快又急，可對應的，母蟲的速度也在漸漸變快！

我清楚看見，這蟲子的目標就是大陣中的人，我雖然不能和牠溝通，牠也不能表達什麼，可是我就是能清楚感覺牠的恨意和憤怒。

終於，母蟲開始正常的飛行了，速度就如箭矢一般快，這簡直超出了我的認知，因為從物理學上來說，體積越大，受到的阻力也就越大，我看這蟲子也不是什麼流線型的，速度為什麼就能那麼快？

而陣中，首當其衝的就是我師傅，我忍不住了，開始快步朝著我師傅那邊衝去，曾經在荒村，我們就曾師徒一起引雷，為什麼這一次不行？

可在這時候，陳師叔和王師叔卻同時拉住了我，陳師叔說道：「相信你師傅，讓他自己完成吧，他對師傅的感情，就如同你對他的感情。」

但在生死之下，我再相信我師傅，也不可能不擔心，兩位師叔拉住我，我卻急怒得全身顫抖，我不能眼睜睜看著我師傅死在我面前，那絕對是我承受不來的事情。

幸運的是，師傅所說的話總是有用的，母蟲的速度雖然快，可那麼多道的雷電終歸還是能阻擋牠一下，牠總是飛一段停頓一下，給了我師傅完成法術的時間。

終於，師傅的行咒完成了，母蟲距離我師傅已經不到五十米了，要知道五十米的距離依照母蟲的速度來說，不過彈指一瞬間。我的心稍微放鬆了一點，只盼望著天雷快一些落下！

母蟲再次向前飛動了，這一動又是三十米左右的距離，而在這時，師傅忽然狂噴了一口鮮血，終於一道天雷從天空而下，直直劈在母蟲的身上。

母蟲的身子一斜，陡然停住了，半邊的身子冒著青煙，卻是依舊在空中。

一道天雷怎麼足以殺死母蟲？

師傅連嘴角的血也顧不上擦去，再一次，又落下了一道天雷，母蟲歪歪斜斜卻異常頑強地朝著師傅飛去，這個時候牠離師傅已經不到十米的距離了。

落雷是需要時間的，我的心在滴血，也再也忍不住，一下子掙脫了兩位師叔，朝著師傅那邊狂奔而去，在我身後響起了陳師叔的聲音：「老三，不要再引了，你想送命嗎？」

老三是陳師叔對師傅的暱稱，平日裡很少用，更別提在人前，可見陳師叔也是急到了什麼程度？聽聞師傅會因為引天雷而送命，我更是目眥欲裂，恨不得自己能長出一雙翅膀來，飛到師傅的跟前。

可是有人比我行動更快，只是瞬間，一個身影已經衝到了師傅跟前，然後高高躍起，一腳狠狠踹向了那隻飛行高度大概有二米左右的母蟲！

「嘭」的一聲，母蟲被那一腳踢得向後退了好幾米，那個身影是如此的雄壯！

這時，我才看清楚，那個身影是慧大爺，不用想我也知道，慧大爺再次化身了羅漢，否則怎麼可能踢得那母蟲也倒退了好幾米？

我看得心潮澎湃，不由得高聲喊道：「慧大爺，輕功厲害，一蹦兩米，你最帥了！」

慧大爺沒有回頭，只是吼道：「我一向和你師傅並肩戰鬥，你和慧根兒以後也要。」

那是當然的，我心中激動，有了慧大爺在，我就覺得師傅安全了許多。那母蟲被慧大爺踢回去了幾米，估計是覺得被人類踢到了身上，受到了極大的侮辱，一下子就朝著慧大爺衝了過去。

儘管連挨了我師傅兩道天雷，母蟲算是身受重傷，可是牠的速度依然很快，眼看著牠就到了慧大爺跟前，慧大爺凜然不懼，揮拳迎接。

我的心提到了嗓子眼兒，我同樣擔心慧大爺，以血肉之軀對抗母蟲，萬一慧大爺也被……？可是什麼是戰友？師傅和慧大爺就是！在這千鈞一髮之際，師傅的天雷再次落下，「轟」的一聲劈到了母蟲身上！

這一次，母蟲被重重劈落在地，一動不動了，人群發出了震耳欲聾的歡呼聲，這隻母蟲總算是死了，因為大家都親眼看見的，這些母蟲最多能扛住三、四道天雷。

慧大爺哈哈大笑，然後轉身指著我師傅罵道：「姜立淳，你是要和老子單挑嗎？你那雷也不控制著點兒，差點就劈到我了。」

師傅沒有還嘴，人們哈哈大笑，可就在這時，那母蟲一下子騰空而起，我看見了一個紫色亮著螢光的吸管一下子刺向了慧大爺……

我原本也在笑，可在這時，我的臉就跟僵住了似的，再也笑不出，喊也喊不出，只能憋出了一個「慧」字，就呆立當場。

「轟」又是一道天雷落下，落在了母蟲的身上，隨著「嘭」一聲母蟲身體重重落在地上的聲音，我師傅狂退了好幾大步，仰天噴出了一口鮮血，然後一下子坐倒在了地上。

「師傅！」我全身的血液都沖上了腦門，忍不住狂吼出聲。

第二十九章　老妖怪與槐樹

那隻蟲子是徹底死絕了，可是師傅也坐地不起，才意識到自己經過一場生死危機的慧大爺不由得長歎了一聲，說了一句：「老姜，你又救了我一次，咱們倆這一輩子，總是互相救來救去的，所以，這緣分也就完不了。」

說話間，慧大爺已經走到了師傅跟前，我也跑到了師傅跟前，扶著坐在地上的師傅。師傅的胸口都已經被他吐出的鮮血打濕了一大片，面對著我們，他微微有些喘息，卻說不上話，大陣已經由別人帶領著收了，此刻天空又恢復了安靜，卻是細雨濛濛。

這時，人群被撥開了，是陳師叔擠了進來，他不由分說地給師傅塞了一顆藥丸在嘴裡，然後說道：「師傅留下來的續命丸就剩這一顆，你以後沒拚命的機會了。等回去，我好好給你調理調理吧。」

含著藥丸緩了好大一會兒，師傅才歎息了一聲說道：「我輩沒落啊，想當年，師傅引百道天雷，依然談笑自若，翻手間滅邪魔於無形的英姿，是要等到何年何月，才有後人重現啊。」

「你也別執著了，修道一事，財侶法地，缺一不可。當年的環境豈是現在可以比的？師傅曾說術法高低，功力深厚都是微末之事，本心和悟道才是頭等大事，那個不會因為環境的變更而有改變的。」陳師叔如此對師傅說道。

師傅點點頭，也不再就這個問題多說，而是抓緊了陳師叔的手臂說道：「剩下的事情，就拜託你了！」

陳師叔低聲說道：「我已經做好了完全的準備，我會盡全力。都以為醫字脈只是行醫救人，這一次就看看咱們醫字脈的手段罷。」

「我等著看呢。」師傅回應道。

然後，兩人發出一陣兒大笑接著，師傅望向慧大爺，說道：「剛才你說啥來著？要和我單挑？」

慧大爺站起來，轉身就走，一邊走一邊說：「這次就算了，額不欺負你，別和額吵啊，額要去那邊休息休息。」

師傅微微一笑，我們都知道，慧大爺是擔心師傅身體虛弱，不想師傅多說話，可是讓他服軟又沒面子，乾脆一走了之。

最後師傅望向我，我剛才因為難過，臉上還掛著眼淚，師傅瞪了我一眼，說道：「老子還沒死，你哭個屁？你說，我咋收了一個你那麼愛哭的徒弟？」

我無言以對，說起來，自己算不上愛哭，可是真情流露的時候，也不會忍著眼淚，這下被師傅說成愛哭，挺沒面子的。

師傅見我訕訕的樣子，大手一揮，說道：「得了得了，想哭就哭，想笑就笑，本就是真性情，你也不用憋著裝什麼硬漢，硬漢都容易內傷。再說了，一個男人是不是頂天立地，也不是用這個當標準的。」

我嘿嘿一笑，我師傅就是這樣，平常總喜歡擠兌我兩句，可是在眾人面前，又忍不住要變著法子誇自己徒弟兩句。這也是師傅的真性情？

恢復了一會兒，師傅掛記著那個大肚子老妖怪，要我扶他起來，去看看情況，我幾乎都要把那個大肚子老妖怪給遺忘了，聽師傅那麼一說，趕緊扶起師傅，走到一個地勢較高的位置，讓人把探照燈打過去，好讓師傅看情況。

此刻，那個大肚子老妖怪已經停止了祈禱的動作，躺在地上，用一種怪異的姿勢摟著自己，那個姿勢就如同嬰兒在母親肚子裡的姿勢。

一個老妖怪做出這種姿勢，讓看見的人無不起了一身雞皮疙瘩，因為那畫面真的有說不出的詭異。

師傅看了那老妖怪幾眼，然後轉頭對我兩位師叔問出了一句話：「你們覺得他死了多久了？我在主持大陣，無暇分心於他。」

竟然是這麼一個問題？王師叔不久前就對我說過那個老妖怪已經死了，現在師傅也那麼問。他們的觀點是如此的一致，他們就是老天爺派來毀我三觀的！

但不論如何，現在那老妖怪用一個怪異的姿勢抱著自己，一動不動的樣子還好，像是死了，剛才又拜又念的，讓人無論如何都不能相信他是個死人。

面對師傅的問題，這一次是陳師叔回答的，他說道：「我一直在觀察他，這個寨子的老妖怪關於那神祕的……神祕的禱文吧，掌握多少，我們是有情報的。從他念出新的禱文開始我就知道他已經死了。」

師傅沉吟了半晌，然後問道：「那你覺得現在可以動手了嗎？」

陳師叔說道：「現在還不行，還在孕育階段，以我的術法，要在破體的剎那，才有百分之百的把握。」

「那好，我們下去，把最後的準備工作做好吧。」師傅如此說道。

此刻的山谷一片泥濘，原本被大水沖刷過，又下了半夜的大雨，積下了不少的雨水，最深的地方可以到人的膝蓋。

我們此刻一行數人，靜靜守候在老妖怪的身邊，看著他怪異地抱在那裡，一動不動，而在他旁邊是一棵很怪異的樹。

這樹是棵老槐樹，普通人不怎麼喜歡這樹，因為它有養魂的功效，孤魂野鬼飄蕩在世間總是喜歡附身在這種樹上，所以這種樹在普通人心裡總是透著一種詭異的感覺。

加上陰陽是一種平衡之道，陰盛自然就會陽衰，槐樹偏陰，所以養魂！種植在陽宅，如果宅子壓不住槐樹的話，對風水是不太好的。

不過風水是門複雜的學問，槐樹也不能看成是破風水之物，只是這世間能壓住它的陽宅太少，所以院子裡有槐樹的人家總是有些不順，人們也就更不喜歡它了。

不過，道家之人對槐樹是沒有任何偏見的，有時候法器中的魂器還有用到槐樹，有些地方的請神術，還必須借助槐樹做的面具輔助，才能成功，我之所以說這槐樹怪異，是有別的原因的。

第一，這是一棵已經死去的槐樹，按說應該是枯萎腐朽的，可是它的枝條怒張著，沒有一片葉子，明明已經死去，卻半點沒有腐朽。

第二，是我待在這棵槐樹前，總覺得不是那麼舒服，因為這槐樹死氣沖天。

這所謂的死氣不同於陰氣，是另外一種氣場，一般死去不久，或者將死之人就會有微弱的這樣的氣場，當然不只是人，動物和植物都會，因為死是天道中的一種，沒有任何有生命的事物可以例外，有死自然就會有死氣。

但如此死氣沖天的槐樹，我還沒見過，我甚至不知道它怎麼會出現在這山谷裡，更不明白，我們為什麼要七手八腳地把老妖怪的身體抬到這裡來。可能一切都和陳師叔的術法有關係吧。

我們緊張地等待著，可是這老妖怪還是一動不動地用怪異的姿勢抱著自己，剛才在搬動他的時候，我就有些奇怪，我們那麼大力的搬動，他那個姿勢並沒有改變一絲一毫，就跟全身的關節已經全部僵硬到了如生鐵一般。

但是他的體溫還在，呼吸還在，這一切都是那麼怪異。

他不動，我們就只能守著，時間一分一秒地過去，我們腳下的水因為慢慢地流動滲入，已經在漸漸地變淺，而在天際的那邊已經乏起了一絲淺淺的魚肚白，我一看時間，已經清晨六點多了。經過連番的大戰，每個人都很疲憊，這老妖怪一直不動，難道我們就要一直守著嗎？

終於，在天濛濛亮，七點多的時候，這個老妖怪的四肢忽然舒展開來，然後很怪異的一個翻身，整個人四仰八叉地躺在了面前，詭異的是，他翻好身的時候，腿一蹬，呼吸忽然就停止了。

恐怖的是，我終於看見了他的表情，是一種怨毒的不甘，還有，他的臉開始迅速地起著皺紋，身體開始發黑……

這個老妖怪開始迅速的……我不知道該用怎麼樣的形容詞，他最終的命運和我第一次在蟲洞見到的那個老妖怪，還有剛才另外幾個以身飼蟲的老妖怪是一樣的，對，我終於找到了準確的形容詞，那就是身體在迅速碳化，彷彿所有有用的，關係到生機的東西都全部被抽乾，我相信不出一分鐘，這個老妖怪就會和其他老妖怪一樣，變成一堆飛灰。

老妖怪的身體僵硬，可是有一個地方卻是異常活躍，那就是他的肚子不停蠕動，彷佛是有什麼東西要破肚而出，我用了那麼多話來形容老妖怪，說實在的也不過是我腦海瞬間的念頭而已。

在這個時候，師傅已經喝道：「快，就是現在，趁牠還沒有脫離，卻又孕育完畢，缺乏保護的時候。」

師傅說話間，陳師叔就已經採取了行動，他的行為很怪異，首先就是朝那棵已經死掉，死氣沖天的槐樹拜了拜，然後拿出了一個盒子，打開之後，盒子裡有一套完整的金針。

陳師叔鄭重地拿起了一根金針，深呼吸了一下，只是稍停了一下子，然後毫不猶豫地下針了，下針的對象就是老妖怪不停蠕動的肚子。

隨著第一根的金針刺下，那肚子的蠕動明顯變得弱了幾分，像是陳師叔的金針刺到了肚子裡的東西什麼要害的地方一樣。

「承一，現在你師傅的身體不濟，要麻煩你來打結扣，可以嗎？」陳師叔下完第一根金針以後，忽然對我說道。

「什麼樣的結扣？」不是所有結扣我都熟悉，所以我也不是有太大的把握。

「鎖住生機的結扣——鎖生結。」陳師叔一字一句地說道。

是這個結扣？堪稱所有結扣裡最難的一種結扣！這不是什麼殺人的結扣，但是給人綁上以後，這個人就會在幾個小時內慢慢形成假死的現象，呼吸和心跳都會變得很微弱，若是長時間不解開這個結扣，這個人就會真的死掉。

說起來很玄幻，可是現代醫學也可以讓人短時間的陷入假死狀態，只是他們鬧不明白道家為什麼用一根紅繩就可以辦到，可是事實說穿了也不奇怪，因為這裡關係到人體的各個穴竅和靜脈，在解剖學裡完全虛無縹緲的東西。

鎖生結，原本涉及到的穴竅和經脈就很多，何況是要更高層次地運用鎖生結，因為要通過老妖怪的肚子，對裡面的生物直接起到作用，這綁紅繩的過程中需要傾注的精神力就不是一點半點，用精神力直接作用於物體，就比一般的結扣多了很多難度。

我頭上滲出了熱汗，知道這件事情一點都不能馬虎，我對師叔說道：「鎖生結，我沒有太大的把握。」

師叔有些猶豫地望向了我師傅，我師傅此時已經掏出了旱菸杆來咬著，只是菸葉有些潮濕，他在烤著菸葉，面對我師叔探詢的目光，師傅說道：「三娃兒靈覺強，這種精細活兒，他能做好的。」然後，師傅轉頭對我說道：「拿出紅繩，我一邊指導，你一邊綁。」

我點點頭，摸出已經特殊處理過的紅繩，然後深吸了一口氣，開始挑戰高難度的鎖生結，而且只能成功不能失敗。

那一邊陳師叔在扎著金針，這一邊我在小心翼翼、如履薄冰地綁著鎖生結，我不敢分神去觀摩陳師叔的技術，只是不時從人群中發出的驚歎聲來看，陳師叔的扎針技術已經到了一個出神入化的境地。

偶爾，我眼角的餘光也會瞥見一眼陳師叔，就看見他的手如同一片流光，下針又快又準，這沒有幾十年的功夫是做不到的。

半個小時以後，我滿頭大汗地綁好了鎖生結，那一邊，陳師叔也已經下完了最後一根金針，或許，不是最後一根，因為陳師叔手裡還拿著一根金針，遲遲不下手。

我擦了一把熱汗，站了起來，此時，這個老妖怪的屍體被我和陳師叔配合著處理過以後，看上去就像一隻刺蝟紮著一根紅腰帶，看起來要多怪異有多怪異。

更怪異的是，他已經停止了碳化，身體一大半正常，一大半已經呈碳化的黑色。

陳師叔歎息了一聲，收起了最後一根金針，放在了他那個盒子裡，然後對承心哥說道：「承心，準備祭品，焚香按最高禮節，我們先拜樹。」

承心哥應了一聲，趕緊從背包裡掏出諸多的祭奠用品，還有香燭之類的東西，這一幕看得我莫名其妙，不由得問師傅：「這棵樹來頭很大嗎？」

我只能想到這個解釋，師傅面對我的問題，咬著菸杆，噴出了一口濃濃的煙霧，這才說道：「這就是普通的槐樹，不普通的是，它被你陳師叔用醫字脈特殊的方法，轉了陰陽，就是一身的生氣活活變成了死氣，然後又刻意被收集了很多死氣在其中。可以說，為了這次行動，這棵槐樹遭受了無妄之災。」

「然後，這樣就需要拜祭告慰它一番？」是這個理由嗎？可按最高禮節，是不是弄得太鄭重了一點？就如一個人只有半斤的飯量，你熱情地非要他吞下去一斤飯也不見得是好事。

「不完全因為如此，因為接下來，你陳師叔要用到靈醫術，施展偷天換日的大術法，這棵樹算是承擔了別人的因果，別人的無妄之災，這樣的拜祭完全是夠格的。」師叔如此解釋道。

就算用一棵樹來承擔災劫，那也是一大因果啊，我忽然瞭然了，師傅卻說道：「如果不是因為大義，妄動此種靈醫術，其實是害人害己。自己會因為施術受到天譴，被施術之人躲過了初一，也躲不過十五。該承擔的災劫，還是會換個形式，或者原封不動地重來。如果不是因為大義啊，我一定不會讓你陳師叔施展如此術法的，他是我的二哥啊……」

師傅的話，讓我在心驚之餘，也有些好奇，到底是什麼樣的醫術如此逆天？

在那邊，陳師叔已經開始用一篇禱文朝天禱告起來，禱文有時是為了向天道說明一件事情的緣由，有時是為了上天能體恤人心，答應一個要求，陳師叔的禱文就是在向上天說明，這是為了大義，不得已而為之，這禱文有些晦澀難懂，我自問文言文水準不差，能讀能寫，可是陳師叔這篇禱文的細節內容，我愣是聽不懂，太過晦澀。

我只是聽見了昆侖什麼的，卻不知道是在說昆侖的什麼，我有一次把探詢的目光望向師傅，可這一次，師傅開始老神在在地抽著旱菸，一副他沒聽見的樣子。

我撇撇嘴，回過頭，其實我已經隱約感覺師傅他們最大的祕密就是和昆侖有關係！我想起我和承心哥在李師叔樓下的談話，真當我們下一輩是傻子嗎？

只是昆侖到底在哪裡？我有些迷糊地想著，那邊陳師叔已經念完了禱文，拜祭也完成，站了起來，他並沒有急著去處理老妖怪的屍體，反倒是說道：「剛才參與與蟲人戰鬥被咬的人站出來，我說過我給治。」

他的話剛一落音，幾位被蟲人撕咬過的人就站了出來，陳師叔拉過其中一人，望著天說道：「他們是英雄，這靈醫術用在他們身上，是合適的。」

看陳師叔一臉認真的表情，也不知道這話是對誰說的，我倚著樹幹，只是等待著，那個神奇的靈醫術，卻不知道承心哥什麼時候雙手插袋站在了我的身旁，帶著一種嚮往的表情對我說道：「最高級別的靈醫術啊，那是咱們道家的本事，卻有人以為是巫術，我很想學，可師傅說我功力不夠駕馭，又說此術太過逆天，哎……我也不知道什麼時候能學到。」

那不是廢話嗎？我覺得我師傅也有很多術法沒有傳與我，就比如那伏魔七斬，但總有一天會傳的吧。

在那邊，陳師叔拉過那個人的手，一手拉著那個人的手，一手放在那棵已經死去的槐樹上，開始念念有詞起來，看他的神情分外鄭重，我也睜大眼睛看了起來，這個靈醫術到底要做什麼。

可就是那麼一小會兒，陳師叔忽然就放開了那個人的手，說道：「好了，下一個。」

這就好了？我吃驚地看著，要不是因為陳師叔是我師叔，我絕對以為他是江湖騙子，什麼用意念給人治病收錢的氣功大叔。

面對我的不以為然，承心哥可不幹了。這時，清晨的日光已經穿透了層層的阻礙，照射在了這片山谷，今天又是冬日裡有陽光的好日子。

承心哥強行地扳著我的頭，然後對我說道：「現在太陽都出來了，你就藉著陽光仔細看，看那棵槐樹的樹幹。你也知道，被蟲人咬了，不一定被寄生，剛才那個人是沒有被寄生，只要他有被寄生，樹幹上一定就會有變化。」

我無奈，只能依照著承心哥的要求死盯著樹幹看，我期待上面能忽然長出一朵花兒來，然後我就不用盯著那樹幹一直看，看到眼抽筋了。

陳師叔的速度很快，轉瞬就到了第三個人，這一次陳師叔耗費的時候可就長了一些，我還沒看出什麼來，承心哥的神色已經變得很嚴肅，他指著樹幹的某一部分說：「那裡，你仔細看那裡的變化，如果看不出來，我不介意你杵過去看。」

我才不會像傻子一樣杵在一棵樹面前盯著看呢，我對承心哥說道：「我視力好著呢，你別激動。」

接下來，我卻真的看見了匪夷所思的一幕，原本平淡無奇的樹幹，漸漸地隆起，變成了一個橢圓型才停了下來，這時，陳師叔擦了一把汗說道好了。

我張著嘴，說不出話了，那個橢圓型原本呈一種淡紫色，但那淡紫色只是一閃而過，整個橢圓型的隆起，就變成了和樹一樣的顏色，看起來就像個樹疙瘩。

我努力地想說服自己，可是我說服不了自己，這個形狀我太熟悉，就是那個惡魔蟲卵的形狀，這棵樹不可能憑空就長了那麼一個樹疙瘩，唯一的解釋只有一個，陳師叔所謂的靈醫術就是轉移，把那個人身上的蟲卵轉移到了樹上，然後不知道為什麼就變成了一個樹疙瘩。

怪不得需要那麼繁瑣的祭拜，還要正兒八經念誦一篇禱文，怪不得要在大義之下，才能用這術法，這術法真的是逆天之術。

看見我吃驚的樣子，承心哥長吁了一口氣，說道：「看見了吧？這就是最高等級的靈醫術，偷天換日，偷梁轉柱！為了隔絕那些被轉之物的生氣，一般都會選擇死掉的樹木作為承擔，這樣的因果也要小一些，這一次不一樣，必須選至陰的槐樹作為承受之物，還要在之前做足準備工作啊，哎……承一啊，其實醫字脈很神奇的，你別以為驅邪捉鬼的重任都在你們山字脈，就如我手中的金針，一樣的封鬼、傷鬼、釘鬼，只不過醫者仁心，不管是陽物，還是陰物，總是生命形式的一種表現，我們醫字脈的一般不插手這個。」

我點點頭，我當然相信承心哥的話，我們這一脈的醫字脈，師傅曾經給我提起過，並不是那種完全懸壺濟世的醫生，而是偏向於一種比較飄渺的存在——靈醫，就如同巫術界的巫醫。

也是一不小心，就成神棍那種角色。所以在一般情況下，陳師叔和承心哥只是展露大眾所知的「醫術」，也潛心研究那個，靈醫術是不會輕易動用的。

這下，我總算在陳師叔的手上見識了一回，也得承認醫字脈的神奇並不比山字脈差多少，所以接下來，陳師叔再施展轉移之術，我都有些麻木了，無論他是轉了蟲卵，還是轉了幼蟲在那樹上，我都麻木看著，我說過我師傅連同我幾位師叔是來毀我三觀的。

清晨八點多，淡淡的陽光是如此喜人，而在這個時候，陳師叔已經完成了對所有人的醫治，顯得有些虛弱，他抹了一把頭上的熱汗，靜靜倚在樹下休息，和師傅談著什麼。

那個刺蝟老妖怪就在樹下，我也不明白為什麼陳師叔不急著動手，但他們總是有理由的吧。就如我師傅設局，陳師叔怎麼參與，我一無所知，只是見到他和承心哥的時候，他們已經疲憊之極，估計就是在對這槐樹做準備工作吧。

剛才的閒聊，承心哥告訴我，這槐樹怎麼栽下去，栽多深都是有講究的。

大概過了二十分鐘左右，師傅站起來，吩咐所有的人都去部隊那邊休息了，這裡就只剩下了我們這一脈的人，還有慧大爺，凌青奶奶和如月。

這時，師傅才對凌青奶奶說道：「無論怎麼變化，牠都是一種蟲子，在關鍵的時候拜託妳了。我知道你們寨子裡那種克制萬蟲的藥物難得，也沒剩下……」

師傅說到這裡，凌青奶奶已經揮手打斷了師傅的話，她說道：「厲害關係我總是曉得的，不用留著看著又有什麼意義？用在刀刃上的鋼，哪裡能吝嗇？」

師傅望著凌青奶奶，放心地點了點頭，然後開始刻畫一個陣法，王師叔也來幫忙，那只是一個簡單的合擊陣法，他們兩人很快就完成了。

這時，師傅才對陳師叔說道：「二哥，開始吧，成敗就在此一舉了！」

陳師叔鄭重地點點頭，拿出了一顆藥丸，我一眼就認得又是那個興奮劑藥丸，他毫不猶豫地吞下去了一顆，然後與王師叔很是默契地對望了一眼。

王師叔也拿出一顆藥丸，說道：「我會全力助你，你只管放心去做，關鍵時候我也會吞下它的。」

陳師叔再無猶豫，和王師叔一同踏入陣法，陳師叔在主位，王師叔坐了輔位，然後陳師叔拿出了剛才那個盒子，打開，裡面就只剩下一根金針。

這金針是剛才陳師叔用剩下的，我是親眼看見他猶豫了一下，又放回去的。這時，他不再猶豫，而是盯準一個位置，毫不猶豫地下了針。

這個位置，我不知道代表了什麼，只見這針一落下，原本已經安靜了的老妖怪肚子開始劇烈蠕動起來，就像是什麼東西在掙扎，老妖怪的身體開始迅速碳化，而且肚子周圍開始變得透明，有些地方被撕裂了。

「開始了，先前那麼多針只是配合你的鎖生結封住了部分的生機，這一針就相當於陣眼，是關鍵的一針，徹底隔絕生機。但肚子裡那東西，師傅說了生機絕大，在絕境下反而會被刺激，會引起劇烈的反彈，果然如此。」承心哥一臉緊張，不忘對我急急地解釋。

肚子裡的東西，生機當然強大，吸取了那麼多人的壽命也就是生機，怎麼可能不強大？

我的鎖生結和陳師叔的金針術，是不可能封鎖牠的生機的，更不要談弄死牠，也就在這時，陳師叔一手放在了老妖怪的身上，一手觸摸著槐樹，再次開始了那神奇的術法。

我無法形容那是怎麼樣的一個拉鋸戰，我偶爾會看見樹上浮現出一張怪異的人臉和半邊身子，偶爾它又會消失，之所以說怪異，是那個東西已經成了人形，可是蟲類的特徵卻沒有完全消失，根本用語言就沒辦法形容出來。

陳師叔在施術的時候滿頭大汗，王師叔的臉色也好看不到哪裡去，他們在強拉那個未知的，可怕的，未出生的生命進入那棵充滿死氣的槐樹。

隨著時間的流逝，我也不知道情況到底是好是壞，因為我看見老妖怪的肚子已經破開了一條裂口，在那裂口裡伸出了一隻似手似爪的，嗯，我也不知道是什麼東西的前肢，牠要強行出生！

可是在樹上，另外一隻前肢也被固化成了樹的一部分……

凌青奶奶也加入了，開始朝著那前肢灑著一種藥粉，配合著從手腕流出來的鮮血，而我師傅不停地踱步，滿臉的緊張！

就在這個時候，王師叔狂吼了一聲，一縷鮮血從他的嘴角流出，陳師叔直接就是噴出了鮮血，兩個人同時從盤坐著的姿勢一下被震開，頹然倒了下去。

師傅的神色一下子變了，變得異常頹廢，喃喃地說道：「還是失敗了嗎？」下一刻，他的神色一下子緊張起來，吼道：「承一，承心，如月，快走！」

這個時候，老妖怪的肚子如同開花了一般，徹底地裂開，那隻前肢已經完全伸了出來，接著我看見一個怪異的頭出來了，用一種藐視的，陰冷的，憤怒的，仇恨的目光盯著我們在場的所有人。

「來不及了嗎？」師傅的臉上出現一絲苦笑，然後手伸到了背後的黃布包裡去。

我們都懂，然後每個人開始自覺地集中了所有的精神，是要準備拚命了。

可是，誰會知道，一件讓人意料不到的事情就要發生了……

第三十章 那一瞬間的事情

「三哥哥，待會兒我總是有辦法拖得牠一會兒的，你要趕快跑。你要是有個什麼事兒，你們這一脈就斷了傳承，我……我姐姐也會痛苦一生的……比了斷生命還痛苦。」在怪物爬出來的時候，如月站在我身後，這樣對我說道。

我身子一震，沒有回頭，心底卻有一種說不出的感動，如月總是古靈精怪的樣子，可在那看似無所謂的表面之下，感情是那麼的深。

在這個時候，怪物已經用牠那雙眼睛掃視著在場的所有人了，我沉聲對如月說道：「恐怕不行了，用妳的話說，我拋下妳們中的任何一個，我都會痛苦一生，比了斷自己的生命還痛苦。」

說完這話，我心裡有一種奇異的平靜，在怪物那種眼光下，我大踏步地向前，因為在怪物身邊的不遠處，我的兩位師叔還受傷坐在那裡。

和我有同樣想法的還有我師傅，我們兩師徒對視一笑，都是這樣徑直就走了過去，怪物看著我們走過去，發出一聲警告般的嘶鳴，牠雖然有七分像人類了，畢竟還不是人類，不能口吐人言。我兩手一手拿著拂塵，一手扣著那顆興奮劑藥丸，對怪物的警告視若無睹，只是走向我的兩位師叔。

「承一，退回去，承心，你怎麼也過來了？」說話的是陳師叔。

「三哥，管管你的徒弟吧，難道真要我們這一脈斷了傳承？」王師叔苦笑著。

「有些事情比傳承更重要，只是那怪物怎麼回事兒，要出來就出來好好鬥一場，老是趴在老妖怪肚子裡算怎麼回事兒？」面對怪物的挑釁，師傅比我更瀟灑。

「就是，和額打個痛快唄。」慧大爺跟上了我師傅的腳步。

在我身後，如月也跟上了我的腳步。

最後是凌青奶奶，她只是說了一句話：「立淳，我不獨活的。寨子裡有如雪。」很簡單的兩句話，道盡了凌青奶奶所有的心事，有了如雪的寨子不用她守護了，雖然不是我師傅的結髮妻子，但是不影響她要和我師傅同生共死的心。愛情，有時並不需要在一起，甚至是婚姻來證明。

我們不在一起，可我們依然相愛，愛得很真，愛得很深。

師傅聽聞了這句話，一下子停下了腳步，靜默了一秒，頭也不回地只說了一個字：「好！」

我也一下子笑了，笑得很痛快，為師傅開心，他這一輩子的愛情給了凌青奶奶沒有白給，但同時我眼中也有淚水，如雪，若我身死，請妳……請妳忘記我。

幾個人說話間，已經走到了怪物的面前，我是最先到那裡的，我根本就不理會還沒有完全爬出老妖怪肚子裡的怪物，一把就把王師叔扶起來，背在了我的背上。

那邊，承心哥也把陳師叔背上了背上。

師傅，慧大爺，凌青奶奶，甚至如月，都護在了我們身前。

而我們身後，人們像是被什麼觸動了一樣，全部都聚集了過來，站在我們的身後。

陳師叔帶著一種溫和的笑容和平淡的眼神，說了一句：「承心吶，可惜我還有好幾個方子沒有研究透徹，但是我……」

陳師叔還沒有說完話，王師叔就搖頭晃腦地接了一句：「死而無憾，是死而無憾啊！」

「我們本來都有大大的遺憾的，但這樣的死法倒也能彌補那份遺憾了。」說話的是我師傅，我搞不清楚他們有什麼大大的遺憾。

那邊，我們的無所畏懼可能刺激到怪物，牠那表情就像獅子被一群兔子挑釁了一般，發出了尖銳的嘶鳴，然後開始劇烈掙扎起來，想要爬出老妖怪的肚子。

無論如何，陳師叔的術法是給牠帶來了傷害的，甚至是巨大的傷害。

面對怪物的動作，師傅他們幾人已經開始施法，我和承心哥對望了一眼，背著兩位師叔到了人群的周邊，也火速衝了回去，拚命我們也要拚。

我衝到了師傅的身邊，看見怪物的整個身子都要爬出來了，獨獨缺少了一隻前肢，那隻前肢已經被封印在了樹上，被死氣同化了，任是神仙也沒有辦法。我毫不猶豫地舉起扣住的藥丸……

於此同時，怪物完全爬出了肚子，站直了身體，大概比人類的嬰兒大一些，全身呈詭異的紫色，背上有甲殼樣的翅膀，四肢分明，可是胸腹的兩側，有六條蟲類一般的節肢。

牠的臉很像人類的臉，當然只是很像，沒有哪個人類額頭上會有昆蟲類的觸鬚，沒有哪個人類的眼睛又細又長，卻只有黑色的眼眸，沒有哪個人類的下巴有那麼尖銳，沒有哪個人類的臉上會有紫色的甲殼。這就是怪物的長相，牠此刻身上還滴答著一種黏糊糊的液體，也不知道是什麼，莫非老妖怪也有羊水？我惡意地想著，那個時候藥丸已經要扔進嘴裡。

師傅在動用一種我不知名的術法。

凌青奶奶臉色呈一種病態的潮紅，不知道要動用怎樣的蟲蟲……

慧大爺咬破手指，此刻正塗抹在自己的羅漢紋身上……

一切，都朝著拚命的方向進行了，而怪物的臉上出現了一種類似嘲笑的表情，下一刻，牠身後的翅膀就揚了起來。就是在這一刻，那件事情發生了！

那一刻，我不知道怎麼形容，每個人都像瞬間被靜止了動作一般，我無法證明在那一瞬間，每個人都是同樣的想法。可是，在那一瞬間，我們都有這樣的感覺，我們都是同樣的想法，有一件了不得的事情要發生，有一種我們內心的依戀和嚮往就要到來，我們要跪下。

是的，如果要說證明，那一刻唯一的證明就是，所有人的行動被硬生生地靜止，然後該做之事都被打斷，連我就要扔進嘴裡的藥丸都掉了地上，我們全部都跪下了。

這不是強迫著我們跪下，是一種心甘情願的跪拜。

在這個時候，怪物的動作也被禁止了，牠比我們好一些的是沒有跪下，牠只是忽然揚起了頭，我看不見牠的表情，可是牠就真如王師叔所說，不知道是什麼等級的生命吧，牠的情緒總是能影響到我們，讓我們感受到。

在那一刻，我感受到了牠的不甘和畏懼，卻又有些無奈的欣喜。

只是一瞬間，怪物就在我們眼前憑空消失了，是的，是活生生地消失了，我不知道別人感受到了什麼，在那一瞬間，我感受到了一種重合，我很難具體形容出來，就像是你的身體，被擠進了別人的血肉，只是一瞬間，然後那片血肉離開了，帶走了原本在那片血肉上的東西。

我目瞪口呆地望著眼前的一切，身體還是不能動，因為在我眼中，我彷彿感覺到了一片濛濛的霧氣，霧氣中我唯一能看見的竟然是一個亭子，只看見飛簷，也窺不見全身，我總覺得那是一片山腳。

我這一生都不能忘記那一瞬間的事情，而那一瞬間的事情卻也是我一生都不能肯定是否存在過的事情，直到一個紫色的身體快速地飛撲而來，那個奇異的瞬間被打破了。

那個身影的出現，讓這種奇妙快速地退去，彷彿退去就是為了拒絕那個紫色的身影，我們一群人跪在那裡，每個人都像是在做夢，半天醒不過神來，這一輩子我都不能肯定我看見了什麼。

當我回過神來的一瞬間，我看見了我師傅在內的老一輩人，每一個人都是全身顫抖，特別是我師傅，已經是淚流滿面，根本沒有人在乎那個飛撲而來的紫色身影。

我不知道老一輩人為什麼那麼激動，我除了震驚沒有多大的激動，所以我注意到了那個紫色的身影。

我從地上站了起來，詫異地看著眼前的風平浪靜，也詫異地看著不遠處的紫色身影，我有些不敢相信我所看見的，所以我揉了揉眼睛，只想再看仔細一點兒。

但事實證明，我沒有看錯，雖然我看見的只是一個背影，這個背影此刻蹲著，蜷縮著，雙肩抖動，牠是在哭泣。

這個東西是什麼？難道剛才我們產生的幻覺，那個紫色的怪物並沒有離去嗎？

可是，是不一樣的！怎麼不一樣？因為這個紫色的身影要大得多，怎麼看也是一個成年人的身影，不是剛才那個紫色的怪物，它的身形大小只有嬰兒那麼大！

望著還沉浸在某種情緒中的老一輩和目瞪口呆的人們，我和最早清醒過來的承心哥，還有如月對視了一眼，然後我也不知道自己怎麼想的，撿起了一根樹枝，一邊喝呼著一邊就小心翼翼地過去了。

承心哥和如月跟在我的身後！直到我們走得很近了，那個紫色的身影還是沒有什麼動靜，依舊是蹲在那裡，依舊像是在哭泣。

不知道為什麼，我忽然也覺得心底有一些悲傷，說不上為什麼，我舉著那根樹枝就捅了捅那紫色的身影，如月一下子捂著小嘴望著我，一副緊張到極點的樣子，承心哥看我的表情就一個情緒在表達——你瘋了。

可我就是不怎麼害怕，反倒是心底那種悲涼感覺越來越盛，也直覺沒有什麼危險。被樹枝捅了幾下的怪物，這下肩膀不再抽動了，牠彷彿愣了片刻，然後回頭了，牠回頭的一瞬間，承心哥和如月都忍不住「啊」了一聲。

如果說那個小怪物的長相奇特，那也只是讓人覺得害怕，畢竟牠蟲類的特徵是佔了很大一部分，是個人都知道那是非我族類。

可是眼前這個身影，一眼就能看出是我們人類，牠有著人類清楚的五官，清楚的身形，非要說不同，就是皮膚已經紫色化，甲殼化！然後額頭上有兩個鼓起的包，讓人第一時間就想到了那個小怪物頭上的觸鬚。

至於其他的，怎麼說呢？彷彿是他的臉已經在朝著那個怪物發展了，知道了是人類以後，心裡多少也放心了一些，可下一刻，我也啊了一聲。

因為我認出了這個紫色的身影——是高寧！他真的是高寧。

由於他的臉型朝著那個小怪物發展，已經產生了很大的變化，所以我才第一時間沒有認出來，可直到我看到了那雙熟悉的眼睛，我才知道這個怪人，是高寧！

承心哥聽到我過了半天才啊了一聲，被嚇了一跳，有些不滿地望著我說道：「承一，你的外號叫慢半拍嗎？」

我啊了幾聲，就是不知道怎麼開口對承心哥說，弄得如月擔心地看著我，然後真誠地問了承心哥一句：「承心哥，你是學醫的。你見過有人忽然被嚇成精神病的沒？三哥哥他……」

可惡的承心哥一聽這話，像模像樣地陷入了思考，我終於緩過了氣，指著這個紫色的身影說道：「他……他……」

「什麼啊？」承心哥和如月同時問我。

可這時，一個怪異的聲音打斷了我們，聽起來就像蟲鳴組成的人言，也不知道有沒有人能懂這種形容，總之聽起來很讓人難受，但還是能聽清楚所要表達的意思：「他只是認出了我！」

說話的是那個紫色蟲人，這倒把承心哥和如月嚇了一大跳，承心哥眼中閃過一絲疑惑，問我：「他是誰？」

我深吸了一口氣，說道：「高寧！」

這下，換成承心哥和如月震驚了。

也就在這時，我們身後響起了腳步聲，然後我師傅的聲音傳來，他不是在對我們說話，而是在對高寧說話：「我料定了你會來這裡，你的瘋狂終究還是失敗了。你沒能憑藉這個達到你的目的，你以後要怎麼辦？」

高寧深深地看著我師傅，過了很久，才說道：「殺了我，請你殺了我。」

師傅歎息了一聲，我卻難以置信地看著高寧，這個追求成仙，追求永生的人竟然叫我師傅殺了他，師傅又會怎麼說？

「殺了我，請殺了我……」高寧就如遇見了救星一般，忽然就站了起來，然後撲向了我師傅，抱著我師傅的腿，不停地懇求著。

我憐憫地看著高寧，他站起來的一瞬間，我發現他的胸部兩側和背部都有類似於腫瘤的凸起，不難想像，他最終會變成那個小怪物的樣子。

面對高寧的懇求，師傅背負著雙手，望著悠悠的藍天，和上午溫暖的陽光說道：「你看這世界多美，藍的天，暖暖和和的陽光，就算在這世間只有區區幾十年，你也可以每時每刻感動於生活，善良充實地過著，沒有遺憾地離開。可為什麼偏偏就是有人要作踐自己的生命呢？命裡沒有的，去強求，去妒忌，去詆毀，去不擇手段地得到，讓自己的每一天遠離了美好和希望，倒是變成了煉獄，到頭來，得到了不也是一場空。」

高寧開始抖動，只是不停哭泣，他的臉是那麼怪異，連淚水都不再晶瑩，變成了一顆顆淡黃色的液體。可此時此刻，我就是覺得悲傷，也覺得師傅說的那番話大有深意。

「後悔了嗎？普通人死去，還有靈魂，還有一個輪迴。你到頭來，會連一絲痕跡都不留下，靈魂也會被蟲子吞噬，就如他一般。」師傅指著的是那個老妖怪的屍體，已經碳化了的屍體。

「殺了我，請你殺了我……」高寧開始不停地給師傅磕頭，用那帶著哭腔，難聽而嘶啞的聲音懇求著師傅。

師傅悠悠地歎息了一聲，而這時王師叔和陳師叔也走了過來，陳師叔是老一輩中最為心軟的一個，他對我師傅說道：「成全了他吧，雖然我們已經證明了一件沒有把握的事情，證明了到了某種程度，上天是會讓塵歸塵，土歸土，收回不屬於這裡的東西的。可是他已知錯，沒必要讓他承受這樣的折磨，自己的意志活生生地消失，最終只是……」

王師叔接口道：「最終只是發現，目的達到了，可是自己早已經消失了。和那蠢笨的老妖怪一樣！幾百年來，還害了那麼多人的性命。」

師傅從隨身的黃布包裡掏出了一個盒子，那個盒子我曾經見過，當年封印餓鬼墓，師傅就拿出了那麼一個盒子，盒子裡是銀色的符籙，這一次也是嗎？

拿出盒子的同時，師傅說道：「其實，我早已經為他準備了這個。我們都知道他會回來，只是不能肯定那個會不會出現。既然已經出現了，落到那個組織裡的蟲子，我們也不用太過擔心了，我自有辦法去解決一些事情。」

王師叔和陳師叔同時說道：「我們知道，不就是一起嗎？」

師傅微微一笑，凌青奶奶和慧大爺也說道：「我們也是要一起的。」

一起什麼啊，我根本就聽不懂，剛想問師傅，卻不料師傅不打算繼續這個話題，只是喊過我：「承一吶，休息一會兒，然後再用一次中茅之術吧。這張符，你請來師傅更有把握用得好，務必要用它殺死高寧，也算了結師傅和高寧奶奶的一段舊緣吧。」

我接過盒子，點頭答應了，沒想到有一天，竟然會是我親自動手來殺了高寧，而高寧卻還用感動加感激的目光看著我和師傅。

「我每天總是在深夜，有兩個小時不太能控制自己。那個時候，我總覺得自己就是一隻蟲子，我需要人們的精氣來維繫我的成長和我的進化。謝謝你，姜師傅，謝謝你，承一。我這輩子唯一做對的事情，就是我變成這個樣子之後，沒有殺過一個人，一個人也沒有。」高寧如此對我們說道。

我心中悲涼，無言以對，我不知道該對他說什麼，難道說我會好好殺你嗎？

高寧卻說道：「我感覺到這裡會出現什麼，是我唯一的希望，我聽從召喚來了這裡。卻也在剛才知道了，我根本沒有什麼希望，我被拒絕了，我是怪物。承一，我不想再當一天這樣的怪物了，我希望我死後，還能有一個完完整整、乾乾淨淨的高寧靈魂存在。所以……所以希望你能儘快，不要超過今天深夜，我每天當蟲子的時候越來越長了，我一天也不想這樣過了。」

我不想再看高寧的悲傷，索性轉過身，點了點頭。

第三十一章　突聞昆侖，高寧遺言

要徹底地恢復是需要時間的，我們一行人離開了這裡，找到一個較為乾爽的地方，燃起了一堆篝火，烤著身上因為昨夜而半濕半乾的衣服。

這一次的事件留給了我太多的謎題，這個時候也才能冷靜地去想一想到底是怎麼回事兒，特別是那震撼的一瞬間，那個紫色的怪物忽然消失，而我在那瞬間恍惚看見的雲霧和亭子。

老一輩的人也不知道要說什麼，把我們趕開了，我們這一邊就只剩下我和承心哥，還有如月，至於高寧，他一直都在一個角落，很是悲傷的樣子，也不與人接近，不知道在想些什麼。

他說不上是我的朋友，可不論是任何人，尊重都是最基礎的東西，哪怕你面對的是一個乞丐，或者是高寧那樣已經快不成人的人。

出於尊重，我沒有去打擾高寧。

我們三個一開始都不說話，各自在沉思，到後來，首先耐不住的就是如月丫頭，她手托著下巴，很是無奈地說道：「承心哥，三哥哥，你們倒是說說那個怪物到底是怎麼消失的啊？」

我和承心哥同時抬頭，幾乎是異口同聲地說道：「這也是我想問的。」

原來，我們三個都在思考這個問題，相視一笑，我們三個就這樣圍著篝火，開始就這個問題討論起來，說起來，我們兩個是道家傳人，一個是蠱苗，見識的怪事和從小的三觀就和普通人不一樣，心理承受能力也就強悍很多，可這件事依然讓我們從震撼裡無法解脫。

如月提出的說法是有神仙，然後一下子收走了怪物。

這個說法讓我和承心哥都覺得好笑，神仙？其實從心底我們是不太相信的，道家人很多時候可不是人們想的唯心主義，很多事情也是要眼見為實，有具體證據的。

不過如月那麼說起，我也說出了我的感受，就是那種重合的感受。

因為那種感受確實只能意會而不能言傳，我也不知道我有沒有說清楚，有沒有很具體地表達出來，總之如月是聽得迷迷糊糊，倒是承心哥陷入了沉思。

承心哥是學醫的，可誰也不明白這個醫字脈的傳人，大學時候卻念的是物理學，他沉思了很久才說道：「承一，你知道空間一說嗎？維度空間！」

我大學念的是中文系，而那個時代，並不是資訊爆炸的時代，知識之間的間隔還是比較遠，我並不知道維度空間一說。

所以我徑直地搖搖頭，對承心哥說道：「你也別和我講什麼太專業的知識，簡單點兒說吧。你也就是一個半吊子水準，大學時候都忙著和不同的姑娘戀愛去了。」

承心哥臉一紅，咳嗽了兩聲。

可在這個時候，我卻不由自主地想到一個人，晟哥，他才是真正的科學狂人，知識豐富的讓人歎為觀止，如果他在才能深入淺出地解釋清楚吧。

承心哥好容易才掩飾過去了尷尬，然後說道：「既然你要我簡單點說，那我就簡單說吧，我懷疑你說的重合的感覺，是空間在那一瞬間重合了。所謂空間，你可以理解為不同的時空，畢竟我們人類肉眼所能捕捉的東西有限，我也就不太具體給你解釋了。與其說是重合，我覺得更接近於排斥，就是我們所在的空間排斥那隻怪物，然後撕開了一條裂縫，讓牠回到屬於牠的空間。」

這個說法太過匪夷所思，只有如月愣了半天，說了一句話，她說：「難道怪物還可以飛升？」

「呵呵呵……」忽然一段笑聲打斷了我們的談話，我轉頭一看，是不遠處的高寧，我不由得皺眉問道：「高寧，你笑什麼？」

高寧說道：「我反正也沒有多少時間好活了，一心求個解脫。陳承一，我和你相處時間不算長，可我變成這個怪模樣以後，常常回想自己這一生，卻可悲地發現，也許你是我想要的朋友，但在當時，什麼都沒有我的計畫重要，朋友更是狗屁一般。可後來我真是遺憾，我沒有一個朋友，沒有一個可以在最後吐露心事的人。」

我不懂高寧的意思，忽然發笑，又忽然神神叨叨地給我說了那麼一段，是什麼意思？

高寧卻接著說道：「崑崙，陳承一，你看見了崑崙！」

「什麼？」我一下子覺得全身的血液都在發燙，整個身體都在微微顫抖，高寧說我看見了崑崙？意思就是那個怪物忽然消失，是去了崑崙？

「知道的太多，其實不見得是一種幸福，而最可怕的是，你明明知道那麼多，卻無法證明，也無法探求追尋，有時連方向也沒有，更是一種痛苦。陳承一，我說了，我很遺憾，一生所知，卻沒有一個朋友可以告知。可我高寧是什麼人，想到就會去做的人，你別激動，你會得到我的答案的，你會。」高寧忽然這樣對我說道。

可我已經沒辦法思考了，我在努力想著自己看見的一切，霧氣濛濛，只能模糊地看見一個亭子的亭頂，就是那麼驚鴻一瞥，越想越不清醒，因為越想我就越懷疑自己是不是真的看見了。

就在這時，承心哥忽然推了我一把，然後不由分說地就把一壺半涼的水倒在了我的頭上，大聲說道：「不許想了。」

我一下子回過神來，才驚覺自己剛才已經處於一種很危險的境地，就如存思到了走火入魔，分不清現實與虛幻，就會成精神病。

剛才，如果不是承心哥及時喚醒我，我恐怕一直想下去，會發瘋的。

而如月很是擔心地望著我，說道：「三哥哥，你剛才的眼神好可怕，已經快接近瘋狂了。」

我長吁了一口氣，我當然知道，剛才我就是陷入了那種瘋狂，越是不能證明清楚自己真的看見過，越是想去回想仔細，證明自己是真的看見過。

承心哥歎息了一聲，對高寧說道：「你就別說了，今天發生了太多的事情，他不適合想太多。」頓了一頓，承心哥也說道：「我，也不適合想太多。」

黃昏時分，在師傅的幫助下，我打開了那個盒子，裡面的符籙赫然是一張純金色的符籙。

「就那麼一張，沒有了。師傅告訴我，這張符籙是了他舊緣的，不到關鍵時刻不能用，看來是真的。」這是我師傅對我說的話。

而我兀自在震驚，我今生竟然真的能看見金色的符籙。

「這道符籙，就是你師祖去畫，也是頗費心力的，它能引下三道真正的天雷，高寧可以得到解脫了。」說完這話，師傅轉身就走了。

此刻，黃昏的夕陽正好，映得天邊一片瑰麗的紅，就如一團紅色的水墨，被清水氤氳了開，美得讓人呼吸都變得輕盈。

快要落山的太陽，淡淡地發揮著餘熱，帶著淺淺溫暖的陽光，在這一天裡抓緊著最後時間照耀著每一個人。

高寧坐在山坡，面對著輕輕的微風也不知道在想些什麼，我拿著那個盒子走到了他的身邊。

地點上了。

「要開始了嗎？」高寧問我。

我說不上是什麼心情，反而是蹲下來，摸出兩枝從承心哥那裡討要來的菸，和他一人一枝菸。

「有沒有什麼想說的？」我輕聲問道。

「有啊，我第一次發現夕陽是那麼的美，可惜以前的我從來看不見，也不在意。我忽然能理解你師傅說的話了，這個世界很美，重要的是，一個人要能沉下心來，欣賞這美景。這樣的心境一秒也比活在煉獄裡的永生要充實。我終於理解了。」高寧沒有轉頭，只是這樣對我說道。

他已經失去了自己的樣子，可這個時候，我彷彿看見了一個從未見過的，真正寧靜的高寧。

我沒有說話，和他一起默默地抽完了一枝菸，在曾經，我們也好幾次這樣，兩個人相對著抽菸，可這一次真的是最後一次了。

我拿出了那張符，高寧動也沒動，只是坐在地上望著遠處的夕陽，然後對我說道：「真好，就要解脫了。對了，你一定要去一次北京你住的那個四合院，我給你留了一件東西，不珍貴，就一封信。」

我心中奇怪，高寧為什麼會給我留一封信，可是想到他說過，沒有什麼朋友吐露心事，我心中又瞭然了。但一想到高寧的心事是如何的逆天，我又忍不住心跳加劇，在北京那邊，我爸媽暫住在那裡，如果高寧給我留信，我爸媽看見怎麼辦？

「是之前就留好了一封信嗎？」我忍不住問道。

但高寧並不回答我的問題，只是望著無限好的夕陽說道：「陳承一，你如果有心葬我，就把我葬在這裡吧，靠近奶奶從小生活的寨子，也算不錯。如果無心葬我，也就讓我死在這裡吧，總之也是生死恩怨消，不葬也沒有關係。」

我心中有一絲難過，這時還活生生在我面前的高寧，生命最多也不過剩下十分鐘了，我忍住難過，儘量平靜地說道：「沒有理由不葬你的，放心吧。」

「我有什麼不放心的？父母早已不在世，我這一死，恐怕也沒人為我掉一滴眼淚，想起來，這半生也真是悲涼。不過，謝謝你，陳承一，死後讓我能得一安生之所。多餘的話不說了，開始吧。」高寧頭也沒回，看著他的側臉，只是發現掉下了一滴眼淚。

我顫抖著拿起了金色的符……

黑岩苗寨一行在這一天總算落下了帷幕，去之前還充滿了人煙與恩怨的寨子，此刻已經徹底變為了一座荒寨。

而留下的，是高寧在那山坡上孤零零的荒墳，和墳前一座木頭製成的簡易墓碑，上面是我寫的高寧之墓，就再也沒有多餘的語言。這樣的結果，有些淒涼。

我們都很疲憊，在走出這片大山的時候，都沒有什麼多餘的話，但是任務已經完美地完成，在回去的路上也不是多趕時間。

師傅彷彿是最疲憊的一個，坐上摩托車以後，就是不停地睡，醒來一會兒，也是滿腹心事，不願說話。

我也沒有多問一些什麼，這一次看著匪夷所思的事情也就罷了，看著那麼多的生命消失，看著繁華變成荒涼，對於心境上就是一個極大的考驗，我無心多問。

直到第二天的下午，我們又再次回到了小鎮，師傅終於開口說道：「承一啊，北京你父母恐怕也住不慣，接他們回四川吧。你和我也回四川一些日子吧，我們在竹林小築再住一些日子，找一找那清靜的心境。」

竹林小築？我的心略微一動，思緒飄飛，彷彿又回到了十幾年前的日子，那個時候的簡單生活，相依為命，那一棟清幽的竹樓……師傅不說還好，一說，我發現經過這一次，我瘋狂地想念著竹林小築。回去那裡住一段日子，是再好不過。

「至於你的家人，就如兩個丫頭，她們如果願意留在北京就留，不願意也可以回到原來的地方。你去辦事兒吧，我會在竹林小築等你。對了，記得把元希丫頭帶上，我說過總是要帶她一段時間的。」師傅這樣對我說道。

我點頭答應，慧大爺不知道什麼時候冒出來，忽然說道：「額就在北京小住一段日子，等慧根兒放了春假，我就帶他來咧。」

「誰稀罕你來？」師傅眼睛都不抬地說道。

「額要來，要你稀罕？你管得著額嗎？」慧大爺一副老神在在的樣子。

看著這熟悉的場面，我心裡既溫暖又好笑，又怕他們說下去，又是單挑。可這時凌青奶奶也說話了：「四川是個養人的地兒，水氣兒好，我也去小住一段日子吧。如月丫頭跟著我吧，可惜如雪丫頭是不會來了，不來也好……」

大戰過後，緊繃的神經終究是鬆了下來，凌青奶奶在這個時候說起如雪，我的心又是酸澀又是思念又是難過，乾脆閉口不言，而如月神色也有些黯淡，咬著下唇，忽然對凌青奶奶說道：「奶奶，我就不去了，我要回寨子陪姐姐。」

凌青奶奶是何等聰明的女子，早已經察覺出了其中暗流的情緒，她忽然說道：「不說不想不問，不代表就是放下。何時，能做到心中感情不變的情況，坦然地說起，勇敢地面對，心境上才是高了一個境界。也罷，那我就先不去了，我先回月堰吧，我也去見見如雪丫頭。過些日子，或許再來竹林小築。」

凌青奶奶啊，妳說的心境恐怕是妳和師傅之間的心境吧，我自問現在根本做不到，只是想起了如雪，我難免有些癡了，我多想再見見她，抱抱她。

我以為凌青奶奶忽然不去了，師傅多少會有一些失落，卻不想師傅很淡然，只是說道：「也好，那妳先回月堰吧，我總是在竹林小築的，妳到了日子來，也是可以的。」

我總覺得這句話有些問題，但心中早被以後那回竹林小築住著的溫暖計畫塞滿，到底是沒有多想。

就這樣，簡單地討論過後，我們一行人在小鎮休養了一天，就各自出發了。

我和慧大爺一起去北京，凌青奶奶帶著如月回月堰，陳師叔和承心哥回去杭州，至於王師叔找到了留在小鎮的承真，天曉得是打算去哪兒晃蕩。

相聚總是短暫，離別也是匆匆。

何況我們的相聚是為了一場戰鬥。何時，這樣的相聚是可以其樂融融的了？

回到了半年多沒回的北京，我有些腳步匆匆，這裡有太多我牽掛的人了，我家人、沁淮、酥肉、靜宜嫂子、元希、元懿大哥、李師叔、承清哥、小慧根兒……我很想他們。

慧大爺說是要去接慧根兒放學，給他一個「驚嚇」，在某條分岔路和我告別了，我幾乎是小跑著回到了熟悉的四合院，終於氣喘吁吁地站在了那扇大門前。

滿心的疲憊和心上的塵土，總是要拿親情的溫暖細流才能洗淨，才能安撫……

有些顫抖地推開了那扇大門，家的氣息就撲面而來，這一天正是週末的中午，我兩個姐姐及家人總是要陪我爸媽吃飯的，一扇大門內關著的正是這熱鬧而溫暖的場景。

「舅舅，是舅舅……」第一個看見我的，是我的大侄兒，高興地喊了一聲之後，就朝著我飛撲而來，我一把抱住他，忍不住就抵了抵他的小額頭。

「呵呵……」侄兒笑得很是開心，然後捏著鼻子說道：「舅舅，你鬍子扎人，你好臭啊。」

我還來不及說什麼，就覺得肩膀上一輕，一看卻看見我爸的背影，我一沒留神，他已經幫我拿下了背包，急急忙忙地要往屋裡放了，嘴裡念著：「臭了就去洗澡。還是別了，先吃飯。」

我覺得好笑又感動，那邊我媽已經過來了，一雙手摸在我的臉上，說道：「讓我看看，我兒子瘦了沒……這鬍子趕緊刮了去，看起來比你爸還老了。」就是這樣，我要的不過是這些，彷彿整個人一下子就輕鬆而溫暖了起來。這一次，離家又是半年。

我這個兒子，這個弟弟，留給家人永遠只有一個字——等！要何時，我才能結束這種浪跡的生活啊？

就這樣我到了北京，再次和家人團聚了，慧大爺接了慧根兒放學以後，也到了我們家，他說了這段日子與我們同住。

我沒來得及和爸媽說師傅具體的安排，在匆忙地洗漱過後，我還要去見很多人。貌似奔波忙碌了一些，但對於我來說，這是幸福的奔波與忙碌。

我第一個想要去見的當然是沁淮和酥肉，這下我回來了，他們也算自由了。我想起沁淮在電話裡對我的那番大罵，如果我回來了不第一個去找他們，估計這兩傢伙都不會認我是兄弟了。

只是出發之前，我特意問了問爸媽有沒有給我的信，得到的答案卻是莫名其妙，那就是沒有。難道高寧騙我？他有什麼理由騙我？

第三十二章　未來的安排

和沁淮，酥肉的相聚是一場大醉，我們直接睡在了一堆空啤酒罐的中間。

醉後，酥肉對著天花板吼道：「老子終於可以去廣州了，老子這一次要發財，發財……」

而沁淮在那邊哭得跟個淚人似的，喊道：「我好想凌如月，凌如月，妳在哪兒？」

我什麼話也喊不出來，只覺得酒水在自己的整個身體裡氤氳散開，可就是找不到醉的感覺，不能醉倒是有些悲哀了。

我不敢再喝下去，我怕越是喝越是要清醒地想著如雪，而在這時，沁淮爬起來，逮著我的衣領吼道：「是爺們兒的話，帶著如雪私奔吧，天大地大還容不下你們倆嗎？傻×！」

酥肉則吼道：「狗日的沁淮，你別教唆三娃兒做這事兒，他又不是孤兒，人找不著他，還……還找不著他爸……媽啊？」

我終於又一仰脖子吞下了一罐子啤酒，把酒罐往地下一放，大吼道：「老子咋喝不醉，老子以後不喝啤酒了。要喝只喝白酒！喝了白酒，我就去找凌如雪，我找她私奔去。」

「哈哈哈，傻×……」沁淮笑著罵道。

「哈哈哈，狗日的三娃兒，和以前一個樣子。沁淮，我跟你說，他以前拉著我離家……離家出走呢！」

「為小姑娘離家出走？」

「哈哈哈，不是，他惹事兒了回去怕挨打，拉著……拉著老子去當紅軍。」

「哈哈哈……」

酥肉開始說著我糗事兒，我躺在地上，半醉半醒之間，覺得這樣和他們在一起很快樂。

在北京的日子過得很快，很安寧也很充實。見很多人，感覺各種忙碌，可是這種屬於普通人才有的忙碌，讓我忽然擁有了，我覺得幸福得都有些昏頭了。

爸媽要回四川的，姐姐及家人也是不想待在北京的，大姐說人太多，二姐覺得吃不習慣，還是家鄉好。我的家人就是這樣，不求富貴，只喜歡安寧普通的生活。

靜宜嫂子很好，和晟哥的兒子也很乖，如今的靜宜嫂子被安排在某所大學當老師，比起以前幾乎被閒置的狀態算是好很多了，看起來她對晟哥的思念彷彿淡了很多，可我知道其實只是放在了心底。

元懿大哥的情況在這半年有所改變，這是元希丫頭告訴我的，因為她總若有似無地覺得元懿大哥對她說的話，好像有了情緒反應。

我心中很是開心，每天總是要抽出時間，去和元懿大哥說上一番話，當我說到苗寨事件的結局時，我發現元懿大哥的眼睛忽然睜開了，眼中充滿了各種情緒，開心、傷感、渴望……

那絕對不是一個無意識的人能有的情緒，這個發現讓我很是高興，或者元懿大哥真的可以慢慢恢復正常，我有感覺，他已經挺過了最難過的一關。

酥肉在我離開的前兩天，義無反顧地去了廣州，面對在火車站為他送行的我和沁淮，他囂張地說道：「這一次，老子不成有錢人，絕對不回來了。」

他彷彿沒有傷感，只是在踏上火車的時候，他一把攬過我，對我說道：「承一啊，我好幾年沒回家了。你有多餘的錢給我媽老漢拿點兒，就說是我賺的，跟他們說，我就要發財了，在關鍵時候。哪一天我回去了，肯定是開著一輛桑塔納小轎車回去的，等不了多久了。」

「好。」我鄭重地答應。

這時的酥肉眼圈才有一些紅，沁淮怕他哭出來，馬上接口說道：「酥肉，哥兒的錢不急著讓你還啊，是不急著啊。」

酥肉過去緊緊地勒住沁淮的脖子，裝作「咬牙切齒」地說道：「不用裝成這個樣子提醒老子，等老子回來後，用錢嚇死你。」

我們三個在火車站沒心沒肺地笑，只是酥肉上火車的時候，我看見那小子裝作打呵欠，使勁兒抹了一把臉。

我經常去探望李師叔和承清哥，順便把黑岩苗寨的一切都告訴了李師叔，李師叔閉目聽得很是認真，可到聽完也沒有什麼特別的表示。

他只是說：「我老了，很老了，一個算命的，能活到這歲數不容易了。這段日子，我就會給國家請辭，然後我也去去那竹林小築吧，住上一段日子，養養心，偷偷閒。承清和我一起去吧。」

怎麼所有人都要湧來竹林小築啊？那個建在深山的小竹樓這時倒真成了香餑餑。

不過，我很開心！很多人以為我不喜歡熱鬧，而事實上我很喜歡，喜歡在我生活裡的大家能聚在一起。我不喜歡的只是好不容易接受了一段情意，然後又是分開，又是別離……

在離開北京的前一天，我特地穿了一身正裝，這麼多年來，我沒有穿過西裝，打過領帶，可這一次，我非得這樣做不可。

因為我要去參加一個祕密的追悼會，是祕密部門所辦的追悼會。

說起來，我不算這個部門的正式成員，可是我必須代表師傅去，這是師傅吩咐的，讓我代替他好好送這些英雄一程。

而且，那麼多年來和這個部門的牽扯，讓我對這個部門已經有了感情，我自己也該去。

有些事情是不能擺到檯面上去說的，也就註定了有些英雄不能宣傳，可我站在追思的人群中，我卻清楚地知道，已經犧牲的他們是不會在乎這個英雄的名聲的，隨著自己的本心做事而已，名聲只是浮雲。

隨著充滿悲哀的悼詞念來，我的思緒也開始不寧靜，彷彿又回到了那個雨夜，我們幾十人冒著大雨和蟲人奮戰的一刻，那是屬於男人的一刻，屬於英雄的一刻，人們不需要記住什麼，天地能記住，因果也已經寫上。

你們的犧牲很光榮，你們的父母妻子兒女以後也許不會知道具體的事蹟，得知的可能是另外一個版本的犧牲故事，英雄事蹟。但這不妨礙，他們能挺直腰杆說一聲，我有一個好兒子（好丈夫，好爸爸），他是一個英雄。這才是男人的最高榮譽。

在北京的瑣事很多，可是再多也有辦完的一天，在這裡待了半個多月以後，我們要離開北京了。這一次，部門特別調用了兩輛車子送我們，慧大爺沒有和我們同行，他說了，要等慧根兒放寒假才能來。

慧根兒這小子在北京上學也算適應，總之完全沒有同學能知道他是一個小和尚，雖然很是奇怪他為什麼老是留光頭。面對我們要離開了，慧根兒不是太願意，不過聽聞寒假可以和我們再相聚，這小子又開心了。

這一次的離開，我也不知道會不會回北京了，說實話我不明白師傅為什麼會提出回竹林小築去住上一些日子，我以為他會安排我進部門的。

可是我永遠也猜測不了師傅的心事，就像他這樣的安排讓我對我的未來產生了一絲迷惘，我以後要做什麼？如果可以，按照我的性子，當然願意和師傅長住竹林小築，安心修道，只要能偶爾和家人、朋友聚聚就行了。

但是，這可能嗎？我自己也不知道。

由北到南，一路上，冬日的寒氣都在漸漸消退，到了南方的時候，元希在路邊發現了一朵新開的野花，忍不住高興地對我說道：「承一哥，這邊春天的氣息都能摸得到了啊，真好。我爸也快好起來了。」

這次，我們是帶著有了康復希望的元懿大哥同回四川的，這是師傅說的，那邊水土養人，元懿很可能在那邊康復得快一些，而元希也離不開元懿大哥。

春天是要到了嗎？但願吧，這一次每個人的生活都好像好了起來，踏上了正軌。而我彷彿也看見了更好的未來，但願我在這春天裡，永遠不用離去。

當我處理完瑣事，帶著元希，背著元懿來到竹林小築的時候，師傅果真就在那裡。

我總是有一種不安的情緒在心底，生怕我走到竹林小築看不見師傅的身影，可當我看見竹樓的長廊上，師傅正翹著二郎腿，悠閒地在那裡飲茶的時候，我的心放下了，一股子由衷的喜悅在心底蕩漾開來，我自己也說不上是為什麼？

安頓好了元懿，我用山溪水洗了一把臉，元希驚歎於這裡的美景，早就像隻蝴蝶似的，快樂地飛舞出去，東看看西看看了。

我笑望著元希的身影，心想當年的我初入竹林小築不也是這樣嗎？這裡太美，承載了太多的回憶，那麼多的歲月流過，竟然也沒有什麼改變，除了院子前的那片地，師傅曾種植了一些藥草，離開時贈與了村子裡的人，而這一次回來，我看見竟然長滿了野花，也算是意外的驚喜嗎？

「還是這裡的水最是甘洌，泡出來的茶也最是回味甘甜不過，要來一杯嗎？」師傅忽然說道。

我坐在師傅的身邊，師傅倒給我一杯茶，果然同樣的茶葉，也只有這裡的山泉水才能泡出這樣的味道，讓人懷念。

「師傅，我爸媽說就不住鎮子上了，生意也不用做了，因為養老錢很夠了。他們上次去北京之前，就把老屋修葺了一番，這次打掃打掃就回村子裡住了。」我對師傅說到我爸媽的安排。

師傅稍微有些愣神，過了半晌才說道：「也好，人老了，總是懷舊一些。」

我抿了一口茶，說道：「師傅，別說得你很年輕啊，你也老了吧。」

「我八十一歲，還沒到一百歲呢，不老不老，我還有很多事情沒有做呢。」師傅微微一笑，這樣對我說道。

竹林小築的日子是平靜的，父母也搬回了村子。

我不擔心父母養老，那一棟小樓給他們帶來的收入，就能讓他們晚年過得很是富足，加上街上還有一個租給別人的服裝店，我媽說他們都快成資本主義了，逗得我直樂。

我會經常下山，到村子裡陪陪爸媽，看他們養花弄草種菜忙得不亦樂乎，就覺得我很幸福。

我也會去看看老鄉親們，可惜一去多年，村子裡很多人我都不太認識了。

我按照酥肉的吩咐，去看了他的父母，給了一筆錢，那還是三年多以前我賺的錢加上我父母給我的，在村子裡也不算小數目，我照著酥肉去廣州前給我說的話，給他父母說了一遍。

酥肉的媽媽卻說道：「那麼多年不回家，哪個要他開小汽車回來了嗎？他就算拉個板板車回來讓我看看他人還好，我也高興啊。」

可是酥肉他爸爸卻一拍桌子說道：「瓜婆娘，兒子做大事兒，有妳這樣的媽啊？盡拖革命的後腿。」

這樣的場景看得我心中酸酸的，天下父母都一樣，那種牽掛又怕給兒女添亂的感情，是那樣怯怯的，卻是人一生中最珍貴的。

我，說起來長年離家也算一個不孝子吧。在村子裡晃蕩，村子裡有了許多我陌生的臉孔，可總也能看見熟悉的臉孔，我遇見了劉春燕。

時光荏苒，我們再也不是當年的孩童，小時候我總是「恨」她，欺負她，那麼多年過去了，我才第一次重遇她，忽然覺得小時候的那種回憶也很是珍貴。

我也想到了那一封封我從來沒有看過的信，想到了她是酥肉多年來一直牽掛的女子。酥肉總是把她拿到嘴上說，似假非真的樣子，可是我知道，其實酥肉很認真。

我主動招呼了劉春燕，之後卻不知道說什麼了，那麼多年後的相遇，已經不是小孩子了，難免尷尬。

可總不能這樣靜默著，我問她：「這些年還好嗎？聽說妳在鄉鎮府工作，很不錯的。」

「是不錯的，就認真做事兒唄，去年升了主任。」劉春燕的語氣有些拘謹，有些陌生，可我總覺得她有些傷感。

我也不知道為什麼，悶了半天，決定幫酥肉打聽一下：「結婚了沒？什麼時候也見見是哪個男娃娃娶了妳啊？」

劉春燕沉默了很久，才說道：「沒，我沒結婚。我以前的對象是部隊上的，八九年死在了戰場上，那一年戰爭卻也結束了。是他運氣不好吧，他說過，我大學畢業，工作穩定了，他也就準備轉業，然後結婚的。是我運氣也不好吧。」

我知道她指的是哪一場戰爭，看著她微紅的眼眶，我有些為她難過，二十六歲了，在村子裡沒嫁人，是很招閒言碎語的一件事吧，無論她有多麼能幹。可是不嫁人，不也是因為沒忘記嗎？

沉悶了很久，我只能說一句：「對不起，節哀順變。」

劉春燕攏了攏頭髮，神情已經恢復了淡然，對我說道：「沒什麼好對不起的，陳承一。這麼多年，我不也一個人過來了嗎？工作上也很充實的，什麼時候有合適的人，什麼時候差不多可以完全忘記了，我也會把自己嫁了吧。」

我一下子脫口而出，說道：「其實酥肉不錯的，小時候就很喜歡妳。」

劉春燕忽然就笑了，說道：「小時候的感情哪裡當得真，我小時候討厭你，後來還覺得你不錯呢。可那根本不是什麼喜歡不喜歡的，那時哪懂這個呢？」

忽然說起這個，我有些尷尬地撓撓頭，然後對劉春燕說道：「酥肉可是認真的，那麼多年，他一直是認真的。」

「那再說吧，有些事情看緣分的。」劉春燕淡然地對我說道。

呵呵，她對我一個道士講緣分，我忽然就笑了，那麼多年過去，每個人都經歷了自己的生活，發生了一些事，告別了一些人，有了自己的心境和感悟，緣分也就掛在了嘴上。

那到底是一份淡然，還是一份對生活的無奈呢？我無從得知，修心遠比修身更難，因為心境總是無跡可尋的，只在乎自己的本心，自己能不能去觸摸到。

這樣的日子過得很快，在竹林小築，每日練功，和師傅相伴，也常常下山，陪陪父母。師傅也過得很悠閒，他對元希的盡心一如當年對我，偶爾，我也會去教導一下元希。

這樣的日子很平靜，平靜到我有時都會恍惚，我是不是回到了當年，當年我在竹林小築的日子。值得一提的是，元懿的身體在這邊果然是好得快了很多，他依舊不會說話，可是每天清醒的時間越來越多了，甚至偶爾會表達一些意思，就比如他想起來坐坐，他想走走。

他的行動很是不便，有時嗚嗚啊啊地喊著，連自己的唾液也不能控制，會流下來，就像個小孩子似的，可是元希總是在有空閒的時候就會推元懿到處晃悠，也喜歡聽元懿嗚嗚啊啊地喊著，耐心地幫自己的父親擦著口水。

我知道元懿大哥會越來越好，總有一天，他會恢復，他會再問我：「陳承一，我比起你和你師傅，如何？」

是那麼的驕傲，也是那麼的英雄。

我和師傅也開始忙碌了起來，每天去砍些竹子，搭建一些小屋，偶爾我父母也會來幫忙。也不知道胡阿姨是什麼時候得知我和師傅回來了，在我和師傅開始忙碌的時候，他忽然就帶著幾個人上山了，滿臉的激動，然後我們搭建屋子的工程從此就多了幾個幫手。

日子過得太幸福，就會忘記了時間，也會忘了很多事，我完全忘記了高寧說要留信給我的事兒，也忘記了在南方，冬天總是要離開得早一些，轉眼春天已經到了。

就在我感懷春風的時候，第一批人到了，我怎麼也想不到是陳師叔和承心哥。

陳師叔沒說過他會來啊？我有些暈乎乎的，倒是承心哥笑呵呵地說：「好在這竹林小築在南方，要在北方，冬天我可就不去了。還是南方好，還沒到春節呢，就已經有春天的氣息了，北方卻還在下雪。」

陳師叔沒有回應什麼，我和承心哥卻相對著苦笑了一番，其實承心哥這番話是在套陳師叔的話，看看是不是非來這裡不可，如果是，原因又是什麼。

無奈陳師叔根本當沒有聽見，如果他接了一句，是北方咋了？我也會來。承心哥就會上杆子地去問這件事情了。

隨著陳師叔的到來，越來越多的人趕往竹林小築，先是慧大爺和慧根兒，接著是凌青奶奶，她是獨自一人來的，然後是王師叔和承真師妹，最後到的是李師叔，還有承清哥……

我們這一脈的人在這裡莫名其妙地聚齊了，可我心裡越發地不安，總覺得師傅該不會只是叫人來過個春節吧？

老一輩毫無疑問地佔據了竹林小築的主樓，每天關著門也不知道在說些什麼，我們這些小輩經常就會被打發下山，沒有任何理由，不去也得去。

這種現象除了沒心沒肺的慧根兒，我們這一輩人沒有誰不是滿肚子疑問，滿腹的不安，承心哥又再次老話重提，說起了他的想法，這些年來老一輩總像是在交代什麼一樣。

他的話顯然引起了我們的共鳴，可是我們卻沒有任何辦法，只有承真這麼說了一句：「我會把我師傅看得死死的，我絕對不會讓他莫名其妙消失的。」

承真年紀最小，話裡總有那麼一絲幼稚的意味，但也不失為一種好辦法，就如自己的事情自己最清楚一般，我們都很瞭解各自的師傅，我們小一輩的想把話說開，去逼問這條路是不行的。

可也就在我們小輩疑神疑鬼，越發不安的時候，老一輩的人又不再神神祕祕地聚會了，他們就像什麼事兒都沒發生過一樣，開始正常地過日子，也不再趕我們小輩下山了。

日子一天天地流逝，不管內心有多麼的不安，可也不能否認這段日子是幸福的，是我有生以來唯一一次屬於帶著熱鬧意味的幸福。

在這樣的幸福中，春節很快就到了，這一次師傅發話說要好好聚聚，於是大家開始為春節忙碌起來。

竹林小築第一次貼上了喜慶的對聯，第一次掛上了燈籠，我也是第一次準備所謂的年貨，做所謂的年夜飯，這對於普通人來說很平常的事情，對於我來說卻很新鮮，畢竟從我十五歲離家開始，就沒有什麼過年的記憶了，更別提親自準備什麼年貨，做什麼年夜飯了。

聽說大家要在竹林小築團年，胡叔叔還特別搞來了大量的煙花爆竹，說是一定要熱熱鬧鬧地過一年。

大年三十的晚上，我們一大桌子人圍坐在了一起，桌子還是管村委會借的，因為我們這裡沒有那麼大的桌子，我是第一次吃那麼熱鬧的年夜飯，總覺得幸福得有些不真實。

師傅、同門、爸媽、慧大爺、慧根兒、凌青奶奶、胡叔叔……我暗想如果加上酥肉和沁淮，我人生中的這一個春節就完美了。

這一頓飯熱熱鬧鬧地吃了有好幾個小時，在年夜飯的飯桌上，我喝醉了，師傅也有些醉，慧根兒早鬧著要放煙花。

於是一群人就跟瘋子似的，熱熱鬧鬧地在竹林小築的空地上放起了煙花爆竹。

胡叔叔弄來的煙花是高級貨色，隨著我們一個個地點燃，大朵大朵的煙花就盛開在了竹林小築的上空，美得讓我覺得整個人都更加醉了幾分。

「這煙火很漂亮啊。」我不由得喃喃開口說道。

師傅就站在我的旁邊，忽然就接口說了一句：「煙花易冷，人也總是要分別。可是回憶卻是誰也拿不走的，這也就夠了。」

我的心一下子沉了下去，可是師傅已經轉身和慧大爺一起「調戲」凌青奶奶去了，我有些恍惚，難道剛才是我聽錯了？

春節過完以後，人群就慢慢地開始散了。

最先離去的是慧大爺還有慧根兒，慧大爺說了，慧根兒要開學得趕著回去，接著大家一個個開始紛紛離去，最後一個離去的是李師叔。

他說了，他退休了，索性也就多享受一些清閒的日子。

當李師叔也離去以後，整個竹林小築就剩下了我、師傅、元希，還有元懿四個人。

由於元懿大哥的主觀意識已經逐漸恢復，剩下的不過是調理和治療，在這一段日子裡，有了陳師叔的幫忙，元懿大哥的情況更加好了，除了還不能完整說話，整個人已經能稍微自理了。

面對這一切，師傅很欣慰。

日子就那麼正常地過了下去，師傅什麼也沒提，什麼也沒做，只是很認真地教導著元希，也依舊教導著我。

這樣的日子異常平靜，就恍若回到了小時候竹林小築的日子，而隨著時間的流逝，我那原本不安的心，繃緊的弦也漸漸放鬆了下來。

因為師傅表現得太正常，日子也過得太平和，讓我覺得之前我們的一切疑慮都是杞人憂天。畢竟，老一輩的人們活生生地在這裡，還健康地活著，怎麼可能像給我們交代什麼之後，就消失呢？這世界就那麼大，他們又怎麼消失？總是會有線索找到的，除非是死亡才能分開我們和師傅們的聯繫吧！

這樣想著，我也就安心了。

一晃眼，日子又過去了兩個月，天氣已經非常溫暖，再過一段日子，怕就是要進入初夏了吧。此時已經是九四年，我忽然發現自己已經二十七歲了，感慨時光過得真快啊。

在這一天，師傅忽然對元希說道：「一些淺顯的山字脈法門我已經教給了妳，妳也算入門了。但是，妳要知道修行永遠是在個人，以後有不懂的就多問問妳承一哥。另外，這裡有一本我親自寫的東西，是關於山字脈修行的，妳回去要好好研讀一下。」

說這話的時候，我們四人正在吃飯，我不由得抬起頭來，有些驚奇地望著元希，問道：「你們是要走了嗎？」

元希也很疑惑，說道：「我休學了一年，這日子還長著呢，怎麼可能要走呢？」

師傅放下筷子說道：「這是我決定的，元懿的修養已經到了一個瓶頸，最好還是去大醫院系統地恢復一下，不要耽誤了。而元希這丫頭的天賦更偏向於其他脈的傳承，而不是山字脈。所以，在山字脈上花的時間不宜過長，更應該沉下心思在其他脈上多學習學習，以後才能確定好方向。畢竟，什麼都學，會造成什麼都不精的情況。而且我們是給元希打下了堅實的基礎，而元懿那一方面的傳承也是要給元希的。」

面對師傅的說法，元懿大哥用不完整的句子表示著贊同。

這些日子，我們也和元懿大哥斷斷續續地交流過，畢竟當年讓元希踏上這條路是我率性做出的選擇，元懿大哥逐漸清醒了，我們總是要聽聽他的說法。

元懿大哥艱難地表示了，他們這一脈也是山字脈，可是元希在山字脈上的天分不是太好，元懿大哥認為傳承不一定是要自己的家人，他不敢負了祖輩留下的傳承，一直想在以後找一個弟子。而自己女兒，與其讓她學成一個半吊子，參與到道士的生活中來，不如讓她普通地過一生。

可是，命運總是不以人的想法為轉移的，元希終究還是踏上了修行之路，那也就接受吧。而且，元懿大哥也看開了，元希學習得很快樂就夠了，至於成就到什麼地步，反倒不是最重要的了，以前是自己太過執著。

經過這一次的談話以後，元懿大哥兩父女在第三天就離開了，師傅特地聯繫了專車送他們離開。一轉眼，曾經熱鬧過的竹林小築，又只剩下我和師傅了。

這樣的轉變，總讓我想起師傅的那句話，煙花易冷，人總是會分別，再絢爛熱鬧的盛景，總也會回歸於平淡。

第三十三章 人易別

我想安守於這份平淡，我也是滿足的罷。
——記我和師傅在竹林小築的日子。

這是我多年以後寫下的一句話，在那個時候應該是滿足的吧，清粥小菜，日出日落，而安守於山林。心中有許多牽掛的人，但我牽掛著卻不勞心，因為我知道他們在哪裡，知道他們在忙碌於自己的生活，我很滿足。

那段回憶很是乏善可陳，可絲毫不影響它在我記憶中散發出耀眼的光芒，生命有時是一個輪迴，那個時候我恍然覺得我和師傅走了一個輪迴，又走到了竹林小築，唯一的收穫是心裡多了幾分牽掛。

在夜闌人靜的時候，那份牽掛也就會浮現出來，淡淡的澀，滿心的重，這也是心靈的一種不空虛吧？在多少個響徹蟲鳴，清冷月光的夜裡，我會思念如雪，她是否和我一樣，守在窗前，沉澱著一份思念？

我會想起如月和凌青奶奶，那個寨子裡的炊煙升起時，凌青奶奶是否仍會那樣一臉慈愛地看著如雪做菜，如月在旁偷吃？

慧大爺呢？此刻慧根兒應該安睡，你是不是又在為慧根兒掖一掖被角？

我的師叔們，師兄，師妹們？你們是否和我一樣，每日清修，安謐而滿足？

酥肉呢？你小子在奔波了一天之後，此刻應該是鼾聲滿屋吧？沁淮呢？你個臭小子在燈紅酒綠的夜裡偶爾清醒之時，會不會忽然想起自己的兩個兄弟，然後吐一口唾沫，說一句：「呸，說來說去還是哥兒我最帥。」

日的忙碌，夜的思念，時光翻過了一篇又一篇，轉眼又是一個月，初夏已然悄悄來臨，只是在這清幽的竹林小築感覺不到那麼悶熱。

我有好幾次都想問師傅，接下來的日子我要做什麼？是加入那個部門，還是融於世間，可又有很多次，我都沉默了，只因為內心是滿足的，也想一直這麼滿足下去，所以也就不問了。

這一日的中午，我和師傅吃過了午飯。我依稀記得那一頓我們清拌了黃瓜，煮了一盆子南瓜綠豆湯，濃濃的四季豆稀飯倒也吃得滿足。

本來飯後，我和師傅應該會坐在小築的長廊前，泡上一壺清茶，說說術法上的心得，講講修行上的難題，順便天南地北地吹一些奇聞異事，可這一日，師傅只是拍著肚子說道：「吃得太飽，下山去遛遛吧。你把那幾條新鮮的活魚拿上，我們順道去看看你爸媽。」

我點頭應了，和師傅一路下山。

我家本在山腳下，順著直路走，第一個到的也就是我家，可師傅到了那裡，卻說：「我看這田間地頭綠油油地喜人，不走大路了，走小路吧。」

我提著魚，也點頭應了，我知道師傅的德行，看見哪家的菜長得好，恰好又是他愛吃的，他依然會去蹭飯，只是這些年村民們也富了，蹭飯也就蹭飯吧，沒人會真的再叫我師傅幹活。

他們總是覺得這個時不時就會消失一下的老頭兒不一般，誰不記得他在鄉場上曾經發藥的事情啊，有傳言說我師傅其實是一個老神醫。我聽了總是會笑笑，嗯，猥瑣的老神醫。

就這樣，和師傅一路走在小路上，雖然是午後，田間地頭卻總也有幹活的人，一路打著招呼，倒也不寂寞，反倒是有一股濃濃的鄉情在裡面。

快從小路走到我家時，師傅遠遠地看了一眼我家，隨後目光又被田地裡幹活的人吸引住了。我一看，在田地裡幹活的正是劉芳兩口子，那一年我還小，劉芳卻是村子裡最漂亮的姑娘，師傅老是跟在別人屁股後頭，挨罵了也笑嘻嘻的。

如今時光流逝，劉芳早嫁做人婦，已是孩子的母親，當年我師傅那些玩笑話兒，類似於孩子的舉動人家也不放在心上了。

見到我和師傅在小路上，倒是劉芳主動招呼了一句，可是我師傅偏就是不走了，望著劉芳問道：「劉芳，我好些年沒回村子了，妳想我沒有？」

原本我是在掏菸，準備給劉芳的丈夫一枝，卻不想師傅忽然問出這麼一句話兒來，我驚得差點從小路上摔下去。

這師傅是又「發作」了？要知道，劉芳的丈夫可不是個什麼大方的人！

果然，劉芳丈夫的臉立刻就黑了下來，劉芳臉紅著啐了一口，說道：「你都多大年紀了，還開這玩笑，老不害臊！」

師傅卻一本正經地說道：「我啥時候開玩笑了？這些年在外面，我最想的就是妳了。」

「你個老頭兒說啥啊？」劉芳的丈夫發作了。

我也不知道師傅犯了什麼病，趕緊去拉師傅，可師傅掙脫我，就是嬉皮笑臉地說道：「我又沒有幹啥？難道想也不許想啦？有這道理嗎？」

劉芳丈夫火大了，對一個老頭兒吧，你罵也不是，動手也不是，乾脆拉了劉芳就走。

而師傅竟然又跟在後面，忽然放開嗓子唱道：「妹妹妳大膽地往前走啊，往前走！莫回啊頭……」

我尷尬地去追師傅，不明白師傅這是怎麼了，而這歌是電影《紅高粱》裡的歌兒，根據劇情，總之吧，這歌是以前村裡的小夥子挑逗妹子才唱的歌，師傅怎麼唱上了。

劉芳兩口子走得極快，師傅也走得極快，我提著魚跟在後面，一時半會兒追不上，倒也沒辦法阻止師傅。

直到師傅唱道：「大道朝天九千……九百……」的時候，劉芳丈夫終於忍不住了，大喊了一聲，然後朝著師傅跑了過去，看樣子是要和我師傅「單挑」了。

師傅哈哈大笑，笑得極為暢快，他笑著笑著忽然就轉頭望了我一眼，這一眼在日光的照射下，彷彿帶著眼淚，彷彿又是我看得不真切，又彷彿只是笑出來的眼淚。

這一眼，只是那麼短短的一瞬間，接著師傅轉身就跑上另外一條小道，邊跑邊喊：「三娃兒，別人追我呢，你先去你爸媽家吧。」

我來不及反應什麼，只覺得在村子被人攆，是十幾歲的孩子身上才會發生的事兒，怎麼就發生在我師傅身上了？我想追師傅，卻看見劉芳丈夫邊跑邊撿起了一顆石子兒，朝我師傅扔去，我只能祈禱我師傅跑快一些。

這些小道七彎八繞，田間地頭的莊稼又長得極好，很快師傅就跑得沒影兒了，只看見劉芳丈夫罵罵咧咧地回來，說到老小子，跑那麼快。

我苦笑了一聲，只能提著魚先去我父母家等著師傅了。

可惜，那時的我怎麼可能知道，我終究是等不到他了，終究……

那一日，我在我家喝了一大缸子水，師傅還沒有回來。

那一日，我在院子裡和我爸下棋，到我媽的魚都已經燒好，師傅還是沒有回來。

那一日，我們把晚飯熱了又熱，師傅還是沒有回來，像以前那樣吼道：「秀雲吶，快點，有啥好吃的，把酒給我倒上。」

那一日，我敷衍地吃了一點飯，打著手電筒匆匆忙忙地回了竹林小築，竹林依舊發出沙沙的聲音，小築依舊清幽地屹立在那裡，可惜，我沒有看見熟悉的那一點昏黃燈光。

我咽了一口唾沫，我努力讓自己什麼都不要想，帶著愉悅的聲音喊道：「師傅，魚你可沒得吃了。」

沒有人回答我。

我略微有些不安，大喊道：「師傅，師傅，你在不在啊？你說你，那麼大年紀了，還調戲什麼婦女？劉芳她男人的石頭打到你沒有？」

我發誓，我在努力地控制自己的情緒，可是任由我怎麼控制，我的心就是忍不住狂跳，我的聲音開始顫抖，開始生氣，開始腳步加快地爬上竹林小築，中途滑了一下，我大喊著：「師傅，你在就說句話，我毛了啊，我生氣了啊。」

還是沒有人回答我。

我不喊了，我不叫了，我衝進屋，每個房間都找了一遍，我沒看見師傅。

我一屁股坐在了地上，然後再「啪嗒」一聲倒了下去，望著天花板，整個空蕩的房間都迴盪著我的聲音：「師傅，你在哪兒？別玩了。」

「起來了，臭小子，躺在這裡像什麼話？」在迷糊中我抬頭，師傅，是師傅回來了。

我很是驚喜，幾乎是帶著哭腔問道：「師傅，你走哪兒去了？」

師傅沉默著不回答，而是轉身說道：「肚子餓了，去找點吃的。」

「師傅，你就在這兒，我去給你弄，你就在這兒。」我慌忙地起身，想要一把抓住師傅，卻發現自己抓了一個空，我一下子愣住了，在我眼前的師傅一下子煙消雲散了，變成了那個消失不見的紫色小怪物在望著我。

我一點也不害怕，我又是憤怒又是瘋狂地衝上去，一把逮住了那個小怪物，大吼道：「你把師傅還給我，還給我……」

「還給我……」我就這樣念著，然後猛地睜開了眼睛。

熟悉的天花板，空蕩的房間，我依舊是睡在昨夜倒著的那個地方，哪裡有什麼師傅，又哪裡有什麼怪物？

我腦子一片空白，有些麻木地站起身來，卻聽見外面沙沙的雨聲，怕是沒有幾場春雨了吧？我在屋子裡悶得發慌，索性走了幾步出來，坐在竹林小築的樓梯前，看著細雨紛紛，忽然覺得這個位置很不錯。嗯，我就在這裡等著師傅吧。

我一直不明白我對師傅的感情有多深，就如現在我一直沒有掉一滴眼淚，就是覺得呼吸彷彿有些困難，傻傻地坐著，我也暫時失去了思考的能力。

我總覺得我應該做點什麼，可是我又放棄不了這裡，因為我要等著師傅。

他對凌青奶奶說過：「我總在竹林小築的。」一放屁，你怎麼現在也沒有回來？

從早晨坐到天完全地黑下來，嗯，一天過去了，我覺得我是該去睡了，可是一站起來腿麻得要命，一下子就撲倒在了長廊上，索性，就在這裡睡吧。

第二天早上徹底醒來時，天上又有了陽光，有些晃眼，我記不得我昨夜是醒來了幾次，總之在這一次醒來時，我有些恍恍惚惚，一摸臉上還有未乾的淚痕。

我不知道我要做什麼，也不知道肚子餓，我只是覺得我很痛苦，需要結束這種痛苦。

我衝到廚房裡，找到了一個葫蘆，師傅總是用它裝酒，看著我的心又開始痛，姜立淳，你怎麼可以拋棄我？你可以像以前在北京時，跟我說你要離去幾年，可以說你大了，別跟著師傅了，甚至你可以嫌棄我，但你怎麼能夠拋棄我？你怎麼能夠——無聲無息地走掉？

想到這裡，我一下撥開了葫蘆塞，「咕咚，咕咚」地開始給自己灌酒，然後就被這辛辣的酒水嗆到，這老頭兒以前是有些好酒的，可是我們師徒的經濟狀況後來也就一般般，這辛辣的大麴酒灌下去，不嗆人才怪。

可是下一刻我就好受多了，一股子熱騰騰的酒意衝上了腦子，血一熱，心一緊，我倒是能笑出來了，我在空蕩的廚房裡大吼道：「姜立淳，你出來啊，你出來我給你買好酒。」

但能有什麼人回應我？我冷笑了一聲，索性抱著葫蘆大喝了起來，踉蹌地走到長廊前，再繼續喝，酒水從我的嘴角流下，流到頸窩，流到胸口的衣襟，濡濕了一大片衣服，可我就是流不出眼淚。

在酒的刺激下，我彷佛有了一些思考能力，總覺得自己這樣是不是太懦弱，總覺得自己是不是該洗洗臉，然後下山去找師傅，可是我恨得咬牙切齒，你怎麼可以無聲無息地走掉，你怎麼可以拋棄我？怎麼可以？

接著，我的記憶開始模糊，我記得我吐了，吐得很難受，然後就隨便躺在了地板上，在模糊中，我看見了很多影子，在深潭那邊，小小的我在練拳，師傅在院子裡練拳，一邊喝呼我兩句，在長廊前，師傅和我，一壺熱茶，好像又在下棋，在大廳裡，我們在吃飯……

我不想再看下去，乾脆閉上了眼睛，一陣天旋地轉，倒也讓我昏昏沉沉地睡了過去，什麼也不知道了。

當我再醒來時，我睡在了床上，身體被擦得乾乾淨淨，就是掩飾不住一身的酒氣，我看見我媽媽淚眼朦朧坐在我跟前，端著一碗稀飯，我爸爸有些氣惱地望著我。

「兒子，你醒了？吃點兒？」媽端著碗，有些小心翼翼地說道。

我推開碗，我沒有胃口。

「怎麼回事兒，跟媽說說？」那邊爸爸也投來了企盼的目光。

可是，我沉默。

我不是想故意氣我爸媽，我不是不想吃東西，我只是說不出來什麼，我也不餓。

沉默中，我爸氣憤了，一下子衝過來給了我一巴掌，吼道：「你看看你這樣子？姜師傅帶著你幾十年，就是為了讓你這樣？你不說，我們也知道，姜師傅一定是走了，那天我們就覺得不對勁兒了。可你不想想，姜師傅是什麼人，他總有自己的追尋的，人家對你這幾十年，恩情已經大如海了，你這是幹啥？你這是和誰發脾氣？看老子不打死你。」

說著，爸爸的巴掌又要落下，我麻木地看著，我媽連忙去拉，一邊拉一邊對我說道：「兒子，媽知道你難受，你就吃點東西，別讓我和你爸那麼難受，你爸把你從外面背進來，也不容易，你別氣他了。你吃點東西吧，吃完了，媽陪你去找姜師傅，大活人總能找到的。」

「哎……」我爸的手也垂下了，有些頹然地說道：「三娃兒，姜師傅在爸眼裡就跟神仙一樣的人啊，他們最講究的就是緣分，緣分盡了，也就散了。可是你，你總是要過日子的，知道嗎？姜師傅教你那麼多，收你當徒弟，是要你繼承他的東西，這是他給你的恩情，你得還恩吶。」

我爸就是這樣忠厚的人，我有些心酸，我很想哭，可我哭不出來，心仍然很痛，我只是端起碗，一口一口吃下了我媽給我做的稀飯。

為了我，我爸媽索性在竹林小築住下了，我是真不想我那麼大了，還讓他們操心，可是我就是壓抑不住自己的難過。

我沒有去找師傅，因為我知道找不到，我早就想明白了，他是存心要走，我也終於清楚了，那天他為什麼會那麼看我一眼，那分明就是眼中有淚。

我不知道到底是什麼原因，可以讓他不辭而別，或許我這麼大個人了，師傅離去，怎麼也談不上拋棄，可是在情感上我真的難以接受，我固執地覺得這樣的不辭而別就是拋棄。

我拚了命想把原因想清楚，可我就是想不清楚。

悲傷的事情總是串連著來的，在我爸媽住下的第三天，承心哥找上了門，和我一樣，鬍子拉碴，他開口第一句話就告訴我：「我師傅不見了，你別說了，看你那樣子，我就知道你師傅也不見了。但李師叔讓我們在竹林小築等。」

我沒多問什麼，很沉默，承心哥同樣沉默。

而在那天下午承真來了，哭哭泣泣的樣子，不用說，是師傅不見了，同樣得到了一句話，在竹林小築等。

接著，是第二天還是第三天，我記不清楚了，是沁淮來了，拉著不停掉眼淚的慧根兒，慧根兒一見我，就撲到我懷裡，大哭著說道：「額再也不吃蛋糕了。」

沁淮有些悲傷地告訴我，在某一天，慧大爺牽著慧根兒來找他，說是慧根兒要吃蛋糕，他沒沁淮那麼有錢，讓沁淮帶著慧根兒去好好吃一頓蛋糕，接下來……

我知道，慧大爺也用那麼不負責任的方式消失了，我二十七歲了，可惜慧根兒才十三歲。最後，是如雪和如月來了。

我從來都不想這麼頹廢的樣子見到如雪，可是就是這樣見到了，如雪什麼都沒說，在無數雙的眼睛下，從背後抱住了我，她說：「別回頭，你當是一個朋友希望你振作起來，給你的鼓勵。我姑奶奶走了，我很難過，但是她跟我們提及了一些東西。她告訴我，恐怕按照你師傅的性格，會不辭而別，她說你會很難過的，她讓我來，讓我告訴你振作。」

這一刻，我沒回頭，可是我的眼淚終於從側臉滑過，原來哭出來的滋味那麼好。

如雪的出現，無疑是讓我在悲傷的漩渦中看見了一縷陽光，照亮了我一直疼痛不已的心。當她放開我時，我終於忍不住跪在了地上，任由自己淚水橫流，哭到不能自已，我成長的軌跡都是伴隨著師傅的身影，那麼多的相依為命的日子，怎麼能夠輕易抹煞？

此刻，要命的回憶全部化為了悲傷，變成了淚水，流淌過我的臉頰。

這不是我一個人的悲傷，是在場所有的悲傷，每個人都失去了生命中最重要的一個人，那種悲哀此刻就如在共鳴一般，在竹林小築的上空盤旋，接著再化作每個人的淚水。

「姐姐，原諒我，就一次。」如月忽然這樣說道，然後不管不顧地從背後抱住了我，我身體一僵，然後看見沁淮有些無奈悽楚地一笑，幾乎是和如雪同時轉身過去。

「三哥哥，你不要動，你就當是小時候在背著我，我趴在你背上。那個時候我們見面，姜爺爺和奶奶都在，我們那麼放肆，就去私闖餓鬼墓，因為我們內心都覺得我們有依靠，就是姜爺爺和奶奶，他們在，他們會救我們，會包容我們的調皮，到最後最多教訓我們一頓，也捨不得把我們怎麼樣。」如月靠在我的後背斷斷續續地說著。

我任由眼淚橫流，聽她慢慢地訴說：「這樣的感情，三哥哥，我和你同樣在經歷，從小到大的依賴，從小到大的天。所以他們怎麼可以讓我們如此依賴，卻又忽然離去？感覺就像被拋棄了一樣。可是，三哥哥，有一件事，我一直沒有告訴你，那個時候在餓鬼墓，我們迷路了，遇見了那麼多事情，是你一路帶著我們，直到讓我被胡叔叔救走。從那個時候開始，你也成了我的依賴，沒有奶奶，沒有了姜爺爺，還有你。所以，你一定要振作起來，不管他們的離開是什麼樣的想法，如果你有心不放棄，就成為所有人的依賴，帶著我們去找到他們吧，哪怕只見一面都好。」

找到他們，哪怕只見一面都好？我的心一震，喃喃地問道：「是找得到嗎？」

這時，承真衝到了我的面前，說道：「承一哥，你是山字脈的傳人，你是我們的大師兄。我師傅從小就說過，我們這一脈如果發生了大事，終究還是要山字脈出面頂著，能找到的，你帶著我們找到他們吧。」

承心哥此時也走了過來，取下了眼鏡，用他一貫優雅的姿勢抹去了淚水，說道：「承一，你確實是大師兄，他們走了，我們這一脈就是你領著了，我師傅也說過，發生了天大的事情也不要怕，自然有山字脈的出來頂住半邊天，我們其餘幾脈只要大力助你就可以了。」

我輕輕推開了如月，一把抹掉了淚水，站了起來，說道：「我自問不成熟，因為到現在為止，我還陷在悲傷裡不能自拔，為什麼那麼相信我，就因為我是山字脈嗎？」

「山字脈，承一，你知道為什麼叫山字脈嗎？搬山而來，山中之人，是什麼，就是仙。師傅曾經說過，師祖以山字脈為大不是偏袒著誰，而是山字脈才是修道的根源和正統，才是走上形而上大道的人。而一人得道，雞犬升天，說明白了，其實是想山字脈最終觸摸到了更高層的東西，而庇護其他幾脈之人。每個真正得山字脈道統之人，都是命運多仄，卻在背後暗含大運之人，我不知道別的脈是怎麼回事兒，至少我們這一脈就是如此。承一，帶著我們吧，不管用多少歲月，哪怕窮其一生，也再次讓我們見一眼師傅，哪怕只是墓碑。」承心哥這樣對我說道。

這時，我才真正明白，這個大師兄所蘊含的意義，師傅一直不曾對我提及，是為了什麼？難道他是不想我再受到這份束縛？

可命運裡該有的責任，總是逃避不了，我們此刻都是失去了師傅的人，就像一群忽然被拋在曠野迷路的人，不能一直這樣下去，那麼就只能定一個目標走下去，而我無疑是要帶領著的人，不管我如何悲傷。

強壓住還在哽咽的喉頭，我儘量平靜地說道：「進去吧，我們也不要老在外面。現在我們要做的是兩件事，第一，是在這裡等著李師叔，他讓我們等著，而不是讓我們去見他，總是有原因的，那我們就等著，等到他，至少可以給我們一個答案。第二，就是如雪說了，凌青奶奶曾經有過一些交待，我們聽聽如雪說說是什麼樣的交代吧。」

事到如今，也只能這樣了，在冷靜下來以後，我就清楚我應該做什麼了，人都是被逼出來的，特別是背負上了責任以後。就如同母親對孩子的責任，會讓一個天真的女孩子剎那就成長為一個勇敢的女人。父親對家庭的責任，會讓一個愛玩的男孩子剎那就成長為一個成熟的男人。

在每個人面對生命賦予的責任時，都是如此，不管你是如何的不願、悲傷、逃避，最終你也只能扛起它，否則你的人生就會成為一段無意義的虛度歲月，因為你從來沒有承擔過什麼，就這一點，哪怕你是一個再成功的人，一樣也是一個失敗者。

進了屋，大家在屋裡坐下，但如雪卻一把拉起我，對大家說了一句：「對不起，大家再等一會兒。」

我糊裡糊塗地被如雪拉到我和師傅洗漱的地方，一時弄不明白如雪要做什麼。

而如雪不說話，只是打了一盆清水在我面前，開始給我擦臉，平靜地說道：「既然是要振作，那就拿個振作的樣子出來，哪怕只是假象，哪怕只是能讓心裡好受一絲，也是好的。」

說話間，她放下了帕子，把放在檯子上的剃鬍膏抹在了我的臉上，師傅離去，我已經快一個星期沒有刮鬍子，此時，滿臉的絡腮鬍要長不長，鬍鬚拉碴的樣子，要多狼狽有多狼狽。

看著如雪悉心地為我做這一切，我一把拉住了如雪，她輕輕地掙脫了我，說道：「是想問我，姑奶奶離去我不難過是嗎？」

我點頭默認。

「我難過，我很難過。我從小就是姑奶奶帶著，在寨子裡，我和姑奶奶相處的日子，比如月還要長。姑奶奶總說我們的命都一樣，她總覺得我苦，對我分外地疼愛。一直以來，姑奶奶是我最大的天。你覺得我難過不難過？」如雪說這話的時候，就和她平常一樣，是分外平靜，淡淡的，淡到就像在敘述別人的事情。

可她曾經是我最親密的戀人，我怎麼可能不知道，她那份平靜往往掩藏著太多太深的感情。所以，我知道她口中所說的難過，或許比不過她心中難過的一半，她表達不來。

說話間，如雪把刮鬍刀遞給了我，慢慢地說道：「可是姑奶奶告訴我，你師傅會不辭而別的，你一定會更難過。所以，我想著我就不要難過到崩潰了，過來，撐著你。」

說完，如雪輕聲對我說了句：「記得，再洗洗，換件乾淨衣服再出來吧。你整齊些，大家心裡也會好受一些，你爸媽看著心裡也放心一些。」

看著如雪的背影，我的心中又是一絲悽楚，為什麼她就不能是我的妻子？或許很久以前，師傅也這樣問過，凌青為什麼不能是我的妻子？

這就是命運吧，就算如雪不是我的妻子，可是我不會因為她不是，就不給她如同丈夫給妻子的愛，這不是身分能限制的東西，這是我炙熱的感情。

就如師傅離我而去，不知道去了哪裡，可是不會因為他不在我身邊了，我就覺得他不是我師傅，無論他身在哪裡，他總是我的師傅，而我要找到他，也是我自己的感情，我不會違背。

我按照如雪的請求，終於把自己收拾乾淨了，然後發現媽媽在屋後等著我，一見我，她就問道：「三娃兒，那個姑娘就是如雪嗎？怎麼你和如月丫頭也挺好的樣子，把媽都搞糊塗了。」

我說道：「媽，如月是妹妹。但是我和如雪也分開了，因為很多原因。可我還是喜歡如雪的。媽，師傅不在了，我希望妳能給我一段自由的歲月，讓我好好做做自己的事情，可以嗎？」

我媽一下子就聽懂了我的話，有些默然不語，她知道我是在告訴她，可能很久我都不會結婚，不會成家。

終究，她歎息了一聲，說道：「我和你爸商量商量去，哎，童子命，又是神仙一樣的姜師傅的徒弟，我和你爸從來也沒奢望你能和普通兒子一樣。如雪多好一個姑娘，為什麼要分開呢？」

媽念叨著走遠了，我無意識地抬頭望著天空，這人生到底要有多少的苦澀，才能讓人的一顆心最終變得堅強而平靜呢？

當我收拾得整整齊齊到了眾人面前時，我明顯地感覺大家情緒好了一些，有目的的人生總是比無方向的人生來得要堅強和有意義，有人領著總比一個人摸索要來得輕鬆一些。

就如如雪所說，這表面上的精神都知道是一個假象，但多少也有振作的作用。

面對這樣的我，大家的情緒無疑也好了很多，凌青奶奶到底交代了一些什麼，是由如月給大家說的：「我奶奶說，姜爺爺這一輩的人一直有一個最大的願望，那個願望也是他們的祕密。這其中太過艱難，太過虛無，也太過危險，所以按照姜爺爺的性格是不會牽扯到下一輩了。而且這個決定也是他早就做好的了。至於我奶奶是一定要陪著姜爺爺的，她告訴我和姐姐，她這一生背負著寨子，也為國家做事，擔當著白苗和漢族合作的紐帶，她累了，老了就一定要做自己想做的事，沒有遺憾了。」

如雪的這番話，其實根本就沒有包含任何的線索，但多少讓我們心中好受了一些，看來師傅們都選擇這種不負責任的方式離去，只是不想下一輩再重複他們的路。

可是，你們可以安排計畫，規劃我們的未來，卻永遠安排不了我們的感情，這麼多年來的感情，已經讓我們註定了總有一天會踏上和你們一樣的路，哪怕是跟你們一樣，到老了再去追尋，也一定會的。

想到這裡，我總覺得這是我們這一脈的宿命，有些無奈，有些心痛，更多的還是迷茫，因為我不知道師傅他們幹什麼去了，我應該如何去做？

我下意識地捏了捏眉頭，卻不想慧根兒一下子就委屈地蹲在我面前哭了，說道：「額師傅又是為啥走的咧？」

我一把拉起慧根兒，不知道如何安慰，十三歲，半大的孩子，他承受的也許比我更多。

倒是如月見這情況，一把拉過了慧根兒，說道：「你師傅是和姜爺爺一起的，他們是一輩子的好夥伴，那種情誼已經深入骨髓了。慧根兒，就像你對三哥哥一樣，把他當哥哥，他們是兄弟一樣的感情。我奶奶也跟我說起了你師傅，她說如此危險的事情，慧大爺是一定要和姜爺爺一起的，而且慧大爺也有自己的追求，他也要通過一些東西，找尋一些東西。慧根兒，你長大了就明白了。」

其實，我不知道慧大爺是怎麼想的，我們的師傅失蹤了，我們都還是成年人，可是慧根兒就未成年，難道要慧根兒中途還俗回到家中嗎？他還能適應普通人的世界嗎？慧大爺比我師傅還……我不知道怎麼形容，可是在之後我知道了慧大爺從來沒有放下過慧根兒，他早就做好了安排。

這一切，我們是在一個星期以後，承清哥抱著兩盒骨灰到了此處，才得以知曉。

那一天細雨濛濛，我們在竹林小築的等待已經是第七天了。沒有人不耐煩，更沒有人提過離開，這段日子，是誰也不敢離開誰的，因為這巨大的悲傷沒有人敢獨自承受。

在這七天裡，我們相互靠在一起取暖，我們談天說地，修行、論道、讀書，都刻意不去說師傅的話題，雖然我們都已經決定今後要怎麼去做，可是我們需要一個悲傷的沉澱期。

特別是如雪說了凌青奶奶的話，師傅他們做的這件事很危險，我們更是不安，我們誰心底沒有一個希望？希望能活生生地見到師傅們，而不是最終得到的死訊。

所以，我們更需要一個時間讓自己平靜，能平靜地安排未來，處理所有的事情。

七天，時間不長，但也是一個很好的緩衝期，至少夠時間讓我們把那深入骨髓的悲傷先掩埋在心裡了。雖然還不能掩埋深入到心底，讓表面波瀾不驚，可也能看似平靜地度日了，偶爾還能笑著開一下玩笑，雖然那個笑容不見得真心。

這一天早晨，細雨濛濛，承心哥一大早就對我說：「承一吶，這應該是最後一場春雨了吧。」

想起師傅走的第二天，就是一場細雨，我心中總是有些排斥這濛濛的細雨，總覺得它和悲傷是不可分離的事物，面對承心哥的話，我沒有接口。

就是這樣一個上午，承清哥來了，沒有撐傘，就這麼抱著兩個盒子，背著一個背包，一路走到竹林小築。我坐在長廊前發呆，是第一個看見承清哥的，見到他如此，趕緊進屋拿了一把傘，迎了上去。

傘下，承清哥的表情和我們一樣，平靜，但眼中沉著一種抹不去的哀傷，他對我說的第一句話，是這樣的：「承一，我不是一個人來的，我把師傅和小師姑帶來了。」

我一下子沒反應過來，李師叔，小師姑？我下意識地問道：「他們在哪兒？」

可一問出口，我就知道答案了，下一刻熱淚再次掉了下來。我知道師傅他們有一個小師妹，在很多年前，師傅他們還年輕的時候，就已經去世了，李師叔和小師姑一起被帶來，那不就是……

李師叔去了嗎？我有些恍惚，承清哥卻把兩個骨灰盒抱得更緊，說道：「先把他們帶進屋吧。」

我點頭，撐著傘跟在了承清哥的身後。

悲傷，你難道不肯停止了嗎？望著原本供三清的供桌上，新添的兩個骨灰盒，我的腦中只有這樣的想法。這個世界上，又一個關心我的人去了。

在恭敬地擺好兩個骨灰盒以後，在我們都朝著骨灰盒拜了幾拜以後，承清哥的臉上已經掛著兩行清淚，他轉身對哽嗚著的我們說道：「我欠你們一個交代，畢竟我師傅也是你們的師叔，所以，這一切也要交代才好。」

我們安安靜靜地聽著，而承清哥拭去腮邊的淚水才說道：「師傅一生命卜二術已經到了出神入化的境地，早就算出自己大限將至。原本他可以和師叔們一起去追尋，完成一生最後的心願。但是他不願意離開小師姑，也就是他們的小師妹，他說了，我若去了那裡，怕是骨灰都不得和她葬在一起，罷了，罷了，你們都有很多事情要和徒弟交代，就讓我當最後一個接手人吧，待我去後，由承清把你們的交代帶到。」

聽到這裡，我已經明白了，李師叔和小師姑是有一段感情的，在最後，他選擇留在了世間陪伴小師姑，死後能同穴而葬。

我不明白我為什麼有這樣的想法，「留在世間」？但是承清哥不是說了，如果去到那裡，怕是連骨灰也不能葬在一塊兒嗎？

一下子，我的腦子像是忽然清醒了一般，抓住了什麼。

可是，師叔過世的悲傷，卻還是瞬間淹沒了我，我沒辦法去想太多，而承清哥也在繼續訴說：「其實你們比我幸運，幸運在或許你們還能見到活著的師傅，我的師叔們。可我也比你們幸運，得以親手為師傅送終。師傅不想生離死別有太多的悲哀，他說死只是人要面對的一道坎，也是一個開始，不必太過悲傷，所以也就不要知會那麼多人了，靜靜地離開就好了。他說竹林小築清幽，死後就把他和小師姑葬在這裡就好。」

說到這裡，承清哥頓了頓，說道：「師傅說他一生沒有故鄉，都是隨師祖漂泊，有師祖在的地方就是故鄉。所以，能葬在有我們這一脈存在的地方，也算是落葉歸根了。另外……」

承清哥說到這裡，再次停了一下，才說道：「原本師叔們的計畫是在三年以前，是想和我師傅一起的。無奈我師傅已經決定留下，就一直拖到了現在，他們想最後留一段日子聚一下，畢竟因為當年的很多事，他們錯過了幾十年的時光。」

聚一下，就是指在竹林小築的聚會嗎？還是每個人都還捨不下自己的牽掛，然後藉此多留一些時光呢？

「這一次我來，帶來了很多信，是師叔們各自要交給你們的。另外，還有這個東西，是送到承一在北京的老住宅的，在承一走後一個月，就輾轉到了我這裡。」承清哥這樣說道。

什麼東西，難道是高寧的信？這是我腦中的第一個想法。

第三十四章　一封信

在竹林小築外多了兩座淒淒新墳，墳前是燃盡的香火蠟燭，墳的左右各有兩棵新種的常青樹，卻獨獨沒有墓碑。

這是李師叔的意思，生死恩怨消，這一段的旅程已是結束，就不必立碑還要記著自己是誰，有心的後人可來祭奠一番，如若到了很久以後，忘了也就忘了。

一個墓碑反倒是一種繁瑣的事兒，沒那必要。

「師傅或許是看透了，覺得一切的本質其實很簡單，生老病死，無論你是誰，總歸是要面對的。想通了這一切，就恨不得一切至簡。」承清哥把一些東西交給了我們後，這樣說道。

那是出走的老一輩留下的一些東西，現在由承清哥交給了我們。

到我手裡的，是師傅編撰的四冊書，還有一封信，我撫摸著那四冊書，其實我是見過的，在竹林小築和在北京，師傅在空閒下來的時候，總是會寫寫畫畫，問起他，他也說是要把一生所學整理一下。

這是一項長久的工作，從我跟隨師傅起就開始了，或者更早，所以我也就沒有留意。如今看來，師傅是早有打算。

我不太敢看那封信，總怕有什麼承受不住的消息，但我又不能不看，因為這是師傅給我最後的留信，可能這一生我都只能憑藉這封信來緬懷師傅了，因為師傅一生都不照相，連畫像也沒留下一張。

想到這裡，我有些悲從中來。

打開信封，師傅熟悉的筆跡就映入了我的眼簾，我又忍不住紅了眼眶，師傅曾說想笑就笑，想哭就哭才是男兒本色，喜歡憋著的，喊著男兒流血不流淚的，讓他們內傷去吧，反倒是不夠灑脫，為面子做作不已。可此時，我卻有些痛恨自己的眼淚，我很想沉澱下傷痛，儘快堅強起來，至少表面上是這樣。想到這裡，我深吸了一口氣，抹了抹眼睛，讓自己冷靜下來，這才開始看信。

承一吾徒：

見信時，恐怕我們已經師徒分離，願你一切安好，已從悲傷懷念中走出，笑著面對今後一個人的生活。

我一直都在考慮一件事情，和你分別時，是要嚴肅地告訴你我要走了，還是就這樣如同平常一樣離去。

思來想去，我已經決定選擇一種最平常的方式離去，就如當年，你在山上，我只是下山去採購一些生活所用之物。

原諒我的選擇，或許是我不夠堅強，不想面對離別之苦，怕說出來之後，反倒不捨離開——畢竟，你是我在這世上最大的牽掛了。

師傅走了，是要去追尋一生都想要去追尋的一件事，那是從師傅二十五歲的時候，就下定決心要做的事情，不只是我，是我們這一輩的師兄弟都下定決心要做的事情。

原本我以為終於可以去做時，我會很快樂，很灑脫。但世事終究難料，我對你有難以割捨的師徒之情，可越是這樣，我越是要去做那件事。

我以為，我的師傅也對我們有難以割捨的感情。

我們要去做什麼事，就不告訴你了，這是我們老一輩商量的結果。曾經，我說過，世間萬事萬物都在輪迴，就如生，不管中途走得有多麼精彩，結局也只是死亡，除非能修心悟道，最終跳出輪迴。

我們老一輩的人不想你們繼續我們的輪迴，所以也就只能這樣阻止，什麼都不告訴你們，讓你們跳出輪迴吧。

末了，這一件事是我窮其一生努力去追尋的事情，可以說一生都在不停奔波，收集線索，到如今終於有了一些把握。

你勿掛念我，事情只是太飄渺，但說危險還算不上。

可是，我們這一次已經下定決心，不達目的誓不甘休，承一啊，我恐怕是不會回來了，我們相處二十載，分別也不應有什麼遺憾了，但願你能這樣想。

最後，我把一生所學編輯成了四冊書，你在修行上有什麼不足，可以時常翻閱，我不在你身邊，希望你還是能日日勤奮，走到比我高的境界。

我們這一脈，希望你們這一些小輩能繼續傳承下去，到了晚年如想收徒，切記品行、緣分缺一不可。若沒有徒弟之緣，就去龍虎山，道家祖庭，或是聯繫部門×××把書捐獻出去吧，讓他們繼續尋找有緣人，也不算斷了傳承。

另，希望你能在晚年，歲月沉澱之後，繼續補足這四冊書。相信到那時，你的心境，你的術法應該能精進到比我高的境界，我姜立淳的徒弟不差是不是？

我一生瀟灑，轉眼就要離開，整理一生心事，除了你是牽掛，倒也無甚遺憾。只是有一件，看我道家逐年勢微，心中難免遺憾，固有利益者壞我道家之名，卻也不得不承認，其中是有傳承斷代，道家文化遭受劫難的大因。

沒有一件事情能夠永恆地興盛，總是要走入高低不停的輪迴，師傅早已看透這個道理，但也難免心痛。

承一，希望在你有生之年，能夠行得正，坐得端，能改變幾人對我道家的看法，就改變幾人。畢竟道家興盛不在你一人身上，但星星之火，可以燎原，我姜立淳的徒弟一定要謹記品行，切記，切記。

悠悠歲月，一晃二十載，往事歷歷在目，彷彿你還是當年那個調皮搗蛋的小子，可回過神，卻發現到了不得不分離的時候，你要問我還有什麼交代，那還真有一句話，那就是……

只須記得你是我老李一脈，然後忘記我，繼續生活。

姜立淳

忘記你？繼續生活？師傅，那你可曾忘記了師祖？我仔細地疊好信，放入上衣貼身的口袋，這樣想著，渾然不覺自己已是淚流滿面。

就如師傅所說，他要斷掉我們這一輩在某個問題上的輪迴。所以，他真的什麼線索也沒有留下，包括最後的信，也什麼都沒交代，更不提及他去做什麼了。

但是真的沒有線索嗎？我擦乾眼淚，閉上眼睛回想，又想起十幾年前的一個早晨，我從師傅的窗戶下撿到的幾張紙，上面只寫著兩個字——昆侖。

那個早上之前，是師傅第一次給我提及師祖的一些隱祕，包括師祖年紀的謎題，然後師傅應該就徹夜無眠，反覆寫了一夜的昆侖。

那絕對是心事的顯露，師傅卻不知道，有一個早晨，他在酣睡之時，我撿到了那麼一張紙，然後把這件事埋在了心底那麼多年，也沒有說過。

這可能就是解釋不清的命運，讓我始終沒有去問過師傅，沒有暴露出這一件事情。

加上師傅信中那句話「我以為，我的師傅也對我們有難以割捨的感情。」事情彷彿已經隱隱有了串聯起來的線索，我的師祖，昆侖！

這幾日，我太過悲傷，在悲傷之中，人是什麼都不願意去想的，本能反應就是先要擺脫這種悲傷，旁觀者或許可以站著說話不腰疼，覺得應該怎麼怎麼樣，只有經歷在其中的人才明白，那悲傷的力量席捲而來的時候，人是多麼的渺小，事後不管怎麼堅強，在當時總是要沉淪的。感情越深，沉淪得越久。

如果可以避免，那就真的修成了神仙般的金剛不壞之心吧。

隱隱理清了一些線索，我的心情也明朗了一些，撫摸過師傅留下的四冊書，我想這是師傅留給我的責任吧。

當我到大廳的時候，大家也都已經等在了大廳，每個人眼睛都紅紅的，相信都看了各自師傅留下的東西。

這是我們的約定，在看過信以後，一切商量一下，整理線索，決定以後要怎麼做。

當我進入大廳以後，沁淮拉著慧根兒朝我走來，遞給我兩頁紙，說道：「慧根兒的信，你必須也看過，這其中有慧大爺對你的一些交待。」

如果說師傅就如我的第二個父親，那麼我對慧大爺的感情也不比我對師傅的感情淺多少，慧大爺對我的交代，我是一定要看的。

接過信，我就看到了慧大爺熟悉的筆跡，如他本人一般，字跡是那麼的狂放不羈，透著瀟灑的意味。

在信中，慧大爺沒有多少離情別緒，只是說要陪我師傅走到最後，也要證心中的一個道，說是要通過旁敲側擊去證明，修佛一生，最終絕不是鏡花水月。

關於這些，慧大爺只是淺淺地帶過，最多的是對慧根兒的安排，他說要我帶著慧根兒去找覺遠，以後慧根兒在佛道修心上的老師就是覺遠。

三年後，慧根兒在心境上成熟一些以後，再去找另外一個師傅，這個師傅是他所在師門的師弟——慧明，教慧根兒一些他來不及教導的法門。

我第一次知道了慧大爺的師門，原來在一個偏僻的所在，慧大爺也說過，在那座佛寺裡全是清修之人，不存在什麼人間香火。

最後，慧大爺還交代，慧根兒的一切生活瑣事都要交給我負責，包括成年之前的文化教育，衣食住行，說慧根兒從小就叫我是哥哥，如月是姐姐，不是白叫的。

嗯，如月也不能跑掉，在我負擔慧根兒有困難時，如月必須幫手。

他最後說，慧根兒的確是他見過最慧根兒的傢伙，他懷疑是佛家大能轉世，他要把慧根兒打造成超級大和尚，他信中交代的事情讓我一定要做到，否則他要死了，就不投胎了，變鬼來纏著我。

最後，他威脅道：「我生前是高僧，如果死後化作怨鬼，道行幾何，哼哼哼……」

我放下信，有些無奈地笑了，這慧大爺的信中充滿了某種歡樂的氣息，但事實上全是對慧根兒的放不下，看他交代，就知在早些年他就一直在謀劃慧根兒的以後了，這不是一封看似輕鬆的信能掩埋的情誼，這個慧大爺，你幹嘛對我哼哼哼……？

我隨手把信交給了如月，說道：「妳也看看吧，也提到了妳。」

如月點頭，接過了信安靜看著，大廳中氣氛有些沉默，在如月看信的時候，大家都沒有開口，我摸著慧根兒的圓腦袋，這小子以後就是我的責任了，那我就背負起來吧。

如月看完了信，遞還給了我，說道：「三哥哥，你以後要努力賺錢了，可別最後讓我一個小女子當主力啊。」說完，如月笑了笑，氣氛頓時輕鬆了起來。

這一刻，我感覺很好，這才是我熟悉的如月，喜歡揶揄調侃我的如月，我明白，她也是用另外一種方式讓我振作。

我也跟著笑了笑，然後把信遞給慧根兒，說道：「圓蛋兒，把信好好收著，一輩子都收著，你師傅對你的情誼都寫在裡面呢，知道嗎？」

慧根兒懂事地點了點頭，然後小心翼翼地收好了信。

接著，我們大家由此打開了話題，開始了交流，一開始的內容都圍繞著各自師傅留下的信，但最終的結果都讓大家苦笑。

就如師傅說的那樣，他們是下定決心要斬斷這個輪迴，所以誰在信中都沒有透露一絲半點兒的線索，而且，不只我師傅，包括李師叔在內的幾位師叔，全部留下了自己編撰的書籍，看來在他們心中，真的萬事已了，唯一放不下的就是我們和傳承。

所以，各自留下了傳承，然後瀟灑地走了，也更加證明了他們不會回來。

「怎麼辦啊，都沒有一絲線索，師傅他們做得太絕了，承一哥，我們要怎麼找啊？」對於這個結果，承真最不淡定，撇了撇嘴有些頹廢地說道。

可接下來她眼睛一亮，拉著承清哥說道：「承清哥，你是命卜二脈的傳人，不如你開卦一算吧，只能靠你了。」

承清苦笑了一聲，說道：「且不說失蹤之人都是我親近的人，卜算的結果會受到一定的影響。就說失蹤之人都是功力高深，自身就是修者的人，修者是什麼？是要擺脫天道輪迴，命運定數的人，他們功力越是高深，命格就越如霧裡看花看不清楚，且卜算出的結果如同萬千岔路的迷宮，怎麼解釋都能解釋得通，卻怎麼解釋都不能確定方向。所以，我就是一個算命的，算運的，可你們見過哪個算命的，會給和尚和道士這一類的修者算命嗎？除非……」

「除非什麼？」承真眼睛一亮，彷彿逮住了什麼希望一樣地問道。

「除非我有一天，功力到了師傅那個程度，然後祭獻壽命，傷本源動用祕術，或許能得一指引方向之卦。」承清哥這樣說道。

承真一下子就抓住了承清哥的手臂，說道：「承清哥，那可別了，我們這一脈就剩下我們孤零零的幾個人了，你要活很長呢，按照李師叔的修為功力，原本是還可以活很長很長的……」說到這裡，承真又有些哀傷了。

在別人看來，李師叔接近九十歲的壽命和我師傅八十一歲算是很高壽了，但事實上，我們接觸的長壽之人很多，知道的也不少，還不提有很多隱姓埋名的道家之人，李師叔這個年紀就去世，應該算是在真正道家之人中的早逝了，畢竟他不是忽然遭受劫難去世的，只是壽元到了。

承清哥望著承真，有些感動地說道：「師傅很滿足了，畢竟和普通人比起來他也不算短命之人了，況且，姜師叔一張平安符，保我師傅無病無劫，能安然去世，這是我們這些算命的，最好的結果了，還不滿足嗎？」

兩人間簡單的對話道盡了同門的情誼，我對承清哥說道：「承清哥，我身陷苗寨時，你不惜動用本源為我卜算，再以後，我能力足夠，一定也會親自為你寫一張平安符。」

承心哥也說道：「別忘了還有我，堂堂醫字脈傳人，咱們就四個人了，誰都要健健康康地活著，活到老天爺都哭為止，哈哈……」

「哈哈，就是。另外，承一也不必如此，我能算出你的事，不也因為你個小子功力不高嗎？找到師叔們的事兒，就由你小子帶著了，你還不勤奮一些？」難得嚴肅的承清哥也會調侃我，倒是弄得我臉紅了一下。

老一輩或許離開了，但是作為年輕一輩的我們，卻因為這件事情牢牢地相互依靠在了一起，我們沒有一起成長，可這一刻，同門的情誼卻深深地刻在了我們每一個的心中。

我們這一脈，只剩下我們四個了，在茫茫人海中，是那麼的微不足道。所以，我們不能放開彼此的手。

在說完這些以後，我覺得該是時候把我的想法說一說了，於是我說道：「其實師傅們的信也不是全無線索，加上我小時候見到的一件事，其實我有一點線索的。」

我的話顯然引起了每一個人的興奮，但我卻頓了頓，問到如雪和如月：「妳們呢？想不想找到凌青奶奶，或者，妳們覺得要遵循凌青奶奶的安排，不再追尋這件事情？」

如月說道：「我對奶奶的感情一點兒也不比你對姜爺爺的少，為什麼不找？她能夠固執地陪著姜爺爺去，我也能固執地要找她，這件事不需要誰來說服誰、安排誰！奶奶的吩咐也不行。」

如月有些激動。

如雪淡淡地說道：「如果到了要出發那一天，苗寨有了新的蠱女，已經如我一般能守護寨子了，我去的，」頓了一頓，如雪望著我堅定地說道：「我是一定去的。」

我的目光在此刻和如雪交錯，剎那間我們就讀懂了彼此眼神的意思，輪迴嗎？又是一個輪迴嗎？至於慧根兒他還小，等他大些了，我會詢問他的意見的，我想，至少也要十八歲的時候吧。

這件事，不是說做就能做的，畢竟厲害如師傅他們都花了一生來找線索，我們又要花費多少的時間呢？

最後是沁淮，他說道：「承一啊，我是普通人，也許我去不了，到時候說不定家裡已經上有老，下有小的了。可是我會無條件地給你們任何幫助，相信我。」

人心就那麼定下來了，說實話，我也沒打算瞞著沁淮，酥肉我也不會。我其實排斥師傅的做法，如果有一天，我也踏上了追尋之路，我會給我身邊的人都交代清楚的。

「這樣說吧，信中其實都有一個線索指向我們的師祖，然後在我小時候……」我開始慢慢地訴說自己心裡的想法，待我說完以後，承清哥是第一個有反應的。

他說道：「你說起昆侖……」

承清哥還沒說完，承真又說道：「是了，是了，說起昆侖……」

我驚奇地發現，原來每個人都有一點關於昆侖的回憶，我們開始各自交流意見，最後得到了一個統一的觀點，一說起昆侖，老一輩的人就有些不對勁兒，不然就是說起師祖的年紀或者去向。

承真在一張紙上寫著：「師祖，三百多歲？去向？昆侖？」

這就是老一輩最忌諱，對我們最諱莫如深的事情，我一拍桌子大喊道：「對了，我們是有個現成的線索的，承清哥，你帶來的東西，可是一封信？你還沒給我那個？」

承清哥有些迷茫地拿過他的行李包，掏出一個小盒子來，說道：「你說的可是這個？這是一封信？」

我接過承清哥手裡的東西，有些迷茫地說道：「或許是？」

這由不得我不迷茫，因為在手裡的這個盒子太過精緻了，上面有八卦圖，還有一些我道家特有的花紋，怎麼看也不像一封信啊？

這段時間因為太過悲傷，心中壓抑的事情太多，我都忘記了這件事，承清哥也忘了，這下一拿出來，大家都對這個東西比較好奇又感興趣了，特別是承心哥，他像看傻子一樣地看著我：「承一，你說這是一封信？一個線索？你肯定不是你在潘家園買的假古玩，忘記拿了，然後別人給你拿來了？」

我……

我想說其實我沒錢買什麼古玩，可我沒說，因為忽然想起慧根兒這小子以後就是我的責任了，而且離開師傅，我也要考慮養活自己的問題了，這個時候不能提沒錢啊，咳，不能提。

所以，我沒有理會承心哥的調侃，只是拿著盒子翻來覆去地看著，看了好一會兒，我總算看出了一些名堂，這個盒子怎麼說呢，不像是一般的盒子，是那種從中間打開，邊緣有連接的那種。

倒像是一個盒蓋完全蓋住裡面的小盒子，所以顯得嚴絲合縫，而它是有鎖的，鎖就是接近盒子底下那個圖案，那個圖案我們道家之人都不陌生，是一個九宮格。

這麼一個神奇的東西，我不能肯定是高寧給我留下的信，但是除了高寧，又有誰會給我在北京的住址送東西呢？總之，猜測沒譜，只有打開它再說。

想到這裡，我指著九宮格說道：「這個是鎖，我們先把它打開吧。」

不要以為道家之人是一群神棍，其實道家之人是很精通數學的，特別是命卜二脈之人，因為推算的過程中是涉及到嚴格的數學理論的，另外道家的布陣什麼的也暗含了數學之理，或者應該叫「數獨」。

九宮格從某種角度上來說，也是一種陣法，或是陣法基礎，是我國古代就有的一種結構方案，也有儒家之人把它引入書法之中發揚光大。

但師傅曾說，一個小小的九宮格包含了天地至理，隱隱對應了一部分天道，當真是妙不可言，在小時候，也曾悉心地教導我玩過這九宮格的遊戲。

師傅說，這是陣法的入門，不單單只是遊戲，讓我認真去體會。

別人以為的道家陣法就是亂畫一通，或許也是外行人看熱鬧，內行人看門道，有誰知道道家陣法其實是一件嚴肅的事情，中間的科學道理或許現代科學解讀不出來，但絕對不能否定它的存在。就如你不能否定九宮格中包含的各種合理性，往往會沉淪其中，喊一聲妙不可言。

如果這個鎖是其他古代的機關鎖，或許我們還要頭疼一陣，畢竟古人的智慧不可揣測，他們的機關鎖就連現代的開鎖大師都不敢輕言破解，何況我們？

但九宮格嗎？我拿起盒子開始研究起來，承清哥更是當仁不讓地說道：「我來！」

我們必須老老實實地解鎖，不敢妄動，因為加上了這種鎖，也就是暗示你，如果用強的話，裡面會有小機關毀掉盒子裡的事物。

畢竟是我們熟悉的九宮格，在我和承清哥的努力下，我們花費了將近一個小時，終於解開這個鎖。

隨著「啪嗒」一聲脆響，盒子被打開了，我小心翼翼地揭開了盒蓋，發現這個蓋子很厚，裡面的盒子空間也就小小的一部分，當我看見這一部分的時候，長吁了一口氣，因為裡面放著的正是厚厚的幾頁紙。

在那邊承心哥好奇地拿起盒子蓋和盒子底開始看了又看，沒看出什麼名堂，又左拍拍，右拍拍，結果盒子蓋和盒子底竟然開始燃燒起來。

嚇得承心哥趕緊扔了，也嚇得我一頭冷汗，要是我們選擇用暴力打開盒子，這盒子裡的信不就給燒沒了？

承清拿水澆滅了火，盒子已經燒得不成樣子，他仔細看了一眼，說道：「這裡有石蠟的殘留，還有石蠟裡封有白磷，真是好費心機的機關，我開始好奇你手裡的信了，這樣小心地嚴防死守，看來是為了確保信到你的手裡，而且算準了我們會解九宮格。」

我拿起這封厚厚的信，只看了幾眼，就對承心哥說道：「承心哥，你完了，這盒子是師祖留下的東西，當年因為一定的原因到了高寧奶奶手中。裡面的白磷是高寧根據盒子裡的機關放進去的，以前裝的是用特殊方法保存的腐蝕性很強的一種液體。」

承心哥一臉黑線地抬起頭來說道：「你懵我！你就隨便吹吧。」

我揚了揚手中的信，說道：「信裡已經寫清楚了，我才懶得懵你。」

我的話無疑引起了所有人的興趣，畢竟那位神祕的、神奇的師祖快成我們的心病了，這信裡一開篇就講到了師祖，當然引起了所有人的興趣，大家都圍繞了過來。

我不熟悉高寧的筆跡，但從信的內容，我一看就知道是高寧給我的留信了。

陳承一：

你看到這封信的時候，恐怕也就是我失敗身死的時候，不要介意那個盒子，就是一個小玩意兒，說起來還是你師祖的東西，當年他用這個盒子裝了一顆逆天的蟲卵，給了我的奶奶，別人打不開，因為一打開，盒子裡帶腐蝕性的毒藥就會毀了蟲卵，只有我那知道開盒方法的奶奶才能得到那顆蟲卵，我研究過這個盒子，所以在盒子的機關裡弄上了一點兒白磷，我必須這麼做，因為這封信是一個驚世駭俗的祕密，看到的人最好就是你吧。

我想既然是你師祖留下來的小玩意兒，你一定是有辦法弄開的，對嗎？如果你讀到了這段文字，說明我的判斷是沒有錯的。

我高寧自負，也自認聰明一世，雖然我已經估計到我最終的結局和我計畫的可能會相去甚遠，但你能看到信，我一定不會估計錯誤。

這封信是我要出發之前寫的，為了一些原因，就如它過早地到你手裡，我又恰好擺脫了這一切，所以我設了一個簡單的局，總之在我出發以後的半個月，它就會開始輾轉在很多人的手中，大概會輾轉一個月多吧，然後才到你手裡。

我算過，在這段時間裡，我不是成功就是身死了，信到你手裡，也就無所謂了。否則，我會收回這封信的。

唔，蟲子的預感讓我覺得定下一切的時間就在今年的一月，一月以後，我還能不能見到第二天的太陽呢？鬼知道！

信讀到這裡，大家都有一些吃驚，吃驚於高寧的智慧，對於一封信的設計都那麼滴水不漏，還給自己留了退路，考慮到了各個方面。怎麼能讓人不吃驚。

只有我最平靜，因為我比大家都熟悉高寧，他那運籌帷幄的本事，我是早見過了，他或許是一個天才吧，但也許就是因為他是一個天才，才不會甘心於平凡的命運，才會有了瘋子一般的追求吧。

信很長，講了一個讓我們震驚的故事，另外也沒讓我們失望，信中果然說起了昆侖，說起了我的師祖，感謝他成功地讓我們把所有的線索都串連了起來。

＊　＊　＊

一九〇八年的早春，全國除了極少數的南方地區，都還處於一片寒冷之中，就如在那時積弱的祖國一般，四處都是寒風刺骨。早春雖然寒冷，可總是離春天近了。那個時候的祖國，春的消息又在哪裡？

世事紛亂，民眾的生活水深火熱，在亂世中誰的命運不是浮萍？

可這一切都與黑岩苗寨無關，這是一個生苗的寨子，遠離塵世，甚至遠離人群，他們在自我的世界裡過著生活，只有寨子裡的大巫偶爾會算計一下，亂吧，亂吧，總之無論是誰掌江山，總是要把我黑岩苗寨需要的給留下來。

就是這麼一個早春，就是這麼一個早春中普通的一天上午，出生了一個女嬰，她就是高寧的奶奶——補花。

第三十五章　補花與老李的故事

補花的出生是如此的波瀾不驚，就算在她那個小小的家庭也沒引起多大的震動，因為在補花的上面還有一個哥哥和一個姐姐，再多一個孩子實在不是什麼值得特別關注的大事兒。

甚至補花在家裡是有點兒被嫌棄的，因為從她的額頭正中一直到眉心，有一塊大大的胎記，呈詭異的淡黑色，總讓人看起來不是那麼舒服。

但不管好看還是醜，補花總歸是自己的女兒，父母終究還是沒有拋棄她，或把她過繼給寨子裡無子的老人，還是這樣把她養大了。雖說，帶著那麼一點兒嫌棄。

歲月流逝，一轉眼補花就五歲了，而在她五歲這年發生了兩件大事，這兩件事改變了補花的命運，也讓補花從一個平凡不過的小姑娘變成整個寨子的「明珠」。

第一件，是這一年，補花的哥哥姐姐都莫名其妙地去世了，一個是因為大病，一個是因為意外。寨子裡的人都傳說是因為補花的命太硬，剋死了哥姐。

這樣的流言，就像是一把匕首，在原本心中就充滿傷痛的補花父母心裡又插了一刀，越發有些嫌棄補花，在那個時候，如果不是因為補花是家裡唯一的女兒，父親差點就把她趕出家門。

補花的遭遇並沒有讓寨子裡亂嚼舌根兒的人消停，本來與世隔絕的日子就無聊，東家長西家短倒成了他們的最好消遣，他們本就沒有人言如刀的覺悟，巴不得多看一些熱鬧，讓自己的日子精彩點兒才好，哪裡明白沉默和善言的可貴。

流言越傳越烈，到最後演變成補花的母親不能再生孩子了，生幾個被剋死幾個。

這些流言無疑給補花的家庭帶來了巨大的風暴，給小補花原本就不怎麼溫暖的日子，多添了很多的陰霾。

卻也因為這些流言，讓補花的命運發生了巨大的轉折。是的，補花的父母再也坐不住，去請來了寨子裡的大巫，想讓大巫看一看補花是否妖孽附身。

大巫在補花父母的懇求下，依言而來了，畢竟補花一家是黑岩苗寨的人，是黑苗人，是他們高貴的族人。再加上補花家的流言在這人數不算多的寨子裡傳得那麼開，大巫也想看看是否真如人們所說，這個小姑娘是順應詛咒而生的妖孽。

小小的補花被牽到了院子中間，可大巫驚奇地發現自己竟然看不透這個小丫頭，莫非她真的是妖孽？大巫不敢肯定，但結合發生的事情來看，大巫還是宣布了補花就是妖孽的宣言。

他不會承認自己看不透一個小丫頭，那就如同這個小丫頭挑釁了自己的尊嚴。

既然大巫都已經宣布她是妖孽，那就算她是黑苗人，也挽救不了自己了，她被宣判了死罪，會被拿去祭獻聖蟲。

在黑岩苗寨，沒有任何殘酷的死刑，哪怕是真的罪該萬死的罪人也不會面對死刑，生命可是不允許浪費的，他們的命運只有一個，那就是被祭獻給聖蟲。

補花是黑岩苗寨的人，還是幼童，那多少有一些不同，她不用祭獻給成熟的聖蟲，她會被祭獻給一隻新進化的，還比較幼小的聖蟲。

但是必須當著全寨人的面，那是傳統，為的是讓寨子裡的人看見這一幕，完全屈服於大巫的統治，不敢生出二心。

那一天，又是一個早春，天空中徐徐地下著雨夾雪，分外的寒冷。

補花的父母把一無所知的補花牽到了廣場，小補花還帶著微笑，因為父母是不怎麼愛帶她出門的，因為她長得醜，今天可真是好，父母都同時牽著自己，所以她帶著微笑。

或許是這陰霾的天氣讓人傷感，或許是補花的微笑讓父母觸動，或許不管再怎麼嫌棄，都是自己的親生骨肉，補花的母親放開補花手的那一刻，終究還是流淚了。

父親也是一聲歎息，可也只是歎息而已，他輕輕地拍了拍小補花的背，說道：「去吧，去大巫那裡。」

補花不明就裡，有些怯怯地睜著天真的大眼，慢慢一步一步地挪向了大巫。

當她走到大巫面前時，大巫一把逮住了她的手，下一刻，一隻怪異的紫色蟲子就從大巫的手上，沿著補花的手臂，爬上了補花的肩頭。

按照以往的經驗，這種經過了幾次進化的聖蟲，就算還是幼蟲，也有了特別的能力，牠會在爬到人的後腦以後，伸出一根吸管，然後憑藉那根神奇的吸管，吸淨一個人的生機。

而不是像真正的蟲卵和幼蟲，需要在人的身上溫養很多年，才能慢慢吸取完一個人的生機。

很多人帶著狂熱的眼神看著這一切，聖蟲是如此的不可思議，被牠吸取過的人都會神奇地變為一堆焦炭，然後化作飛灰，這一幕很多人百看不厭，覺得是神蹟。

但也有很多人於心不忍默默低頭，補花只是一個小姑娘，何罪之有？很多人心知肚明，她是毀在了流言之下，有人甚至有些後悔，明明只是口舌之快，怎麼會把一個孩子置於這個地步？早知道，少說兩句又何妨？

可是，沒人敢挑釁大巫，更別提挑釁聖蟲了，只能眼睜睜地看著那隻蟲子在補花的肩頭轉悠，眼看就要爬到補花的後腦。

奇蹟也就在那個時候發生了，補花忽然就呵呵地笑了，伸出雙手，開始說話：「小蟲蟲，你到這裡來吧，讓我捧著你。」

這是多麼天真的舉動，有些人不忍地閉上了眼睛，雖說這紫色發光的蟲子是寨子裡的聖蟲，可哪個成年人不知道，這蟲子最是無情，殺人的時刻無比的殘酷冷血！

有些修行巫術，天生靈覺比普通人強大的人還能感覺到這蟲子對人類的不屑，這蟲子怎麼可能依照補花天真的語言，爬到補花的手裡去？

但事實讓所有人都震驚了，這隻蟲子真的就乖乖地爬到了補花的手裡去，在補花的手心裡，用觸鬚觸碰著補花的指頭，彷彿是在示好。

補花笑得更加燦爛了，她竟然伸出一隻手去，輕輕地撫摸聖蟲的後背，喃喃地說道：「你很想家嗎？」

「你真好，還有那麼多兄弟姐妹，我哥哥姐姐都死掉了，但是他們還在的時候，也不和我玩。」

有人想拿回補花手裡的聖蟲，畢竟每一隻能進化到這種程度的蟲子都是黑岩苗寨的寶貝，幾百年來，黑岩苗寨根本就沒有幾隻經過了如此轉化的聖蟲。

大多數聖蟲是在普通人身上培育成幼蟲以後，再用特殊的方法吸取其中的生機之後，就死掉了。只有少數能不死掉的，才能進化為真正的聖蟲，聖蟲怎麼能任由一個孩子把玩？

可是大巫卻阻止了這個人，他帶著鄭重的表情走到了補花身後，然後換上了一副和顏悅色的表情，問道：「補花，妳是在和聖蟲說話？」

補花捧著聖蟲，帶著天真的微笑，點點頭，又開始自言自語，而那蟲子觸鬚不停地碰著補花，真的像是一人一蟲在說話一般。

大巫的臉上露出了震驚的表情，寨子裡蠱苗不少，對蠱子癡迷了解的不少，但是沒一個蠱苗能控制聖蠱，他們這些大巫也是通過一些特殊的辦法，才能做到勉強控制聖蠱為自己所利用，這個小姑娘真是太神奇了。

他思考了片刻，然後忽然對眾人說道：「補花身上的謎團差點蒙蔽了我的雙眼，畢竟蠱神的靈魂容易和狡猾的妖孽混淆，我需要一些時間去證明一些事情，大家等待吧。」

補花被大巫帶到了地下，帶到了蠱室，也讓這些大巫們見證了真正的奇蹟，她和每一隻聖蠱都能交流。偏偏普通的蟲子乃至蠱蟲，她卻沒有任何感覺。可以說，這個小姑娘是專為聖蠱而生的！

接下來，補花的命運就因為這兩件看似毫無關聯，卻因為人言而串連起來的事件發生了急劇改變，她不再是那個不起眼的醜丫頭，她不再是那個在家裡都受到嫌棄的不起眼的存在，她更不再是什麼詛咒纏身的妖孽，她成了蠱神附身的聖女，她是整個寨子最接近聖蠱的人，是整個寨子除了那些不怎麼見人的老祖宗之外，地位最高的人。

補花，是黑岩苗寨的聖女！比白苗寨子裡的蠱女高貴一百倍。

時光流逝，一轉眼二十年過去了。

一九九三年，中國大地仍在水深火熱之中，但黑岩苗寨卻一如既往的平靜。

沒有了當權者為他們提供人口，可戰亂卻給他們帶來了最大的便利，圍繞著他們寨子的那些「牲口」村，村子裡的飼料比前幾百年都要豐富。

補花在這一年二十五歲了，額頭上的胎記隨著歲月的流逝漸漸變淡了，化為一個類似黑痣的存在，小時候的缺點到了大時倒變成了別有一番風韻的存在，補花算不上傾國傾城的美，但自也有一番苗女火辣辣的風情在其中。

可是她依然未嫁，這在寨子裡是不可思議的，卻也在情理之中，是誰都知道，補花是寨子裡最冷漠、最無情的人。只是她身為聖女，誰敢對她議論半分？人命，在補花的眼裡，屁都不是！因為此時，她已經長大了，小時候的遭遇她哪能想不明白是怎麼回事兒？

在寨子裡補花是最不在意人命的一個人，對「牲口」村的人如是，對寨子裡的人也沒多半分仁慈。她一個人獨居，多數的時候，她更願意和聖蟲待在一起，特別是小時候她認為救過她一命的聖蟲，那隻蟲子受到了她精心的照料，在不惜人命的代價下，成長進化得分外順利，在補花二十五歲的時候，已經是一隻接近成熟母蟲的存在。

如果沒有意外，補花也是有資格享受聖蟲「反哺」的一個人，她也會成為寨子裡和老祖宗一樣崇高的存在。

寨子裡的人都怕補花，在他們心裡，與其說補花是一個人，不如說她是一隻人型的聖蟲，她對人沒有感情，所有的感情全部傾注在了蟲子的身上，只是寨子裡的人對於這個想法是萬萬不敢議論，只能在心裡想想的，誰都知道，補花最忌諱的就是人們議論她。

其實寨子裡也有少數人理解補花，小小年紀，因為流言就被父母親手牽著去送死，她的內心能有多溫暖？她對人能有多少感情？如此冷漠是意料之中，她沒對她那年邁的父母下狠手就已經算很仁慈了。

寨子裡的日子相對平靜，補花以為自己的生活也就一直這樣過下去了，按照預定中的軌跡，一直陪著「紫紫」，和牠同生共死，如果順利的話就和「紫紫」一起回家，回「紫紫」的故鄉。

「紫紫」是誰？就是補花五歲那年接觸的那隻聖蟲，也是補花感情最深的一隻蟲子，所以補花給牠取了個名字叫紫紫，至於牠的故鄉在哪裡，紫紫自己也說不清楚，在牠和補花神奇的交流中，牠只是「告訴」補花，自己從甦醒開始，就知道自己不屬於這裡，牠心裡有一種召喚一直都在，那就是故鄉在召喚自己，或者說自己能一直感應著故鄉的存在。

紫紫還通過特殊的交流方式告訴補花，牠的故鄉是一個神聖的存在，而這一片土地是如此的低等，這裡的生物也是如此的低能粗鄙，牠不喜歡也不屑這裡的一切，除了補花。

面對紫紫的這番言論，補花沒有多大的感覺，因為她對這個世界上的一切都是如此冷漠，她只在意紫紫，紫紫能如此在乎她，她很感動。

能和紫紫相伴，在哪裡都無所謂，哪怕是紫紫那個她完全陌生、雲裡霧裡的故鄉。

這就是補花給自己預定的人生軌跡，她覺得她會一直這樣走下去。

可是，世事是無常的，而人也不會永遠不變，只要他還有一顆人心能感受周圍，他總會被觸動，補花的改變就出現在她二十五歲這一年，或者說，在這一年，她心中那堅硬的冰層忽然裂開了一絲縫隙。

那是平常的一天，而對於補花來說，也是平常的一件事。

在那一天，寨子裡的老妖怪忽然甦醒了一個，然後告訴補花，通過他和他所屬那隻聖蟲的特殊感應，他感覺到「牲口」村裡，有蟲子已經成功地孵化成了幼蟲，並且已經進化到了幼蟲的最後一步，讓補花去把那蟲子取回來。

在「牲口」村，除了一些年紀未到的小孩子，每個人身上都有一顆蟲卵或者幼蟲，在這些蟲卵裡面，能孵化為幼蟲的蟲卵有十分之一，而成為幼蟲以後，還要經過三次進化，能完全經歷完三次進化的幼蟲又有十分之一，剩下的全部都是培育失敗。

那最後剩下的幼蟲會交給寨子裡指定的人延壽，一隻蟲子如果延壽成功的話，可以給那個人非常穩妥地增加二十年的壽命，在這一過程中，會出現三個情況：延壽不成功，蟲人皆亡。延壽成功，人得壽命蟲子死掉。最後一種情況，就是最理想的情況，人得壽命，蟲子也撐了過來，那樣的蟲子就有資格成為母蟲，享受專門的人給牠當飼料，這也就是蟲人的由來。

而如果牠還能闖過幾次進化關，就可以成為母蟲了，母蟲就能穩定地給人提供壽命。理論上，母蟲不死，人就不會死，但事實上，這中間還需要一個關鍵的東西，沒有那關鍵的東西，母蟲只能保證人可以活到兩百五十歲到三百歲之間。由此可見，黑岩苗寨的「長生」也有很大的局限性，能進化到最後一步的幼蟲是多麼的珍貴。

由於補花和蟲子有一種特殊的感應，他們之間能交流，所以在寨子裡取幼蟲的工作一般都是交給補花負責的。

進化到最後一步的幼蟲雖然珍貴，但補花每一年總會遇見一兩次的，所以這一次補花也覺得沒有什麼特別。

來到了其中一個牲口村，幼蟲就寄生在一個婦人的身上，由於幼蟲的存在，這個婦人不過三十歲的年紀就已經蒼老得像七、八十歲，補花的情緒沒有任何一絲波動，她知道，幼蟲取出來的時候，也就是這婦人身死的時候。

由於和蟲子能有特殊的感應和交流，補花取幼蟲可不像寨子裡其他人，要預先用巫術做很多手腳，要提前做很多防備，她唯一需要的就是交流，然後就能順利地讓蟲子破體而出，飛到她的手上，然後才交回去，由那些老妖怪做一些處理，控制住蟲子就行了。

婦人身體裡寄生的紫色蟲子被成功地取了出來，就一如以前很多次，補花只有看到蟲子的時候，臉上才會有一絲表情變化，她輕柔地摸了摸蟲子，眼中流露出一絲溫柔，對那個倒地而亡的婦人卻沒有任何的感覺。

取到了蟲子，按說補花就應該離開牲口村了，可是走到村子口的時候，她卻被一陣喝罵嘈雜的聲音給吸引了注意力，但所謂的吸引注意力也只是稍微轉了一下目光，補花就要離開。

可也就在這時，「牲口」村的那些人卻出人意料的都朝著那個地方圍了過去，寨子裡的苗人當然是認得補花的，於是有人喊道：「聖女，這些牲口要造反了，請妳幫忙。」

補花只是稍稍猶豫了一下，終究還是朝著人群走去了，她不在乎這些人在爭吵什麼，也不在乎他們圍過去是為了什麼，甚至連所謂的造反補花也不在乎，她只是想到了一點，這些人是培育蟲子的，如果沒有了他們，蟲子會沒有了「口糧」，這一點就是她回去幫忙的全部原因。

補花是相當有地位的，這個地位不只是在寨子，牲口村的人也知道這個女人是寨子裡最大的人物，這些人並不知道老妖怪的存在。

補花走進人群時，沒人敢說話，這個村子裡的人都被下了蠱，他們的命脈掌握在這些苗人手裡，剛才那樣的大聲喧嘩，已經是他們的全部勇氣，只因為他們身體裡有重要的蟲子，這些苗人或許不敢用那可惡的蠱處死他們，可是這個冷漠的聖女卻是毫無心理壓力的。

人們自動讓開了一條路，補花走到了人群中間，在人群的中間斷斷續續地有哭泣聲傳來，可補花看也沒看一眼，她只是朝著人群說了一句話：「各自散開，否則就死。」

人們望著補花，欲言又止，但卻在這時，一雙手抓住了補花的腿，一個哀婉的女子聲音傳到了補花的耳朵裡：「求求妳，我求求妳，我可以為我兒子承擔那個蟲子的，不要在他身上這樣。」

補花沒有表態，這時有寨子裡的苗人驚恐地拉開了那個人抓住補花雙腿的女人，並且驚慌地說道：「這些人是才被弄進村子的，不懂規矩，聖女大人見諒。」

他們知道補花的性格，一有不愉快，是毫不留情的，也許不會殺人，可是遷怒和懲罰卻是不少的。

可罕有的，補花打量了一番那個女子，又看了看她口中那個兒子，然後忽然開口問道：「妳不怕我？」

面對補花的問題，那個女子竟然真的沒有絲毫畏懼，她哭著說道：「為了我兒子我什麼都不怕，我只希望他能正常地活下去。」

「妳要承受兩顆蟲卵，妳會活不過五年的。」補花認真地對那個女子說道。

那女子的眼中流露出一絲畏懼，不再說話了，只是轉身不停地撫摸著自己兒子的頭髮。

這一瞬間，補花眼神一冷，一抹冷笑浮現在她臉上，誰也不知道她在想什麼，只有一個跟隨補花而來，平日裡負責照顧補花生活的苗女，嚇得微微顫抖了一下。

她太熟悉補花這個表情了，一副果然如此，如我所想的樣子，而她露出這個表情，這對母子斷然就不可能有活路了。

那個苗女其實有些同情這對母子，雖然他們是漢人，可是與她又有什麼關係呢？她也只是一個普通的苗女，不奢望長生，也不奢望權力，只求一生安穩幸福罷了。

氣氛凝固在了這一刻，誰也不知道沉默的補花會做什麼決定，可這時，那個女子再度開口說話了，她說道：「我算了一下，五年，我兒子也十三歲了，我想十三歲他能獨立做一點兒事情了，沒有了我也是可以的。」

這一下，補花的臉上終於有了一絲不一樣的變化，她忽然轉身就走，然後說道：「就按照她說的辦，把以後要放在他兒子身上的蟲卵都放在她身上。」

連補花自己也不知道，從這一刻開始，她心上堅硬的冰層出現了一絲裂縫。

從此以後，補花有了些許的變化，她會控制不住自己，常常去那個牲口村查看那兩母子的生活，有時是直接去問負責那片村子的苗人，有時是自己站得遠遠地看著。

在牲口村的日子很苦，每個人的口糧有限，無所事事且沒有自由，物質上的貧乏和精神上的空虛，就如同兩把巨槌，可以活生生地搥垮一個堅強的漢子。

但是這兩母子不一樣，那母親的臉上沒有什麼絕望的神色，常常是安寧的，補花不只一次看見，每當這個母親的目光落在自己兒子身上時，都會有一種異樣的滿足。

補花不明白為什麼自己喜歡遠遠地去觀察他們，彷彿他們生活中的一切都是自己喜愛窺探的祕密。日子就在這樣細微的變化下又過去了一年，很快又到了早春的時節。

這一天是補花的生日，一個她毫不在意甚至有些排斥的日子，雖然她說不上是為什麼排斥，在這一天的一大早，她以為她會像以前每一年那樣度過，那就是什麼也不做，和平常一樣陪著紫紫。

可是，到了黃昏的時分，她總是想起那對母子，想起他們吃飯時，母親會努力地讓兒子多吃點兒，自己一副吃飽了的樣子，其實他們的口糧有多「可憐」，補花心裡一清二楚。

她也總是會想起在一個晚上看見的場景，那個母親安靜地在微弱的燈光下，為自己的兒子縫補一件原本就破破爛爛的衣衫，她那個時候就站在院子的圍欄外，忽然就流淚了，雖然她不知道為什麼哭。

想起這些，她總覺得自己心裡有些煩躁，終於她走出了蟲洞，在夜裡十點，整個寨子都很安靜的時候，走到了寨子裡。

補花原以為自己會回自己的屋子，也以為自己頂多就是心裡煩悶，想走走而已，可是她竟然不知不覺走到了自己以前的家。

她的父母當然還在，但由於她的態度，自然寨子裡的人也不敢過多地親近他們，他們在寨子裡活得就像邊緣人，也不知道出於什麼原因，沒有再要孩子。

出人意料的，她家裡燈光還亮著，她聽見了撕心裂肺的咳嗽聲，是那個她應該叫父親的人，然後她也聽見了那個她該叫母親的女人說話：「怎麼又咳嗽得厲害了？你老了，打不動獵了，我們還要上繳給寨子口糧，去養那些村子裡的人，給你找巫醫大人拿藥就靠那幾個雞蛋了，你硬要留下……」

那邊，男人的咳嗽好像平息了一些，他喘息著說道：「平日裡也就罷了，但今天是補花的生日，我總想著煮幾個雞蛋給她，她小時候就盼望著生日的時候，一天可以吃兩個雞蛋，哎……」

男人深深地歎息了一聲，那女人說道：「每年我們都讓人幫忙送去，可是每年總是動也不動地就退回來，她是不會原諒我們了，說不定以為我們是巴結她，這樣堅持也彌補不了什麼啦……」

聽到這裡，補花忽然覺得自己聽不下去了，整顆心就像被手帕包著，然後又有一雙手在使勁地擰著那手帕，疼得慌，她是不敢聽下去了。

那時的她沒有思考過很深沉的問題，就是本能地逃避，因為任何人的世界觀被顛覆時，首先面對的就是自我否定的痛苦，想努力證明自己是對的，不然就是逃避。

補花陷入了迷茫，陪紫紫時，也開始有很多時間發呆，紫紫彷彿對於一切的感情都不屑一顧，有一次補花嘗試著對牠訴說內心迷茫的時候，換來的只是紫紫的一個思想表達：「螻蟻的感情都是可笑的，他們的生命連目的都沒有，眼光也很狹窄，他們有什麼值得討論的？」

換成以前，補花一定會深以為然，可是這一次，她卻久久不願意回應，是真的沒有目的，且可笑的嗎？那那個母親是為了什麼，會有那樣滿足的目光？

迷茫的時間是痛苦的，補花再次變了，她以前只是冷漠，沒有感情，到了現在，卻是變得孤僻，愛一個人發呆起來。

沒人敢去詢問什麼，敢去詢問的人，就比如那些老祖宗，卻對這個漠不關心，在有了長生的追求後，除了關於聖蟲的一切，沒有任何事情是值得關心的。

補花想不出答案，也不甘心，不敢就自我否定自己的世界觀，她想著，再一次，再一次去看看那兩母子，或許她能知道一些什麼。或者，這只是藉口，她只是單純地想再去看看那兩母子。

於是，補花走出了寨子，再一次下山了，依然沒有人敢詢問或者阻止她的行蹤，她再次到了那個小村，徑直走到了那兩母子居住的地方。

和往常一樣，她喜歡站在離那兩母子院子不遠的一棵樹下，透過那稀稀疏疏的柵欄，遠遠的看著他們，但這一次，她發現了不一樣的地方，因為她沒有看見那兩母子，卻看見一個男人站在院子裡。

那個男人看上去很普通，普通的身材，普通的樣子，甚至有一些像一個中老年的農民，他穿一件漿洗得發白的衣裳，就那麼隨意地站在那裡，卻有一種說不出的灑脫，讓人感覺他站也站得那麼自然，讓人眼光移不開。

過了好半晌，補花才回過神來，怎麼是一個男人站在那裡？那兩母子呢？補花覺得自己很憤怒，很慌亂，就像一個失去了很重要的東西的人一樣，在失去以後，才發現，那個東西已經種進了她的心裡，一旦失去，彷彿整個心靈都空出了一大塊。

她不自覺朝前走了兩步，想詢問那個男人，那兩母子呢？又覺得應該把管理這個村的苗人拉出來問問，那兩母子到哪裡去了，可就在這時，那個小孩從屋裡跑了出來，然後微笑著對那個男人說了一句什麼，接著那個女人也出現了，只是微笑地看著這一幕。

補花疑惑了，卻不想那個男人的目光陡然轉向了自己，忽然用很大的聲音喊道：「妳站在那裡半天了，其實妳可以進來坐坐的。」

在這個村子裡，誰都知道補花的身分，沒人敢這麼隨意地對補花說話，加上這個村子的人畏懼苗人，他們哪裡又敢邀請苗人到自己的屋子裡來？

補花心裡湧出一種不知道是什麼感覺的奇特滋味，一時間有些猶豫，她倒是沒有思考什麼身分的問題，只是一直以來，她都是一個遠遠「偷窺」的人，忽然要近距離地走進別人真實的生活，她又有些不敢了。

就在她愣神的時候，那個男人已經走到了她的面前，補花有些吃驚地看著那個男人，他是怎麼過來的，怎麼那麼快？

下一刻，那個男人就張口說話了：「我聽小鵬說，常常看見妳站在這裡，我想妳是在看他們吧？那妳何不接近一點兒去了解，妳在害怕什麼呢？」

這個男人的臉上有一種說不出的滄桑，那是歲月的沉澱，可是眼眸卻清亮乾淨得如同一個孩子，讓人覺得很不一般。

補花下意識地問道：「你是誰？」

「我？」那男人微微一笑，說道：「我是老李，前幾天才支開幾個徒弟，到你們這裡來看看的老李。」

這個男人的自我介紹很奇怪，讓補花滿腹的疑問，牲口村是什麼地方？進來就出不去的地方，竟然還有人來這裡看看？他說他有徒弟，莫非是個民間的武師？

補花在寨子裡地位頗高，從小就受到了很好的教育，而且也去過好幾次外面的世界，也算是有見識的人了，很快她在心底就開始暗暗猜測老李的身分。

老李卻不以為意，對著補花說道：「妳真不進去？」說完，轉身就走。

面對這樣一個怪人，好奇心從來就不大的補花，第一次產生了巨大的好奇，加上那屋中母子的生活，原本就是她嚮往而不敢接近的所在，這一次彷彿這個怪人給了她一個「明目張膽」的藉口，不自覺的，補花的腳步就跟隨著那個怪人，慢慢地走進了那對母子的家裡。

那一天，是補花生命中從沒有過的溫暖體驗，她發現最簡單的飯菜，最貧乏的生活，原來可以那麼的幸福而充實，她有些驚惶地發現，這種人與人之間的微妙感覺，不是她和蟲子，包括紫紫相處能帶來的，難道自己錯了？

當一彎明月淺淺掛在天空的時候，補花覺得自己應該告辭了，她覺得自己的內心好像有了一點兒答案，也有了一點兒嫉妒，為什麼如此好的親情，自己不能擁有？

這種嫉妒的情緒是補花以前從來沒有過的，因為在以前，她並不在乎自己是否擁有。

經過了一天的相處，那對母子對補花已經沒有了最初的畏懼，那個小孩子甚至捨不得補花，纏著要她多留一會兒，這對於平常人來說，再普通不過的事情，卻讓補花心裡湧動出一股暖流。

被人真誠地叫著多留一會兒，那是一種被需要的感覺，在踏出房門的時候，補花臉上有了一絲淡淡的微笑。

那個叫老李的人跟隨著補花走出了屋子，在這一天裡他幾乎沒說多少話，補花也只是從那對母子口中得知了一點兒他的來歷，說是忽然就出現在村子裡，原來就一直睡在這兩母子的屋外，這善良的母親到底不忍，就讓這人住了進來。

在這村子裡，沒人說什麼閒言碎語，因為沒人在意。生活的絕望，讓大多數人都是瘋狂而隨意的，只要不觸犯苗人定下的規矩，隨便這些人做什麼都可以。

所以，這也是那位母親有勇氣收留老李的原因。

不過，這個老李也很規矩，沒有半點逾越的舉動，甚至也不消耗他們的口糧，反倒是常常帶回一些獵物什麼的與這對母子分享，在空閒的時刻還會教這家的孩子識字。這對母子很是喜歡這個老李。

月光下，老李就走在補花的身後，補花不說話，他也不說話，在安靜的夜裡，就只聽見「窸窸窣窣」的腳步聲，氣氛有些怪異。

補花終究是耐不過老李的，她停下了腳步，望著老李問道：「你不是普通人吧？或者你是一個處心積慮要來報仇的武師？」

補花雖然冷漠孤僻，但不代表她笨，對於老李她有諸多的猜測，其中她認為最合理的猜測就是，這個人有什麼親人死在了牲口村，然後這人通過千辛萬苦的調查，找來了這個幾乎與世隔絕的地方，悄悄觀察了一陣子，決定通過那對母子來接近自己，接著展開自己的報仇計畫。

在補花眼裡，普通人的力量，就算是武師的力量也是可笑的，在絕對實力的對比下，她乾脆選擇了一種直接的方式來戳破老李。

這個人要做什麼與她無關，她也不想摻和，她甚至不會動手去解決這個人，因為這個人要挑戰寨子，終究會付出代價，因為在寨子的歷史裡不是沒有這樣的故事。

面對補花的直接，老李笑了，他說道：「我不是武師，我是一個道士，我來這個寨子不是為了報仇，是我終於查到了一件事情：那些蟲子在你們寨子，所以我就來看看，看看牠們進化到了什麼程度，看以後我的徒弟能不能消滅牠們。」

這一次換成是補花愣住了，她當然明白老李口中所說的蟲子指的是什麼，因為在這寨子裡只有一種特殊的蟲子，那就是聖蟲，這個人開口說自己是道士，追查蟲子，他說的總不可能是蚊子蒼蠅什麼的蟲子。

這個時候的補花心境雖然有了一絲變化，但與她感情最深的無疑還是蟲子，老李的話簡直是在挑釁她的底線，她笑了，只不過是不屑的冷笑，她開口說道：「為什麼是你的徒弟，而不是你親自動手？是要匡扶正義，就不該假手他人啊。」

於此同時，補花已經下定了決心，他回答以後，無論他回答的是什麼，自己都會殺了他。

補花在寨子裡的地位雖然有很大程度上是因為她能和聖蟲溝通，但事實上，她也是一個巫術的天才，對蠱術也有涉獵，殺一個不知所謂的道士，是再簡單不過的事情了。

面對補花的問題，老李摸了摸鼻子，有些無奈地說道：「我很想親自動手的，遺落在這世間的一切，我都想親自動手去清除，無奈天意不可揣測，我和某些東西都來自同一個地方，出於某種原因，我不能親自去動手收了牠們，牠們也不能對我有任何作用，或者是傷害我，妳說怎麼辦？所以就只能叫我徒弟動手了，不屬於這個世間的東西，就該消失，不論是何種消失，總之是不能存在的。」

聽聞老李的話，補花的臉上終於有了一絲震驚，因為他說不屬於世間，他說來自同一個地方，這些話蘊含了太多的內情，而她偏偏是整個寨子裡唯一知道這些內情的人，就比如紫紫說的故鄉只有她一個知道。

下意識的，補花就問道：「你們來自什麼地方？」

老李很直接對補花說道：「昆侖！」

「昆侖？」補花不由得倒退了幾步，巫族的歷史源遠流長，傳承到現在，寨子裡也有很多神祕事情的歷史記載，補花無聊時也會翻開這些書，她是知道昆侖的，那個最神祕的，可又是最接近普通人的所在。

她的腦子裡閃過很多念頭，她很想說這個道士是胡編亂造的，可是她辯駁不了，因為紫紫不也曾說過，牠的故鄉是高尚的存在，不是這片大地能比較的。

「我知道妳想殺我，但是我勸妳不要動手，妳殺不了我，反而會讓我們的談話不順利。」老李這樣對補花說道。

補花望著老李，一時間有千言萬語，也不知道從何說起。

老李卻背著雙手，對補花認真地說道：「其實蟲子無所謂惡，也無所謂善，昆侖也不一定代表高貴，那只是……妳可以理解為只是一種適合更高生命形式生存的地方。人要吃飯，人要吃肉，這是為了生存，而獅子和老虎在飢餓的時候，也會吃人，那也是為了生存，妳說這是誰對？誰錯？沒有對錯，這只是天道的法則，也只是自然之道，暗含平衡。那麼那蟲子呢？那蟲子需要人的生命力來進化，成長也是為了生存，所以我也說牠無所謂惡，無所謂善。」

補花有些無力了，面對老李，她是第一次對別人有種看不透的無力感，他一邊說和蟲子來自同一個地方，一邊又說要讓徒弟殺了這些蟲子，可接著他又說著根本不是一個人類該說出來的離經叛道的話，說吃人的蟲子也無所謂惡，無所謂善，他究竟是想表達什麼？

面對補花的無力，老李卻不以為意，跳上了一塊大青石，舉止間說不出的瀟灑，他繼續說道：「可是這蟲子不屬於這世間，牠的出現是對平衡的一種破壞，這世間的法則也就不會容下牠，所以牠必須消失，或者回去。」說到這裡，老李頓了一下，望著補花說道：「就如人，可以為肚子餓而吃肉，可以為自身必須的需要而獵殺，但如果因為自身的欲望而無止境地索取，這平衡也終究會被打破，天道法則不會因為誰聰明強大就偏向誰，希望自身有靈的人，已經受盡上天寵愛的人也會醒悟。」

補花不能完全理解這個男人的話，只是覺得他在月光下，青石上的身影有一種說不出的力量，而他的話也不自覺讓人信服。

「帶我去看一看蟲子，僅此而已。在接下來的歲月，妳要做出一個選擇，選擇蟲子，還是選擇人。如果妳選擇的是人，我們在以後還會再見的。」老李望著補花說道。

補花最終鬼使神差地帶著老李去到了蟲室，見到那些蟲子。

就如老李所說，他只是見了見這些蟲子，並沒有動手做什麼，在臨走前，老李交給了補花一個瓶子，他對補花說道：「這瓶子裡是一種特殊的東西，餵給蟲子以後，可以讓蟲子在以後的進化成長裡，能力變得相對衰弱，唔……大概會衰弱六成左右吧。妳若選擇了蟲子，扔了它就是，妳若選擇了人，就給蟲子喝下，只需要一滴，放入一盆清水裡，就足夠給一隻蟲子喝了，這瓶子裡的分量剛好夠蟲室裡的幾隻母蟲，並且牠們喝下以後，產下的蟲卵不會再具備進化為母蟲的能力。」

補花很想扔了這瓶子，可不知道為什麼，她又抓緊了瓶子，用力到指關節發白。她又湧起了那種感覺，面對這個人無力的感覺，總是會聽他的話，依照他所說的做，彷彿他的每一句話都充滿了奇特的魔力，讓妳不惜冒險帶他進蟲室，讓妳明明很想扔掉這會害了蟲子，害了寨子的藥，卻又覺得不該扔。

偏偏，妳可以清楚地感覺到，他不會對你說一句謊話，甚至是一句蠱惑鼓動的話，他是那麼直接地提出要求，也非常尊重妳，給妳選擇。

就在補花沉思的時候，老李已經轉身欲走了，只是補花聽見他歎息了一聲，說了一句：「這個藥，也會讓蟲子因為虛弱少吃掉一些人。雖然無所謂惡，無所謂善，雖然時候未到，雖然那也是那些人的緣法，可我畢竟還是人，有時，我也不能太講究個緣法，太講究個道。」

補花望著老李的背影問道：「你不是說，不能對同一個地方的存在動手嗎？」

老李頭也不回，身形已經漸行漸遠，他說道：「我沒有動手，我交了一把刀給一個人，說清楚了刀會傷人，要殺或者不殺，是那個人的選擇，不是我。」

「你不怕我扔了這瓶子？」

「那只是妳的選擇而已。」

「你是不是算透了我？你是不是用了什麼方法蠱惑我？」

「哈哈哈……」老李只留下了一串笑聲，整個身影卻隨著距離，已經完全融入了夜色，看不見了。

* * *

信看到這裡，我們師兄妹幾個已經非常激動，原來師祖竟然是真的來自昆侖，原來師祖在很久以前就布了一個局削弱了蟲子。我就說，在明朝大能盡出的年代，都沒能消滅了這惡魔蟲，怎麼到了現代，我們卻能消滅了牠們。

原來，牠們早在很多年前，就被我師祖不知不覺地削弱了六成。

可是，還有很多謎題盤旋在我們的腦子裡，就如我們從來不認為師祖會是昆侖上的仙人，高寧所做的一切又是怎麼回事？要知道這一切的答案，只有繼續把信看下去。

信很長，整整十多頁紙，高寧彷彿把一生憋著沒說的話都傾注在信上了。

接下來的內容，雖然冗長，但不是太關緊要，主要訴說的是補花，也就是高寧奶奶心境的轉變，在這其中她經歷了那對母子中母親的死，來不及挽救，陷入自責，經歷了和父母冰釋前嫌，經歷和寨子裡一些善良的人成為朋友。總之，她在幼年時，體會到了人性的惡，到成年時，卻也意外或者是必然地體會到了人性中的善。

她是一個特殊的人，因為人們往往都是先體會善，然後才會在生活的跌跌撞撞中體會惡，她是把這個過程反了過來，但無論如何，也說明了一件事，這世間沒有絕對的惡，也沒有絕對的善，一路走來，你總會體會到一些人性的本身，剩下的，就如高寧奶奶補花所做的事情一樣，一個選擇罷了，選擇你的心要走向何方。

總之人的溫暖，蟲子越來越明顯的無情，讓補花終於選擇了人，她用了那瓶藥，然後那一天，蟲子都集體陷入了一種前所未有的虛弱狀態，甚至出現了一種奇特的影響，母蟲陷入虛弱之後，開始吸取幼蟲的力量，那一天死去了很多幼蟲，甚至還有好一些是有潛力的幼蟲。

這麼大的變故發生，寨子裡當然陷入了一團亂，開始追查，補花無奈，只能順著那個機關洞逃出了寨子。

在這其中，發生了兩件事，第一是補花的父母已經去世，她也算無牽無掛，不連累任何人逃出了寨子。第二件，就比較神奇，補花是選擇從紫紫那個蟲室逃出的，在那一瞬間，紫紫溝通了補花，傳遞了很多資訊給補花，才有了後來高寧的一切。

補花和蟲子的交流，不同於人與人之間的交流，更具體一點兒形容這種交流，就是直接的心靈交流，所以才能在一瞬間傳遞大量的資訊給補花。

而這一些資訊，我們看信以後推斷，補花連我們的師祖都沒有告訴。

但我們師祖老李又是什麼人？身兼五脈，而且每一脈的修為都到了很高的程度，就如他會算到，補花有了心靈的漏洞，是消滅蟲子的一個契機；就如他會算到，補花會選擇人；就如他會算到，補花的後人會步入歧途，留下一張金色的，封印了天雷的符籙。這就是我們的師祖——老李！

那補花又從紫紫身上得到了什麼訊息呢？高寧在信中記載得一清二楚，那就是紫紫讓補花不要忘記承諾，要和牠一起回故鄉，牠告訴補花由於受到了削弱，牠自己已經退化不到某種能回故鄉的程度了，就算他們每八十年在母蟲進化之時，找來充滿靈氣的鮮血也不行，牠必須要和補花進入一種神祕的共生模式，才能突破桎梏，回到故鄉。

牠告訴補花，回到故鄉後會有很多神奇的方法，把牠和補花分開，最後，牠請補花一定不要忘記承諾。

補花順利地逃了出來，把紫紫告訴她的一切埋藏在了心底，當成了最深的祕密，從某種角度來說，補花是和紫紫一起長大的，他們之間的感情到了很難衡量的地步。

補花就算最後選擇了人，那也不代表她對紫紫的感情就此磨滅了，我無法去揣測補花一生的心靈軌跡，只能說她心裡一定懷有對紫紫的內疚和某種遺憾，所以她沒有把這個祕密向我師祖說，所以當極有巫術天分的高寧出生後，她在將死之時告訴了高寧這一切。

在信中，高寧提到奶奶曾說，紫紫雖然是一隻聖蟲，可是紫紫從來沒有騙過她，也一直庇護著她，她讓紫紫失去了回故鄉的機會，心裡是難過的。

她不曾要求我去和紫紫融合，只是掛念著要求我答應一定要去探望紫紫，並且盡可能地幫助牠進化，由於我是巫術的天才，我的精血也是有靈之血。

但到現在，我融合了蟲卵以後，越來越覺得紫紫可能騙了我奶奶，沒有什麼共生吧？有的只是墊腳石！該死的蟲子，幸好我對牠沒什麼感情。

跳過中間這一段高寧的自述，高寧又在信上寫了一段往事，因為老李再次出現了。

這一次，已經是上次見面以後十五年了，那一年中國解放了，那一年高寧的奶奶已經化身成了一個普通的漢人女子，過上了普通人的生活，有了自己的家和孩子。

那一年，仍然是老李一個人找到了補花，和上一次的見面不同，這一次的老李顯得分外的虛弱，但他並不憔悴，那虛弱是他骨子裡流露出來的一種感覺。

這一次，老李交給了補花一個盒子，這個盒子就是高寧用來放給我的信的盒子。

那盒子裡不用說，裝的是一顆神祕的蟲卵，可和我們一開始預想的不一樣，並不是那什麼惡魔蟲的卵，而是另外一種神奇蟲子的蟲卵。

看到這裡，我們長吁了一口氣，因為一開始我們就百思不得其解，師祖為什麼會帶著惡魔蟲卵來找補花，難道師祖也和惡魔蟲有什麼牽扯？事實證明，原來不是，是我們想岔了。

補花再一次看見師祖，心裡是震驚的，她不是震驚能和師祖再次見面，而是震驚怎麼師祖那樣的人也會虛弱？

師祖沒有給補花解釋什麼，只是直接遞給了補花那個盒子，他說道：「溫養靈魂最是不易，就如人被傷神，即使只是傷到了靈魂力量的其中一種，也很難溫補。知道妳為什麼能和蟲子溝通嗎？是因為妳的靈魂力中的感應力特別的強大，妳能進行更高一個層次的交流，精神交流。和普通人不行，因為陽身鎖住了普通人的感應場，和普通的動物什麼的更不行，牠們的靈魂比起人類，都弱小了很多倍，更別提和妳交流。只有那蟲子，來自更高等的形式，所以妳才能和牠交流，因為牠也夠強大。」

「為什麼要告訴我這個？」補花很奇怪，她不太相信，老李那麼多年以後再見她，並且在人海茫茫中找到她，就是為了來告訴她這個。

「妳的能力來得很特別，但其實是一種澤涸而魚的能力。也就是說，妳的靈魂並不強大，只是普通，但由於某些原因被刺激到，然後集中靈魂的力量發揮出了這種特別的能力，就像一個人在某段時間耗光了他一生能賺的錢，妳懂嗎？靈魂經過生生世世的輪迴，其實是在不停積蓄力量的，老靈魂總比新生的靈魂來得強大，我不能與妳說明那麼多，唯一能說明的就是，這個能力讓妳靈魂受損，入輪迴都難，太過虛弱也就難免魂飛魄散。妳幫我下藥，是我種的因，我和我的後輩也得到了由妳產生的善果，所以，我必須來報答妳。」老李很直接地就告訴了補花一切。

補花拿著那個盒子，有些疑惑地說道：「這個盒子裡的東西能幫助我的靈魂？」在這一過程中，補花根本就沒有懷疑過真假，老李說出的每一句話，她都直覺是真的，這或許也是補花靈魂感應力的一種表現。

「是的，那裡面有一顆蟲卵，同樣不屬於這個世界，妳來自苗疆，當然也就知道種本命蠱的辦法。把牠當成妳的本命蠱吧，和妳共生，自然就能滋補妳的靈魂，不說完全恢復，但至少也能恢復九成。在妳死後，這個蟲子會自動回牠該去的地方，這也了了我和妳的因果。」老李說完轉身就走。

補花忽然就叫住了老李，她問道：「你不是來自昆侖嗎？昆侖可是神仙的地方，我的經歷讓我不相信那是傳說，我只是想問你，你是神仙，你怎麼會虛弱成這個樣子？」

罕有的，老李轉身了，他望著補花說道：「誰告訴妳我是神仙了？我來自昆侖，是因為昆侖成就了我，可我是人，一樣的是人。」

「昆侖是什麼樣的所在？紫紫能回去嗎？」補花追問道。

「昆侖不是什麼樣的所在，我的答案只有一個，它或許與我們同在，而我們看得見或許也看不見它。」老李答非所問地回答了一句，就要走。

但在這時，補花攔住了老李，她堅定地說道：「我需要你幫我一個忙，你不幫我，我不會算你我的因果已了。因為我一直欠著紫紫的，我此生已經不能回黑岩苗寨，我想我的子孫有一天能回去。可是聖蟲暴躁，我想你能想一個辦法，讓牠認得我的子孫。」

老李深深地望著補花，沉默了很久，才說道：「妳確定？」

補花點頭說道：「我確定。」

老李歎息了一聲，說道：「這是妳的選擇，以後也會成為妳子孫的選擇，如果妳此番做，他選擇錯誤，害了他呢？」

補花堅定地說道：「我只知道我這一條命是紫紫救的，如果不是因為牠，我五歲那年就會死。欠著的就要還。你讓我欠下了紫紫，不也是你種的因？」

這就是苗女火辣辣而恩怨分明的性格，她的話第一次讓老李也無從辯駁。

老李終歸是答應了，他說道：「我不提，妳也不見得能避過這一劫，妳以前為助那蟲子，欠下的孽太多，報在子孫身上也是必然，看來，很多事情不是我有心幫妳，就能避過的。」

「我會教育好子孫，我只知道欠下的，就必須還。」補花是如此的堅定。

這一次，是補花第二次與老李見面，也是最後一次和老李見面，我師祖和補花的糾葛就到此為止。

我們都同時陷入了疑惑，什麼叫來自昆侖，是因為昆侖成就了我？我不會相信師祖是什麼神仙的，就如他自己不也否定這一件事情嗎？

信到這裡還沒有結束，在信的後面，高寧講述了他自己的經歷，總之他一開始是不相信奶奶那麼神奇的故事的，也不想冒險去看什麼聖蟲。

儘管奶奶拿出了老李留下的陰器，用於收集她的靈魂意志，還有另外的一些證據，高寧對這件事情都是不感興趣的。

直到他奶奶死去的那一天，他在信裡是這樣寫的：

我沒想到，我奶奶一去世，從她的身體裡就飛出了一隻異常美麗的蟲子，我甚至都不知道牠是怎麼飛出來的，就那麼憑空地出現，而我奶奶的身體沒有任何傷口。

這一切，是不足以讓我震驚的，真正讓我震驚的是，那蟲子從我們這個空間消失了，就這樣飛舞著，然後憑空消失了。

奶奶說我是天才的巫師，說我的靈魂特別的強大，我可以跟你訴說嗎？陳承一，在那一瞬間，我看見了昆侖。

是的，我看見了昆侖，也就從那一刻起，我開始不甘心也不甘願自己的人生就這樣平凡的結束，金錢和權力什麼的都吸引不了我，因為有什麼比昆侖、比永生更讓人嚮往？

所以，我用了好幾年的時間謀劃，然後開始了行動。

接下來的事，我們都知道了，但值得一提的是，由於高寧在某種方面繼承了他奶奶的能力，雖說弱了很多，可也比那些大巫們強很多，加上他在巫術上的天賦，他得以留在了黑岩苗寨。

至於我被盯上，很可笑，是因為我被那個組織賣給了黑岩苗寨，他們知道了我的精血有靈，蟲子每八十年的進化就需要我的鮮血。

說起來，那隻消失的小怪物和我還頗有淵源，因為那齊收取了我那麼多天的鮮血，都是去餵那隻小怪物去了。

在信的最後，高寧是這樣寫的：

我越來越強烈地感覺到了召喚，就在那個寨子的附近，我感覺到我有去到昆侖的機會，或者說，不是我的感覺，是紫紫，牠感覺到了故鄉的氣息。

我要出發去那裡了，就在那裡等待著，或者紫紫沒有騙我奶奶，我和牠去到了那裡，我們就能被分離。

我感覺時間也近了，不會太久了。

可是，陳承一，我能告訴你我很害怕嗎？我能感覺到有去昆侖的機會，卻也感覺我可能不會成功，甚至我覺得自己會死嗎？誰不怕死？可能有人是不怕的，但是我怕。

也許，你不把我當成是朋友，但此刻我竟然有一種想和你喝兩杯，然後傾訴心事的衝動，或許這樣，我就不那麼害怕了。

你是討厭我的吧，我算計了你那麼多，但我真的不討厭你，因為……其實我也不知道因為什麼，可能是你這人比我傻，對我沒有威脅吧，哈哈。

好了，該說的一切我也已經說了，我就要出發了，你會祝我好運嗎，陳承一？

呵，我也開始說廢話了，你能看到這信，說明我已經消失了，不管是去了昆侖，還是死了，總之也輪不到你來祝我好運了。

可是，你看完以後，能在心裡說一聲，祝我好運嗎？

高寧

信到這裡就結束了，我默默地疊好信紙，在同時，我在心裡說了一句：「祝你好運，高寧。」祝你能珍惜這一次靈魂逃過被吞噬的幸運，下一輩子，可以聰明，但有底線。

第三十六章　那就找吧

這一封長長的信徹底地震撼了我們。

竹林小築，長廊前空地的長桌旁，茶水都已經微涼，可我們幾個還坐在這裡發呆。

過了許久，承真師妹才第一個發言，說道：「承一哥，那個高寧最後是怎麼死的？他的結局好嗎？」

顯然，高寧的這封信從某種程度感動了承真，畢竟是最後的一封留信，是內心最本質的東西，當然會顯出一個人的善，而善良的人總是讓人同情的，不是嗎？

我抿了一口微涼的茶水，腦中又想起了高寧赴死那一天的情形，心中難免有些唏噓，沉默了好一會兒，我才對承真師妹說道：「那一天，是我動用中茅術請師祖上身，動用金色雷符，親自了結了高寧。他就坐在那裡，一直坐在那裡看著夕陽，當第一道天雷快落下時，我記得他回頭看了我們一眼，妳知道的，天雷落下的速度很快，三道過後，他就……總之，自始至終，除了回頭看我們那一眼，他沒有動過，是很坦然也很決絕地要赴死。」

承心哥接口說道：「聰明的人到最後一刻都是聰明的，如果我是他，也會選擇在那個時候去死，變成那種狀態，怕是找到一個能殺死他的人都難。如果不死，靈魂就會完全和蟲子融合，到時候他還是他嗎？如果死了，靈魂得到釋放，至少在某種程度上，高寧還是高寧。他聰明，但是也驕傲，可能他到最後也明白，如果能和蟲子完全融合，是有可能到昆侖的吧。他不能接受的是，把自己的靈魂都交付，然後最終去到了昆侖，當他已經不是他的時候，去到了昆侖又有什麼意義？」

「那那個叫紫紫的蟲子到底是不是騙了補花？」如月單手托腮，眨著大眼睛問道。

她和如雪都是蠱苗，對於蟲子的感情是我們常人不能理解的，她會如此問，是因為從內心深處來說，她不想蟲子欺騙了補花，而這件事，到底有沒有欺騙，從高寧的信上我們看不出來。

承清哥沉吟了很久，才說道：「也許是欺騙了吧，但也只能說也許，因為到了所謂的昆侖，一蟲一人能不能分開，還是未知之數。不過以高寧的聰明，到最後一刻要有希望，到最後一刻要是他判斷不是欺騙，可能他不會選擇死亡這種逃避的方式。」

「可這也是你的揣測啊，萬一高寧只是覺得他快失去自我，又對去到昆侖會分開沒有信心呢？」如月有些堅持地說道。

「妳知道理由嗎？當年補花最終選擇了人，對蟲子下了藥，妳以為那些蟲子是沒有智慧的嗎？牠們只是被黑岩苗寨用特殊的方法控制了而已。可藥在沒有防備的情況下已經喝下，一定會當場發作，那麼不傻的呢？自然就會想到自己以後怎麼辦，自然會……會用另外一個方式報復吧。打感情牌，也不是人類的專利，有智慧的生物都可以那麼做。那個紫紫完全有理由騙補花，牠可能是賭補花放不下他們的感情，牠可能也是賭補花的後人會經不起昆侖的誘惑，賭，就不是百分之百的事情，但至少可以賭到一個可能，不是嗎？這是蟲子的智慧。」承清哥如此說道。

如月沉默了。

其實，放在我們面前的還有很多解釋不了的問題，為什麼高寧和那個大巫的形態不一樣，高寧是人蟲合一，而大巫徹底就是踏腳石。

那大巫又和蟲子有著什麼樣的故事，黑岩苗寨控制蟲子的辦法又是什麼？是誰教他們的？

但這是他們特有的祕密吧，畢竟隨著蟲子的全部死亡，這一切都會消亡，蟲子是不是騙了高寧，我們討論了也無意義，說悲哀一點兒，看了這封信，我們已經意識到我們距離某種層次差了很遠，這根本就不是現在的我們討論得出來的。

又是一陣沉默，慧根兒已經無聊得趴在桌子上睡著了，沒有人說話，畢竟聯想到太驚世駭俗的事情，說出來怕自己都不能接受。

就如我相信有靈體，帶著的負面能量太大，就成為了所謂惡鬼的靈體，可我沒見過所謂的陰曹地府，我就很難去肯定地對別人說：「嗯，有輪迴。」

因為以上的問題，不是有靈體就能證明的問題，因為誰也不知道，靈體會以一種什麼形式重生？萬一是分解成新的能量，組合，再生呢？

這就是因為層次低了，所以眼光局限，自己就不能解釋的問題。

所以自己不能接受，就很難以去相信所謂的昆侖，鋪開世界地圖，它在哪裡？

面對我們一干人的沉默，沁淮這小子摸了摸下巴，說道：「不管再怎麼神奇到讓人難以接受，你們也不能老坐著發呆對吧？承一說信上可能會有線索，那線索也出來了，至少高寧的信證明了昆侖的存在，這是你們師祖親口承認的，高寧也沒必要在這些地方騙你們。現在答案很明顯啊，姜爺他們很有可能是去找你們師祖了啊，你們不是一開始就這樣判斷的嗎？各種線索，各種不對勁兒，指向的都是你們師祖和昆侖，那你們待著幹什麼？總得想想接下來怎麼做啊？」

承清哥一邊敲著桌子一邊說道：「我師傅已經死了，可這是他畢生的願望，在這件事情上，不要以為我不積極，如果真的能找到昆侖，找到師祖，我也好點燃三炷清香，在我師傅面前告之，讓他在九泉之下得以安息。但問題是，昆侖我們要如何找起？連如何找起都不知道，我們以後又該如何去做？」

承清哥的話正是我們的擔心，師傅他們如果去找昆侖，一定是有了某種線索或者某種把握，而且他們是自小跟著師祖長大的，知道的一定比我們多得多，不像我們一頭抓瞎不說，還需要花費時間去接受這個所謂的昆侖。

從內心接受了，才能全情地投入吧，再說師傅他們去了昆侖，也只是我們的判斷。

我不得不承認，到了這一刻，我還是不太接受有所謂的神仙，然後在天上有個仙境的說法，也就註定了不太接受昆侖的存在。

沁淮說道：「哥兒我沒啥學問，可架不住哥兒我人脈廣啊，我認識好多的高科技人才和院士。我聽過一個說法，就是咱們的眼睛，也常常會欺騙咱們，具體的，我表達不好，就是說咱們的眼睛就那個程度了，還沒有一些昆蟲和動物的眼睛來得厲害，也就是說，誰能肯定我們看到的世界就是最真實的世界呢？我從少年時就和承一一起長大吧，卻一直不相信鬼啊風水啊，然後有個哥們就跟我碰瓷兒，說有個屁的鬼，咋相機沒有拍到過一張，沒啥證據呢？嗨，一說這個，我還真沒啥詞兒了，但當時有個特有學問的哥們兒就在我旁邊，他說到，你不能因此就否定的，為啥？因為相機是模仿人的眼睛做出來的，到現在吧，也遠遠達不到人眼的精細程度，一張照片，絕對不能還原人眼看到的真實，就如山啊，水啊，哪有人眼看到的那麼生動，你說人的眼睛都看不到的事情，相機都拍到？扯淡吧！然後，你們懂我的意思了吧？」

我很無辜地問道：「啥意思？」

沁淮氣得翻了個白眼，說道：「就是說人們沒有看到昆侖，也不能證明昆侖不存在啊！既然存在的話，就去找唄！你師祖還能撒謊啊。」

不得不說，沁淮的話給了我們很大的鼓勵，這簡單直白的人，思維也是相當的簡單直白，倒讓我們一群想太多的人，顯得有些可笑了。

既然這樣，就如沁淮說的，我們就開始找吧，師傅們能做到的事情，我不相信我們就不能找出一個線索！

尋找昆侖註定是一件很大的工程，也許要窮盡一生。如果師傅他們真的是去找昆侖，找師祖了，他們就是最好的證明。

而我師祖這個人也充滿了謎團，就連他到底是不是存在在這世界上的人，我都不敢肯定了。面對我這種糾結的想法，承心哥說了一句：「師祖是哪來的，都不重要。你忘記高寧在信裡寫的了嗎？他說過他是人，我們這些徒子徒孫可不能懷疑老祖說的話啊。」

是啊，無論師祖是什麼，都無法掩飾他的光輝，從小師祖就是我們幾個的偶像，到現在也不曾變過。

我會中茅之術，不是什麼祕密，在我們在竹林小築生活的日子裡，承真不只一次要我動用中茅之術，把我王師叔變出來，她想師傅了。

我不知道怎麼給承真解釋，雖說我們是同門，但一樣隔行如隔山，如果真有那麼簡單，我早就把師傅請回來千百次了。

我告訴承真：「其實中茅之術請到的是一股意志，什麼是意志？就是這個人的性格，習慣等等各方面組成的一種東西，但畢竟不是那個人，知道嗎？或許特定的人物出現，會刺激某一部分的記憶片段，也就好像是人物介紹，就比如，承真，生於多少年，是誰，和我什麼關係。但不涉及到具體的事兒。而且，我也觸碰不到那些記憶碎片，這是因為功力深淺的原因，知道嗎？」

承真說道：「也就是說，你用中茅之術可以變出一個師傅給我說話，但這個師傅不是真的師傅，就好比是一個跟師傅性格什麼的一模一樣的人，帶著師傅的部分力量，和一些零散的、既定的簡短記憶而已，是不可能和我正常對話，說現在在幹什麼，為什麼走之類，對嗎？」

「是啊！」我疲憊地揉了揉眉頭，其實很多次，我都想擺個錄影機在那兒，然後用中茅之術請到師傅，然後給錄下來，雖說那是我的樣子，雖說那不是真的師傅，但也可以緩解一些我的思念。師傅尚有師祖的畫像，而我有什麼？我連睹物思人都做不到。

承真有些失望地靠在了我身旁的欄杆上，一雙眼睛裡全是悲傷，我的心也跟著扯著痛了一下，但我是師兄，我說過我帶著大家一起找師傅，我只能儘量表現得平靜。

所以，我刮了一下承真的鼻子，然後說道：「以後也總是會請來看看的，至少要確定一下師傅們的生死。可妳也知道他們這一次去，說是危險的，我如果動用中茅之術，會連累到他們的，妳也知道被請之人會陷入虛弱的。所以，以後請也一定得選個小心翼翼的時間，而且不能請我師傅這種戰鬥型的。」

「戰鬥型的？哈哈……」承真被我逗樂了，可是下一刻她忽然就不笑了，因為我們同時看到一個怒氣沖沖的人站在我們竹林小築的門口。

是元希！

她為什麼那麼憤怒？我一時間有些反應不過來，元希卻「蹬蹬蹬」的跑上了長廊，直奔我的面前，然後逮著我的衣領就吼道：「陳承一，按說你應該是大師兄，對不對？」

我一時有些反應不過來，元希這丫頭怎麼了？

可是還不容我說話，元希又憤怒地罵道：「陳承一，你這個大師兄我不服，你違背了師門規矩，你該受罰。」

「我……我怎麼了？」已經扯到師門規矩上了，那麼嚴重？我微微有些皺眉。

元希那麼激動地一鬧，所有人都出來了，承真和承心趕緊規勸著把元希拉開了，勸慰著有話慢慢說，如月托著下巴坐在欄杆上，兩隻腳盪啊盪的，就如小時候一副看好戲的調皮勁兒。

承清哥咳嗽了一聲，背著雙手，輕輕慢慢地走過來，戲謔地說道：「不然，承一啊，你就把這個大師兄讓給我吧？」

慧根兒一看是元希，不由得大吼道：「元希姐，張海燕怎麼樣？」

這他媽張海燕是誰？怎麼又冒出來一個張海燕？我心裡略微有些怒氣，畢竟元希衝過來不分青紅皂白地就衝我一通罵，元希估計也沒消氣，我們倆同時對慧根兒吼道：「閉嘴。」

慧根兒一下子委屈地憋著嘴，眨巴著大眼睛，委屈之極，承心哥拉開元希之後，已經悠然地靠在長廊的欄杆上，雙手插袋，一副唯恐天下不亂的樣子說道：「十三歲的男孩子了，裝什麼可愛，邊兒去昂！」

慧根兒更是委屈得無以復加，如月咯咯地笑著，一把把慧根兒拉過去，說道：「別理他們，如月姐姐疼你啊。」

如雪還是那一副平靜的樣子，只是走過來慢慢幫我理順被元希剛才扯亂的衣領，一言不發，末了，才說了三個字：「好好說。」

這一地雞毛的樣子啊！我頭皮都在發麻！發覺真不愧是某一群的後人，插科打諢，不正經的樣子我們也成功地繼承了下來。

那邊沁淮還在虎著臉，逼問著慧根兒：「老實給哥兒我交代昂，張海燕是誰？」

「安靜。」我終於忍不住扯著嗓子大喊了一聲，然後所有人都愣住了，維持了不到一秒鐘，然後大家很有默契地又不理我了，依然是各幹各事兒，精彩紛呈，我這大師兄還真失敗。

我只得拉過元希，說道：「妳能不能有事兒好好跟我說，一上來扯啥衣領啊？下次妳不就直接扒衣服了？」

元希被我氣得無語，咬牙說了一句：「你就跟沁淮學得流氓了，誰扒你衣服了？」

那邊沁淮聽見了，已經在吼道：「元希，妳說話可得負責昂！誰不知道哥兒我當年是出了名的清純可愛天真小郎君，自從跟了陳承一，哥兒我就算是一朵蓮花，也……」

無言了，我和元希再次很默契地扭過頭，對沁淮吼了一句：「閉嘴！」

沁淮縮了縮脖子，不說話，元希那邊則說道：「師傅們都不見了，你們都來了，都在。為什麼沒人跟我說，為什麼？陳承一，當年是你親自帶我進門，每個師傅也悉心教導了我，難道你不認我是你小師妹？師傅們不在了，就跟我沒有關係？師門中規定，同門必須友愛，不得拉幫結派，排斥他人。你說你是不是犯了門規？」

我一下子啞口無言，大家都也聽到了這番話，跟著啞口無言，說實話，我們真沒有想到通知元希，這其中的原因，我卻清楚，絕對不是把她排斥在外了。第一，是因為我們太傷心，也就沒有考慮到這些事情。第二，元希是要照顧元懿的，而這事兒顯然是……

其實我也不想找藉口，老實說，我們確實是沒有想到，畢竟元希是後來入門，和我們自小跟著師傅長大不一樣，她沒有明確的師傅，我們也就……

我有些愧疚，想說點兒什麼，元希卻已經蹲在地上哭了起來：「不管你們咋想，我就是這一脈的人，俗話說一日為師，終生為父。我每個師傅都跟了那麼長的時間，他們也都悉心教導我，對我很好。你們不能什麼事兒都把我排斥在外，我就是送我爸爸回一次老家，就錯過了那麼多事兒，大師傅死了，其他師傅全部失蹤了，你們這些師兄師姐，竟然……」

元希已經哭得說不下去了，我心裡內疚，一下子拉起了元希，嚴肅地說道：「不許哭，哭什麼？我們從來沒有不當妳是師妹，我們只是太過傷心，根本就沒想到那麼多。我也承認，畢竟妳入門晚，不像我們跟著各自的師傅一起長大，所以我們也就想當然地認為，這事兒那麼麻煩，就不用把妳扯進來了。既然妳都那麼說了，以後我保證，我們不管去哪裡，任何事，都會帶著妳。」

承清哥和元希相處的時間最長，他此刻走過來，輕輕為元希擦乾了眼淚，說道：「是的，都帶著妳。而且不會讓妳和小師姑一樣，只存在了幾年，就沒了。我們也會保護妳的！」

承真也走過去抱住了元希，承心哥歎息一聲，說道：「其實我師傅和李師叔還商量著給元希一個承字輩的，可惜他們又那麼匆忙地走了，哎，承一，你是大師兄，這事兒，你來辦吧。」

我望著元希，元希一把抹了眼淚，說道：「我一定是要一個帶字輩的名字的，不管我祖爺爺是誰，我爸爸又是誰，我入了門，這是這一脈的人，我爸爸也是這樣說的。」

我默然了一會兒，然後說道：「也是，我帶妳入門，我給妳字，這真的是因果啊。那以後就叫承願吧，承載師傅他們的一個帶著遺憾的願望，期望小師妹沒有死，也承載我們這一輩的願望，找到師傅。就承願吧。」

「好。」元希很乾脆地答應了，然後說道：「有了字，我得去拜拜師祖。」

那邊，沁淮的聲音又傳來了：「還想跑，跑得掉嗎?說，張海燕是誰?」

最後慧根兒打死也沒說張海燕是誰，倒是從承願的口中我得知，張海燕是院子裡的一個小丫頭，而慧根兒和承願是一個院子的。

這讓我隱隱有些擔心，慧大爺的願望是期望慧根兒能成為一個超級大和尚，但是超級大和尚能動凡心嗎？我見過和尚喝酒，和尚吃肉，獨獨就是沒有見過和尚能談戀愛什麼的。

雖說慧根兒還小，還不算是懂什麼男女之情，如果有，最多也是好感，但這樣下去……？

師傅走後，我發現沒有依賴的感覺真是糟糕，一切都要靠自己去解決，這也就是成長的代價吧。你總要失去一些什麼，然後被這些失去的東西一步一步逼到去成長，去承擔，最終成熟。

怪不得我活到二十七歲，都還是不成熟，原來從心裡我就沒有擺脫過對師傅的依賴。

點上一枝菸，我有些煩悶地倚著長廊，望著長廊外的夜色，總覺得自己的未來也如同這夜色一般，黑沉沉地看不清楚，一點方向也沒有。

也不知道什麼時候，如雪站在了我的旁邊，輕聲問道：「是為慧根兒的事情心煩？」

我點頭，我和如雪之間的默契與瞭解是不需要訴說的，我的一個眼神，她或許就能知道我在想什麼。

「不破不立，不經歷也就談不上是看破和放下，承一，有些事情不是逃避了，就算勝利了，而是經過了，承受住了，才算是真正的悟了。」如雪只是這樣對我說了一段，然後就沉默了。

而我的心卻一下子開朗了起來，是啊，如果慧根兒從來沒有經歷過男女之愛，就說他是看破，放下了男女之愛，那肯定是不成立的，如果慧根兒真有慧根，那麼他自己總會走上正途的，不管中途他經歷了怎麼樣的分岔。

道家講究無為而治，其實這個無為的意思我這時才有些明瞭，就是你永遠不要去刻意規避一些事情，然後決定某種方向，這就是無為的一層淺淺的解讀。

只有無為，也才能不破不立！

我很想擁抱如雪一下，她總是那麼適時地就能解開我的心事，一語道破我的糾結，可一想起我們的情況，我只能對如雪微笑了一下，然後轉頭不再說話。而如雪已經默默地轉身走開了。

這人生啊，到底是要多無奈，才能把一顆心最終練得通透？

我們在竹林小築裡待了快一個月，這一個月，我們幾乎每一天都在商量從何找師傅們的事情。最終，我們確定了要怎麼做之後，面臨的就是各自分開。

就如師傅們為昆侖投入一生，我們註定也會投入一生，也就意味著這件事情，不是一時半會兒，一年兩年能完成的。

在這段長長的時間裡，我們要收集大量的線索，而且需要一些金錢，養活自己，不斷修行，也是為了以後或許要走遍大江南北做準備。

另外，我們還背負了一些責任，和師傅他們那一輩大多是孤兒不同，我們這一輩都是有父母親人的，我們多多少少都有一些責任。所以，我們還要承擔一些責任，才能放開地遠行。

師傅是在八十一歲才離開，我們是等不了那麼久，我們約定了一個時間，總之在那個時間之後，我們也會如師傅他們一般聚攏，然後無怨無悔地踏上這段征程。但這中間，如果有了重大的線索，我們也必須一起去探知。這就是我們的約定。

也就在這時，我才忽然想起，師傅老是一段一段地消失，是不是就是在尋找線索，確定答案呢？特別是那一個三年！而那時師傅在慧大爺手上寫的字又是什麼呢？我猜想可能就是昆侖吧。

當然，這線索也不是莫名其妙地找，我們商量了一個月，當然也商量了找尋線索的方法，只不過這個工作量太大，涉及到各式各樣的人和大量的祕密文獻，還有一些危險的地方，飯要一口一口吃，我們只能慢慢來。

首先，是要給自己弄一個能養活自己的工作吧，我還負擔著慧根兒，我們每個人都依靠師傅，這一次，除了大師兄以外每個人都要獨立了。

大師兄是一開始李師叔就決定了，要繼承他在相關部門的工作，這也是這一脈的規矩，命卜二脈的傳人，一定要為大勢所服務貢獻。

我不解其中的緣由，就如我不解歷史上為什麼會有那麼多命卜二脈的人待在皇帝身邊，相反其他脈的人倒是喜歡在人間，悠游自在，可是那畢竟是別的脈的事情，我也不願意去追根究底，總之師祖定下的規矩照做就好。

至於我們，其實是可以進入相關部門的，但是考慮了之後，我們都不願意，承真是和王師叔在一起自由慣了，而承心覺得醫字脈的高手自在民間，民間有很多方子值得研究，他一路走，也能一路收集線索。

而我的想法和承心哥差不多，找尋線索，也就不想要什麼束縛，再說相關部門的頂樑柱是老的一輩，我是年輕一輩的人，其實也起不了多大的作用，我是已經在相關部門記錄備案的人，如果需要我，當然我也義不容辭，會站出來的。

未來的方向基本上就這樣確定了，只是我要幹什麼？我還有一些迷茫，直到收拾行李的時候，我翻出了一本珍藏得好好的小冊子的時候，我才一下子有了方向。

這本小冊子是一個筆記本，是那一年我離開王師叔的時候他給我的，上面記錄著他的一些客戶，他也特地帶著我建立了一定的人脈，這不就是在為我以後安排嗎？

其實，我不是不能做別的，可是我跟隨師傅那麼多年，我內心認為我該做這個，我的心裡一下子也就有了方向。我想我的幾個師兄妹也會做自己的本職吧。

竹林小築被我上了鎖，就如在我心底最珍貴的一段回憶被我上了鎖，我想我是有很長的時間不能回這裡來了，或者我也不敢回這裡來，怕觸碰到一些記憶，會傷感。

李師叔的墓在這裡，可是我們道家人反而不太注重每年的拜祭，我回來拜祭李師叔，但我想可能不會每一年都來了，因為這個竹林小築越是親切，我也就越不能觸碰。

我們是在鎮上的車站分別的，再一次要天南地北，我沒有特意去和如雪告別，在我的人生中，我已經厭倦了一切的告別，也就更不想面對和如雪的告別。

我們都很淡然，一個簡單的擁抱，就各自離開，只是這份淡然下藏著的是何種的傷感，我們卻都不願意細想。

我和承願、沁淮、慧根兒踏上了去北京的火車，慧根兒還要上學，我得送他去！在假期時，我會帶著他找到覺遠師傅，到時候再決定要不要轉學什麼的。

沁淮自然是要回北京的。

至於承願她告訴我，她想趕緊把大學修完，另外元懿大哥不願意再待在北京，他現在生活自理已經沒有問題，何況相關部門還安排了專門的保姆給元懿大哥，這樣承願會放心很多。

送了慧根兒去北京以後，我下一步該去哪裡呢？我有些清晰卻又迷茫，我不能和家人常常待在一起，也就註定了我得漂泊，沒有愛人，也沒有師傅的我，只能確定去了北京以後，我會陪著爸爸媽媽住一段時間，接下來的只能歎一聲隨緣。

我以為北京的事情我會很快地辦完，卻沒想到在這裡，我遇見了一個我根本就沒有想到的人。他的出現讓我吃驚，可是現在想來，他也是必然會出現的。

第三十七章　都消失了

在北京的四合院因為師傅的離去已經被收回，我在北京一直是帶著慧根兒借住在沁淮的家裡，由於這一次慧根兒耽誤了比較長的學習時間，而慧根兒自身又不願意留級，所以需要辦的瑣事也就比較多。

我也特別留意了一下張海燕，挺可愛的一個小丫頭，相信她和慧根兒現在的感情是非常純潔的，至於以後會是什麼，誰也不知道。

我聽了如雪的，也選擇不干涉的態度，所以也只是特別留意了一下，僅此而已。

忙碌完了一些北京的瑣事，我整個人也閒了下來，一時間有些不知道未來該如何開始，沁淮極力挽留我多在北京留幾天，想著自己現在還有些迷茫的狀態，我答應了沁淮。

這一天晚上，我和沁淮又是喝得半醉，走在回家的路上，沁淮對我說道：「承一啊，要不你就留在北京發展唄，哥兒我不是吹牛，在北京我別的沒有，人脈還是有的，你覺得怎麼樣？」

留在北京？我搖了搖頭，以後的我註定是要四處漂泊的，而且能閒下來的時候，我都想儘量離父母家人近一點兒，我是肯定不會留在北京的，但北京也不是沒讓我留戀的地方。

想到這個，我忽然對沁淮說道：「走，陪我去一個地方，咱們翻牆進去看看。」

「什麼地方啊？」

「就是我和師傅住過的四合院。」我向前走著，頭也不回地說道。

「我×，在外面看看得了，萬一已經分配給新的人住了呢？」沁淮在我身後吼道。

「你怕啊？」

「去，哥兒我怕過誰啊？」

就這樣，我和沁淮一路笑笑鬧鬧走到了以前那個四合院，走進了那熟悉的巷子，這裡的一切很難有什麼改變，就連老鄰居都沒有什麼變動，可我心裡明白，我是再也不可能推開門，就看見師傅坐在院子裡等我的身影了。我只是想走到這裡懷念一下。

可是，就當我和沁淮快走到那座四合院的時候，沁淮和我同時看見了，在那四合院前站著一個人，由於距離的原因也看不清楚是誰。

同時，那人也看見了我們，接著，他就顯得有些激動，大踏步地朝著我們走來。

沁淮看見這一幕，吼了一句：「這他媽誰啊？大晚上的還戴一副墨鏡！裝大尾巴狼啊？」

想當年，我在北京打那麼多架，惹那麼多事兒，有一大半都是拜沁淮這張嘴所賜，到現在這小子也改不了，可我卻沒有阻止沁淮，因為這個人是我認識的人，並且我也對他沒啥好印象。

轉眼，這人就走到了我們面前，然後取下了墨鏡，露出一雙非常憔悴的眼睛，他望著沁淮說道：「你是高官的孩子，我知道你。可你還不是什麼貴族，你根本也就不知道一臉憔悴讓別人看見是不禮貌的事兒。」

沁淮無語地看了一眼來人，然後掏了掏耳朵，攬著我的肩膀對我說道：「承一，這人是不是神經病啊？」

我沒有理沁淮，只是望著眼前的人說道：「肖承乾，你又來找我宣揚你的道和你的貴族理論嗎？如果是這樣，我沒興趣聽。」

是的，眼前這人就是肖承乾，和我有過兩次交集，我沒想到我的一個無心之舉，竟然能讓我在這裡遇見他。

沁淮見是我認識的人，也就不說話擠兌他了，肖承乾好像也無意和沁淮扯淡，他重新戴上墨鏡，對我說道：「陳承一，我有很重要的事情要和你談。」

「要去什麼酒吧的話，我沒興趣，另外，你要在我面前炫耀你的優越性，我也沒興趣。」我雙手插袋，確實，我沒什麼心情和肖承乾扯淡，他們組織就算要逆天，我也不想管，只要不惹到我面前。就如師傅一樣，除非惹到面前，不然任隨他們去。

「你師傅的事情，你也沒興趣嗎？」肖承乾這樣對我說道。

我一下子皺起了眉頭，忍不住向前踏了一步，說道：「你知道我師傅的事？」

「是啊，你有沒有興趣談一談？」肖承乾的臉大半隱藏在墨鏡下，我看不清楚他的表情，可是提到師傅的事，就如抓住了我的軟肋，我幾乎是沒有猶豫地就答應了，也懶得去管有沒有陷阱，有沒有危險。

因為我提出過我不去什麼酒吧，我和肖承乾談話的地點是某高級酒店，他訂的高級套房，沁淮自然也是跟著來了，但肖承乾也不介意。

在寬闊的客廳內，肖承乾終於捨得取下了他的墨鏡，換上了一件稍微舒適的衣服，他坐下後，就拿起一瓶洋酒，猛灌了幾口，然後對我和沁淮說道：「酒櫃裡有酒，你們自己挑著喝，我也就不招呼你們了。」

他的神情很頹廢，在燈光下，那一臉的憔悴更加掩飾不住。

沁淮倒是很自然地就去拿酒了，而我心急著師傅的消息，根本沒有心情喝酒，開門見山地就問道：「你不是說有我師傅的消息嗎？我跟你來了，你是不是可以說了？」

肖承乾意味不明地望著我，然後又灌了一口酒才說道：「我在這裡等了你很久了，一個多月吧！我找不到你，就在你北京的住址等你，沒想到被我等到了。」

「你等我幹嘛？不是你要告訴我，我師傅的消息嗎？」我覺得有些莫名其妙。

「是啊，因為我見過你師傅，就在一個多月以前，他找來了我們組織的總部，然後見了我外公，接著我外公和我的幾位伯伯都失蹤了。」肖承乾沒有賣關子，很直接地對我說道。

我一下子有些難以消化這個消息，深吸了一口氣，然後問道：「你外公是誰？」

「你不知道我外公是誰？」肖承乾笑了幾聲，然後才望著我，認真地說道：「我外公是吳立宇，現在想起來了嗎？我們這一脈原本在組織裡有著舉足輕重的地位，這次還帶回了蟲卵，可是你師傅一來，就讓我們這一脈的中流砥柱，就是我師祖的正式傳人全部都消失了，帶著蟲卵消失了。這下，我們這一脈算是在組織裡失勢了，連我的地位也岌岌可危，呵，你師傅可真厲害……」

我冷笑了一聲，原來這小子更加關心的是他的地位啊，不過我想起了一個問題，於是問到肖承乾：「那個組織不是你們這一脈建立的嗎？你還會失勢？」

這一句話彷彿勾起了肖承乾的心事，他又猛灌了幾口酒，然後說道：「一開始是，但早在上百年前，組織裡就有了很多的其他勢力，為了發展，這也是必然的。只不過我們這一脈還能保持優勢罷了，這下好了，都走了，什麼都沒了……」

我搶過他的酒，也給自己灌了一口，我忽然想起了師傅曾經說過，對於搶走的蟲卵他也有辦法，他說一起，大不了一起，原來一起是這個意思？帶著吳立宇他們那一脈人一起走？

我很直接地說道：「你有什麼線索？你找我談的目的又是什麼？」

其實到這個時候，我的心裡已經隱隱有些明瞭了肖承乾找我是要做什麼。

「我要和你合作，我這邊有你沒有的財力和物資優勢，但你們那一脈卻也有我沒有的優勢，至少在傳承上比我們優秀，得知的祕密也應該比我們多。我必須找到我的外公，或者現在我在組織的地位岌岌可危，我需要一個外在的支援。你要和我合作嗎？」肖承乾望著我說道。

我看了肖承乾幾眼，說真的，直到現在我都不知道肖承乾所在的組織到底是個什麼性質，而我們這一脈有相當多的底線，至少我們不會做出危害社會，損害國家和普通老百姓的事情，可他們就會。

我對肖承乾搖了搖頭，對他說道：「我們可以合作的，永遠只有一件事情，就是關於他們的下落。你們組織的事情我沒興趣，期望你們不要惹到我就行了，我雖然沒資格和你們鬥，但總也能咬下你們兩塊肉。條件就是如此，你答應就行，不答應也就算了。」

肖承乾又灌了一大口酒，說道：「以你師傅留下的人脈，只要被你發掘了，你當然有資格和我們鬥。好吧，那就在這件事情上合作，你會知道財力和物資有多麼重要的！狗日的林辰，我是不會讓他上位的，但我需要找到外公，至少知道他們在哪裡，我才有那個本錢，該死的！」

肖承乾有些癲狂了，而我卻陷入了沉思，這是師傅離開以後，屬於我的，不一樣的未來開始了嗎？

高寶書版集團
gobooks.com.tw

DN 242
我當道士那些年（叁）下

作　　者　仐三
責任編輯　吳珮旻
企劃選書　蘇芳毓
封面設計　林政嘉
內頁排版　賴姵均
企　　劃　鍾惠鈞

發 行 人　朱凱蕾
出　　版　英屬維京群島商高寶國際有限公司台灣分公司
Global Group Holdings, Ltd.
地　　址　台北市內湖區洲子街88號3樓
網　　址　gobooks.com.tw
電　　話　(02) 27992788
電　　郵　readers@gobooks.com.tw（讀者服務部）
pr@gobooks.com.tw（公關諮詢部）
傳　　真　出版部　(02) 27990909　行銷部 (02) 27993088
郵政劃撥　19394552
戶　　名　英屬維京群島商高寶國際有限公司台灣分公司
發　　行　英屬維京群島商高寶國際有限公司台灣分公司
初版日期　2021年 01 月

國家圖書館出版品預行編目(CIP)資料

我當道士那些年（叁）／仐三作 -- 初版. -- 臺北市 :高寶國際出版 : 高寶國際發行, 2021.01
面；　公分. --（戲非戲 ; DN242）

ISBN 978-986-361-969-7(全套 : 平裝)

857.7　　109020144